# 新 신로맨스의 탄생

新
# 신 로맨스의 탄생

고전문학에서 찾은 사랑의 기술

신동흔 · 서사와치료연구모임 지음

역사의아침

## 머리말

### 고전에 깃든 치유와 각성의 힘

'케케묵은 고전문학에서 사랑의 기술을 찾는다고?'

책의 제목을 보면서 이러한 생각을 한 독자들이 많을 것이다. 근래
들어 인식이 많이 바뀌기는 했지만, 아직도 많은 사람이 '고전'이라
고 하면 뭔가 구식이고 봉건적이며 틀에 박힌 것이라고 생각한다. 특
히 외국 고전보다 한국 고전에 대해 유난히 이러한 반응들을 많이 보
이는 것 같다. 춘향과 몽룡의 이야기만 하더라도 불과 몇 세대 전의
이야기인데 까마득한 봉건시대의 사람들로 느끼는 식이다. 고전을
어렵게 배운 학창시절의 경험이 가져온 역설적인 효과인 것 같기도
하다.

전공자로서 이리저리 널리 살펴보고 안쪽을 들여다본 우리 고전은
결코 고루하거나 상투적인 존재가 아니었다. 그 안에는 제 나름의 독
특한 개성을 지닌 수많은 인물이 펼쳐내는 생생한 삶이 오롯이 깃들
어 있다. 그 인물들은 십중팔구 시대의 삶을 대표하거나 또는 시대를
앞서가면서 미래를 열었던 이들이다. 그들이 펼쳐내는 삶의 모습은,
예컨대 그들이 펼쳐내는 사랑은 우리의 예상보다 훨씬 진보적이고
파격적이다. 주체적이고, 절실하며, 열정적이다. 흔히 말하는 바 '사
랑에 살고 사랑에 죽는' 주인공도 무척 많다. 관습의 벽이 두터운 만
큼 그것에 맞서는 힘도 강력한 쪽이다. 이러한 비교는 좀 어떨지 모르
지만, 나에게 고전 속 주인공이 펼쳐내는 사랑의 행로는 요즘 텔레비
전 드라마 속의 남녀 주인공들보다 더 진솔하고 진취적으로 다가온

다. 그들은 흔히 시대보다 두 걸음이나 세 걸음쯤 앞서 있다.

사람들의 삶이란 시대적·사회적인 특수성에서 자유로울 수 없다. 고전의 주인공들 또한 마찬가지다. 그들이 펼쳐내는 사랑은 시대적인 조건과 연관성이 깊다. 하지만 그들은 특정 시대에 속한 사람들인 동시에, 시공간적인 차이를 넘어선 보편적인 인간들이기도 하다. 특히 '사랑' 앞에 설 때 그러하다. 좋아하는 사람 앞에서 그들은 가장 자기다운 참모습으로써 고민하고, 갈망하며, 도전한다. 그 모습에서 우리는 수백 년의 시간적인 격차를 넘어서 지금 여기 우리 자신의 모습을 본다.

흔히 고전문학을 '상투적'이라고 표현하는데 나는 그것을 '전형적'이라는 말로 바꾸어 말하고 싶다. 현대문학과 달리 고전문학 작품은 어느 한 작가가 개성을 발휘해 한번에 써낸 것들이 아니다. 적층적인 전승 과정을 거치며 사람들의 경험과 생각을 담아낸 작품들이 대부분이다. 그 작품들은 옛 사람들에게는 요즘의 문학과 비할 수 없을 정도로 귀한 것이었다. 내용을 다 외울 정도로 읽고 또 읽었고, 희미한 등불 아래 밤을 새워가며 베껴 쓰고는 했던 최고의 보물이었다. 수많은 사람의 관심과 정성을 오롯이 간직한 그 작품들은 전형성을 넘어서 원형성을 지닌다는 것이 우리의 믿음이다.

고전 속에 그려진 전형적이고 원형적인 사랑의 풍경들과 만나면서 우리가 한 가지 특별히 확인한 것은 거기 깃든 각성과 치유의 힘이다. 흔히 고전문학에 대해 '교훈적'이라고 하는데, 이는 정말로 맞는 말인 것 같다. 다만 그 교훈은 틀에 박힌 이념적인 교훈이 아니라 존재와 관계에 대한 근원적이고 보편적인 교훈이다. 우리가 만난 고전은, 고전 속의 사랑은 거의 짙은 여운과 함께 깊은 울림과 깨우침으로 마음 깊이 각인되는 것이었다. "그래, 이것이 바로 인간이지! 이것이 진짜 사랑이야!" 하고 고개를 끄덕이면서, 또는 "아, 저게 아닌데! 저 사람은 왜 저리했을까?" 하고 탄식하면서 스스로를 되짚어보게 했다. 그 속에는 우리를 비추어주고 길을 밝혀주는, 우리를 위로하고 북돋아주는 힘이 있었다. 두고두고 삶의 등불이 될 수 있는 치유의 힘이다.

화두를 '사랑의 기술'이라 했지만, 이때의 기술은 흔히 말하는 '테크닉'과는 다르다. 고전이 말하는 기술은 원리나 철학에 가깝다. 예컨대 고전이 전해주는 사랑의 가장 중요한 기술은 진정성과 신념이다. 그리고 언행일치의 진실함이다. 어찌 보면 뻔하고 교과서적인 답처럼 생각될지 모르지만, 고전 속 사랑에 대한 이야기들을 만나다보면 그렇지 않다는 것을 실감할 것이다. 사람의 마음을 움직이는 진정성이 무엇인지를 제대로 알고 또 실천한다는 것은 간단한 일이 아니다. 자기 자신과 상대방에 대한, 그리고 직면한 상황에 대한 바르고 깊은 이해가 있지 않으면 온전히 발현될 수 없다. 그 구체적이고 전형적이면서도 다양한 모습을 고전을 통해 볼 수 있다. 단순한 머리로의 앎이 아닌 가슴과 몸으로의 깨우침이 그 속에 있다. 그것이 문학의 힘이고 고전의 힘이다.

요즘 텔레비전 드라마 등에서 전통시대를 배경으로 한 사극이나 지난 세대의 삶의 풍경을 다룬 작품들이 인기를 끌고 있는데, 이는 우연이 아니라고 생각한다. 지나간 삶을 통해 우리 삶을 더 객관적이고 깊이 있게 비추어볼 수 있다. 이질감이 커 보이는 옛날 일을 통해 현재를 비추는 작업은 꽤 흥미롭고 흥분되는 일이다. 춘향과 몽룡이나 흥부 부부한테서 뜻하지 않은 감동을 받을 수 있다면, 주생이나 영영, 심생 같은 갸륵한 사랑의 주인공들을 새로 만나 그들을 가슴에 품을 수 있다면, 그러니까 수백 년 전의 사람들과 마음이 통해 그들과 동반자가 될 수 있다면 재미있고도 놀라운 일일 것이다.

이 책은 고전문학을 사랑하는 여러 연구자들의 오랜 공동 작업을 통해 이루어졌다. 함께 작품을 고르고 해석 방향을 잡으며 분석 내용을 점검하고 수정 작업을 진행했다. 쉽지 않았지만 즐겁고 뜻깊은 과정이었다. 우리 스스로 고전에 깃든 가치와 힘을 재발견하는 과정이었고, 사랑에 대한 인식을 심화·확장하는 과정이었다. 작업을 진행하는 기간에 평생의 인연을 찾아 혼례식을 올린 연구자도 여러 명이다. 그들은 고전에서 만난 주인공들을 등불로 삼아 좋은 사랑을 오래오래 이어갈 것이다.

바라건대, 이 책을 통해 고전이 우리 가까이 있는 귀한 보물창고임을 깨닫고 그 문 안으로 찾아 들어가는 사람들이 많아지기를 기대한다. 아울러 참다운 사랑의 기운이 두루 퍼져 이 세상이 더 아름답고 행복해지기를 소망한다.

힘든 공동작업의 과정을 기꺼이 함께해준 젊은 연구자들에게 감사한다. 고전문학이라는 귀한 동반자가 곁에 있으니 그 삶이 가난한 것일 리 없다. 고전을 가지고 사랑을 가진 자, 바로 그대가 이 세상의 주인공이다.

2016년 8월 필자를 대표하여
신동흔

## 극복 편 – 현실 앞에 물러서지 않는 용기

## 실현 편 - 오롯이 함께 완성하는 사랑

## 일러두기

- 이 책은 기존 고전소설 연구자들이 발굴하고 번역하며 주해한 고전문학 자료를 바탕으로 이루어진 것이다. 작품 원문에 대한 출처와 쪽수를 일일이 기재하는 대신, 작품 설명 부분에 인용 대상으로 삼은 자료의 서지사항을 밝히고 권장할 만한 텍스트를 제시했다. 저자들이 직접 원문을 현대어로 옮긴 경우도 있다.
- 작품을 해석하고 글을 쓰는 과정에서 참고한 책과 논문, 그리고 작품을 이해하는 데 참고할 만한 논저들은 책 말미 참고문헌에 일괄 제시했다.
- 인용된 번역은 원문의 느낌을 가급적 살리되 독자들이 이해할 수 있도록 풀어 썼다. 때로 고어체를 현대어로 바꾸기도 했다.
- 한자 표기는 최초 1회 병기를 원칙으로 했다. 단, 본문의 이해를 돕기 위해 필요한 경우 다시 병기했다.
- 본문에 전집이나 총서, 단행본은 《 》로, 개별 작품이나 편명, 판소리명 등은 〈 〉로 표기했다.

# 만남 편

## − 우연을 운명으로 바꾼 힘

위생은 미친 마을이 크게 일어나

수레를 끄는 여섯 마리 말이 동시에 치달리듯 하니

끝내 제어하지 못하고 마침내 발길 가는 대로 걸어

소숙방의 방 앞에 이르렀다.

— 〈위경천전〉 중에서

# 마음을 다해 마음을 얻다

-〈최치원〉의 최치원과 두 낭자

🌑 손 내밀기

마음속에 고이 숨어서 잠자는 사랑의 욕망이 있다. 겉으로 고요하지만, 그 마음속은 이루 헤아리기 어렵다. 깊이 파묻혀 병이 되고 귀鬼가 된 열정, 그것을 일깨워 꿈같은 사랑으로 승화시키는 힘은 무엇일까. 그 출발은 손 내밂일 것이다. 적극적이면서 따뜻한 손 내밂 말이다. 나비 같은 그 작은 몸짓이 큰 파도를 만들어낸다.

## 우리에게 주어진 최대의 화두, 사랑

한국소설사의 첫머리에 놓이는 작품은 무엇일까? 많은 이들이《금오신화金鰲新話》를 떠올릴 것이다.《금오신화》정도로는 소설이라고 말하기 어렵고 더 뒤의 작품인〈구운몽九雲夢〉이나〈춘향전春香傳〉정도 되어야 본격적인 소설 작품으로 인정할 수 있다고 보는 이도 있다. 근대에 들어서야 비로소 소설이 궤도에 올랐다는 사람들은 이광수의〈무정無情〉같은 작품을 본격 소설사의 첫머리에 내세우기도 한다.

흥미로운 사실은 위에 든 작품들 모두 사랑을 주요 화두로 삼고 있다는 점이다.《금오신화》의〈만복사저포기萬福寺樗蒲記〉와〈이생규장전李生窺牆傳〉은 완연히 애정의 서사를 기본 축으로 삼고 있으며,〈구운몽〉

에서도 성진과 팔선녀, 또는 양소유와 여덟 낭자의 만남과 결연이 서사의 큰 줄기를 이룬다. 〈춘향전〉이나 〈무정〉에 대해서는 따로 긴 설명이 필요 없을 것이다. 소설이라는 양식과 사랑이라는 주제가 일찍부터 긴밀한 관계를 맺어왔음을 짐작케 하는 대목이다.

아니나 다를까, 실제로 그러하다. 근대사회는 차치하더라도 고전소설이 산출된 전통사회는 남녀의 자유연애가 제한되어 있던 봉건적인 사회였을 터인데, 소설작품에서는 그렇지도 않아 보인다. 사랑을 찾아 훌쩍 움직여 나아가는 남녀로 가득하다. 개중에는 사랑에 인생을 거는 이도 적지 않다. 소설작품들을 읽다보면, 사랑에 과거와 현재가 따로 없음을 실감한다. 동서고금을 떠나 세상 모든 이의 가슴속에 깃들어 있는 크나큰 사랑의 열정이 생생하다. 고전소설은 그 억눌린 열정을 마음껏 펼쳐내는 상상적인 해방구였는지도 모른다.

최근 학계에서 고전소설의 첫 장을 연 작품으로 많이 일컫는 작품에 〈최치원崔致遠〉이 있다. 언제 누가 썼는지 정체가 조금 불투명하지만, 대략 신라 말에서 고려 초 무렵에 지은 것으로 추정한다. 작품 시기가 《금오신화》보다도 한참 앞서다보니 과연 소설로 볼 수 있는가를 둘러싸고 논란이 지속되고 있지만, 내용으로 보면 완연히 소설 성격을 지니는 작품이다. 어떤 소설인가 하면 낭만적이며 환상적인 소설이다.

〈최치원〉의 화두 또한 남녀 사이의 사랑이다. 머나먼 이역 땅에서 꿈처럼 아련히 펼쳐지는 뜨거운 열정의 사랑. 그 사랑, 예사로운 것이 아니었다.

## 놀라운 파격의 연속

생각하면 꿈속의 일과 같은 하룻밤이었다. 낯선 무덤가를 찾아가 글을 한 수 지은 것을 계기로 경이로운 일이 벌어진다. 그 사건의 주인공은 최치원이었다. 머나먼 중국 땅으로 유학을 가서 과거에 급제하고 율수현위溧水縣尉가 된 최치원은 죽은 두 처녀가 묻혀서 쌍녀분雙女墳이라고 불리는 무덤을 찾아갔다가 그들의 슬픈 운명을 안타까이 여기며 글을 한 수 지어 말을 건네었다. 그날 밤, 최치원의 숙소에 무덤 속 두 여성의 시녀가 나타나고, 이어서 두 여성이 직접 찾아와 기이하고 특별한 인연을 맺었다. 그 사건이 진행되는 과정은, 그리고 상황이 펼쳐지는 양상은 그야말로 파격의 연속이었다.

첫 번째 파격은 '결연의 속도'다. 최치원은 뜻하지 않게 찾아온 아리따운 여성들이 자신에게 호감이 있음을 확인하고는, 이리저리 길게 말을 돌릴 것 없이 단도직입으로 그들에게 '사랑을 나누고 싶다'고 마음을 밝힌다.

> 일찍이 노충盧充은 사냥을 갔다가 홀연 좋은 짝을 얻었고, 완조阮肇는 신
> 선을 찾다가 아름다운 배필을 만났다고 들었습니다. 아름다운 그대들
> 이 허락하신다면 좋은 연분을 맺고 싶습니다.

얼굴을 처음 마주한 지 얼마 되지도 않은 때였다. 무례하다고 퇴짜를 당하기에 알맞은 상황이었다. 하지만 다분히 '작업용'으로 보이는 이 말을 그녀들은 물리치지 않고 기꺼이 받아들인다. 그리하여 그들은 곧바로 '운우雲雨의 정'을 나눈다. 요즘 말로 하면 동침, 곧 성적인 결합이었다. 서로 얼굴을 마주 대하고 단 한 번의 틈새도 두지 않은

상태에서 이루어진, 단지 눈빛을 교환하고 몇 마디 말을 주고받은 상태에서 벌어진 일이었다. 춘향과 이도령이 만난 뒤 첫날밤까지의 진행이 꽤 빨랐다지만, 그것은 광한루에서 만난 이후 한 번 헤어져 뜸을 들인 뒤의 일이었다. 이 남녀들은 그보다 훨씬 빠르게 움직였으니 거의 빛의 속도라 할 정도다. 우리 소설사의 첫머리에서 만나는 놀라운 파격이다.

그들은 마치 천생연분을 만난 듯 첫눈에 서로를 받아들여 뜨겁게 사랑을 나눈다. 그런데 그것은 '하늘을 거스르는' 사랑이었다. 남자는 이 세상 사람인 데 비해 여자는 이미 죽어 저세상으로 간 사람이니, 그들은 소통하고 결연할 바가 아니었다. 하늘이 낸 가장 크고도 명확한 경계가 바로 삶과 죽음 사이가 아닌가 말이다.

저의 나이 열여덟, 아우의 나이 열여섯이 되자 부모님은 혼처를 의논하셨습니다. 그래서 저를 소금장사와 정혼하고 아우를 차茶장사에게 혼인하게 허락하셨습니다. 저희는 매번 남편감을 바꿔달라고 하고 마음에 차지 않았다가 울적한 마음이 맺혀 풀기 어렵게 되고 급기야 요절하게 되었습니다. 어진 사람 만나기를 바랄 뿐이오니 그대는 혐의를 두지 마십시오.

죽은 이와 산 이의 사랑을 그린 작품은 많다. 이때는 한쪽이 죽은 사람이라는 사실을 인지하지 못한 채, 또는 그것을 인정하지 않은 채 사랑을 나누는 것이 보통이다. 그런데 〈최치원〉에서 그녀들은 자기가 '죽은 사람'이라는 사실을 명확히 밝힌다. 죽은 사람이니 곧 귀신에 해당한다. 하지만 저 남자, 그러한 사실에 개의치 않고서 여자에게 손을 내민다. 그리고 서로 뜨겁게 끌어안아 한 몸이 된다. 예사롭지 않은 일이다. 이것이 두 번째 파격이다.

이들보다 더 놀라운 파격이 무엇인가 하면, 그 뜨거운 사랑의 장면을 한 남자와 한 여자가 아닌 '한 남자와 두 여자'가 만들어낸다는 사실이다. 〈최치원〉을 처음 접하는 스무 살 무렵의 대학생들이 깜짝 놀라면서 실색하는 대목이다.

곧 정갈한 베개 셋을 늘어놓고 새 이불 하나를 펴놓았다. 세 사람이 한 이불 아래 누우니 그 곡진한 사연을 이루 다 말할 수 없었다.

작품은 최치원이 여성들과 사랑을 나누는 장면을 위와 같이 간단히 전하고 있다. 말은 간단하되 그 장면에 내포된 상황은 가히 놀라운 것이라 할 수 있다. 두 여성과 '차례로'도 아니고 '나란히 함께'다. 더구나 그녀들은 남남이 아닌 친자매다. 이것은 무슨 일인지! 작품에서 "이루 다 말할 수 없었다"고 하는 "그 곡진한 사연"이란 과연 어떤 것일지, 잠깐이라도 그 구체적인 정황을 상상하면 낯이 뜨거워짐을 피할 수 없는 장면이다.

이와 같은 파격은 이보다 훨씬 뒤에 나온 어떤 작품에서도 만나기 쉽지 않다. 〈만복사저포기〉와 〈이생규장전〉에 산 사람과 죽은 사람의 사랑이 그려지지만, 그것은 한 남자와 한 여자 사이의 사랑이었다. 〈구운몽〉이나 〈옥루몽玉樓夢〉 같은 작품에 한 남자가 여러 여성이 사랑을 나누는 상황이 설정되지만 그 또한 '한자리에서 동침'을 뜻하는 것은 아니었다. 더 최근인 근현대소설에서도 이러한 설정은 쉽게 만날 만한 것이 아니다. 아득한 옛 시절의 고전에서 이러한 상황과 만나

다니, 천년 세월이 무색해지는 순간이다. 그렇다. 그것이 문학이고 또 인간이다.

## 시어로 천보이는 영혼의 향연

예상을 훌쩍 넘어서는 파격이라 했다. 그런데 놀라운 일은, 작품을 읽다보면 그것이 파격으로 느껴지지 않는다는 사실이다. 산 이와 죽은 이가 사랑을 나누고 있다는 사실은 쉽게 인지되지만, 한 남자와 두 여자가 동침하고 있는 중이라는 사실은 잘 실감이 나지 않는다. 서술이 간단해서일 수도 있겠지만, 그보다는 그들이 사랑을 나누는 상황이 무척이나 자연스럽고 낭만적으로 그려져 있기 때문이다. 독자에게 그들의 사랑은 추하다기보다 아름답게 느껴지며, 기이하다기보다 환상적인 쪽으로 다가온다. 그들의 사랑이 낭만적으로 살아나게 하는 데 중요한 구실을 하는 요소로 '영롱한 말'들을 들 수 있다.

이때 달은 낮과 같이 환하고 바람은 가을날처럼 맑았다. 그 언니가 곡조를 바꾸자고 하였다.

"달로 제목을 정하고 풍風으로 운韻을 삼지요."

이에 치원이 첫 연을 지었다.

금빛 물결 눈에 가득 먼 하늘에 떠 있고[金波滿目泛長空]
천리 떠나온 근심은 곳곳마다 한결같구나[千里愁心處處同].

팔랑이 읊었다.

수레바퀴 옛길 잃지 않고 움직이며[輪影動無迷舊路]

계수나무꽃 봄바람 기다리지 않고 피었네[桂花開不得春風].


구랑이 읊었다.


둥근 빛 삼경[三更] 너머 점점 밝아오는데[圓輝漸皎三更外]

한번 바라보니 이별 근심에 가슴만 상하는구나[離思偏傷一望中].


　서정으로 가슴을 흔드는 아름다운 시어[詩語]의 연속이다. 마치 한 사람이 지은 듯 자연스레 이어지는 영롱하고 찬연한 저 말들은 단순한 '기호'가 아니라, 저들의 '영혼'이라 할 수 있다. 말과 말이 이어져 하나가 되는 과정은 곧 저들의 영혼과 영혼이 이어져 하나가 되는 과정으로서 의미를 지닌다. 비록 방금 전에 처음 만난 사이라고 하지만, 그것은 그저 외형일 따름이다. 본질로 보자면 저들은 지금 불꽃같은 운명적인 만남을 통해 하나가 되는 중이다. 고독 속의 오랜 기다림이 응축된 만남이고 평생을 잊지 못할 강렬한 만남이니 일컬어 '영원의 만남'이 된다. 앞서 말한 '빛의 속도'는 저 불꽃같은 결연에 어울리는 짝이라고 할 만하다.

　한 남자와 두 여자의 사랑놀음에 대해 말하자면, 이 상황에 '사랑놀음'이라는 말은 잘 어울리지 않는다. 놀음이 아니라 사랑 그 자체일 따름이다. 여자 또는 남자가 하나인가 둘인가 하는 것은 본질이 아니다. 중요한 바는 저들의 영혼과 영혼이 뜨겁고 순수하게 만나고 있다는 사실이다. 그에 대해 '마음으로 충분하지 왜 꼭 이불 아래에 안고서 누워야 하느냐'고 말한다면 그 또한 이치에 맞지 않는다. 굳이 마음과 몸을 나누는 것 자체가 편견이라는 뜻이다. 서로 마음이 통하고 이어서 한 몸이 되는 것은 완전하게 하나가 되는 상황의 서사적인 표상이라 할 수 있다. 그들은 그렇게 존재를 나누었던 것이다.

〈최치원〉이 그려내는 사랑은 무척이나 기이하고 낭만적이며 진지하고 열정적이다. 그런데 단지 그뿐이 아니다. 그 사랑에는 또 다른 색깔이 어울려 있다. 〈최치원〉은 진지한 한편으로 꽤 익살스러운 작품이다. 재치와 유머가 흘러넘친다. 그것은 단편적인 요소를 넘어서 작품의 중요한 미적인 특징을 이루고 있다.

두 여자가 살짝 웃을 뿐 별 말이 없으니, 치원이 시를 지었다.

아름다운 밤 다행히 잠깐 만나뵙건만 [芳宵幸得暫相親]
어찌하여 말 없이 늦은 봄을 마주 대하십니까 [何事無言對暮春].
진실부秦室婦라 생각하였을 뿐 [將謂得知秦室婦]
원래 식부인息夫人인 줄 몰랐구려 [不知元是息夫人].

'진실부'는 진라부秦羅敷로 시를 지어 한 임금의 유혹을 뿌리친 여성이고, '식부인'은 식규息嬀로 본 남편이 죽은 뒤 다른 나라 임금과 결혼해 자식을 낳은 여성이다. 그러니까 최치원이 한 말은 "당신, 정결한 여자인 줄 알았더니 이제 보니 남자를 원하는 여자였군"이라는 말이다. 농담 반 진담 반으로 상대방을 떠보는 '작업의 언어'라 할 만하다. 그것을 멋진 시詩로써 펼쳐냈으니 꽤 고단수라 할 수 있다.

이때 붉은 치마의 여자가 화내며 말하였다.

"담소를 나눌 줄 생각했더니 경멸을 당했습니다. 식부인은 두 남편을 좇았지만 저희는 아직 한 남자도 섬기지 못하였습니다."

공이 웃으면서 말하였다.

"부인은 말을 잘하지 않지만 말하면 반드시 이치에 맞는군요."

두 여자가 모두 웃었다.

최치원의 떠보는 말에 대해 한 여성이 뾰로통해서 "우린 그와 다르다. 함부로 말하지 말라"는 뜻을 밝혔다. 그러자 최치원이 웃으면서 그 말을 인정했다. "말을 잘하지 않지만 말하면 반드시 이치에 맞는다"는 것은 공자孔子가 민자건閔子騫이라는 사람을 일컬어 한 말로, 상황에 맞는 재치 있는 발언이었다. 그 재치에 그녀들 또한 마음을 풀고서 웃음을 짓게 된다. 서로 은근히 우스운 말로써 마음을 떠보는 가운데 어울리고 있는 상황이다. 무척이나 현대적인 감각이다. 그 날렵하고 은근한 유머를 통해 산 사람과 죽은 사람의 상면이라는 무겁고 딱딱한 상황이 가볍고 유쾌한 것으로 바뀐다.

〈최치원〉 속의 이러한 유머가 진정성과 거리가 먼 가볍고 소모적인 말장난이 아님에 유의할 필요가 있다. 이 상황을 갈무리하는 최치원의 말은 다음과 같은 것이었다.

공이 화답하여 시를 지었다.

500년만에 비로소 어진 이 만났고 [五百年來始遇賢]

또 오늘 밤 함께 잠자리를 즐겼네 [且歡今夜得雙眠].

고운 그대들 광객狂客을 가까이했노라 한탄하지 말라 [芳心莫怪親狂客].

일찍이 봄바람에 적선謫仙이 되었으니 [曾向春風占謫仙].

　그는 가벼운 욕망을 순간의 쾌락으로 펼쳐낸 미친 과객[狂客]이 아니었다. 자기를 알아줄 사람을 500년이나 기다린 저 여성들만큼이야 아니겠지만, 그 또한 머나먼 땅을 떠도는 고독한 존재였다. 그 외로움이 그녀들의 원한을 알아보는 계기가 된 터였다. 그것은 미친 놀음이 아니라 '신선의 일'이었다고 표현해도 좋을 만한 일이었다. 밑바탕으로 돌아가 존재의 본원과 만나는 일 말이다. 저 남녀들이 주고받은 농담은 오랜 외로움에 이은 기이한 인연을 색깔 있게 살려내는 멋들어진 예술적인 장치였다.

　앞서 '파격'이라고 말했지만 아름다움과 무거움에 유쾌함이 어울린 이러한 미적인 감각에 대해서는 파격보다 '전위'가 더 어울리는 표현이다. 이는 시대를 1천 년 이상 앞서간 전위였다. 우리 소설사의 첫 장을 연 〈최치원〉이라는 작품은, 거기 그려진 사랑의 형상은 무척이나 매력적이다. 오늘날 여기에 있는 우리 마음을 흔들 정도로 말이다.


## 죽음마저 물리친 작은 진심

꿈과도 같은 하룻밤 사랑이었다. 하지만 영원히 잊을 수 없는 놀랍고 황홀하며 그윽한 사랑이었다. 수백 년을 차가운 땅속에 아프게 잠들어 있다가 솟아오른 사랑이니 그 힘이 오죽했을까. 상대 또한 머나먼 이역 땅에서 깊은 외로움에 방황하고 있었던 터이니 사랑의 뜨거움은 더할 바 없었을 것이다. 삶의 기운이 정점을 찍은, 마치 그날 그 순간을 위해 존재해왔던 것과 같은 특별한 경험이었다고 할 만하다.

그러한 놀라운 폭발을 가능하게 한 동인이 무엇이었는지 되새겨본다. 크나큰 폭발력을 내재한 도화선은 오래 땅에 파묻힌 채로 방치되어 있던 터였다. 그대로라면 없던 일이 될 수 있는 상황이었다. 그런데 어느 날 우연인 듯 필연인 듯 하나의 불씨가 홀쩍 던져져 심지에 불이 붙었다. 작품은 그 상황을 다음과 같이 묘사한다.

최치원은 자字가 고운孤雲으로 열두 살에 서쪽으로 당나라에 가서 유학했다. 건부乾符 갑오년(874)에 학사學士 배찬裵瓚이 주관한 시험에서 단번에 괴과魁科에 합격해 율수현위를 제수받았다. 일찍이 현 남쪽에 있는 초현관招賢館에 놀러간 적이 있었다. 관館 앞의 언덕에는 오래된 무덤이 있어 쌍녀분이라 일컬었는데 고금의 명현名賢들이 유람하던 곳이었다. 치원이 무덤 앞에 있는 석문石門에다 시를 썼다.

어느 집 두 처자 이 버려진 무덤에 깃들어 [誰家二女此遺墳]
쓸쓸한 지하에서 몇 번이나 봄을 원망했나 [寂寂泉扃幾怨春].
그 모습 시냇가 달에 부질없이 남아 있으나 [形影空留溪畔月]
이름을 무덤 앞 먼지에게 묻기 어려워라 [姓名難問塚頭塵].
고운 그대들 그윽한 꿈에서 만날 수 있다면 [芳情儻許通幽夢]
긴긴 밤 나그네 위로함이 무슨 허물이 되리오 [永夜何妨慰旅人].
고관孤館에서 운우를 즐긴다면 [孤館若逢雲雨會]
함께 낙천신洛川神을 이어 부르리 [與君繼賦洛川神].

최치원이 율수현위가 된 뒤 초현관과 쌍녀분을 방문한 과정에 대한 묘사는 무심할 정도로 단조롭다. 여러 명현이 놀던 데라서 최치원 또한 별 생각 없이 그곳을 찾아간 것처럼 읽히기도 한다. 그가 석문에 써서 남겼다는 시도 앞부분이 꽤 진지하고 사려 깊어 보이는 데 비해, 뒷부분은 꿈에서라도 만나서 함께 정을 나누어보면 좋겠다는 식의, 청춘의 충동적인 욕망을 담은 내용이다.

그런데 주목할 점은 최치원이 남긴 저 시를 불씨로 차가운 무덤 속에 수백 년 동안 잠들어 있던 두 여성의 넋이 일어나 움직이기 시작했다는 것이다. 그녀들은 화답하는 시를 써서 몸종을 통해 사내한테 보내고, 만나보기를 청한다는 사내의 말에 직접 걸음을 옮겨 그가 있는 관사로 나아간다. 그리고 앞서 보았던 바와 같은 대화와 시詩 교환을 거쳐 함께 뜨거운 사랑의 밤을 이룬다. 다분히 엉성해 보이고 비약으로 여겨지는 상황 전개라 할 수 있다. 욕망을 투영한 상상적인 환상처럼 보이는 양상이다.

하지만 그 서사적·상황적인 맥락을 잘 살펴보면 납득할 만한 요소들을 갖추고 있음을 깨달을 수 있다. 그 쌍녀분을 수많은 명사 현인이 다녀갔지만 누구도 무덤의 주인공에게 진지한 관심을 나타내지 않았던 상황이다. 그 내면을 헤아려보지 않은 채, '누가 죽어 묻혔구나' 하는 식으로 넘어갔다는 말이다. 개중에는 무덤 주인공의 사연에 대해 호기심이나 관심을 가졌던 이들도 있었을지 모르지만, 거기까지였다. 다들 생각만 하고서, 또는 스치듯 말만 하고서 지나쳤을 따름이다. 그런데 최치원은 달랐다. 두 여성이 묻혀 있다는 이야기를 가볍게 넘기지 않고 그들을 향해 말을 걸었다. 대충 던지는 말이 아니라, 한 편의 정련된 시였다.

바로 그 한 편의 시가, 손 내밂이라는 작은 몸짓이 기적을 발휘한 것이다. 마치 부적이라도 되는 양 죽은 그녀들을 일으켜서 움직이게 했던 것이다. 작지만 무심치 않았던 하나의 몸짓이 땅에 묻혀 있던 도화선에 불을 붙인 상황이다.

그 불씨는 어떻게 꺼지지 않고 타오를 수 있었을까? 두 가지 사항에 주목할 만하다. 먼저 그 몸짓 안에 진심이 담겨 있었다는 사실이다. 최치원은 그 자신이 먼 변방의 나라에서 이역만리로 떠나온 외로운 '나그네'였다. 그러한 처지가 무덤 속의 그녀들을 모른 척 지나치지 않고 작은 진심을 던지게 한 심리적인 바탕이었다고 할 수 있다.

이와 함께 우리가 주목할 것은 그의 몸짓이 '적극적인 손 내밂'이었다는 사실이다. 최치원의 시는 앞부분에서 여성들의 심정을 절절히 짚어낸 데 이어서 뒷부분에서 '자기와 함께 사랑을 나누자'는 뜻을 명확히 밝혔다. 그저 한번 만나보자는 가벼움이 아니라 '운우의 정으로 만나자'는 적극적인 이끎이었다. 어찌 보면 무엄할 수도 있는 그 진솔한 말 건넴이 잠든 그들을 깨우는 힘을 만들었다. 그녀들이 진짜 원하는 바가, 그럼에도 꽁꽁 가두어 숨겼던 바가 바로 몸과 마음이 하나가 되는 뜨거운 사랑이었다고 할 수 있다. 자신들이 원하는 사람과 함께 온 존재를 불태우는 사랑 말이다. 그러한 열정이 기름이 되어 이들은 사랑을 한껏 불사르게 되었던 것이라 할 수 있다. 파격적으로, 아름답게, 그리고 유쾌하게.

생각해보면 '사랑 없는 삶'이란 그 자체로 무덤과 같고 죽음과 같은 것이라 할 수 있다. 저 여성들이 묻혀 있었다는 무덤도 그와 같은 현실적인 상황을 상징하는 것으로 해석할 여지가 있다. '사랑이 없으면 죽음'이라는 것, '사랑만이 삶을 깨어나게 한다'는 것이야말로 세 사람이 한자리에서 동침하는 것보다 더 본질적인 파격에 해당하는, 진정한 전위에 해당하는 주제 의식이라고 할 수 있을 것이다.

그렇다. 아무리 큰 힘으로 억눌러도 지워지거나 사라질 수 없는 것이 사랑의 충동이고 열정이다. 오히려 억눌리는 그만큼 더 절실하고도 강렬한 힘을 함축한다. 그것은 언젠가 오롯이 풀려나야 하며, 풀려나게 마련이다. 굳이 크고 강력한 힘이라야 하는 것이 아니다. 도화선의 심지를 찾아 '진심'이라는 작은 불씨를 던지는 것만으로 억눌린 열정의 출구를 열 수 있다.

자칫 위험한 불장난이 될 수도 있겠지만, 〈최치원〉은 그것이 옳은 일이라고 말한다. 그것이 삶의 아름다움이자 빛이라고 말한다. 하기야 먼 옛날이든, 지금이든, 또는 먼 훗날이든 그러한 사랑을 해보지 못한다면 그것을 어찌 삶이라 할 수 있을까.


## 사랑으로 한세상을 살다

꿈같고 불꽃같았던 낭만과 환상의 하룻밤 사랑은 밤이 끝나면서 사그라진다. 여성들은 속절없이 사라지고 사내만 홀로 남아 이역만리 외로운 나그네로 돌아간다. 두 여성의 무덤으로 찾아간 최치원은 쓸쓸히 무덤가를 거닐면서 깊이 탄식하다가 한 편의 기나긴 시를 지었다고 한다. 그녀들과의 하룻밤 추억을 하나하나 되새김질하는 시였다. 시의 구절들은 수심愁心으로 가득하다.

늘 나그네 시름으로 화창한 봄날 원망할 터인데 [常將旅思怨韶光].
하물며 이렇게 이별의 슬픔 안고 그대들 그리워함에랴 [況是離情念芳質].
인간세상의 일은 수심의 끝이 없구나 [人間事愁殺人].

비로소 통하는 길을 들었는데 또 나루를 잃었도다 [始聞達路又迷津].

한참을 쓸쓸해하던 최치원은 애써 마음을 다잡아보려 한다.

대장부, 대장부여 [大丈夫大丈夫]!
남아의 기운으로 아녀자의 한을 제거한 것뿐이니 [壯氣須除兒女恨],
마음을 요망스러운 여우에게 연연해하지 말라 [莫將心事戀妖狐].

여자와의 일을 요망스러운 여우와의 만남이라고 치부하면서 떨쳐내려 한다. 이는 달리 말하면 최치원이 그만큼 그 일에 연연하면서 집착하고 있다는 뜻으로 해석된다. 그도 그럴 것이 그로서는 영원히 잊을 수 없는, 불꽃처럼 스러졌으므로 아쉽고 아프지만 그래서 더 생생하고 아름다웠던 인생 최정점의 순간이었다. 그는 사랑으로써 한세상을 살았던 것이다.

작품은 최치원이 중국을 떠나 고국으로 돌아온 뒤 가야산 깊은 곳에 숨어 살면서 세상을 마쳤다는 내용으로 끝이 난다. 그에게 세상 그 어떤 일도 저 하룻밤의 뜨거운 사랑만큼 강렬하고 생생하지 않았을 것이다. 어쩌면 그는 산속 깊은 곳에 은거한 채 늘 그 사랑을 되새김질하면서 스스로의 살아 있음을 확인했을지도 모른다. 조금은 장난처럼 던졌던 작은 진심이 불씨가 되어 온 존재가 뜨거운 불꽃처럼 타올랐던 그날 그 사랑을 말이다.

최치원이 정말로 그 사랑을 되새겼는지는 확인하기 어렵다. 하지만 뚜렷이 확인할 수 있는 일이 있다. 이 땅 수많은 지식인이 최치원의 이야기를 되새기며 불꽃같은 낭만적인 사랑의 열정에 휩싸였다는 사실이다. 작은 진심으로 얻어낸 불꽃같은 사랑은, 또는 삶과 죽음의 경계를 넘어선 파격과 전위의 사랑은 우리 소설문학의 가장 큰 화두 가운데 하나로 연면히 그 맥을 이었다. 〈만복사저포기〉와 〈이생규장전〉, 〈하생기우전何生奇遇傳〉이 그러하고, 〈운영전雲英傳〉과 〈최척전崔陟傳〉, 〈주생전周生傳〉이 그러하며, 〈구운몽〉과 〈옥루몽〉이 그러하다. 먼 옛날 한 편의 짧은 소설이 던진 불씨가 도화선을 타고 이어져 애정문학의 불꽃을 타오르게 한 상황이다.

조선시대의 일만이 아니다. 온 존재를 불태우는 뜨거운 사랑이 어찌 남의 일일까. 그 도화선은 먼 곳에 있지 않다. 언제든 던질 준비가 되어 있는 작은 진심 하나만 있다면, 그것은 이내 거짓말처럼 활활 타오를 수 있을 것이다.

신동흔 *

---

• 서울대학교에서 설화연구로 문학박사 학위를 받았으며, 건국대 국어국문학과 교수로 서사와문학치료연구소 소장을 맡고 있다. 고전문학의 대중적 확산을 위한 다양한 집필과 강연 활동을 하고 있다. 지은 책으로 《서사문학과 현실, 그리고 꿈》, 《프로이트 심청을 만나다》(공저), 《삶을 일깨우는 옛이야기의 힘》, 《살아있는 한국신화》, 《왜 주인공은 모두 길을 떠날까?》, 《국어시간에 설화 읽기》 등이 있다.

# 최치원崔致遠

## ● 작품 설명 ●

《수이전殊異傳》에 실려 있었다고 전해지는 나말여초의 한문 전기傳奇로, 영웅소설 〈최고운전崔孤雲傳〉과는 다른 작품이다. 〈쌍녀분雙女墳〉이라고도 불린다. 소설인지 여부를 놓고서 논쟁이 이어지고 있으며, 원작자가 최치원인지 여부도 쟁점이다.

## ● 줄거리 ●

최치원이 당나라에 들어가 과거에 급제해 율수현위가 되었을 때의 일이다. 고을 남쪽의 초현관 앞에 두 처녀가 묻힌 쌍녀분이라는 무덤이 있었다. 어느 날 최치원이 무덤 앞에서 그녀들을 위로하는 시를 지어 읊고서 관으로 돌아왔다. 그날 밤 한 여성이 나타나 쌍녀분 주인인 팔랑과 구랑의 몸종이라면서 두 낭자가 화답한 시를 주었다. 최치원이 두 낭자를 만나보기를 청하는 시를 지어 보내고 기다렸다. 그때 낯선 향기가 진동하면서 아름다운 두 여성이 나타났다. 그들은 율수현 부자 장씨 자매로 각각 열여덟, 열여섯이 되던 해에 부친이 그녀들을 본인 뜻과 달리 소금장수와 차장수와 결혼시키려 하므로 번민하다가 죽었다고 한다. 그 뒤 자기들의 한스러운 마음을 알아줄 이를 만나지 못하다가 최치원 같은 수재를 만나 심회를 풀어 기쁘다고 한다.

세 사람이 술자리를 베풀고 시를 화답하면서 즐기다가 베개를 나란히 베고 누워 정을 나누니 기쁨이 한량없다. 달이 지고 닭이 울자 두 여성은 작별할 시간이 되었다면서 시를 지어 읊고서 사라진다. 다음날 최치원은 간밤의 일을 회상하며 쌍녀분을 찾아와 주위를 배회하고 긴 노래를 지어 착잡한 마음을 풀어낸다. 그 뒤 최치원은 신라에 돌아와 여러 명승지를 유람한 뒤 가야산 해인사에 숨어서 지낸다.

## ● 인용 자료 및 권장 작품 ●

김현양 외 역주, 〈최치원〉, 《수이전 일문》, 박이정, 1996.

# 믿음과 확신이 운명을 결정한다

-〈최척전〉의 옥영과 최척

## 🔴 스스로 인연을 선택하기

남녀관계는 '선택'의 문제라고 한다. 어떤 사람을 어떻게 선택하는지가 인생의 향방을 결정한다. 선택은 많은 경우에 시련을 낳으며, 후회를 가져오기도 한다. 그것이 타의에 따른 선택일 경우, 그 인연은 인생의 파고 앞에서 파탄으로 치닫기 쉽다. 스스로 선택하고 만든 인연이라야 굳건히 이어질 수 있다. 하지만 이것이 저절로 되는 일은 아니다. 용기와 책임감, 그리고 실천력이 필요하다.

## 굳은 의지가 이끌어낸 필연

중국과 조선 사이의 망망대해에 배를 띄워 건너려는 가족이 있다. 아들과 며느리를 재촉해 배를 띄우라는 어머니의 이름은 옥영이다. 저 멀리 조선 출신으로, 전쟁통에 고향을 떠나 일본 땅으로 잡혀갔다가 겨우 살아남아 중국까지 흘러 들어온 여성이다. 그가 지금 목숨을 걸고 수천, 수만 리 거친 바다를 건너려는 중이다.

너는 모름지기 배를 한 척 사고 양식을 준비하여라. 이곳에서 조선까지는 수로로 불과 이삼천 리밖에 되지 않는다. 하느님께서 돌보시어 혹 순풍을 만난다면 채 열흘도 되지 못해 우리나라에 당도할 수 있을 것이다.

나는 이미 마음을 정하였느니라.

왜 그녀는 이러한 엄중한 결정을 한 것일까? 이유는 단 하나, 남편을 만나 가족이 다시 함께하기 위함이었다. 멀리 청淸나라 군대에 징발되어 북방의 전쟁터로 가서 만날 길이 없던 남편이었다. 조선의 군인들이 포로가 되어 죽게 되었다는 소식에 저 또한 목숨을 끊을 생각마저 했던 옥영은 조선군 포로들이 풀려났다는 소식에 이내 마음을 바꾸었다. 만약 남편 최척이 포로로 잡혔다가 풀려났다면 곧바로 조선으로 향했을 것이 틀림없었다. 그러니 그녀 또한 무조건 조선으로 가야 했다. 멀고 먼 육로를 통해 조선으로 가기는 기약이 없는 상황이었다. 그리하여 그녀는 바다를 횡단하겠다고 결정했던 것이다.

옥영의 아들 몽선이 그 무모한 계획에 바로 반대하는 뜻을 나타내지만, 옥영의 결심을 꺾을 수 없었다. 단지 결심만이 아니었다. 그녀는 바다를 건널 가능성을 이리저리 알아보고 필요한 준비를 해둔 터였다. 해류와 항해에 대한 지식을 쌓아두었고, 바다에서 낯선 외국인을 만났을 때의 대처 요령을 익혀두었다. 아들 내외는 그 결심과 의지를 거스를 수 없었다. 마침내 옥영은 바다 위에 배를 띄운다.

예상대로 쉽지 않은 길이었다. 바다는 생각보다 더 거칠었다. 거센 폭풍에 돛이 찢기고, 해적을 만나 배를 송두리째 빼앗겼다. 죽지 않고 무인도에 버려진 것만 해도 천행이었다. 지나가던 조선 배에 구원을 받아 꿈에 그리던 조선 땅으로 들어온 것도 하늘이 도운 덕이었다. 그렇게 우여곡절 끝에 다다른 고향 땅! 그곳에는 어떤 장면이 그들을 기다리고 있었을까?

옥영은 마음속으로 집이 온통 난리 중에 함몰되었을 것이기에 단지 옛
집터만을 찾아가려고 생각하였다. 감회에 젖어 두루 돌아보며 먼저 만
복사를 향하여갔다. 금교 옆에 이르러 앉아서 바라보니, 성곽이 완연하
였으며 시골의 집들도 예전과 다름이 없었다. 옥영은 몽선을 돌아보고
손가락으로 한곳을 가리키며 말했다.

"저기가 너희 아버지 집이었는데, 지금은 누구의 집이 되었는지 모르겠
구나. 모두 가서 하룻밤 머물러 자면서 옛날 일이나 돌이켜보자꾸나."

옥영 일행이 곧 일어나 그 집 문 앞으로 나아가보니 최척과 그 아버지가
수양버들 아래 앉아 있었다. 시아버지와 며느리, 남편과 아내, 아버지와
아들, 형제가 놀라서 서로 부둥켜안고 통곡을 하였다. 진위경도 와서 자
기 딸과 상봉을 하였으며, 심 씨는 허둥지둥 달려 나와 딸 옥영을 끌어
안고 통곡하다가 기절하고 말았다. 모두들 꿈이요, 세상에 진짜로 벌어
진 일이 아닌 듯이 슬픔과 기쁨을 억누르지 못하였다.


여러 해 만에 기대 없이 찾아간 옛집, 거기에는 남편은 물론 연로한
시아버지까지 살아서 앉아 있었다. 생사를 몰랐던 맏아들, 그리고 친
정어머니까지 함께였다. 그뿐인가. 중국에서 얻은 며느리의 친정아
버지까지 거기 와 있는 것이 아닌가! 일가족이 온전히 함께한, 꿈같
고 거짓말 같은 기적의 재회였다. 모두가 얼싸안고 우는 것도 당연했
다. 기절한 것도 지나치지 않다.

어찌 보면 저 장면은 교묘하게 꾸민 우연처럼 보이기도 한다. 실제
로 〈최척전〉에는 우연성이 지나치다는 평이 없지 않다. 하지만 이야
기의 심층을 보면, 저 장면이 단순한 우연이 아님을 깨닫는다. 저 장
면은 한 여성의 굳은 의지가 빚어낸 '필연적인 우연'이라 할 수 있다.

배 한 척을 띄워 바다를 건넌 옥영의 의지 말이다. 어떻게든 남편을 만나야 한다는 필생의 신념과 불굴의 의지였다.

그 신념과 의지에도 깊고 깊은 사연이 있다. 다시 돌이켜 보아도 가슴이 떨려오는 절박한 고민과 선택의 순간. 그것은 다름 아닌 그 자신이 손을 내밀어 이루어낸 인연이었다. 옥영은 지금 자신이 맺은 바를 스스로 풀어내는 중이다.


## 은근히, 그러나 명확히 마음을 전하기

이제 그 운명의 장면으로 나아갈 시점이다. 이렇게까지 파란만장하게 전개될 줄은 미처 몰랐던 인연의 실타래가 시작된 그 순간 말이다.

때는 나라가 왜란의 소용돌이 속에 있던 1594년, 한창 피어오르던 열여섯 처녀였던 옥영은 전라도 남원 만복사 근처 친척 집에 머물고 있었다. 본래 지체 높은 양반집 규수였다지만, 지금은 홀어머니와 불편한 더부살이를 함께하고 있는 고단한 신세였다. 전란이 언제 마무리될지도, 과연 정상적인 삶으로 되돌아갈 길이 있을지도 막막한 상황이었다. 작은 일 하나에도 무심할 수 없었던 그녀의 눈에 어느 날한 남자가 들어왔다. 옥영이 머물고 있는 댁에 글공부를 하러 찾아오는 젊은 사내였다.

사내의 이름은 최척이었다. 그 역시 어려서 어머니를 잃고 아버지와 함께 고단한 삶을 엮어가고 있는 사내였다. 그는 집안이 변변치 않아 혼처도 구하지 못한 상태였다. 전쟁이 나서 세상은 어지러운데, 따로 하는 일 없이 친구를 만나 놀면서 하루하루를 보내다보니 앞날이 불투명했다. 그러던 중 부친의 깨우침을 무겁게 받아들인 최척은 공부에 공을 들였고, 그 모습이 자못 진지했다. 그 모습이 옥영 눈에 들어온 것이었다.

옥영이 은근히 이리저리 알아보니, 그가 집이 가난하지만 됨됨이만큼은 꽤 신실한 인물임을 확인할 수 있었다. 최척을 지켜보던 옥영은 고민에 빠진다. 혼란한 시국과 고단한 처지에 저만한 남자라면 한번 인생을 걸어볼 수도 있을 것 같았다. 남녀가 인연을 이루어 사는 일에 무엇보다 중요한 것은 사람됨이 아니겠는가 말이다. 어영부영하다가 놓치면 아무 일도 없던 것처럼 스칠 인연이었다. 하지만 그렇다고 그가 어떤 사람인지 충분히 파악하지도 못했으면서, 또한 상대의 마음을 알지도 못하면서 무작정 사내의 손을 부여잡을 수도 없는 일이었다. 그러니 고민이었다. 그녀는 과연 어떻게 해야 하는 것일까?

그날 최척은 여느 날처럼 글을 읊으며 흥에 취해 있었다. 그때 홀연 창문 틈 사이로 종이 하나가 툭 떨어졌다. 거기에는 《시경詩經》〈표유매摽有梅〉의 마지막 장이 씌어 있었다. 〈최척전〉에 원문이 따로 인용되지 않은 그 시 구절은 다음과 같다.

떨어지려는 매화를[摽有梅]
광주리를 기울여 주워 담네[頃筐塈之].
나를 찾는 선비님들[求我庶士],
어서 와서 말만 하세요[迨其謂之].

그 시 구절을 받아 든 최척은 처음에 의아하다가 점차 마음이 황홀해졌다.《시경》에 실린 노래들은 공자가 '사무사思無邪'라고 한 데서 알 수 있듯이 사람들의 진솔한 감정을 있는 그대로 반영한 것들로 알려져 있다. 이 시 또한 마찬가지였다. 이른 봄에 찾아오는 여자의 마음자리가 살뜰하게 담겨 있었다. 좋은 짝을 만나 인연을 이루고 싶지만 여성으로서 직접 먼저 다가가 말하기 어려운 상황에서 상대방이 자기한테 말을 걸어주었으면 하는 간절한 바람을 표현한 시였다.

시를 읽고 나서 바로 최척의 마음에 떠오르는 한 처녀가 있었다. 공부를 할 때 슬쩍슬쩍 자신을 지켜보던 여자였다. 정상사 댁에 머물고 있는 듯했지만 그 집 딸은 아니었다. 한눈에도 그녀는 마음이 문득 흔들릴 정도로 곱고 그윽했다. 하지만 최척이 함부로 아는 척을 하거나 그녀에게 말을 건네기는 어려운 처지였다. 자기는 빈한한 집 출신으로 이 댁에 비교하기 어려운데다 아버지 명으로 공부에 집중해야 할 상황이라 허튼 마음을 품기 어려웠던 것이다. 그저 마음만 남몰래 싱숭생숭했던 터에 그 처녀가 자기한테 이렇게 쪽지를 보내서 말을 걸어왔던 것이다. 상황에 꼭 어울리는 《시경》의 〈표유매〉 구절을 이용해서 마음을 떠보는 그 기지가 놀랍고 대단했다.

옥영의 처지가 꼭 그러했다. 공부를 하러 오는 최척이 인상도 좋고 세상의 평판도 좋다지만 옥영으로서는 그 사람의 마음을 헤아리기 어려운 상황이었다. 무엇보다도 그 사람의 재주와 국량을 스스로 가늠해볼 수 있어야 했다. 그러니까 옥영이 보낸 저 쪽지는 최척에 대한 일종의 '시험'이었다. 과연 그 시 구절에 담긴 뜻을 제대로 이해할 수 있는지, 그리고 그 뜻을 감당해서 자기를 품을 만한지를 살펴보고자 했던 것이다. "이것이 무슨 소리야!" 하며 알아듣지 못하고 지나치거나, "여자가 외람되다!"라는 식으로 반응한다면 할 수 없는 일이다. 흥분해서 격이 떨어지는 경망한 답을 보낸다면 그 또한 원하는 바가 아니었다. 그렇다면 그는 인연이 아닌 것이었다.

문제는 주어졌다. 이제 최척이 답해야 할 상황이었다. 저녁에 최척이 공부를 마치고 집에 가는 시간에 맞추어 옥영은 몸종 춘생을 보내 최척에게 답장을 청했다. 몸종을 통해 옥영에 대해 궁금했던 점들을 확인한 최척은 옥영이 낸 시험에 대한 답안을 작성하기 시작했다. 그가 즉석에서 쓴 답은 다음과 같았다.

아침에 받은 훌륭한 글은 실로 저의 마음을 사로잡았습니다. 게다가 곧 이어 청조靑鳥를 만나니 제 기쁨을 어떻게 다 헤아릴 수 있겠습니까? 매번 거울 속의 그림자에만 의지하고 그림 속의 참모습은 불러내기 어려웠습니다. 님을 사모하는 마음은 유혹할 수 있고 상자 속의 향기는 훔칠 수 있다는 것을 모르는 것은 아닙니다. 그러나 봉산蓬山으로 가는 길은 멀고 약수弱水는 건너기 어려웠습니다. 어떻게 할까 이리저리 고민하고 궁리하는 사이에 이미 얼굴은 누렇게 뜨고 목덜미는 말라 비틀어졌습니다. 주저하며 잠을 이루지 못하니, 애가 끓는 듯하고 넋은 사라지는 듯했습니다. 그런데 뜻밖에도 오늘 빙간冰間의 말과 양대陽臺의 비가 홀연히 꿈속에 들어오고 서왕모西王母의 편지가 문득 전해져, 갑자기 성기星期의 만남을 이루고 월노月老의 끈을 맺었습니다. 이로써 제 삼생三生의 소원이 거의 다 이루어졌으니, 동혈지맹同穴之盟을 번복하지 마십시오. 글로 말을 다 표현하지 못하는데, 말인들 어떻게 마음을 다 표현할 수 있겠습니까?

정성을 다해 쓴 답장이었다. 여기서 '봉산'은 신선이 산다는 봉래산이며, '약수'는 깃털도 가라앉는다는 신선계의 전설적인 강이다. 마음은 간절하나 다가갈 수 없었던 상황을 여러 고사를 이용해 멋지게 표현했던 것이다. 봉래산과 양대의 비, 서왕모의 편지 등은 시 구절을 보내온 옥영을 '선녀'로 일컫는 표현에 해당한다. 연락책으로 온 춘생을 '청조'로 표현한 재치 또한 상당하다. 성기의 만남은 견우직녀의 만남을 말하고 월노는 남녀의 평생의 인연을 짝지어주는 월하노인을 일컬으니, 이는 옥영을 평생의 좋은 인연으로 받아들이겠다는 의사 표시다.

최척은 글 말미에 '동혈지맹'이라는 표현으로 한 무덤에 함께 묻히자고 맹서하며 말을 바꾸지 말고 반드시 그 약속을 지키기 바라는 마음을 표현했다. 한마디로 "그것이야말로 내가 진심으로 원하던 바이니 평생의 인연을 이루기를 원한다"는 의사표시였다. 그렇지 않아도 마음에 크게 담고 있던 터에 처녀의 글재주와 기지를 확인한 최척은 그녀를 짝으로 삼아야겠다고 마음을 굳힌 것이었다.

최척이 심혈을 다해 쓴 이 답안은 옥영의 마음에 들었을까?

## 스스로 정한 미래

최척이 보낸 편지를 춘생한테서 받아든 옥영의 심정은 어떠했을까? 거기 씌어 있는 글은 말 그대로 '모범답안'이었다. 옥영이 원했던 바로 그 대답이 거기에 있었다. 공부를 통해 쌓은 식견과 상대를 적절히 높여주는 예의, 그리고 자기의 진심을 뚜렷이 드러낸 명확한 의사표현까지 담겨 있었다. 전쟁통에 먼 지방까지 흘러온 사대부가 처녀는 이렇게 자기 평생의 인연이 될 만한 상대를 꿈처럼 운명처럼 만난 것이었다.

이제 그녀가 할 일은 최척에게 옛 시나 고사가 아닌 자기 자신의 말로써 뜻을 명확히 전하는 일이었다. 그녀는 밤사이에 편지를 썼다. 그리고 다음날 그것을 춘생을 통해 최척에게 전했다. 진심을 담은 편지였다. 먼 훗날 어린 몸으로 거친 바다에 배를 띄우게 한 그 마음과 인연을 담아낸 편지였다. 내용은 다음과 같은 것이었다.

저는 서울에서 생장하였으나 일찍 부친을 여의고, 지금껏 형제도 없이 홀로 편모偏母를 모셔왔습니다. 몸은 비록 영락零落하였으나 마음은 빙호氷壺 같으며, 거칠게나마 맑고 깨끗한 행실을 알아 대문 앞에 있는 길가마저도 나가본 일이 없습니다. 그러나 좋은 때를 만나지 못하여 세상살이에 어려움이 많고, 전쟁이 어지럽게 일어나 온 가족이 흩어져 떠돌다가 이곳 남쪽 땅까지 이르러 친척에게 몸을 의탁하고 있습니다. 나이는 이미 시집갈 때가 되었으나 아직 받들어 공경할 사람을 만나지 못하고, 항상 옥이 난리에 부서지거나 구슬이 강포한 무리에게 더럽혀질까 두려워하고 있습니다. 또 이 때문에 늙은 어머님께는 근심을 끼치고, 제 스스로도 몸을 보전하기가 어려워 슬프기만 합니다. 그러나 사라絲蘿가 반드시 교목喬木에 의탁하듯이 여자의 백년고락은 실로 남자에게 달려 있으니, 진실로 교목처럼 훌륭한 남자가 아니라면 제가 어떻게 결혼할 마음을 둘 수 있겠습니까? 가까운 곳에서 낭군을 뵈오니, 말씀이 온화하고 행동거지가 단정하며, 성실하고 진솔한 빛이 얼굴에 넘쳐흐르고, 우아한 기품이 보통 사람보다 한결 빼어났습니다. 만약 제가 어진 남편을 구하고자 한다면 낭군 외에 달리 누가 있겠습니까? 저는 용렬庸劣한 사람의 아내가 되기보다는 차라리 군자의 첩이 되는 것이 낫다고 생각합니다. 그러나 제 비천한 자질을 돌이키면 군자의 짝이 되지 못할까 두

렵기만 합니다. 어제 제가 시를 던진 것은 실로 저의 음란함을 깨우쳐 보이기 위함이 아니라, 단지 시험 삼아서 낭군의 의향을 탐지하려는 것이었습니다. 제가 비록 지식은 없으나 원래 사족土族으로서 애초에 저자에서 노니는 무리가 아닌데, 어떻게 담벼락에 구멍을 뚫고 몰래 만날 마음을 가질 수 있겠습니까? 반드시 부모님께 아뢰어 마침내 예에 따라 혼례를 치른다면, 비록 먼저 사사로이 시를 던져 스스로 중매하는 추태를 범하였으나 정절과 신의를 지켜 거안지경擧案之敬을 다하고자 합니다. 이미 사사로이 편지를 주고받아 그으윽하고 바른 덕을 크게 잃어버리기는 하였으나 이제 간과 쓸개가 비추듯 서로의 마음을 잘 알게 되었으니, 다시는 함부로 편지를 보내지 않겠습니다. 이제부터는 반드시 중매를 두어 제가 행로行露하였다는 비난을 받지 않도록 하여주시길 간절히 바라오니, 잘 생각하시어 일을 꾀하십시오.

어떤 멋 부림 없이 자기의 깊은 마음을 있는 그대로 풀어낸 글줄이었다. 먼저 자기 자신이 어떤 처지에 어떤 마음으로 지내왔는지를 찬찬히 설명한다. 어려서 부친을 잃고 전쟁통에 친척 집에 의탁하고 있는 처지로서 느끼는 앞날에 대한 막막함과 두려움은 가히 그럴 만한 것이었다. '어떤 사람을 남편으로 맞을 것인지'에 대한 문제는 옥영한테 크고도 절박한 일이었다. '여자의 처지가 큰 나무에 의지해야 살아갈 수 있는 덩굴풀 같다'는 말은 과장이 아니었다. 격에 맞지 않는 허탄한 남자 때문에 평생을 한숨과 고통 속에 보낸 여자가 얼마나 많았던가.

옥영은 자신이 최척한테 〈표유매〉 한 구절을 보낸 일이 단순한 풍정이나 욕망에 의한 것이 아니었음을 명확히 했다. 용모와 행동거지를 이리저리 지켜보면서 세심하게 그를 관찰해왔음을 밝힌다. 그녀로서는 평생의 삶이 걸린 일이니 무엇 하나 소홀할 수 없었던 것이다. 혹시라도 상대가 자기를 경박하거나 헤픈 여자로 오해할 가능성을 확실히 없애는 내용이었다. 자기가 본래 빙호, 곧 얼음이 든 병처럼 단정하고 깨끗한 사람이라는 사실을 처음부터 강조한 터였다. 그럼에도 먼저 시를 던져 마음을 떠본 것은, 혹시라도 용렬한 사람을 만나 평생을 회한 속에 살 수는 없다는 굳은 마음 때문이었다. 그녀에게 중요한 것은 권력도 아니고 부도 아니며 단지 '사람됨'이었다. 그리하여 민망함이나 외람됨을 무릅쓰고 사대부가 처녀로서 용기를 내서 시를 보냈던 것이다. 자칫 그렇게 엇갈려 지나치면 아득히 놓치고 말 인연의 끈을 어떻게든 잡아보려고 했던 상황이다.

옥영은 이제 최척의 뜻을 뚜렷이 확인했으니 그가 청한 '동혈지맹'을 기꺼이 받아들이겠다는 뜻을 밝히면서 정식 중매 절차를 거쳐 자기를 맞아줄 것을 청했다. 더불어 더는 편지를 보내지 않겠다고 했다. 어찌 보면 상대에게 책임을 넘기는 말 같지만 그렇지 않다. 자기의 결심과 의지는 다시 확인해보지 않아도 괜찮을 정도로 확고부동하다는 표현이었다.

그의 뜻은 "마침내 예에 따라 혼례를 치른다면, 비록 먼저 사사로이 시를 던져 스스로 중매하는 추태를 범했으나 정절과 신의를 지키어 거안지경을 다하고자 합니다"는 말 속에 모두 담겨 있다. 부끄러움과 범람함을 무릅쓰고 스스로 마음을 던져 선택한 남자와 정식으로 인연을 맺을 수 있다면 '정절'과 '신의'를 지키고 상을 이마에 들어 올리는 그 정성으로 변함없이 경애하면서 평생을 함께할 것이라는 표현이었다.

이는 아직 10대의 어린 처녀가 쓴 편지다. 얼마나 단엄하고 그윽한지 이루 헤아리기 어렵다. 그동안 살아온 인생의 무게가, 앞으로 살아갈 인생의 무게가 고스란히 담긴 운명의 편지다. 그에 대한 상대의 반응은 어떠한 것이었을까? 이 편지를 받아 들고서 그가 할 일은 하나뿐이었다. 바로 부모에게 알리고 중매를 보내 옥영한테 정식으로 혼례를 청하는 일이다. 그렇게 둘 사이에 혼약이 맺어진다.

실은 혼약을 맺은 과정이 그리 순탄한 것은 아니었다. 옥영의 모친은 최척의 집안이 빈한한 것을 꺼려서 중매를 받아들이지 않으려 했다. 이때 나서서 그 상황을 바꾼 사람이 바로 옥영이었다. 옥영은 간곡한 말로 어머니를 설득해 그녀의 마음을 바꾸었다. 옥영이 한 말은 다음과 같은 것이었다.

어머님께서 저를 위하여 사위를 고르시되 반드시 부유한 사람만을 구하려고 하시니, 그 마음이 안타깝습니다. 집안이 부유하고 사윗감마저 어질다면 얼마나 다행이겠습니까? 그러나 만약 집안은 비록 먹을 것이 풍족하더라도 사윗감이 어질지 못하다면, 그 집안을 보존하기 어려울 것입니다. 사람이 어질지 못한데 제가 그를 남편으로 섬긴다면, 비록 곡식이 있다고 한들 그가 능히 우리를 먹여살릴 수 있겠습니까? 제가 최생을 몰래 살펴보니, 그는 하루도 빠지지 않고 매일 우리 아저씨께 와서 성의를 다하여 성실하게 배웠습니다. 이로 보건대, 그는 결코 경박하거나 방탕한 사람은 아닙니다. 이 사람을 배필로 삼을 수만 있다면 저는 죽어도 여한이 없습니다. 하물며 가난한 것은 선비의 본분이요, 떳떳하지 못한 재물은 뜬구름과 같은 것입니다. 청컨대, 최생으로 마음을 정하시어 저의 소원을 이루어주십시오. 이것은 처녀가 제 입으로 할 말은 아니지만, 제 일생과 관련된 일입니다. 그런데 어떻게 부끄러움을 꺼려하여 침묵을 지킨 채 말을 하지 않고 있다가, 마침내 용렬한 사람에게 시집가서 일생을 그르칠 수 있겠습니까? 이미 깨진 시루는 다시 완전하게 하기 어려우며, 물을 들인 실은 다시 희게 할 수 없듯이 일이란 한번 그르치면 후회막급입니다. 하물며 지금 제 처지는 다른 사람들과 달라 집에는 엄한 아버지가 계시지 않고 왜적이 가까운 곳에 있습니다. 진실로 참되고 믿음직스러운 사람이 아니라면 어떻게 우리 두 모녀로 하여금 우리 가문의 운명을 온전하게 보존할 수 있도록 하겠습니까?

앞서 최척에게 보낸 편지글의 연장이다. 자신이 원하는 삶이 무엇인지, 또한 어떤 삶이 자신에게 필요한 것인지를 조목조목 풀어내는 똑똑하고 단호한 의사표현이었다. 이는 어머니로서 반론하기 쉽지 않은 논리였다. 어차피 딸의 인생이 아니던가. 딸을 빈한한 집에 보내야 한다는 거리낌을 다 지울 수 없었지만, 어머니는 마음을 바꿀 수밖에 없었다.

그렇게 최척과 옥영의 혼약은 성립할 수 있었다. 온전히 저 어린 처녀 옥영이 주도한 인연이었다. 그러니 스스로 책임져야 하는 인연이기도 했다. 그때만 해도 그녀는 그 인연을 지키는 일이 그리도 험난한 여정으로 이어질 줄은 아득히 몰랐을 것이다.

## 좋은 기억은 힘이 세다

때는 전쟁통으로 언제 어떤 뜻밖의 일이 벌어질지 모르는 상황이었다. 혼례를 앞두고 있던 최척과 옥영 사이에도 갑작스러운 시련이 닥

쳤다. 말타기와 활쏘기를 잘했던 최척이 의병에 징발되었던 것이다. 의병장은 엄한 사람이라 최척의 혼롓날이 되었는데도 그를 보내주지 않았다. 나라가 위태로운데 어찌 사사로운 일을 앞세우느냐는 것이었다. 그렇게 혼례가 미루어지는 와중에 집안이 부유한 양생이라는 사람이 옥영을 마음에 두고서 사람을 보내 옥영의 모친을 부추겼다. 이에 옥영 어머니의 마음이 흔들리고 말았다. 부유한 집에 딸을 시집 보내고 자기도 노후를 의탁하고자 한 것이니 노모의 입장에서 그럴 만도 한 일이었다.

하지만 옥영은 달랐다. 옥영한테 그것은 결코 받아들일 수 없는 일이었다. 자기가 애써 만들어낸 그 인연, 그 약속은 어떤 일이 있더라도, 차라리 죽음과 바꾸더라도 지켜야만 하는 것이었다. 그리하여 옥영은 차라리 죽음을 선택하기로 했다. 비단 수건에 목을 매어 자결을 시도한 옥영이 가까스로 살아나는 우여곡절이 이어졌다. 깜짝 놀란 모친은 마음을 바꾸었다. 주변에서는 뜻밖이라 생각했을지 모르지만 옥영에게는 필연이었다.

시일을 미룬 끝에 최척과 옥영의 혼인은 이루어졌다. 마침내 둘은 세상에서 제일가는 행복한 부부가 되었다. 믿음과 사랑으로 하나가 된 부부였다. 집안에 밝은 기운이 넘치고 재산까지 불어나니 그들은 누구나 부러워하는 한 쌍의 원앙이 되었다. 자식이 들어서지 않아 걱정이었으나 만복사 부처에게 빌어 아들 몽석까지 얻었다. 그들의 삶은 행복 그 자체였다. 이렇게 행복해도 되나 싶은 그러한 날들이 이어졌다.

하지만 아직 전쟁통이었다. 정유재란으로 왜적이 남원에 밀어닥치면서 그들의 행복은 한순간에 박살이 났다. 최척의 전 가족은 서로 생사도 모르는 채로 사방으로 뿔뿔이 흩어졌다. 남장 중이었던 옥영은 왜군에게 잡혀 노예의 처지로 일본으로 흘러가고, 명明나라 장수의 눈에 띈 최척은 북방으로 흘러들었다. 춘생에게 업혀 있던 어린 몽석은 어디로 갔는지 생사를 모르는 처지였다. 살아 있는 것이 기적이라 할 만한 상황이었다.

우여곡절은 그 뒤에도 한없이 이어졌다. 최척은 항주杭州의 친구 송우와 함께 상선을 타고 바람처럼 세상을 떠돌다가 어느 낯선 나라의 바닷가에서 일본 상선에 타고 있던 옥영과 재회했다. 퉁소 소리 하나에 서로를 알아챈 말이 되지 않는 우연이었지만, 사실 자나 깨나 서로를 그리워하며 바람 소리 하나에도 그 기척을 찾던 마음이 이루어낸 필연이었다.

그렇게 재회한 부부는 새로 아들 몽선을 얻고, 그 아들이 자라나자 중국인 며느리까지 얻었다. 그들의 마음은 늘 고향 땅에 가 있었으나 찾아가기에 너무 먼 길이었다. 그러다가 최척이 다시 군대에 징발되었다가 청군의 포로가 되었으니 기가 막힌 일이었다. 하지만 그것 또한 하늘이 만든 기이한 인연의 과정이었다. 최척은 거기서 아들 몽석을 꿈결처럼 만난 뒤 죽을 고비를 거치고서 풀려나 꿈에 그리던 조선 땅으로 향했다. 그리고 죽은 줄로만 알았던 노부모와 눈물로 재회했다. 하나의 이별을 간직한 재회였다. 아내 옥영과 아들, 그리고 며느리가 머나먼 중국 땅에 남았으니 말이다.

바로 그 상황에서, 어느 날 거짓말처럼 아내 옥영과 아들 몽선, 그리고 며느리가 남원의 자기 집으로 걸어 들어온 것이었다. 이 글 첫머리에서 제시했던 바로 그 장면이다.

옥영 일행이 곧 일어나 그 집 문 앞으로 나아가보니 최척과 그 아버지가 수양버들 아래 앉아 있었다. 시아버지와 며느리, 남편과 아내, 아버지와 아들, 형제가 놀라서 서로 부둥켜안고 통곡을 하였다. 진위경도 와서 자기 딸과 상봉을 하였으며, 심 씨는 허둥지둥 달려 나와 딸 옥영을 끌어안고 통곡하다가 기절하고 말았다.

이제 더는 그들에게 시련은 없었다. 다 함께 어울려 사랑과 행복을 나누는 일이 그들한테 주어진 날들이었다. 그동안 겪었던 일들에 대해 서로 주고받을 이야기는 얼마나 많았을지, 아무리 해도 이야기는 끝이 없었을 것이다.

그 길고 하염없었을 이야기의 끝에 도달하는 특별한 한 장면이 있다. 거짓말 같은 파란만장의 인연의 시발점이 되었던 바로 그 장면이다. 그것은 바로 옥영이 최척의 방 틈에 〈표유매〉 한 구절을 적은 쪽지를 넣던 장면이다. 그에 대해 최척이 정성을 다한 답장을 쓰고, 다시 옥영이 제 인생을 담은 답장을 쓰던 그 장면이다. 이를 빼놓고는 그들의 인연, 그들의 사랑을 말할 수 없다. 그것이 씨앗이 되어 이 기이한 인연의 실타래가 풀려나가 영원으로 이어진 것이었다.

돌아보면 참으로 길고 험한 고난의 역정이었다. 보통 사람 같으면 힘없이 좌절할 만한 상황의 연속이었다. 하지만 옥영과 최척은 그 고난의 세월을 관통해 마침내 보란 듯이 시련을 극복했다. 비장하고도 숭고한 싸움처럼 다가오는 그들의 남다른 인생 역정이 어떻게 가능했는가. 그것은 바로 '기억'에 의한 것이었다고 할 수 있다. 어떤 기억인가 하면 첫 만남, 첫 인연의 기억이다. 힘들게 이룬 소중한 인연에 대한 기억이 그들을 지켜주고 용기와 힘을 전해주었던 것이다. 그 힘으로써 그들은 다시 일어나서 마침내 영원으로 이어진 고귀한 동반의 삶을 이루어냈다. 이것이 인생이자 사랑이다. 스스로 이루어낸 사랑이라야, 주위의 시선과 우려를 무릅쓰고 제 힘으로 이룩해낸 인연이라야, 세월을 관통해서 영원토록 빛을 발하는 법이다.

한상효 *

---

• 건국대학교 국어국문학과 박사과정을 수료했으며, 통일인문학연구단 연구원으로 활동하고 있다. 서사문학의 허구 속에 깃든 역사적 진실에 관심이 많다. 지은 책으로는 《우리가 몰랐던 북녘의 옛이야기》(공저), 《분단체제를 넘어선 치유의 통합서사》(공저) 등이 있으며, 주요 논문으로는 〈조선민화집을 통해 본 북한의 설화인식 연구〉가 있다.

## 최 척 젼 崔陟傳

● 작품 설명 ●

조위한趙緯韓의 작품으로, 전쟁 속 한 가족의 이산과 재회의 과정을 감동적으로 그려낸
다. 이산 과정에서의 사랑과 기구한 운명을 사실적으로 표현하는 한편, 과거의 고전소
설에서 도외시되던 역사성과 지리에 사실적으로 접근한다. 특히 작품의 배경이 중국·
일본·베트남 등지로 확장되어 있어 당시 임진왜란이 동아시아인의 삶에 어떤 영향을
미쳤는지 살펴보는 데 도움이 된다.

● 줄거리 ●

남원 고을에 사는 최척이 친구들과 어울리며 지내다가 마음을 잡고 정상사 집에 찾아
가 글을 배운다. 정상사의 집에는 모친과 함께 전란을 피해 떠나온 옥영이 머물고 있었
다. 옥영은 최척에게 마음이 있어 《시경》〈표유매〉의 시구가 적힌 편지를 보낸다. 이를
받은 최척의 마음이 동하려는 찰나, 때마침 옥영의 시녀 춘생이 찾아와 옥영의 사정을
전해주며 최척의 마음을 묻는다. 이에 최척은 옥영과의 혼사를 허락하는 답신을 보내
고 둘의 혼담을 진행한다.

옥영의 어머니는 최척이 가난하다는 이유로 이 혼담을 반대한다. 옥영이 자신의 어머
니를 설득해 가까스로 혼례를 치르기로 한다. 하지만 갑자기 최척이 징발되어 전장에
나가자, 옥영의 어머니는 그사이 재물이 많은 이웃의 양생을 사위로 맞으려 한다. 이
에 옥영은 자신의 뜻을 지키기 위해 자결을 시도해 어머니의 마음을 돌리는 데 성공
한다.

혼인 후 최척과 옥영의 애정은 더욱 깊어지지만 또 다른 시련이 그들을 덮친다. 정유재
란으로 남원이 왜적에 함락되자 옥영은 왜병의 포로로 끌려가고, 최척은 여유문을 따
라 중국으로 건너간다. 여러 해가 지난 뒤 항주의 친구 송우와 함께 상선을 타고 안남
을 내왕하던 최척은 어느 날 우연히 왜국의 상선을 따라 안남에 온 아내 옥영과 재회한
다. 그 이후 아들 몽선까지 낳고 평화롭게 산다. 그사이 몽선은 장성해 임진왜란 때 조

선에 출전한 진위경의 딸 홍도를 아내로 맞는다.

이듬해 최척은 명군으로 출전했다가 청군의 포로가 된다. 최척은 포로수용소에서 명군의 청병으로 강홍립을 따라 조선에서 출전했다가 청군의 포로가 된 맏아들 몽석을 극적으로 만난다. 부자는 함께 수용소를 탈출해 고향으로 향하던 가운데 몽선의 장인 진위경을 만난다. 옥영 역시 몽선 홍도 내외와 더불어 천신만고 끝에 고국으로 돌아온다. 마침내 흩어졌던 일가가 다시 만나서 단란한 삶을 누린다.


● 인용 자료 및 권장 작품 ●

이상구 역주, 〈최척전〉, 《17세기 애정전기소설》, 월인, 1999.

# 사랑에도 용기가 필요하다

-〈위경천전〉의 위경천과 소숙방

🔴 솔직해지기 ─────────────────────

수많은 사람이 마음에 드는 상대가 앞에 있는데도 선뜻 그 마음을 표현하지 못한다. 스스로
에 대한 확신이 부족하고, 잘못되었을 때의 망신이나 곤경을 피하기 위함이다. 그렇게 이리
저리 살피면서 재기만 하다보니 '썸some'을 넘어선 열정적인 사랑을 보기 어렵다. 간을 보다
가 포기하는 일이 수두룩하다. 진짜 사랑을 이루는 길은 남을 살피기에 앞서 자기 자신의 마
음에 솔직해지는 일이 아닐까.

## 한 젊은이를 이끈 청춘의 열정

첫눈에 반한다는 말이 있다. 겪어보지 않은 사람은 거짓말이라 할지
모르지만, 자기의 진짜 상대를 실제로 만나면 한눈에 이끌리는 법이
다. 한번 보고 완전히 반해 스스로도 억제하지 못할 힘으로 마음이
이끌리는 상태를 글로 표현하면 어떠할까? 아마도 다음과 같지 않
을까?

위생은 미친 마음이 크게 일어나 수레를 끄는 여섯 마리 말이 동시에 치
달리듯 하니 끝내 제어하지 못하고 마침내 발길 가는 대로 걸어 소숙방
의 방 앞에 이르렀다.

여기서 위생은 '위씨 성을 가진 서생'이라는 뜻이다. 그 사람의 이름은 위경천이다. 그는 이성에 대한 욕망과 애착을 생생히 펼쳐낸 고전소설 〈위경천전韋敬天傳〉의 주인공이다. 그가 첫눈에 반한 여성의 이름은 소숙방. 그 여성에게 향하는 위경천의 마음을 작품은 "수레를 끄는 여섯 마리 말이 동시에 치달리듯"이라고 표현하고 있다. 스스로를 도저히 제어할 수 없는 상황을 뜻한다. 그 마력에 이끌려 대갓집 도령이 남의 집 담장 안으로 들어가 여성한테 접근하고 있는 중이다.

위경천은 명문가 후손으로서 자질이 총명하고 다들 부러워할 정도로 재주가 빼어났다고 한다. 열다섯 살에 이미 문장에 일가를 이루어 따를 만한 사람이 없었다고 하니 장래가 촉망되는 기린아였다. 아무 걸림 없이 환한 미래를 향해 휘파람 불면서 착착 걸어가면 될 것 같았다. 하지만 거기에는 하나의 큰 덫이 있었다. 누구라도 피해가기 어려운, '청춘'이라는 덫이었다. 걷잡을 수 없는 허무와 어디인가를 향한 가눌 길 없는 열정은 동서고금을 떠나 세상 수많은 젊은이를 사로잡아 흔드는 힘이다.

그러한 위경천의 눈에 한 여성이 쑥 들어왔던 것이다. 그녀가 여섯 마리 말의 힘으로 그를 잡아당기고 있는 중이었다.


## 미지의 사랑을 꿈꾸는 낭만주의자

때는 임진년으로, 조선에 왜란이 일어난 그해였다. 뒤에 조선도 등장하지만, 〈위경천전〉의 기본 배경은 중국이다. 우리가 작품 안에서 구체적으로 처음 만나는 위경천의 장면은 멀고 낯선 곳을 여행하고 있는 모습이다. 즐거운 여행이라기보다 유랑에 가까운 길 떠남이었다. 위생 혼자는 아니고 오랜 벗 장생과 함께였다. 원래 호남성 장사長沙 북쪽을 여행하던 중이었는데, 장생이 강남 땅 악양岳陽으로 향할 것을 제안했다. 봄빛이 한창 피어오르고 있을 경치 좋은 남쪽 땅에서 술잔을 기울이는 낭만을 느껴보자는 것이었다. 그러지 않아도 마음속에 크게 일렁이는 것이 있던 위경천이 이를 마다할 리 없었다. 그들은 단숨에 의기투합해 길을 떠났다.

그렇게 길을 떠난 그들이 다다른 곳은 악양성이었다. 이미 날이 어두워 어부의 집을 빌려서 하루를 보낸 두 사람은 다음날 아침 일찍 술을 사들고는 배를 빌려 타고서 동정호 남쪽 지역을 유람했다. 더없이 좋은 봄날이었다. 바람은 맑고 경치는 환히 빛나며 물결은 잔잔하고 하늘은 맑아 위아래가 온통 한 빛깔이었다. 강변에는 그림 같은 집들이 널려 있고 피리 소리가 은은하게 들려오니 둘은 마치 학을 타서 신선이 된 느낌이었다. 거기 좋은 술까지 곁들이니 오죽했을까.

이쯤에서 빠질 수 없는 것이 시詩였다. 꿈같은 하루의 아름다운 여행 속에 취흥이 거나하게 올랐던 위생과 장생은 청춘의 낭만을 한껏 담은 멋들어진 시를 하나씩 둘씩 지어 읊기 시작했다. 짙은 허무의 그림자가 커다란 힘으로 위생을 휘어잡은 것은 그때였다. 옛 시절의 역사를 떠올린 것이 그 계기였다. 그들이 떠돌고 있는 그곳은 옛적 초楚나라 땅이었다. 일찍이 굴원屈原이 물에 몸을 던져 고기밥이 된 곳이고 아황娥皇과 여영女英이 순舜임금을 따라 꽃다운 몸을 물속에 던진 비극의 장소였다. 초나라는 '슬픔의 땅'이었다. 그때 위경천이 떠올린 것은 〈죽지사竹枝詞〉였다.

초나라 사람은 정이 많아서 〈죽지사〉를 잘 부르지. 그 노래를 들은 나그
네라면 누구나 다 눈물로 옷깃을 적신다네.

동정호 지역의 민요인 〈죽지사〉는 슬픈 정조가 두드러진 노래다.
유정한 노래 〈죽지사〉를 떠올리면서 위경천은 점점 깊은 감상 속에
빠져들었다. 지난 슬픈 역사가 전하는 허무와 비탄 속에서 위생이 떠
올린 것은, 슬픔의 땅 초나라의 노래 〈죽지사〉를 말하면서 위생의 마
음에 솟아오른 것은 미지의 사랑에 대한 말하지 못할 열정이었다.
〈죽지사〉에서 빠질 수 없는 것이 바로 남녀 사이의 애정이다. 덧없는
인생을 불꽃처럼 찬연하게 채우는 그 사랑! 머나먼 미지의 땅을 유랑
중인 젊은 낭만주의자의 마음속에 사랑의 충동은 질풍노도처럼 솟아
올라 열병처럼 존재를 휘감았다.
　하지만 그들이 있는 곳은 강물에 떠 있는 배 안이었다. 그 사랑의
열정은 강물 한가운데 배 안에 갇혀 있을 뿐이었다. 둘은 그렇게 시를
지으면서 깊은 심회를 나누다가 어느덧 술에 취해 잠이 들었다. 배가
물 따라 흘러가도록 내버려둔 채로 말이다. 그것은 물론 끝이 아니었
다. 저 배조차 무심치 않아 사랑의 열정에 취한 낭만주의자를 운명의
장소로 실어간 것이었다.


## 감정이 말하는 대로 움직이다

크나큰 사랑의 열정에 휩싸인 채로 뱃속에서 잠이 들었던 위경천은
문득 눈을 떴다. 어쩌면 꿈속에서 사랑의 열정을 이어간 뒤였을지도
모른다. 깨보니 배가 어딘가 낯선 땅에 이르러 있었다. 옆에 잠들어

있는 장생을 흔들어 깨웠으나 장생은 술에 취한 채로 곯아떨어져 있어 눈을 뜨지 않았다.

경천은 겉옷을 걸치고 배에서 내려 사방을 쭉 둘러보았다. 기다란 길은 적막해서 사람의 자취를 찾아볼 수 없었다. 멀리 마을에서 부르는 노랫소리만 은은하게 들려올 뿐이었다. 경천은 홀린 듯 그 소리를 따라 걸음을 옮겼다. 노랫소리는 마을의 한 집에서 흘러나오고 있었다. 아로새긴 기와를 올린 화려한 집, 그 위의 구름, 푸른 등불, 푸른 버드나무, 뜰 안의 파란 유리로 쌓은 아홉 계단의 언덕, 초록빛 연못 등이 피리 소리를 따라 도달한 곳에서 위생이 본 것들이었다. 아름답지만 신비로운 느낌을 주는 곳이었다. 100척 위의 누각에서 풍악은 계속되고 있고, 반쯤 취기가 오른 십수 명의 아름다운 소녀가 난초와 사향 향기를 풍기며 놀이를 하고 있었다. 말 그대로 몽환적이었다.

몽환적인 분위기에 빠진 경천의 가슴이 두근두근 뛰었다. 바라던 것을 찾은 경천이었다. 구름 속에 취기가 오른 소녀들, 그곳에 자신이 함께했으면 하는 바람 말이다. 그러나 그것을 두건을 쓴 무사 한 사람이 깨버렸다. 그로 인해 구름 속 취기가 단번에 사라졌다. 무사가 소녀들에게 안쪽 행랑에서 자라고 말하니, 그들의 잔치가 끝이 났던 것이다. 이제 경천은 그녀들을 엿볼 수 없었다. 그리고 그는 집 안에 갇혔다. 무사가 열쇠로 그 공간을 가두었기 때문이다.

경천은 누각 위에서 내려와 뜰을 배회했다. 그때 누군가 시를 지어 읊는 소리가 들렸다. 여자 목소리였다. 그녀는 백일홍 아래, 붉은 연등 아래 시를 읊고 있었다. 이는 마치 꿈같은 장면이었다. 가녀리면서 아름다운 모습이 선녀 같은, 이 세상 사람이 아닌 듯한 미인이 붉은 등 아래 홀로 시를 읊고 있었다. 아름다운 집 안에 있는 아름다운 여성이 한 폭의 그림 같았다. 경천이 꿈속에 그렸던 바로 그 장면이었다. 경천의 가슴을 열정으로 뛰게 했던 바로 그 장면이었다.

그것은 마치 운명인 것 같았다. 갑자기 악양 땅으로 온 것도, 배를 띄우고 술을 마시다 〈죽지사〉를 떠올린 것도, 배가 그를 이 땅에 내려 준 것도, 그리하여 여기서 그녀를 만난 것도 운명이었다. 경천의 심장은 방망이질 치듯 뛰었다. 그는 어느새 걸음을 옮기고 있었다. 앞서 언급되었던 "위생은 미친 마음이 크게 일어나 수레를 끄는 여섯 마리 말이 동시에 치달리듯 하니 끝내 제어하지 못하고 마침내 발길 가는 대로 걸어 소숙방의 방 앞에 이르렀다"는 그 장면이다.

사람이 이성의 매력과 호감을 판단하는 데 걸리는 시간은 10만 분의 15초라고 한다. 우리로서는 얼마나 빠른지 짐작조차 할 수 없을 정도다. 뇌가 생각을 마음으로 전달하는 시간보다도 빠르다. 그렇기 때문에 이는 직관이다. 경천은 직관적으로 소숙방이 자신의 운명의 짝이라는 사실을 알아차렸다. 이 정도의 시간으로는 절대 이 사람이 내 사랑이라는 것을 '머리'로 인식할 수 없다. 경천은 머리가 아니라 몸으로 인식했던 것이다. 직관은 대상을 직접적으로 파악하는 작용이다. 직관이 잘 맞는 사람은 첫눈에 자신의 사람을 알아볼 수밖에 없다.

그리고 직관이 맞았다. 운명이 만들어준 자신의 사람으로 향하는 경천의 발걸음은 멈추지 않았다. 그는 여자가 앉아 있는 침실의 방문을 밀어 열었다. 오색실, 비단 장막, 비취 병풍에 둘러싸인 여성의 향 연기 속에서 경천은 그녀를 바라보았다. 그녀는 비단 이불을 반쯤 밀쳐 옥같이 고운 팔을 드러냈다. 이는 다가오라는 소리였을까? 그것은 당연히 아니겠지만, 경천에게는 그렇게 보였다. 경천은 앞뒤 가릴 것

없이 옷자락을 걷고 방 안으로 들어섰다.

뜻하지 않은 남자의 출현에 깜짝 놀란 그녀는 거칠게 저항했다. 하지만 스스로도 주체할 수 없는 열정에 휩싸인 경천을 멈추게 하지는 못했다. 경천의 태도는 윤리적인 상식에 어긋나며, 경천 역시 평소 같았으면 당연히 그 상식에 따랐을 것이다. 그러나 지금 이 순간 그의 머릿속에는 '운명처럼 만난 아름다운 내 사람의 손을 잡아야 한다'는 생각뿐이었다. 과격한 주관주의와 무제한의 자유, 그것이 경천을 휩싸고 충돌하고 있었다. 그는 지금 질풍노도 속에 있었다. 감정을 가두어놓지 않겠다고 결심한 그였다.

제3자의 입장, 문명의 입장에서 이러한 경천의 모습은 '퇴폐頹廢'로 표현할 수 있다. 그의 태도는 윤리와 법으로 가두어야 하며 벌을 주어야 한다. 그러나 인간의 자연스러운 본모습의 입장에서 보면 다른 시각으로 해석할 여지도 있다. 저 순간의 경천은 제 감정에 충실한 한 명의 퇴폐적인 낭만주의자였다. 뒷일이 어찌 될지 미리 헤아리기를 중지한 상태에서, 있는 그대로의 자기 자신을 상대방 앞에 깜짝 드러내고 있는 중이었다. 슈투름 운트 드랑Sturm und Drang(18세기 후반 독일에서 일어난 문학운동으로, 감정·개성의 존중을 주장했다) 운동 계열의 작가 요한 파스카 라파터Johann Kaspar Lavater가 말한 "네 자신으로 존재하고, 네가 될 수 있는 것이 되어라!"고 한 그 상태였다. 경천은 한편으로 범죄자이고 한편으로 자유인인 그 경계 위에서 걷잡을 수 없이 방황하고 춤추는 한 청춘의 초상이었다.

## 너와 네가 하나가 되는 방법

사내가 한밤중에 사대부가 규중처녀의 집에 뛰어들었다. 위경천의 충동적인 돌진은 필경 파탄으로 귀결될 바였다. 뜻밖의 일에 깜짝 놀라 저항하는 것이 여자의 일이었다. 그 상황에서 그녀 못지않게 놀란 것은 저 사내였다.

'아, 내가 지금 무슨 짓을 하고 있는 것인가!'

그 당황한 표정과 몸짓에 여성은 문득 의아해졌다. 얼핏 보아도 불한당이나 부랑아 같아 보이지는 않는 저 사람이 어떻게 여기에서 저러고 있다는 말인가. 그녀는 일단 그의 사정을 듣고 볼 일이라고 여겼다. 그래서 사내를 앉혀놓고 어찌 된 일인지 물었다. 욕망에 의해 방 안까지 이끌려 들어와 여자를 겹쳐 잡으려 했던 사내는, 그녀 앞에서 꿈인 듯 넋두리인 듯 사연을 풀어놓았다. 아직도 가라앉지 않은 신열과 사랑의 충동으로 눈을 빛내면서 말이다.

그 순간, 놀라운 일이 일어난다. 그녀가 이 만남을 운명으로 받아들였던 것이다. 그녀 또한 한 명의 끓어오르는 청춘이었다. 밤마다 방 밖을 바라보면서 훌쩍 울타리를 넘어 들어와 자신을 끌어안아줄 운명의 남자를 기다리고 있었던 중이다. 그렇게 바라던 그 사람이 지금 자기 앞에 앉아 있는 것이다.

저는 깊은 규방에서 나고 자라 남녀의 애정사에 대하여는 아는 것이 없지만, 여자가 나이 들어 용모가 시드는 것을 비웃는 노래만은 잘 알고 있답니다. 세월은 쏜살같이 흘러가 젊고 예쁜 얼굴이 그대로 있는 것을 허락하지 않거늘, 봄바람 부는 날 버드나무를 바라보며 또 가을비 내리는 한밤에 오동나무를 바라보며, 깊은 방 안에 외로이 누워 잠을 청하면서 꽃다운 나이 지나감을 한스럽게 여겼지요. 그렇건만 오늘 밤 이처럼 훌륭한 낭군을 만나 제 소원을 이루었으니, 백발이 되도록 고락을 함께 할 것을 맹세하여요.

소숙방은 송나라 학사 소동파의 후예로, 그의 아버지는 이른 나이에 높은 관직을 지낸 사람이었다. 소숙방의 아버지는 성공적인 관료 생활을 마치고 은퇴해 쉬고 있는 중이었다. 아직 가문의 명성이 드높아 집안에 고관대작을 역임하는 사람이 많았다. 또한 소숙방은 그의 아버지가 늦은 나이에 얻은 고명딸이었다.

아버지는 소숙방에 대한 사랑이 남달라 하루도 곁에서 떼어놓지 않았다. 그런 상황에서 그녀가 다른 사람을 만날 수 있는 기회란 없었을 것이다. 하물며 남자는 더 말할 것도 없었다. 소숙방의 아버지는 소숙방을 '북쪽 동산 안에 따로 작은 누각을 짓고 노닐게' 했다. 즉 어디로도 날아갈 수 없도록 자신의 테두리 안에서 딸을 기르고 있었던 것이다.

그러나 딸은 아이로 머물러 있지 않는다. 아름답고 즐거운 자리를 마련해준다고 해서 그녀는 그 자리에만 있지 않았다. 이제 떠날 차비를 해야 했다. 그것은 바로 여성이 될 차비다. 남모르는 사이에 소숙방의 몸은 문득 뜨거워지고 마음은 어디론가 하염없이 날아가고 있었다. 이 좋은 봄날 밤, 청춘의 시절을 동산 속 누각에서 홀로 지샌다는 것은 얼마나 슬픈 일인가. 스스로 보아도 반할 수밖에 없는 몸으로 어딘지 모를 허탕한 곳에 훌쩍 던져 꺾인다면 그것은 얼마나 한스러운 일인가.

외로운 신세 달을 어여삐 여기나 [影了長憐月]

몸은 꽃처럼 가볍지 않구나 [身輕不似花].

바람 따라 흐르는 1만 점 향기 [隨風香萬點]

날아가서 뉘 집에 떨어지려나 [飛去落誰家]?

이렇게 깊은 고민 속에 청춘의 날들을 보내던 바로 그 순간에, 그날도 잠을 이루지 못하고 홀로 붉은 등 아래 시를 읊던 그 순간에 뜻하지도 않은 머나먼 곳으로부터 갑자기 위경천이 찾아왔던 것이다. 그녀가 얼굴을 보고 말을 들어보니 자기가 꿈꾸던 그러한 사람이었다. 자기를 이 좁은 울타리 밖으로 데리고 넓은 세상으로 마음껏 활개를 치도록 할 사람이며, 가슴속 뜨거운 열정을 아쉬움 없이 불살라줄 사람이었다. 그 만남을 운명으로 받아들인 그녀는 스스로 퇴폐적인 낭만주의자가 되기로 결심한다.

소숙방은 위경천을 향해 오래 아껴왔던 꽃봉오리를 연다. 비로소 그녀는 사대부 규중처녀가 아닌 한 명의 '여성'이 된다.

위생이 가까이 다가가 몸을 접촉하여도 부끄러움에 눈썹을 살며시 올리며 눈빛이 아슴푸레해질 뿐이었다. 그녀는 몸이 버들잎처럼 가벼워 제대로 가누지 못하는 듯했다. 위생은 봄날의 구름처럼 마음이 일렁여 질탕한 행동을 멈추지 않더니, 결국 온갖 정을 나누고 모든 즐거움을 다 누린 뒤에야 그쳤다.

저들은 이렇게 선을 넘는다. 두 사람은 모든 것을 내려놓고 한 몸이 된다. 서로 만난 지 불과 한 시간도 안 된 즈음의 일이었다. 어찌 보면 뜻밖이고 누군가가 보기에는 불편한 사랑일지 모른다. 그러나 그들에게는 청춘의 긴 밤들을 이어온 두 기다림이 서로 만나 펼쳐지는, 영원에서 영원으로 이어지는 사랑이었다. 그들에게 거칠 것은 없었다. 열정을 다한 질탕한 사랑이었다. 그들은 온갖 즐거움을 다 누리는 뜨거운 밤을 보낸다. 그 뜨거움 속에 두 사람은 완전한 한 몸이 되었다. 남자와 여자가 둘이 아닌 하나였다는 그 태초의 시간으로 돌아간다.

　우리의 행적은 비록 은밀하지만 마음만은 하나입니다.

　소숙방은 둘의 마음이 하나라고 말했다. 이제는 마음뿐 아니라 몸까지 하나였다. 존재가 통째로 하나가 되는 꿈같은 낭만의 밤이었다. 비윤리적이고 퇴폐적인 밤이라는 것은 타인의 시선일 뿐이다. 저들은 지금 자기 자신에 충실하고 있을 따름이다. 그것은 저 남녀가 할 수 있는 최고의 사랑이었다.


## 시대의 질곡에 죽음으로 응답하다

오래 기다려온 꿈같은 만남, 꿈같은 사랑이었다. 기적처럼 찾은 운명의 인연을 흘려보낼 수 없는 일이었다. 위경천과 소숙방은 다시 만날 것을 기약했다. 경천에게 그것은 존재의 지엄한 명령이었다. 하지만 뜻과 같지 않은 것이 세상사였다. 사연을 들은 장생은 경천을 도와주기는커녕 그에게 술을 먹여 취하게 한 뒤 집으로 데리고 간다. 장생으로서는 친구를 위한 일이었다. 그러한 식의 결연은 부모님을 욕되게

할 뿐 아니라 가문 전체에 재앙을 가져오는 일이라는 것이 장생의 생
각이었다. 지극히 현실적이고 합리적인 판단이었다.

하지만 그 합리적인 처사가 친구를 죽음으로 몰고 간다. 친구의 마
음이 얼마나 뜨겁고 절실한지 그는 미처 몰랐던 것이다. 집으로 돌아
온 위경천은 시들어가는 꽃처럼 말라갔다.

위생은 몹시 상심하더니 결국 병이 들고 말았다. 보름 동안을 앓고도 병
은 날이 갈수록 악화되기만 하였다. 위생은 죽이나 물도 입에 대지 않은
채 한을 품고 죽게 된 것을 분하게 여겼다.

다른 사람은 몰랐지만 위경천에게 그 사랑은 목숨과 같은 것이었
다. 그것은 자기 존재의 전부였다. 그 사랑을 부정당하는 일은 곧 자
기 존재를 부정당하는 것과 같았다. 경천이 실제로 병이 들었다는 것
은 그 사랑이 얼마나 깊고 진실했는지를 잘 보여준다. 여섯 마리 말이
끄는 욕망에 의한 하룻밤의 사랑. 그 사랑은 가짜가 아닌 진짜였다.

그 절실함은 마침내 주변 사람의 마음을 움직였다. 영문을 몰라 걱
정에 빠졌다가 아들한테서 자초지종을 들은 부모는 소숙방의 집에
중매를 보내 청혼을 했다. 또 그것은 소숙방이 얼마나 마음 깊이 고대
했던 일이었는가! 소숙방 또한 병이 들어 자리에 눕자 그 사연을 들
은 소씨 집안에서 또한 위씨 집에 중매쟁이를 보낸 터였다. 그렇게 인
연이 이어지자 경천은 씻은 듯이 자리에서 털고 일어났다. 이로써 부
부로 짝을 맺은 두 사람은 어떻게 살았을까.

두 사람이 서로 얻은 기쁨은 장석張碩과 두난향杜蘭香의 만남이나 배항裹航

과 운영薰英의 만남과도 견줄 수 없을 만큼 컸다. 부부가 된 두 사람이 늘 사랑하는 마음으로 서로를 공경하였으므로, 가깝고 먼 친척들 모두가 예의를 다해 이들을 대하였다.

젊은 한때의 열정으로 만난 풋사랑이니 불꽃처럼 스러질 것이라고 생각했다면 오산이다. 장석과 두난향, 배항과 운영은 믿음과 사랑으로써 최고의 부부가 된 이들인데, 위경천과 소숙방의 결연은 그와도 견줄 수 없을 만큼 갸륵한 것이었다고 한다. 부부가 된 두 사람은 늘 사랑하는 마음으로 서로를 공경했다고 한다. 두 사람은 서로에게 세상에서 가장 귀하고 소중한 사람이었던 것이다. 한눈에 반한 열정의 첫 만남, 그것은 허상이 아니었다. 그것은 주변 사람들 모두로부터 최고라고 인정받을 만큼 참되고 깊은 인연의 시작이었다.

이를테면 위경천과 소숙방은 첫눈에 반해 연애를 하고 결혼에 이른 상황이었다. 이러한 만남이 좋은 인연이 된다는 것은 소설적인 허구일 따름일까? 그렇지 않다. 이철우의 《심리학이 연애를 말하다》에 인용된 자료에 따르면, 첫눈에 반해 사랑하는 사람들은 연애나 결혼 생활을 안정적으로 유지하며, 결혼에 성공하는 경우가 70퍼센트 이상이고 이혼율도 낮다고 한다. 현실적인 맥락에서 보면 청춘의 치기라고 생각할지 모르는 낭만적인 열정에 사로잡힌 사랑이, 영원으로 이어지는 진짜 사랑일 수 있다는 말이다.

이제 두 사람의 미래는 정해진 것과 다름없었다. "그 후 두 사람은 아들딸을 많이 낳고서 평생 행복하게 살았습니다" 하는 문장으로 말이다. 하지만 이러한 꿈같은 사랑을 쉽사리 허용하지 않는 것이 세상이고 현실이었다. 위기는 안이 아닌 밖으로부터 왔다. 당시는 인간을 파괴하고 사랑을 유린하는 험하고 부조리한 세상이었다. 앞에서 말했던 '임진년'이라는 배경은 단순한 수사가 아니었다. 저 동녘 땅을 휩쓴 전란의 회오리는 그 영향이 국경을 넘어 중국 땅에까지 밀고 들어온다.

명나라에 원병을 요청한 조선으로 명나라 구원병이 떠나는데, 이때 경천의 아버지가 장군으로 출전했다. 먼 나라에서 믿고 의탁할 서기를 구하던 아버지는 아들을 수하로 거느리고 압록강을 건너 조선으로 넘어간다. 아버지로서는 부자간에 서로 의지하면 좋으리라 생각해 내린 결정이었으나, 결과적으로 자식을 죽음으로 몰고 간 결정이었다. 그는 아들의 낭만적인 청춘의 열정을, 온 존재로 펼쳐내고 있는 뜨거운 사랑을 다소 가볍게 여겼던 것이다.

아내와 헤어져 먼 땅으로 떠나온 경천은 사랑하는 사람을 보고 싶은 마음을 가누지 못하고 신음하다가 병이 들고 그 병이 점점 깊어져 결국 쓰러진다. 놀란 부친이 아들을 고향으로 보내려고 했을 때는 이미 늦은 뒤였다. 경천은 사랑하는 아내의 얼굴을 다시 보지 못한 채 조선이라는 머나먼 이역 땅에서 세상을 하직한다.

어찌 보면 황당한 전개라고 할지 모르지만, 그것이 당시 세상이고 현실이었다. 어찌 그때뿐이었을까. 낭만적인 사랑의 열정을 꺾는 현실의 질곡은 오늘날에도 또 얼마나 많은지! 위경천의 죽음은 생각하면 참 허무하지만 그것으로 사랑이 끝난 것은 아니었다. 남편의 죽음이라는 뜻밖의 소식을 접한 소숙방에게 또한 위경천 없는 세상은 무의미한 것이었다. 아니, 의미를 헤아려 따지기에 앞서 몸과 마음이 감당할 수 없는 것이었다. 소숙방은 즉시 비단 수건으로 목을 매 스스로 목숨을 끊는다. 그렇게라도 사랑하는 사람과 함께해야 한다는 것이 그녀의 절박한 마음이었다. 소숙방 본인이 먼저 죽는다면 그의 남편 또한 그러했을 것이다.

사람들은 두 사람을 나란히 함께 묻어주었다고 한다. 그렇게 그들은 죽음을 넘어서 영원히 하나가 된다.


## 썸은 난무하나 사랑은 없는 시대

오늘날 세상에 청춘 남녀가 많고 많지만 열정적인 사랑을 나누는 사람은 보기 어렵다. 상대 앞에서 스스로 위축되어 망설이거나 이리저리 길고 짧은 것을 따지느라 시간을 보내고는 한다. 그러다가 인연을 포기하는 경우도 무척 많다. '썸'은 난무하는데 '진짜 사랑'을 보기 어려워진 상황이다.

우리는 스스로를 먼저 드러내면 손해를 보리라 생각한다. 망신을 당하는 상황을 미리 마음속에 그리고, 자신의 행동을 사전 검열한다. 상대방이 상황을 재면 거기 질세라 다른 쪽도 똑같이 한다. 이성이 감성을 억누르고, 진솔한 자기 모습을 은폐하는 상태다. 그러한 머뭇거림과 진솔치 못한 모습은 서로를 멀어지게 한다. 그리하여 한눈에 마음에 들어온 경우에도, 어쩌면 전생으로부터 이어진 인연이었을지 모름에도 서로 변죽만 울리다가 "역시 이것도 인연이 아닌가보다" 하면서 멀어진다.

그럼에도 우리는 '낭만적인 사랑'을 말한다. 하지만 우리는 낭만적인 사랑에 대해 착각하고 있는지도 모른다. 나에게 꽃을 꺾어다주며 세레나데를 부르는 것이 낭만적이라고 여기지만 진짜 낭만은 그러한 것에 있는 것이 아니다. 내가 원하는 사람이 나타났을 때, 그것이 운명임을 직관적으로 감지했을 때 마음 깊은 곳의 목소리를 따라 망설이지 않고 다가갈 수 있는 용기가 낭만이다. 그러한 낭만이 있어야 진짜 자신의 모습을 찾고, 스스로 원하는 것을 알 수 있다.

수백 년 전 소설 속의 인물인 〈위경천전〉의 위경천이 바로 이와 같은 낭만의 존재였다. 자기 자신에 솔직하고, 열정에 의해 스스로 부서지기를 무릅쓴 사람이었다. 그리하여 마침내 그렇게 부서진 사람이었다. 그러한 진심, 그러한 열정으로 움직일진대 상대편 또한 어찌 무심할까. 상대 또한 열정으로 타올라 서로 하나가 되는 것이었다. 순간에서 영원으로 말이다. 두 사람이 젊은 나이에 세상을 떠났으니 누군가는 비극이라 말할지 모르지만, 저 첫 만남의 밤에 평생의 열정을 살았고, 짧은 결혼생활 동안 억겁의 사랑을 했던 것이라 말할 수 있다.

오늘날 우리는 이리저리 계산기를 돌리고, 넘치고 넘치는 사랑과 연애의 기회들 속에서 줄타기를 한다. 퇴폐적인 욕망을 은밀히 '소모'한다. 저 위경천과 소숙방이 보여주었던, 퇴폐적이라 할 정도로 진솔해서 더없이 아름다운 낭만이 다시금 활활 불타오르는 모습은 볼 수 없는 것일까?

김혜미 *

* 건국대학교에서 문학치료 연구로 석사학위를 받고 박사과정을 수료했다. 서사와문학치료연구소 연구원으로 활동 중이며, 사회적 약자의 성장과 자립을 위한 소셜벤처 힐링마더 대표를 맡고 있다. 문학치료를 실제 삶에 적용시키는 작업에 관심이 있으며, 학교와 도서관, 병원 등에서 문학치료 프로그램을 진행하고 있다. 지은 책으로는《프로이트 심청을 만나다》(공저),《초기 청소년기 폭력성에 대한 문학치료학적 진단과 처방》(공저)가 있으며, 주요 논문으로는 〈구비설화 '내 복에 산다'의 전승 가치와 그 현대적 활용 방안〉, 〈교사에 대한 학생의 분노서사와 분노 조절을 위한 서사지도 설계〉 등이 있다.

# 위경천전 韋敬天傳

● 작품 설명 ●

조선 중기 권필權韠의 한문소설로, 《고담요람古談要覽》에 〈운영전〉·〈영영전〉 등과 함께 수록되어 있다. 주인공이 중국인이고, 임진왜란 때 조선으로 출병한 것이 특징이다.

● 줄거리 ●

위생은 친구 장생과 우연히 장사 지방 북쪽을 지나다가 그곳에서 술을 마시며 하룻밤을 머문다. 두 사람은 술에 취해 잠이 든다. 잠에서 깨 언뜻 피리 소리를 들은 위생은 그 방향으로 가보았다. 그곳에는 아로새긴 기와를 올린 화려한 집이 있었다. 집안을 훔쳐보니 많은 소녀가 어여쁜 얼굴로 온갖 놀이를 하고 있었다. 위생이 그 집을 빠져나가려다가 선녀 같은 소숙방을 보고 그녀를 만나고 싶어졌다. 위생은 그녀의 침실로 들어가 이불을 반쯤 걷어낸다. 그녀는 놀랐지만 위생의 온화하고 고상한 말씨에 불량배는 아니라고 느꼈다. 위생은 그녀에게 자신이 여기까지 온 경위를 설명하고, 그녀는 이를 받아들여 둘이 관계를 맺는다. 소숙방 또한 규방에서 나고 자란 탓에 남녀에 애정사를 알지 못하고 깊은 방에 외롭게 지내는 것을 한스러워하고 있었다.

둘은 다음날 밤 다시 만나기로 약속하지만, 사연을 전해 들은 장생이 위생을 술에 취하게 해 억지로 집에 끌고 간다. 그 후로부터 위생은 앓아눕는다. 아픈 연유를 들은 위생의 부모님은 위생과 소숙방을 혼인시킨다. 둘이 사랑하며 살던 중 조선에 전쟁이 나자 위생은 부친과 함께 전쟁터에 나간다. 위생은 아내와 떨어져 지내는 것이 마음의 병이되어 전쟁도 치르지 못하고 죽음을 맞이한다. 그 뒤 위생은 아버지의 꿈에 나타나 소숙방과 한 무덤에 묻히고 싶다는 소망을 이야기하고 사라진다. 소식을 들은 소숙방은 비단 수건으로 목을 매어 자결하고, 사람들은 둘을 구의산 아래에 함께 묻어준다.

● 인용 자료 및 권장 작품 ●

이상구 역주, 《17세기 애정전기소설》(수정판), 월인, 2015.

# 상대의 고통까지 끌어안는 사랑

### -〈숙향전〉의 이선과 숙향

🔵 **그의 상처를 이해하기**

두 사람이 하나가 되는 것이 사랑이라 하지만, 사람과 사람이 만나 하나가 되기란 쉽지 않다. 모든 조건이 맞는 것처럼 보이는 사람도 쉽게 받아들이기 힘든 면모가 있게 마련이다. 그것은 무엇보다도 서로 살아온 역사가 다르기 때문이라 할 수 있다. 누군가와 진정으로 하나가 되기 위해서는 사랑하는 그 사람의 역사 속으로 걸어 들어가는 일이 필요할 것이다.

## 완벽한 여자를 꿈꾸던 완벽한 남자

한 남자가 있었다. 요즘으로 치면 완벽한 '엄친아'였다. 출신·능력·외모까지 무엇 하나 빠질 것이 없었다. 지금으로 치면 장관급인 상서 댁 외아들로, 영특함이 남달라 세 살에 글을 깨치고 다섯 살에는 모르는 글이 없었다. 자라나니 외모 또한 하늘에서 구름을 타고 내려온 선관처럼 반짝반짝 빛이 났다. 세상에 둘도 없는 신랑감이었다.

열다섯 결혼 적령기가 된 그 남자가 입만 열면 하는 말은 "내 배필은 월궁의 소아 아니면 될 리 없다"는 것이었다. 자부심 또한 하늘을 찔렀다. 하지만 그것은 오만이 아니라 가히 그럴 만한 일이기도 했다.

"그래, 저 정도 아들이라면 그 짝은 월궁 선녀 정도는 되어야지. 그런데 세상에 그러한 사람이 있을지 몰라."

사람들의 반응은 대략 이러한 식이었다. 과연 저 사람의 최고의 짝이 될 이는 누구일지.

웬만한 여자는 쳐다보지도 않던 그 남자는 마침내 운명의 짝을 만난다. 그가 늘 말하던 월궁 선녀였다. 그런데 여기에 약간의 문제가 있었다. 그가 월궁 선녀로 여기고 있는 그 상대는 부모도 없이 방황하는 고아 처녀였다. 다섯 살 때 난리 통에 부모와 헤어져 방황하다가 지금은 주막집 할멈한테 더부살이하면서 술을 팔고 있는 중이었다. 사내는 고관 자제로서 허름한 주막집까지 찾아와 여자를 만나려고 안달했다. 하지만 할멈은 여자가 거기에 없다고 말한다. 먼 길을 가야만 그녀를 만날 수 있다는 말에 사내는 크게 실망한다.

남자와 여자 사이에는 어떤 인연이 있는 것일까? 누가 보아도 어울리지 않아 보이는 이 둘은 평생의 짝이 될 수 있을까? 사내의 눈빛을 보니 먼 길을 마다하지 않고 찾아가기라도 할 기세다. 그 눈빛, 그 태도가 자못 흥미롭다.


## 꿈을 현실로 가꾸는 법

앞서 말한 사내는 신선의 기상이 완연해서 이름조차 이선李仙이었다. 콧대가 하늘을 찌르고도 남을 만한 그는 어떻게 주막집에 의탁한 허름한 고아 소녀에게 반해 그를 자신의 천생연분으로 여겼던 것일까? 그것은 하나의 특별한 암시에 따른 것이었다. 진짜로 겪은 일인 듯 생생한 한바탕의 꿈. 3월 삼짇날을 맞아 산천을 유람한 뒤 한 절에서 졸다가 얻은 꿈이었다.

선仙이 울민鬱悶하여 산수에 놀기를 일삼다가 한곳에 이르니 그곳은 대성사라는 절이었다. 두루 유하다가 몸이 피곤하여 난간을 의지하여 졸고 있는데 부처가 말하기를, "금일 서왕모 잔치에 모든 선관 선녀 들이 모이니 그대는 나를 따라와 구경하라."

한곳에 다다르니 연화 만발하고 누각이 아름다운지라. 부처가 말하기를, "내 먼저 들어가리니 그대는 뒤를 따르라."

선이 말하기를, "동서를 구분할 수 없으니 어찌하겠습니까?"

부처가 웃고 대추 같은 것을 주거늘 선이 받아먹으니 정신이 황연하여 전생 일이 뚜렷한지라 부처를 따라 들어가 옥제를 뵈오니 상제께서 물어 말하였다.

"태을太乙아, 인간 재미 어떠하며 소아를 만나보았느냐?"

선이 땅에 엎드려 사죄하니 상제께서 한 선녀를 명하여, "반도蟠桃와 계화桂花를 주라."

선녀 옥반에 받들어 주거늘 이선이 이를 받으며 선녀를 눈 주어 보니 선녀 부끄러워 몸을 돌이키다가 옥지환의 진주를 떨어뜨렸다. 선이 진주를 집어 손에 집을 즈음에 그 절 저녁 북소리에 놀라 잠을 깨니 호접춘몽이었다.


모든 선관과 선녀가 함께 모인 서왕모의 잔치 자리에 부처의 안내로 그곳에 찾아 들어간 그한테 옥황상제의 목소리가 들린다. 자기를 일컬어 태을선관이라 한다. 그는 아마 꿈속에서도 이렇게 생각했을지 모른다.

'흠, 그럴 만하지!'

문제는 거기서 눈이 마주친 한 선녀였다. 부끄러워 몸을 돌이키다가 옥지환의 진주를 떨어뜨린 그 여성이 누군가 하면 이선이 늘 습관처럼 이야기하던 월궁 소아선녀였다. 그녀를 보는 순간 이선은 그녀가 '운명의 여성'임을 직감하면서 그대로 얼어붙었던 것이다.

그리고 그것은 허튼 꿈이 아니었다. 꿈이라기에는 그 눈빛, 그 몸매, 그녀의 모든 것이 너무나 생생했다. 한 줄기 한숨과 함께 자기 손을 바라보니, 이것이 무언가! 꿈속에서 집었던 진주가 진짜로 손에 있는 것이었다.

꿈에서 깼으나 요지경이 눈에 완연하고 꿈에 집어 들었던 진주를 손
에 그대로 쥐고 있었다.

그것은 하나의 강렬한 암시였다. 그녀가 자신의 인연이라는 암시이며, 현실 어딘가에 그 사람이 있을 것이라는 암시였다. 그는 마치 소아선녀의 분신인 양 진주를 고이 간직한다. 그녀를 찾는 것은 그에게 모든 것에 앞선 운명적인 과제였다.

"분명히 어딘가에 있어! 그녀를 찾아야 해!"

그 상태로 날이 가고 달이 갔다면 역시 꿈이었나 하고 시나브로 열정이 약해졌을지도 모른다. 하지만 일이 아귀가 맞으려고 그러한 것인지, 그 인연을 확인시키는 일이 연이어 발생한다. 조적이라는 자가 웬 그림을 수놓은 족자 하나를 가지고 와서 그에게 찬시贊詩를 지어달라 부탁했다. 족자를 펼쳐본 이선은 다시 한 번 얼어붙는다. 꿈속에 보았던 요지연瑤池宴 잔치의 모습이 어김없이 담겨 있는 것이었다.

그가 조적에게 그 족자를 어디서 났는지 캐묻는 것은 당연한 순서였다. 상대방이 웬일인가 싶어서 당황할 정도로. 뜻밖의 반응에 조적

이 한 생각은, '어허, 이거 내가 훔친 물건을 큰돈을 주고서 산 것인가?' 하는 것이었다.

"낙양洛陽 동촌의 술 파는 노파에게서 샀습니다."

그 말을 들은 이선은 조적한테 두 배의 값을 치르고 그 그림을 사서 족자를 만들어 걸었다.

그림 속의 소아선녀를 마주보는 이선의 마음은 불타올랐다. 그녀를 만나야만 했다. 어찌해야 만날 수 있을까 생각하던 이선에게 문득 한 가지 깨우침이 다가왔다. 그 수를 놓은 사람을 찾아야 한다는 생각이었다. 그 사람 또한 그 경치를 보았을 테니 그 장면 속에 함께 있을 가능성이 컸다. 어쩌면 그 사람이 바로 자기가 꿈꾸는 그녀일지도 몰랐다.

이렇게 해서 이선은 노새를 타고서 물어물어 낙양 동촌 술 파는 노파네 집으로 무작정 찾아갔던 것이다. 거짓말 같은, 불꽃과 같은 운명의 만남을 꿈꾸면서 말이다.


## 이상을 찾는 모험

아니나 다를까. 요지연 풍경을 수놓은 사람은 소아선녀가 인간세상으로 환생한 여성이었다. 그녀의 이름은 숙향이었다. 그녀는 어릴 적에 부모를 잃고 고아가 되어 죽을 고비를 여러 번 넘긴 채 한쪽 눈이 멀고 절름발이인 형세로 마고할멈의 주막집에서 허드렛일을 하면서 기숙하던 처지였다. 그 고난의 세월 속에서 어느 날 문득 꿈속에 요지연 서왕모 잔치에 들어갔다가 태을선관을 만나 반도와 계화를 전해 준 터였다. 그 일이 너무나 생생하고 지워지지 않아 족자에 수를 놓았는데, 그것이 이선의 손에 들어간 것이었다.

　이선이 노새를 타고 낙양 동촌 주막에 다다랐을 때, 숙향은 누각에서 수를 놓고 있는 중이었다. 멀리서 꿈처럼 다가오는 한 사내. 여자가 주렴을 내리고 몸을 숨긴 동안에 그 사내를 맞은 이는 주막집 노파 마고할멈이었다. 그들이 주고받은 대사 부분만 인용해본다.

"소아가 인간세상에 내려왔다 하니 할미를 만나 족자를 얻은 것을 알아내어, 소아를 찾고자 하노라."

"소아가 있는 곳은 알거니와 공자께서 소아를 찾아 무엇하려 하십니까?"

"소아는 나의 천장배필임에 반드시 찾으려 하노라."

"배필을 삼으려 하시거든 아예 찾을 생각을 마십시오."

"그 어인 말이냐?"

"낭군은 상서댁 귀공자라 제왕가帝王家 부마駙馬 아니면, 재상가宰相家 서랑壻郎이 되리니 어찌 소아의 배필이 되겠습니까?"

"소아에게 무슨 허물이 있느냐?"

"하늘에서 얻은 죄가 중하여 인간에 내려와 천인賤人의 자식이 되어 다섯 살에 난중에 부모를 잃고 정처없이 다니다가 도적을 만나 칼에 맞아 한 팔을 잃었고, 명사계 성황당을 덧내어 귀 먹고, 표진강에 빠졌을 때에 행인이 구하였으나 눈이 흐려 보지 못하고, 노전에서 화재를 만나 한 다리를 불에 데여 발을 저니, 입만 남은 병신입니다. 어찌 배필을 삼겠습니까?"

"비록 병신이더라도 전생연분이 중하니 다만 소아를 찾고자 하노라."

"낭군은 지성으로 찾으나 그러한 병신을 상서께서 며느리로 삼을 리 없을 것이니 부질없이 찾지 마십시오."

"부모께서 아무리 금하여도 나는 맹세코 소아가 아니면 취처치 아니하
리니 할미는 잔말 말고 가르치라."

이선이 노파와 이야기를 나누어보니 노파는 그 수를 한 처녀가 놓
았다고 했다. 이선은 단번에 확신했다. 그녀가 곧 소아선녀이고 자신
의 인연이라고 말이다. 이선은 노파에게 그녀를 만나게 해달라고 청
한다. 그런데 무언가 좀 이상했다. 노파의 말이, 그녀는 자기 배필이
될 만한 여자가 아니라 했다. 천인의 자식으로 부모 없이 방황한 고아
인데, 한 팔이 없고 귀가 먹었으며 눈이 멀고 다리를 불에 덴 불구라
했다. 꿈에서 본 그녀와 무엇 하나 맞는 것이 없었다.

이 정도라면 그냥 돌아서는 것이 정상일 것이다. 그런데 자기 확신
에 가득 찬 저 사내, 뜻을 굽히지 않았다. 불구라도 자기 인연이라면
중한 것이니 그녀를 찾겠다고 한다. 주변에서 인정할 리 없다는 말에
도 그는 흔들리지 않았다. 오히려 "소아가 아니면 결혼하지 않겠다"
고 결기를 보였다. 그것이 운명이라면 따르겠다는 식이었다. 무모하
리만치 무서운 추진력이다.

이 정도 의지라면 주렴 뒤에 숨어 있던 숙향을 나오게 해 그 앞에
선보이는 것이 맞는 일이었을 것이다. 그런데 이때 할멈이 이선한테
하는 말이 뜻밖이었다.

할미가 말하기를, "저는 소아의 곁을 떠나 있은 지 오래되어서 있는 곳
을 자세히 모르겠습니다. 만약 굳이 찾으려 하거든 남군南郡 장승상 집에
가서 찾되 근본은 남양南陽 땅 김전의 딸 숙향입니다."

요지경 수를 놓았다는 그 처녀가, 이선이 소아선녀로 믿고 있는 그 처녀가 거기 없다는 것이었다. 심지어 떨어져 있은 지 오래라서 어디 있는지 모르겠다고 했다. 그러면서 은근히 던진 말이, "그래도 굳이 찾으려면 남군 장승상 댁에 가보아라"는 것이었다. 넓디넓은 중국 땅에 남군이라니 멀기는 얼마나 멀며 거기 승상댁을 어찌 찾을 수 있을지도 막막한 일이었다. 거기 간다고 자기가 찾는 그녀가 있을지도 모르는 일이었다. 이 일을 어찌해야 하나.

과거를 준비하는 서생의 몸으로 할 일이 가득한 처지였지만, 사내는 머뭇거리지 않았다. 어디가 되든 그녀를 찾아가겠다고 결심한다. 그리고 바로 먼 길을 떠날 채비를 하고 자기가 꿈꾸는 그 소아선녀의 종적을 찾아 머나먼 여행길에 오른다. 우연히 잡은 실낱같은 그 운명적인 인연의 끈을 놓치지 않겠다는 일념뿐이었다.

여기서 우리는 의아함을 가질 수밖에 없다. '운명의 짝을 찾아 먼 길을 떠나는 이선은 그렇다 하더라도 저 노파는 도대체 뭐하는 위인인가' 하는 것이다. 저 남자가 찾는 사람이 바로 옆에 있음을 뻔히 알면서도 얼마가 걸릴지 모르는 멀고 험한 길로 상서댁 귀공자를 떠나보내는 저 심사는 무엇인가. 심술이라도 이러한 심술이 다시없을 정도다.

마고할멈은 이름에서 알 수 있듯 선녀의 환신이다. 이 노파가 지금 두 남녀를 '제 마음대로 데리고 놀고 있는 중'이거니와, 이렇게 해도 되는 것인지 궁금하다. 소설적인 재미를 위한 장치라고 보기에도 마뜩치 않다. 이처럼 인위적으로 인연을 엇갈리게 해서 주인공을 괴롭힌다는 것은 억지스럽다는 비난을 면하기 어렵다. 숙향도 그렇다. 뻔히 거기 있으면서 제 '운명의 남자'가 먼 길을 떠나는 모습을 조용히 지켜만 보고 있는 그 소극성은 답답함을 넘어 짜증을 일으킬 만하다.

하지만 이는 일부러 주인공을 괴롭히거나 골탕 먹이기 위한 설정이라고 볼 바가 아니다. 거기에는 묘하고도 깊은, 알고 보면 고개를 끄덕일 만한 이치가 깃들어 있다.

## 길고 먼 우회의 여정

운명의 그 여성의 근본은 '남양 땅 김전의 딸 숙향'이라는 것이 노파의 말이었다. 남군 장승상 댁을 찾아가라 했지만 그것은 다음 문제였다. 이선은 그녀의 근본인 고향부터 찾아 나섰다. 꽤 그럴듯한 순서다. 찾아도 아주 제대로 찾아볼 모양이다.

어느 정도 예상했던 일이겠지만, 힘들게 찾아간 남양 땅에는 김전도 없고 숙향 역시 없었다. 김전의 옛 종한테서 상전이 난중에 다섯 살 된 숙향을 잃어 생사를 알지 못한다는 말을 들었을 따름이다. 예상한 일이라는 뜻일까, 고개를 끄덕이며 다시 남군 장승상 댁으로 향하는 저 사내. 그 마음속에 가지가지 상념이 오갔을 것이다. 다섯 살짜리 여자아이가 어떻게 멀리 남군까지 흘러가서 장승상 댁에 들어갔을지, 생각하면 무척 기이한 일이었다.

그것은 실제로 기이하고 험난한 일이었다. 도둑의 손에 들어가 죽을 뻔했다가 겨우 살아난 다섯 살 아이는 굶주림과 추위, 무서움 속에서 청조 한 마리를 따라 한없이 걷고 또 걸어서 머나먼 남군 땅에까지 이르러 장승상 부부의 눈에 띄었던 것이다.

마침내 장승상 댁을 찾아간 저 사내, 거기서 이 모든 사연을 확인했다. 남양 땅에서 남군까지 기듯이 걸어서 흘러온 여자아이. 장승상 부부는 그 아이를 하늘이 내린 선물로 알고 수양딸로 삼아 고이 키웠다고 한다. 하지만 그곳에 숙향은 없었다. 숙향을 찾는 한 사내의 등장에 장승상 부부는 눌러두었던 큰 울음을 한없이 터뜨렸을 따름이었다. 그들은 자신들이 불민했던 탓에 숙향이 억울하고 불쌍하게 죽었다며 한탄했다.

사연을 듣자니 간악한 사향이라는 몸종이 숙향을 시기해 귀한 물건을 빼돌린 뒤 숙향의 짐 속에 넣어서 그녀를 도둑으로 몰았다는 것이었다. 불같이 화가 나서 숙향을 근본 모를 아이라고 꾸짖으며 내쫓았는데, 뒤늦게 진실을 깨닫고 찾아 나섰지만 이미 늦은 때였다고 한다. 부부는 그렇게 수양딸을 가슴에 묻은 뒤로 그녀의 초상화를 보면서 눈물로 세월을 보냈다고 했다. 결국 여기까지 와서 이선에게 돌아온 소식은 숙향이 표진강 강물에 몸을 훌쩍 던져 죽었다는 비보였다.

장승상이 보여주는 숙향의 화상을 살펴보는 이선! 아, 거기 서 있는 것은 자기가 꿈속에 본 바로 그 모습이었다. 월궁의 소아선녀, 운명의 그 여성이었다.

이선이 무겁고 혼란스러운 마음을 누르며 찾아간 곳은 표진강이었다. 그로서는 그 죽은 흔적이라도, 당시 상황이라도 알아보고 싶은 마음이었다. '혹시라도' 하는 마음을 한구석에 품은 채 강가를 방황하는 그에게 한 노인이 다가와 묻지도 않은 말을 했다. 연전에 장승상 댁에서 나온 어떤 계집아이가 이 물에 빠져서 죽었다는 말이었다. 그 확인 사살에 이선은 허망함을 감출 수 없었다. 기껏 거기까지 찾아와서 이러한 상황에 처할 줄은 예상하지 못한 일이었다.

하지만 자신의 허망함보다 그 여성의 슬픈 운명에 더욱 마음이 무거웠다. 누명을 쓰고서 강물에 뛰어든 그 심정이 오죽했으랴. 이선이

할 수 있는 일은 차가운 물속에 잠겨 있을 서러운 넋을 달래기 위해 향촉을 갖추어 제사를 지내주는 것뿐이었다. 그 슬픔, 그 고통을 그와 한 몸처럼 느끼면서.

그러한 그에게 다가오는 사람이 있었다. 푸른 옷을 입은 동자 하나가 피리를 불며 와서는 이선 앞에 배를 대더니 '숙향을 보려거든 배에 오르라'고 한다. 이선은 그 말에 깜짝 놀라 배에 오른다. 동자는 말 없이 배를 몰고 한곳에 다다르더니만 이선에게 자기가 신령의 명으로 물에 빠진 숙향을 구해 이곳에 내려주었노라고 말한다. 하지만 그 뒤의 일은 그 또한 모르는 상황이었다.

다시 스스로 길을 찾아 나선 이선은 이리저리 길을 물으며 한참을 가다가 갈대밭 속에 졸고 있는 늙은이를 만난다. 말을 걸어도 본체만 체하는 그였지만, 이선은 포기하지 않았다. 마침내 노인이 반응을 보이자 이선은 '숙향이라는 처녀가 이쪽으로 왔다는데 본 적이 없느냐'고 묻는다. 그러자 노인은 무심한 듯 이렇게 대답하는 것이었다.

그러하면 여기 와서 불타 죽은 여자로다. 보려거든 저 재무덤이나 보고 가라.

그녀가 불에 타서 죽었단다. 그래서 그 재를 묻어서 무덤을 만들었단다. 물에 빠져 죽었다더니 이제 불에 타 죽었다니 이것은 또 무슨 말인가. 참 기구한 인생이기도 하다. 이선은 그대로 돌아서는 대신 재무덤으로 가서 재를 헤쳤다. 자세히 살펴보니 옷이 탄 재는 보이되 사람이 탄 자취는 보이지 않았다. 다시 노인한테 다가와 사실대로 알려달라고 하자 노인이 말했다.

내가 그대를 위하여 사방으로 찾아다녔으나 보지 못하고 후토부인께
물으니, 마고할미가 데려다가 낙양 동촌에 가 산다 하기로 거기 가보니,
과연 숙향이 누상에서 수를 놓고 있거늘, 보고 온 일을 표하기 위하여
불덩이를 내리쳐 수놓은 봉麻의 날개 끝을 태우고 왔노라. 너는 그 할미
를 찾아보고 숙향의 종적을 묻되 그 수의 불탄 데를 이르라.

그토록 애타게 찾아 헤맨 숙향이 지금 낙양 동촌 주막집에서 수를
놓고 있다는 말이다. 이선이 처음 찾아갔던 그 집에 그녀가 있다면 지
금까지 이선이 남양 땅에서 남군으로, 표진강으로 돌아다닌 일은 무
엇이었다는 말인가. 누구라도 황당할 수밖에 없을 노릇이었다.

　이랑이 말하기를, "제가 처음에 가 찾으니 여차여차 이르기로 표진강 가
　에까지 갔다가 이리 왔는데 낙양 동촌에 데리고 있으면서 이렇게 속일
　수가 있습니까?"

완전히 속아서 그 멀고 험한 길을 우회했으니 분노가 치밀 만도 하
련만, 이선은 목욕재계하고 마음을 가다듬은 뒤 낙양 동촌 주막으로
걸음을 옮긴다. 멀고 먼 길을 돌아서 드디어 운명의 그녀를 만나는 순
간을 허투루 맞이할 수는 없었던 것이다. 과연 그 마음이 통해 이번에
는 그녀를 만날 수 있었을까.
　이선을 맞이한 마고할멈 역시 만만치 않았다. 그 먼 길을 돌아온 정
성을 갸륵하게 여기면서도 다시 한 번 시일을 미루면서 다짐을 받는
다. 그녀는 이선에게 요조숙녀를 다 버리고 병든 걸인을 정말로 받아
들이겠느냐고 묻는다. 그러자 이선은 이렇게 말한다.

할미는 부질없는 말을 마라. 그 병이 나로 말미암아 난 병이니 어찌 박대하겠는가?

그것이 다 자기와의 인연 때문에 겪은 일이라는 말이다. 무엇이든 운명으로 여기고 받아들이겠다는 말이다. 가히 감동할 만한 말이었다.

마침내 숙향은 모습을 드러내고 그들은 서로 손을 잡는다. 숙향은 감았던 눈을 뜨고 절던 다리를 펴서 본색을 드러낸다. 이선은 그러한 숙향을 예로 맞이해 아내로 삼는다. 전생으로부터 이어진 긴 인연은 길고 긴 우회로를 거쳐 그렇게 다시 이어진다.

## 너 사람이 살아온 역사를 이해하는 과정

어찌 생각하면 참 허망한 일이었다. 앞서도 말했지만, 정도가 심한 장난이었다. 이선도 이선이지만 우리로서도 조롱당한 느낌이 들 만한 상황이었다. 어차피 만날 일인데 굳이 내용을 중복해서까지 이선으로 하여금 숙향이 한 번 갔던 그 길을 다시 가게 할 일이 무언가 싶은 생각이 들게끔 한다.

나는 처음에 숙향이 펼쳐냈던 그 서사를 이선을 통해 다시 한 번 되새김하는 것은 숙향의 우여곡절을 강조하기 위한 장치라고 생각했다. 천상의 존재들이 짜고서 숙향과 이선을 골탕 먹이는 일이라고 생각했고, 작가가 이선을 이리저리 떠돌면서 고생하게 만들고서 희희낙락하는 것이라고도 여겼다. 하지만 그것은 단순한 '소설적인 장치' 이상이었다. 숙향이 걸었던 그 고행의 길을 이선이 되짚어 걷는다는 것은 그들의 인연을 위한 무척 소중한 과정이었다. 그 길을 걸어야 서로가 인연이 되고 한 몸이 될 수 있는 것이었다. 그러한 이치를 알기 때문에 마고할멈은 숙향을 숨겨두고서 이선으로 하여금 먼 길을 떠나게 했던 것이다.

살펴보면 하늘에서 둘은 서로 짝이 맞는 태을선관과 소아선녀였지만, 지상에서는 그렇지 않았다. 태을선관 이선은 귀한 집의 자재였고, 소아선녀 숙향은 갖은 고행이 점철되는 고아였다. 마고할멈의 말대로 현실적으로 도저히 이어질 수 없는 운명이다. 저 남자는 '그녀가 내 운명의 짝이야'라고 말하며 매달리지만 그것은 욕망이고 열정일 따름이었다. 현실이라는 벽 앞에서, 서로 걸어온 완전히 다른 길이라는 계층적·문화적인 차이 앞에서 시나브로 스러질 수 있는 그 무엇이었다.

운명이 진실로 현실에서 인연이 되고 운명이 되려면, 서로를 밑바탕부터 이해하는 과정이 필수적이다. 그리고 그것은 머리나 가슴으로 될 일이 아니다. 상대가 겪은 그 고통과 수난의 삶을 몸으로 그대로 느끼는 과정이 필수적이다. 이선의 저 우회의 여정은 바로 그렇게 '내 사랑하는 사람이 살아온 역사'를 추체험하는 과정이었다.

이선은 부모한테 버려진 숙향의 그 심정을 느끼고, 어린 몸으로 머나먼 남양 땅에까지 흘러들어간 그 고통스러운 발걸음의 과정을 몸소 경험한다. 누명을 쓴 채 유일하게 의지하고 사랑하던 사람들에게 쫓겨나 차가운 물에 빠지는 그녀의 죽음을 실감하고, 벌거숭이로 갈대밭에서 불에 타 죽는 아픔을 경험한다. 그리고 절름발이 몸으로 주막에서 술을 파는 현재의 삶에까지 이른다. 그것이 소아선녀라는 화려한 명목 속에 깃든 그녀의 삶의 실상이었다. 감당하고 품어주며 함께해야 할 사랑하는 사람의 참모습을 깨닫는 여정, 그 일련의 행로를 통한 뒤에야 비로소 이선은 숙향의 삶을 자기 안에 받아들일 수 있는 것이었다.

우리는 이제 알 수 있다. 마고할멈이 이선을 보낸 것은 속임이나 장난이 아닌 계시였고 진리였다. 그 삶을 직접 경험하고 받아들일 수 있는지 스스로 확인하도록 하는 과정이었고, 진정으로 숙향이라는 사람에게 다가가게 하는 과정이었다. 그렇다. 마고할멈이라는 갸륵한 신령은 이선을 숙향으로부터 멀어지게 만든 것이 아니라 진정으로 그에게 다가가도록 한 것이었다. 저 밑바탕으로부터 말이다. 화덕진군의 이 말은 그렇게 이해해야 한다.

마고선녀는 범인凡人이 아니라. 그대 정성을 시험함이라.

서로 다른 환경과 문화 속에서 성장한 남녀. 서로에 대한 진정한 이해 없이, 특히 상대방의 삶의 결여에 대한 진정한 이해 없이 온전한 결합은 이루어질 수 없다. 이 중요한 이치를 이선의 우회는 보여주었던 것이다.


## 흔들리지 않는 확신

그 긴 우회를 거친 이선은 어느새 믿음의 존재가 된다. 숙향의 모든 삶의 역정을, 그 존재 자체를 품었으니 이보다 더 굳은 확신이 어디 있을까. 그 뒤에 어찌할지는 부모에게 묻고 말고 할 일이 아니었다. 그는 자기 소신으로 결혼을 정하고, 실행에 옮긴다.

그 뒤에 다시 기나긴 시험과 고난의 과정이 이어진다. 부모의 반대, 왕의 조카딸과 이루어진 정혼 등. 그 모든 시련 앞에 이선은 힘들게 맞섰다. 하지만 그 시련에 맞서는 이선에게 절망이나 후회의 기색은 전혀 없었다. 오히려 확신에 차서 담담히, 꿋꿋하게 그 시련 모두를 이겨낸다. 그리고 마침내 꿈에 그리던 그 결혼을 주변의 인정과 축복 속에서 성취한다. 하늘이 미리 정한 운명이라 할지 모르지만, 나는 그렇게 생각하지 않는다. 이선의 여정을 따라가며 보지 않았는가! 그것은 숙향의 모진 인생 행로를 한 발자국씩 따라 걷던 과정에서 생긴 힘이었다고 믿는다.

사랑하던 사람이 이해하지 못할 모습을 보일 때, 사람들은 흔히 실망하며 돌아선다. '저 사람이 이러한 사람이었나'는 생각과 함께 낯섦과 거리감이 밀려올 때, 이선의 행보를 생각해볼 일이다. 내가 사랑하는 사람의 밑바탕으로 가서 그 삶의 행로를 되짚어볼 일이다. 이왕이면 머리나 가슴만으로 말고, 실제 몸으로써 되짚어보는 것이 최고다. 생각난 김에, 나의 사랑하는 사람이 성장했던 고향 땅 고향 집을 훌쩍 찾아가서 찬찬히 걸어보면 어떨까. 그와 함께. 또는 혼자서.

신경남 *

---

* 가천대학교에서 고전소설 연구로 석사학위를 받고 박사과정을 수료했다. 고전소설 속 사랑과 욕망의 사회적 맥락과 함의를 탐구하고 있다. 지은 책으로는《프로이트 심청을 만나다》(공저)가 있으며, 주요 논문으로는〈성풍속으로 본 남원고사의 주제 연구〉,〈변강쇠가의 구조와 애정 양상〉 등이 있다.

### 숙향전淑香傳

● 작품 설명 ●

17세기 후반에 창작된 것으로 추정되는 국문소설이다. 천상에서 현실계로 이어진 남녀
의 인연을 소재로 한 작품으로 판각본과 필사본, 활자본까지 50여 종의 이본이 전하고
있다. 숙향과 이선이 인연을 맺는 과정의 배후마다 늘 천상 선계가 있고, 초월적인 존
재가 서사에 개입하는 등 판타지 요소가 짙은 것이 특징이다.


● 줄거리 ●

천상 태을선관과 월궁의 소아는 옥황상제와 여러 선관 선녀가 두루 모인 서왕모의 요
지연 잔치에서 처음 마주쳐 사랑에 빠진다. 상제의 명으로 소아가 태을에게 반도와 계
화를 건네다가 옥지환에서 구슬이 떨어지자 선군이 얼른 주워 간직한다. 서로 몰래 사
랑을 나누던 가운데 소아가 월연단을 훔쳐서 태을에게 주는 일이 발생해 둘 다 인간세
상으로 쫓겨난다. 태을은 상서 위공의 아들 이선으로, 소아는 낙양 땅 김전의 딸 숙향
으로 태어난다.

숙향은 천상에서 지은 죄로 여러 번 액厄을 겪는다. 다섯 살 때 병란을 만나 고아가 되
며, 겨우 목숨을 건져 장승상 댁 양녀로 들어갔다가 악인의 모함으로 누명을 쓰고 쫓겨
나 표진강 물에 투신한다. 그녀는 표진강 용왕의 도움으로 목숨을 구하지만, 갈대밭에
서 큰 화재를 만나 타 죽을 위기에 처한다. 그녀는 벌거벗은 채로 화덕진군에게 업혀서
불길을 겨우 벗어난 뒤 동촌 주막의 술 파는 할멈(마고할미)에게 의탁한다. 한 눈이 멀고
다리를 저는 행세를 한 채로 허드렛일을 하던 숙향은 어느 날 요지연 잔치에 다녀오는
꿈을 꾼 뒤 그 풍경을 수놓는다.

한편, 이선은 어려서부터 월궁의 소아선녀가 환생한 여성이 자기 배필이라는 말을 듣
고 자란다. 그가 산천을 유람하던 가운데 꿈에 요지연 잔치에 갔다가 소아선녀를 만나
황홀감을 느낀다. 그때 한 사람이 꿈속 요지연 잔치를 수놓은 그림을 가지고 와서 찬시
를 부탁하자, 비싼 값을 주고 그림을 산 뒤 수놓은 사람을 찾아 나선다. 이선이 낙양 동

촌 주막집에 이르러 수놓은 사람을 찾자 할멈은 숙향을 감추고는 그녀를 찾으려면 멀리 남군 땅으로 가야 할 것이라고 말한다.

그로부터 숙향을 찾기 위한 이선의 긴 여정이 시작된다. 멀고 힘든 탐색 과정 끝에 이선은 다시 낙양 동촌 주막집으로 와서 꿈에 그리던 소아선녀 숙향을 만난다. 이선은 고모의 주선으로 숙향과 혼례를 치르지만, 부친 위공은 성혼을 인정하지 않고 아들을 황제의 조카딸 설중매와 혼인시키려 한다. 이선이 그 뜻을 거역하자 위공은 이선을 멀리 도읍지로 보내 과거공부를 시키고, 낙양태수 김전에게 명해 숙향을 죽이라 한다. 천우신조로 목숨을 구한 숙향은 자결을 결심하고, 직전에 위공 부부한테 발견된다. 여러 사연을 신기하게 여긴 위공은 숙향을 며느리로 인정한다. 장원급제 후 집에 돌아온 이선은 숙향과 꿈처럼 재회하고 행복한 신혼을 이룬다. 이후 입신양명에 성공한 이선은 숙향과 오래도록 복락을 누린 뒤 함께 천상으로 돌아간다.

● 인용 자료 및 권장 작품 ●

황패강 역주, 〈숙향전〉, 《숙향전·숙영낭자전·옥단춘전》, 고려대 민족문화연구소, 1993.

# 좌절 편

– 사랑을 망치는 조건

성인도 속세에 노닐며, 숙녀도 험한 구설을 만남은
고왕금래에 없지 않은 불행일지나
이번 낭자같이 지원극통한 일이 세상에 어디 있으리오.
아아, 슬프다. 이것은 다 나 선군의 탓이니
누구를 원망하고 누구를 탓하리오.
-〈숙영낭자전〉중에서

# 합리적 선택이 가져다준 파행

-〈주생전〉의 주생과 배도

나를 이끌어주는 사랑과 내가 이끌어야 할 사랑. 이 가운데 우리를 더 강하게 추동하는 것은 무엇인가. 누군가의 등 뒤로 나로서는 꿈꿀 수 없던 세계가 엿보일 때 손에 든 모든 것을 내던지고 거기로 달려가고 싶은 것이 인간이다. 하지만 누군가에 의해 자신이 행복해지는 것보다 자신때문에 누군가가 행복해지는 것이 소중한 일이 아닐까. 누군가를 지켜줄 수 있다는 것, 온전히 나의 힘으로 사랑과 행복을 지키고 나를 키워가는 것, 이야말로 진정한 '상승上昇'일지 모른다.

## 잃어버린 자유와 낭만을 향한 여행

이를 악물고 하루하루를 살아내다보면 때때로 그 모든 것이 덧없게 느껴진다. 치열한 경쟁에서 뒤처져 그나마 가진 작은 것마저 잃어버릴까 두려워하는 마음으로 자신에게 주어진 행복하지 않은 일과에 붙들려 살아가는 것이 수많은 보통 사람들의 삶의 모습이다.

조금 더 멋진 삶을 살 것이라고, 분명 조금 더 나은 사람이 되어있으리라고, 어린 날의 작은 가슴에 품었던 크나큰 꿈들은 계획하지 않은 현실 속에서 볼품없이 야위어가고 있지 않은가. 그렇게 지친 일상의 한가운데서 어느덧 작아진 자신을 발견할 때 흔히 떠올리는 한마디 말, 그것은 바로 '떠나고 싶다'일 것이다.

어딘가에서 잃어버린 행복을 찾아, 어린 시절 꿈꾸던 삶을 운명처럼 마주하기를 희망하면서, 한번쯤은 자유와 낭만을 이정표 삼은 이상향으로의 여로를 그려보지 않을까. 그러나 덧없는 일상이라 해도 놓아버릴 용기가 없는 우리 보통 사람들에게 일탈은 한때의 몽상일 뿐이다.

그런데 여기에 상상 속에서만 그려지고 지워지길 반복했던 그 여행을 자신의 삶에서 그려낸 이가 있다. 그의 이름은 주생. 시와 노래를 벗 삼아 온 세상을 여행한 아름다운 방랑자다. 그렇다면 그는 자유와 낭만을 향한 일생의 여행 속에서 우리가 꿈꾸던 삶, 꿈꾸던 사랑을 찾았을까? 이제부터 주생의 여정에 동행하며, 그가 만난 삶, 그가 만난 사랑의 의미를 음미해보기로 한다.


## 실패를 받아들이지 못한 천재

주생은 열여덟에 태학에 입성한 천재였다. 그의 유려한 문장과 천재성에 놀라지 않는 이가 없었다. 모두가 그를 칭송해 마지않았고, 주생 스스로도 그것을 자랑으로 여겼다. 그러나 생각지 않게 두 번의 과거에서 연거푸 고배를 마신 주생은 홀연히 모든 것을 내려놓고 세상을 주유하기로 마음먹는다.

"사람이 세상을 살아가는 일은 티끌이 연약한 풀잎에 깃듦과 같으니, 어찌 명예에 얽매여 속세에 빠진 채로 인생을 마치겠는가?"
이로부터 과거의 뜻을 접고 장사를 떠나, 가진 돈 1천 냥 가운데 반으로

배를 사고, 반으로 잠화를 사서, 강호를 오고 가며 마음 가는 데로 노닐
더니…….

　세상의 명리를 떠나 강호를 벗 삼은 현자처럼, 전 재산을 팔아 마련
한 쪽배에 누워 물길 따라 세상을 주유한다. 두둥실 떠가는 뱃머리에
기대어 바람이 불면 바람을 따라, 마음이 일면 그 마음이 이끄는 곳
으로, 좋은 경치를 만나고 좋은 친구를 만날 때마다 술에 취하고 시에
취한다. 세상 무엇에도 얽매이지 않는 자유로움, 좋은 술과 좋은 친
구, 아름다운 음악과 시의 향연 속에 살아가는 그 인생이야말로 진정
행복에 가까운 것이 아니었을까.
　우리네 인생은 돌아보건대 한 끼니의 식사와 한 벌의 옷, 몸 뉘일
한 자리를 위한 각박한 세상살이일 뿐이다. 덧없는 일상에 지친 눈으
로 바라보는 그의 삶은 얼마나 근사한가. 아무것도 내려놓을 수 없어
서 매달려 살아가는 우리 삶을 생각하면, 모든 것을 내려놓을 수 있는
주생의 그 용기가 자못 부럽기도 하다.
　그러나 매미는 단 며칠의 생을 위해 온종일 먹고, 사랑하며, 치열하
게 울어대지 않던가. 모든 욕심에서 초연한 것처럼 보이는 주생이지
만, 실상 그 모습은 공명을 이루지 못한 나약한 천재의 반항이었을 뿐
이다. 모두에게 하늘이 내린 인재라 칭송받던 주생이었기에 오히려
단 두 번의 실패를 받아들이지 못했을지도 모른다. 그렇게 자신을 알
아주지 않는 세상에 발붙일 곳 없이 주유하며 취한 웃음으로 세상을
조롱했던 것이다. 그러다 자신을 알아주는 한 사람을 만났을 때 바람
따라 물결 따라 흘러가던 삶도 비로소 쉴 곳을 얻었다.

## 상실한 추억 끝에서 재회한 두 사람

흘러가는 배 위에서 취한 잠을 깨고 보니 그리운 고향 땅이었다. 기묘한 운명의 흐름은 마법처럼 주생의 걸음을 고향으로 인도해 한 여자 앞에 이르게 한다. 우연히 마주한 고향 풍경에 벅찬 주생은 추억 속의 친구들을 찾아 나섰다. 그러나 그리운 얼굴 하나 찾아볼 수 없는 그곳은 이미 그가 그리던 고향이 아니었다. 신동神童이라는 찬사가 옛 수사로 퇴색했듯이, 아름다운 추억이 깃든 고향 땅도, 세상이 두렵지 않았던 그의 어린 날도 쓸쓸한 기억으로만 남았던 것이다. 그 상실감을 이기지 못했던 탓일까. 주생은 차마 발길을 돌리지 못하고 하염없이 배회했다. 그 길 위에서 우연히 조우한 옛 친구 배도는 상실감에 이울어가던 그의 마음을 다시금 옛날의 아름다운 추억 속에 노닐게 했다.

주생의 기억 속에 남아 있는 배도는, 어린 그의 눈에 비친 세상에서 가장 아름답고 지혜로운 여성이었다. 아마도 첫사랑이었을 것이다. 모두가 칭송해 마지않던 그 시절의 그녀는, 분명 어린 주생의 가슴을 뛰게 하는 공상의 주인공이었으리라. 그녀는 주생의 가슴 뛰던 어린 날의 꿈속에서처럼 여전히 아름다운 모습이었다. 그러한 그녀와 조우한 감격을 주생은 시 한 수를 통해 넌지시 전했다.

하늘가 꽃다운 풀잎이 몇 번이나 옷깃을 적시었는지 [天涯芳草幾沾衣],
멀고 먼 길을 돌아와보니 모든 것이 달라져 있네 [萬里歸来事事非].
두추랑杜秋娘의 노랫소리만은 이전과 다름없으니 [依舊杜秋聲價在],
작은 누각의 구슬발이 비낀 저녁볕에 물드는 듯하네 [小樓珠箔捲斜暉].

'두추랑'은 아름다운 목소리로 〈금루의金縷衣〉를 부름으로써 당唐 헌

종先宗의 사랑을 받아 황비가 되었던 기녀妓女다. 주생은 배도의 변함 없는 아름다움을, 두추랑을 황비의 자리에 오르도록 했던 그녀의 노랫소리에 비유했다. 이 시는 "모든 것이 전과 달라졌으나 당신의 아름다움만은 변함이 없다"는 노랫말, 유려한 문장 속에 그 옛날의 두근거림을 담은 주생의 고백이었다. 모든 것이 변해버린 세상 속에서도 그 시절의 아름다움을 여전히 간직한 배도의 모습이 어린 날의 풋풋한 연정을 고스란히 되돌려주었던 것이다.

그 마음이 전해지지 않았을 리가 있을까. 소박한 연정을 담은 아름다운 시구가 그녀의 가슴에 파문을 일으켰다. 누구에게나 칭송의 대상이었던 그가, 누구나 아름답다 여기던 바로 그 문장으로 자신의 아름다움을 노래했다. 마치 저 높은 궁중의 악장樂長들이 자신만을 위한 사랑의 노래를 연주하는 듯한, 세상 그 무엇보다 귀중한 이가 된 것만 같은 그 벅찬 떨림이 그녀 몰래 마음의 빗장을 거두어가지 않았을까. 어떻게 열린 것인지 알 수 없지만 이미 열린 마음, '사랑'이었다.


## 기울어진 관계에서 시작한 사랑

배도의 신분은 기생이었다. 그녀는 양갓집 영애로 태어났으나 비천한 신분으로 전락한 모진 운명의 주인공이었다. 그러나 그녀의 앞에 있는 주생은 태학 출신에 이름 높은 선비였다. 꿈꾸던 사랑을 만났으나 그 마음을 솔직하게 꺼내놓을 수 없었다. 세상은 그녀에게 말한다. 길가에 피어난 꽃처럼 한 사람만을 위한 여자일 수 없다고. 그래서 저 아름다운 청년은 너의 사랑일 수 없다고. 그 옛날, 같은 눈높이로 마주 보았던, 함께 웃고 뛰어놀던 옛 친구 주생이건만 이제는 감히 마주 볼 수 없는 저 하늘 위의 존재가 되어 있었던 것이다. 그렇게 내보일 수 없는 마음을 억누르며 그녀는 주생에게 이렇게 말한다.

"……혼인은 하셨는지요."
"아직 못했소."
"배로 돌아가지 마시고 제 집에 머무르세요. 도련님을 위해 좋은 짝을 찾아보겠습니다."

자신만의 사람이 되어달라 말할 수 없어도 어떻게든 곁에 두고 싶은 그 마음이 말 속에 깃들었음을 짐작할 수 있지 않은가. 그와 같은 배도의 마음은 미처 읽어내지 못하고, 그저 그녀의 아름다운 자태에 취한 주생은 그녀가 이끄는 손길을 따를 뿐이었다.

주생은 배도가 마련해준 아늑한 방에 누워 그녀의 내심을 헤아려본다. 그녀와 사랑을 나누고 싶은 마음에 가슴 설레어, 밤이 깊도록 그녀의 기척을 살피면서. 배도의 방 안에 켜놓은 홍촉紅燭은 밤이 깊도록 꺼질 줄 몰랐다. 그 불빛 아래서 그녀는 〈접련화蝶戀花〉 가사를 써 내려가다가 다시 쓰기를 반복하다가 끝내 끝마치지 못한 채 붓을 들고 멈춘다.

깊고 깊은 작은 담 안에 봄뜻이 어지러워라 [小院沈沈春意閙].
달빛이 꽃가지에 드리웠네 [月在花枝].
보압寶鴨(오리 모양의 향로)의 향연 하늘거리니 [寶鴨香烟漂].
창 안의 고운 여성 수심으로 늙어가려 하나 [窓裡玉人愁欲老].

마음 흔드는 짧은 꿈 꽃밭을 헤매네[搖搖短夢迷芳草].

〈접련화〉는 나비가 꽃을 그리는 마음, 사랑하는 사람을 곁에 두고도 홀로 그리워할 수밖에 없는 마음을 뜻한다. 가슴에 품은 연정을 내보이지 못해 어지러운 마음에 잠을 이루지 못하며, 그 마음을 담아 홀로 써내려가는 노랫말조차 끝내 이어가지 못해 머뭇거리는 배도였다. 붓을 놓고 잠이 들면 그만이련만 그녀는 이어지지 않는 글, 전할 길 없는 연정을 부여잡고 하얗게 밤을 지새운다. 먹먹한 마음, 내보이지 못해 켜켜이 쌓인 연정이 독이 되어 타들어가는 그녀의 가슴을 주생은 헤아릴 수 있었을까. 자신이 그러하듯 들뜬 설렘으로 잠을 못 이루고 있노라고 지레짐작했던 것은 아닐까. 불이 켜진 그녀의 방 기척을 살피고 기회를 엿보다가 결국 방문턱을 넘어서는 주생의 내심에는 그 정도의 헤아림이 있지 않았을까.

"주인의 글을 나그네가 이어 보태도 괜찮겠소?"
배도가 짐짓 화를 내며 말했다.
"미친 나그네가 어찌 여기에 왔습니까?"
주생이 말했다.
"나그네가 본래 미친 것이 아니라, 주인이 나그네를 미치게 한 것이오."

주생이 붓을 놀려 배도가 멈추어둔 〈접련화〉 가사를 마무리하자 비로소 배도는 용기를 내어 귀한 잔에 좋은 술을 부어 권했다. 그러나 주생은 빙그레 웃을 뿐, 배도가 내민 잔을 받아 들지 않았다. 첫날 밤 화촉 아래 나누는 술잔, 부부가 평생을 함께하듯 자신의 남자가 되어

달라는 속뜻을 짐작했던 것일까. 이에 주생의 내심을 눈치챈 배도는 가슴 시린 한숨을 내뱉었다.

'차라리 당당하게 마음을 고백하리라.'

배도는 주생을 향해 자세를 고쳐 앉고서 두 눈 가득 눈물을 머금은 채 이야기했다.

제 조상은 본래 호족이었지만, 할아버지가 천주泉州의 시박사市船司 벼슬에 계시다가 죄를 얻어 서인庶人으로 폐출되었습니다. 저희 집은 이로부터 기울어 가난을 떨칠 수 없었으며, 어린 시절 부모를 여의면서는 남의 손에 길러져 지금에 이르렀습니다. 비록 순결을 지키고자 하였으나, 이름이 이미 기적妓籍에 올라 부득이 여러 사람을 상대로 웃음 지어야 하였습니다. 그러나 혼자 있을 때마다 꽃을 보면 눈물을 흘리고, 달을 대하면 넋을 잃지 않은 적이 없었습니다. 이제 도련님을 뵈니, 풍채와 거동이 빼어나고 재주와 생각이 뛰어나십니다. 비록 천한 몸이지만 한 번 잠자리에 모신 후 영원히 받들고자 합니다. 바라건대, 낭군께서는 훗날 입신하여 일찍 요로要路에 오르십시오. 그래서 제 이름을 기적에서 빼내어 조상의 이름을 더럽히지 않게만 하여주시면, 훗날 비록 저를 버리시더라도 그 은혜를 감사히 여길 것입니다.

누구보다도 아름답고 총명했으나 모진 운명의 장난으로 인해 기생으로 사는 배도였다. 그로 인해 그녀는 주생에게 당당할 수 없었고, 사랑의 마음을 전하면서도 '나만의 사람이 되어달라' 말할 수 없었다. 비로소 배도의 간절한 고백 속에 담긴 슬픔과 진심, 사랑을 구하면서도 버려짐을 각오해야 하는 그 아픔을 깨달은 주생은 배도의 그 속마음, 진심에 답했다.

푸른 산은 늙지 않고 [靑山不老]
푸른 물은 그대로 흐른다 [綠水當存].
당신 나를 믿지 않아도 [孚不我信]
밝은 달이 하늘에 있음이라 [明月在天].

"당신이 믿지 않아도 나는 이 사랑을 지키겠습니다."

진정 배도가 듣기 원했던 약속의 말이다. 주생의 그 약속을 가슴에 담은 그녀는 두려움과 망설임을 떨쳐버린다. 그리고 마침내 하나가 된 둘은 영원히 끝나지 않을 듯한 행복의 시간을 누린다. 매일 아침 함께 눈뜨며 하루를 시작하고, 매일 밤 함께 눈을 감으며 하루가 다함을 아쉬워했다. 매일의 모든 순간 연인과 눈을 맞춘 채로, 사랑하는 연인의 모습 외에는 아무것도 눈에 담지 않았다는 두 사람, 세상 어떤 이야기 속 아름다운 연인의 모습이라도 주생과 배도의 사랑에 미치지 못했노라고 작가는 말한다.

이렇게 둘의 사랑은 이루어졌다. 그러나 그것은 대등한 관계의 이어짐은 아니었다. 만약 이야기가 여기서 끝이 났다면, 그것이 오히려 둘의 진심을 확인하는 계기가 되고, 그 인연을 더욱 아름다운 것으로 만들 수 있었을지도 모를 일이다. 그러나 이야기는 이어진다. 그리고 결국은 그 관계의 기울어짐으로 인해 두 사람의 인연도 어긋나기 시작한다.

## 좌절된 꿈을 이루어줄 새 사람

누군가가 변함없이 자신만을 바라보며 사랑해준다. 그 사랑이 고맙고 귀하게만 느껴진다. 그러나 어느덧 그 사랑에 익숙해진 후에는 처음 느낀 고마움, 그 소중함은 잊히고 만다. 그러다 눈을 사로잡는 다른 사랑이 찾아오면, 자신만을 바라보는 그 사람의 아픔에 아랑곳없이 다른 사랑을 택한다. 우리 주변에서 수없이 되풀이되는 비루한 사랑 풍경이다. 사람 마음이란 원래가 이렇듯 간사한 것이어서, 영원을 맹세한 사랑이라 해도 사실은 그렇게 쉽게 변할 수 있는 것이라며 서로의 간사한 마음을 이해해주어야 하는 것일까. 선화를 보는 순간 배도와의 약속을 저버렸던 주생의 마음도 그렇게 이해해야만 하는 것일까.

꿈같은 사랑의 시간을 누리던 어느 날, 배도는 승상 댁의 간곡한 요청을 이기지 못하고 연회에 가객歌客으로 초청되어 간다. 연회가 길어지고 배도의 귀가가 늦어지자, 그녀가 보고 싶은 마음을 참지 못한 주생은 결국 승상 댁을 찾아 나서는데, 멀리 주생의 눈에 비친 승상 댁의 풍경이란 바로 그가 꿈꾸던 도원경桃源境에 다름없었다.

달빛이 잠깐 비추어 주생이 보니, 누각의 북쪽으로 연못이 놓여 있고 못 위에는 온갖 꽃과 기이한 방초가 자욱하였다. 그 가운데 좁은 길이 있어 주생이 찾아 들어가니 꽃밭 가운데 집이 놓여 있었다. 서쪽 편의 꽃 계단을 스무 걸음쯤 올라 멀리서 바라보니 포도가지 아래 작은 별당이 놓였는데, 그 외관이 지극히 아름다웠고, 반쯤 열린 사창 안에는 높이 촛불이 아른거려 그 아래 붉은 치마와 푸른 옷이 움직이는 모습이 마치 그림 속에 있는 듯하였다.

입신양명을 눈앞에 두었던 태학 시절, 그가 꿈꾸던 미래의 풍경이 바로 그와 같았을까. 이제는 바로 그 집이 자신이 살아가야 할 곳인 것처럼 여겨졌는지도 모른다. 그리고 그 속에 앉아 있는 승상의 딸 선화야말로 자신에게 맞는, 자신이 꿈꾸던 연인인 듯 여겼다.

어린 소녀가 부인 옆에 앉아 있었는데, 구름처럼 틀어 올린 고운 머릿결에 푸른빛이 맺혀 있고, 아리따운 뺨에는 붉은빛이 은은하게 어리어 있었다. 맑은 눈동자로 살짝 흘겨보는 모습은 흐르는 물결에 비친 가을 달빛과 같고, 짐짓 웃음 지으면 봄꽃이 새벽이슬을 머금은 듯했다. 배도가 그사이에 앉아 있었는데, 봉황에 섞인 까마귀와 올빼미요, 진주에 섞인 모래인 듯했다.

공명을 이루지 못한 괴로움으로 세상을 주유하던 주생이었다. 이제 승상 댁의 화려함을 눈에 담고, 그 속에 피어난 선화를 눈에 담으니 억눌러온 공명심이 더욱 강하게 그를 사로잡았다. 이로써 배도와 선화, 두 여성을 재는 저울추는 급격히 기울어진다. 승상의 딸 선화, 비루한 자신에게 날개를 달아주고 이미 버려둔 것이나 다름없던 입신양명의 꿈을 이루게 해줄 수 있는 선화야말로 운명의 짝인 듯했다. 이제 다시 돌아보니 배도의 존재는 선화를 만날 운명에 놓인 징검다리였을 뿐이다. 배도와의 사랑을 지키겠다는 맹세는 이미 주생의 마음에 없는 것이 되었다. 어쩌면 이 맹세는 처음부터 깨질 것이었는지 모른다. 배도는 기생일 뿐이라고, 고귀한 자신과 그녀는 어울리는 짝이 아니라고, 그녀와의 약속은 언제든지 번복할 수 있는 일이라고, 내심 주생은 그렇게 생각하며 배도에게 다가갔던 것인지 모른다.

이내 글공부도 뒷전이 되고, 꿈꾸던 모든 것을 이루어줄 선화에 대한 욕망이 그의 온 마음을 지배했다. 그것은 주생에게 모든 것을 내던질 수 있는 절대적인 사랑인 양 여겨졌을지도 모른다. 마침내 주생은 목숨을 걸고 담을 넘어 선화의 방으로 들어간다.

처음 내가 이곳에 온 것은 선화를 만나기 위함이었다. 이제 향기로운 봄이 다 지나가는데 아직도 만나지 못하고 있으니, 사람의 수명이 얼마나 된다고 황하가 맑아지기를 기다리겠는가. 차라리 당돌하게 담을 넘어가는 것이 나으리라. 일이 이루어지면 귀하게 될 것이요. 이루어지지 않으면 벌을 받아 죽으면 그만이다.

사랑을 얻기 위해 목숨을 건다. 그야말로 모든 것을 내건 순수한 사랑인 듯 보일 수 있다. 그러나 "일이 이루어지면 귀하게 될 것이요. 이루어지지 않으면 벌을 받아 죽으면 그만이다"라는 주생의 독백은, 선화에 대한 그의 마음이 오히려 지극히 현실적인 계산에 의한 것이었음을 알게 한다. 자신을 이끌어줄 선화를 선택해 좌절된 꿈을 이루고 싶은 욕망, 이는 위에서 자신을 이끌어줄 사람을 선택하는 '인간관계의 합리<sup>合理</sup>' 그 자체다.

어쩌면 지난날 배도를 선택했던 주생의 마음도 그러한 합리를 벗어나지 않은 것이었을 수 있다. 세상에 인정받지 못한 좌절감으로 떠돌던 나날, 그러한 중에 만난 배도는 그를 세상에서 가장 귀하고 높은 존재로 여겨주었다. 그녀 앞에서만은 칭송받던 어린 시절처럼 당당할 수 있었다. 결국은 자신을 알아주는 사람, 자신을 높여주는 사람을 선택한 그 마음도 어쩌면 주생의 꺾인 자존심을 세우기 위한, 자연스러운 귀결이 아니었을까. 배도와 선화, 둘 모두와의 사랑이 결국은 합리적인 선택의 문제로 귀결되는 것이라면 배도를 버리고 선화를 선택한 주생의 결정도 옳았다고 여길 법하다. 그러나 주생의 그 선택은 정말로 합리적인 것이었을까.

## 선택의 기로에 서다

이 세상을 살아가는 누구도 다른 사람과 완전히 같을 수 없다. 누군가는 타인보다 나은 외모나 신체조건, 지적능력이나 가정환경을 타고나며, 경제적으로나 계층적으로 좀더 나은 사회적인 위치에 놓이게 마련이다. 그렇다보니 그보다 못한 조건을 갖춘 이가 있는 것이 부정할 수 없는 현실이다. 자기보다 나은 이와 못한 이로 나뉘는 사회, 천차만별의 인간이 군집한 인간 사회의 진실한 내면이다.

이러한 말에 불편을 느낄 수도 있다. 인간은 평등한 존재라는 근대사의 명제가 불가침의 진리로 자리매김한 상황에서, 어쩌면 인간의 불평등을 주장하는 반인륜적인 언사라 여길지 모른다. 그러나 우리 삶을 돌아보면 어떠한가. 우리는 언제나 누군가의 아래, 혹은 누군가의 위에 놓여 자신의 위치에 맞는 역할을 감당하며 살아가고 있다. 가정에서는 부모 아래 혹은 자녀 위에서, 직장에서는 상사 아래 혹은 후배 위에서, 각자 자신이 지닌 능력과 경륜, 조건에 따라 나름의 위치를 점하고 그 위치에 맞는 역할을 담당하며 살아가는 것이다. 위의 존재와 아래의 존재, 그 간극이 담보하는 '위치 에너지'가 인간 사회를 움직이는 거대한 원동력으로 작용하고 있음을 부정할 수는 없다.

타인과 자신을 비교해 더 높은 위치를 점하고자 하는 본능은, 인간의 삶을 추동하고 인간 사회를 움직이는 자연스러운 욕망이다. 그러므로 자신과 비슷하거나 나은 처지에 있는 이들과 관계를 형성하고 자신의 위치를 고수하거나 상승시키려는 욕망도 자연스러운 것이다. 우리는 인간관계의 이러한 일면을 부정할 수도 없으며 부정해서도 안 된다.

그러나 한편으로 우리는 그러한 상승원리가 인간관계의 전부가 아님을 믿는다. 우리는 좀도둑과 사랑에 빠진 공주를 알고, 비천한 기생과 사랑을 나누는 명문가의 도령을 안다. 아래 위의 경계를 넘어, 인간관계의 자연스러운 합리를 무색하게 하는 사랑 이야기들. 사랑이라는 감정 그 자체로 완전할 수 있는 주인공들의 모습을 바라보며 그가 바로 나이기를 바라지 않았던가. 마법의 양탄자를 타고 별빛 사이로 날아오르는 남녀의 모습에 가슴이 두근거리고, 사랑 하나로 모진 고초와 조롱을 견뎌내는 그들의 모습에 눈시울을 적신다. 그처럼 두 사람이 놓인 위치의 격차가 클수록, 그 사랑도 더 특별하게 여겨지지 않던가. 자신보다 못한 연인과의 사랑을 위해, 가진 모든 것을 내던지는 드라마 속 주인공의 모습은 얼마나 숭고한가. 그러한 사랑 이야기의 한 장면을 바라보며, 평범한 자신을 벗어난 어디쯤에 준비되어 있을 자신만의 사랑을 상상해보지 않았는가.

그러나 솔직해보자. 신분의 차이, 계층의 차이를 뛰어넘는 아름다운 사랑 이야기에 가슴 설레는 우리이지만, 바로 그때 우리가 투영하는 대상은 위에서 이끌어주는 사람인가, 아래에서 이끌리는 사람인가. 열에 아홉은 아래의 입장에서 자신을 이끌어줄 '위의 사람'을 꿈꾸는 것이 아닌지.

평범한 우리이기에 어쩌면 한계를 뛰어넘는 특별한 사랑은 이루기 어려운 것처럼 보인다. 사랑만으로 살 수 없는 것이 우리네 삶이기에 현실적인 조건에 구애받지 않는 사랑은 이야기 속에만 존재하는 것이라 말하기도 한다. 사랑이 밥 먹여주지 않는 법, 그러므로 가난한 미혼모와의 사랑을 선택한 재벌 2세의 모습에 환호하는 한편으로 김중배의 다이아몬드를 선택한 심순애를 이해할 수 있는 것이다. 그리고 우리 모두의 사랑법은 심순애의 그것에 좀더 치우쳐 있다는 것을 부정할 수 없다.

바로 이러한 지점에서 선택의 문제가 발생한다. 조금 더 현실에 비중을 두고 자신보다 나은 처지에서 자신을 이끌어줄 사람을 선택할 것인가, 아니면 그 모든 합리적인 판단을 젖혀두고 자신이 이끌 사람을 선택할 것인가. 결국은 평범한 인간이기에, 현실을 직시하고 자신을 이끌어줄 사람을 선택하는 것이 옳을까.

수백 년 전의 사랑 이야기, 〈주생전〉이 이야기하는 사랑도 그러한 선택의 문제에 관한 것이다. 나를 이끌어줄 사람 선화, 내가 이끌어갈 사람 배도, 그 사이에서 번민하는 주생의 모습은 다름 아닌 현실의 우리 모습을 비추고 있다. 수백 년 전에 그들이 만들어가는 사랑 이야기가 지금 우리와 다르지 않은 이유는 오랜 시간 동안 그러한 선택의 딜레마가 인간을 괴롭혔기 때문은 아닐까. 그렇다면 그들이 펼쳐내는 사랑 이야기 속에서, 어쩌면 그 오랜 시간 동안 우리를 번민하게 했던 선택의 문제에 대한 해결의 실마리를 발견할 수 있을지 모른다.

## 사랑은 서로를 성장시키는 과정이다

주생의 선택은 결과적으로 선화와의 이별과 배도의 죽음으로 이어진다. 그리고 주생은 다시금 정처 없이 떠돌게 된다. 훗날 친척인 장씨의 중매로 선화와의 인연을 다시 잇지만, 때마침 발발한 임진왜란으로 인해 조선 원군의 종군서기로 차출된 주생은 머나먼 타국 땅 조선에서 병을 얻어 그곳에 머물고, 끝내 선화와의 사랑을 이루지 못했다.

세상을 주유하다 운명처럼 닿은 고향, 그곳에서 배도를 만나 쉴 곳을 찾았다가, 선화와의 만남에 의해 다시금 떠도는 주생의 운명을 생각해보자. 그에게 주어진 운명의 사랑은 결국 배도가 아니었을까.

자신을 몰라주는 세상이 싫어 정처 없이 떠돌던 주생이었다. 그러다 배도를 만나 그녀 곁에 머무를 수 있었다. 자신을 알아주고 온전한 사랑으로 보살펴주던 배도, 그녀의 옆에 머물며 그녀의 꿈과 자신의 꿈을 이루기 위해, 둘의 사랑을 꽃피우기 위해 정진했다면 다시금 끝없이 떠도는 삶으로 전락하지 않았을 것이다. 하지만 자신의 꿈을 쉽게 이루게 해줄 것 같았던 선화를 선택함으로써 그는 오히려 영원히 머물 자리를 잃었던 것이다.

이야기의 끝까지 주생은 선화를 그리워하지만, 그는 끝내 바라던 공명도 선화와의 사랑도 이루지 못했다. 선화를 선택한 것은 일견 현실적이고 합리적인 선택인 듯 보였으나, 그 선택은 셋 모두에게 고통으로 돌아왔을 뿐이다. 선화와의 만남을 이어가며 주생은 스스로를 가꾸는 어떤 노력도 하지 않았다. 그저 온전히 결연이 이루어져 공명을 이루길 바랐을 뿐, 실상 선화와 만나고 이별하기까지, 주생은 처음 세상을 등진 그때로부터 한 걸음도 나아가지 못한 상태였다.

배도와의 사랑을 선택했을 때에도 주생은 배도의 사랑과 존경을 받는 행복감에 취해 있었을 뿐이다. 배도의 재산으로 먹고 즐기고 사랑했을 뿐, 입신양명해 배도를 면천하겠다는 약속을 이행하기 위해 그 어떠한 노력도 기울이지 않았다. 결국 주생은 배도와의 관계에서도 위에서 이끌어가는 사람이기보다 온전히 이끌리는 사람이었던 것이다.

만약 주생이 배도를 선택하고 그녀의 부족함을 오롯이 감당하려 했다면, 둘의 꿈을 이루기 위해 그 부족한 부분을 스스로 채우기 위한 노력을 기울였을 것이다. 그리하여 과연 그 꿈이 이루어질 것인지는 알 수 없지만, 적어도 머무는 자리에서 꿈을 위해 스스로를 키워갈 기회를 얻을 수 있었을 것이다. 일으켜주기보다 스스로 일어설 힘을 주는 사랑, 주생에게 배도와의 사랑은 오히려 스스로를 위한 것일 수 있었다.

이처럼 자신이 이끄는 역할을 할 때에 오히려 그 사랑은 스스로를 완성하는 기회가 될 수 있다. 상대방을 통해 무엇을 이룰지보다, 상대방과의 관계 속에서 스스로 행복하기 위해 무엇을 채워나갈지를 생각한다면, 그 사랑이 자신을 완성하는 힘이 될 수 있는 것이다. 그렇다면 자신을 이끌어줄 사람보다 오히려 자신이 이끌어갈 사람을 선택하는 것이 합리적일 수 있다. 보다 나은 조건의 상대에게 끌려가는 것이 결코 현실의 행복을 보장해줄 수 없고, 보다 못한 조건의 상대를 이끌어가는 것이 결코 낭만적이고 비현실적인 것이 될 수 없다. 오히려 내가 이끌어가는 사랑, 현실적인 욕망의 원리를 벗어난 듯 보이는 그 사랑이, 스스로의 존재가치를 높이고자 하는 인간 본연의 욕망에 더 충실한 사랑이다.

'내가 이끌어가는 사랑'이란, 결코 '나만 이끌어가는 사랑'은 아니다. 궁극적으로 서로가 서로를 이끌어가기 위해 스스로를 채워가는 사랑, 그렇게 해서 이끌면서도 또한 이끌리는, 그러한 '사랑의 인력' 으로 함께 나아가는 것이 진정 서로를 위한 사랑이 아닐까?

조흥윤 •

• 무속신화 연구로 건국대학교에서 박사학위를 받았으며, 서사와문학치료연구소 연구원으로 활동 중이다. 고
전서사에 담긴 삶의 원형성을 통해 현실문제에 대한 해법을 도출하는 데 관심이 크다. 지은 책으로는 《프로이트
심청을 만나다》(공저), 《시집살이 이야기 집성》(공저)이 있으며, 주요 논문으로는 〈서사무가를 통해 본 한국 신
화의 공간 인식체계 연구〉, 〈콤플렉스 치유의 관점에서 본 한국 무속신화 연구〉 등이 있다.

# 주생전 周生傳

● 작품 설명 ●

조선 중기에 권필이 지은 한문소설이다. 작품 말미에 적힌 창작 경위에 의하면 지은이
가 개성에 방문했다가 역관驛館에 머물러 와병중인 주생을 만나고, 그에게 들은 이야기
를 기록한 것이라 한다. 이는 한 선비와 두 여성 사이의 비극적인 사랑 이야기로, 그들
의 좌절과 슬픔을 노래하는 시들이 작품 전체 분위기를 우수에 젖게 한다.

● 줄거리 ●

중국 명대에 주회라는 청년이 전당錢塘에 살았는데 어려서부터 총명해 열여덟에 태학에
입성한다. 그러나 수차 과거에 낙방한 그는 입신양명의 꿈에 환멸을 느끼고 전 재산을
팔아 배 한 척을 마련해 강호를 주유한다. 그러던 어느 날 만취 중에 띄운 배가 우연히
고향에 닿고, 어린 시절 벗이었던 기생 배도를 만난다. 이내 그녀에게 사랑을 느낀 주
생은 영원한 사랑을 약속하며 그녀의 집에 머무른다.

얼마 후 주생은 승상 댁 연회의 가객으로 초대받은 배도를 찾아 나섰다가 우연히 승상
의 딸 선화를 보고, 그 미모에 연정을 품는다. 그 후 주생은 배도의 소개를 통해 승상의
아들 국영의 스승으로 승상 댁에 초빙되어 머무른다. 승상 댁에 머물며 기회를 보던 주
생은 어느 날 밤 담을 넘어 선화의 방에 들어간다. 이미 배도와의 약속을 잊은 주생은
선화와 사랑을 나누며 승상 댁에 정식으로 청혼을 넣어 그녀를 아내로 맞겠노라 다짐
하고, 선화는 쪼갠 거울과 부채로서 정표를 건넨 후 통혼通婚할 날을 기다리기로 한다.
이후 주생은 국영을 가르치며 매일 밤 선화와의 밀회에 빠져 배도를 돌아보지 않는다.

어느 날 주생을 만나러 온 배도는, 자신이 주생에게 건넨 연시戀詩에 먹이 칠해져 있는
것을 본다. 주생과 배도의 관계를 못마땅히 여긴 선화가 배도의 연시에 먹을 칠하고 그
위에 자신과 주생의 관계를 암시하는 시를 적어둔 것이다. 전말을 안 배도는 주생에게
자신과 함께 돌아갈 것을 종용하고, 따르지 않으면 승상 댁에 고하겠다고 한다. 그 말
에 주생은 할 수 없이 배도의 집으로 돌아간다.

이내 주생은 선화를 잊지 못해 병이 들고 주생과의 이별을 견디지 못한 선화 또한 병이 든다. 그리고 배신의 상처를 견디지 못한 배도는 마음에 든 병으로 인해 죽음에 이른다. 배도는 주생의 무릎에 누워 마지막 숨을 내뱉으며 선화와 주생의 결연을 축원했으나, 배도의 죽음에 괴로워하던 주생은 감히 선화에게 다가서지 못하고 전당을 떠난다. 다시금 세상을 떠돌던 주생은, 어느 날 친척인 장 씨를 통해 다시금 선화와 인연이 닿고 그의 중매로 혼례를 약속한다. 그러나 때마침 발발한 임진왜란으로 인해 조선 원군의 종군서기로 차출된 주생은 머나먼 타국 땅 조선에서 병을 얻고, 끝내 선화와의 사랑을 이루지 못한다.

● 인용 자료 ●

국역본 〈멱남본 주생전〉 원전 자료를 현대어로 번역해 인용함.

● 권장 작품 ●

간호윤, 《새로 발굴한 주생전·위생전의 자료와 해석》, 박이정, 2008.

# 낭만은 짧으나 현실은 길다
-〈심생전〉의 심생과 중인의 딸

### 🌑 타인의 무게를 받아들이기

일반적으로 사랑이란 시공을 초월해 서로 다른 삶을 꾸려왔고, 그래서 다른 서사의 결을 가진 사람이 만나 이루어진다. 사랑은 '너'와 '나'가 더해 나오는 것이다. 다름을 인정하고 받아들여 하나가 되는 사랑의 과정은 물리적인 시간과 심리적인 준비가 필요하다. 사랑을 완성하는 구심력은 다르게 살아온 사람의 무게까지 함께 질 용기와 결단력이다.

## 간절함으로 상대를 설득하다

누군가가 수십 일 동안 하루도 빠짐없이 자신을 기다리며 말없이 마음으로 구애한다면 어떠할까. 아무리 무심한 사람이라도 미세한 흔들림을 보일 것이다. 자신을 향한 간절한 기다림은 가슴 설레게 하며 누구나 한번쯤 꿈꿀 법한 낭만적인 사랑이다. 엄숙하고 따분한 사랑놀음을 했을 것 같은 우리 고전 중에서도 사랑하는 상대의 마음을 얻기 위해 한 달 동안 밤을 지새우는 로맨티스트가 있다.

그는 바로 〈심생전沈生傳〉의 심생이다. 양반집 도령이었던 심생은 사랑하는 여자의 집 담을 몰래 넘어가 밤새도록 여자를 기다렸다. 심생은 거기 있는 듯 없는 듯 아무 소리조차 내지 못하고 창호지에 어른거리는 그녀의 그림자를 간절하게 바라볼 따름이었다.

심생은 다음날에 또 가고, 그 다음날에 또 갔다. 방에 자물쇠가 채워져
있어도 조금도 해이해짐이 없이, 비가 오면 유삼油衫(기름절인 비옷)을 둘러쓰
고 가서 옷이 젖어도 관계하지 않았다. 이렇게 다시 열흘이 지났다.

매일을 하루같이 소리 없이 자기를 바라보며 기다리는 사내의 존
재를 여자가 모를 리 없었다. 하지만 여자는 그 남자가 거기 있는 줄
을 전혀 모른다는 듯, 조금의 표시도 내지 않았다. 상대가 그렇게 매
몰차게 아무 반응을 보이지 않으면 보통 포기하련만, 심생은 그렇지
않았다. 언제까지라도 그러겠다는 듯 다음날도 또 다음날도 어김없
이 찾아와 어둠 속에 조용히 서 있었다.

심생은 어떤 사람이기에 비에 옷이 젖는 것도 상관하지 않은 채 오
매불망 한 여자만을 기다렸던 것일까? 그 여자는 어떤 사람이고 둘
사이에 어떤 사연이 있었던 것일까? 이제 그들의 이야기를 들어보자.


## 긴 기다림 끝에 거머쥔 행복

축 늘어진 버드나무 가지는 바람에 하늘거리고, 언덕에 일렁이는 아
지랑이가 세상을 감싸는 어느 봄날이었다. 모든 것이 푸른 생명을 내
뿜는 축제 분위기 속, 별안간 회오리바람이 불어 여자를 덮고 있던 보
자기가 펄럭인 사이, 그 틈으로 심생과 여자의 두 눈이 마주쳤다.

보자기가 걷히는 순간에 버들 눈, 별 눈동자의 네 눈이 서로 부딪혔다.

소광통교<sup>小廣通橋</sup>라는 다리 위에서의 첫 마주침은 여느 남녀의 만남만큼이나 짧지만 강렬하고, 순간이지만 영원을 함축했다. 이렇게 둘은 첫눈에 반해, '그렇고 그러한 사이'가 되었다.

관심 있는 사람을 힐끗힐끗 훔쳐보다 우연히 그 사람과 눈이 마주쳤을 때 온몸을 휘감는 그 짜릿한 전율도 잠시뿐이다. 혹시나 여자를 놓칠세라 종종걸음으로 따라가던 심생은 두 눈을 쉴 새 없이 돌려가며 다시 마주할 기회를 노려보았다. 하지만 여자를 업은 계집종은 심생의 마음을 아는지 모르는지 야속하게 쌩하니 대문으로 들어갔다.

더는 자줏빛 보자기 자락이 보이지 않자, 심생은 무언가를 잃어버린 것 같아 그 자리에 멍하니 있었다. 어쩌다 마주친 여자의 두 눈이 그의 마음을 사로잡았던 것이다. 집으로 돌아와서도 자줏빛 보자기가 눈앞에서 아른거려 도저히 여자를 잊을 수 없던 그는 꽃을 탐하는 벌처럼 여자에게로 날아갔다.

춘삼월에 왕성한 혈기를 이기지 못한 심생은 친구와 동숙을 핑계로 부모에게 거짓말을 하고 집을 나섰다. 이후 사람들이 다니지 않는 시간이 되기를 기다리다가 남의 눈을 피해 담을 넘었다. 그리고 담장 밑 바람벽에 기대앉아 숨을 고르며, 방 안 여자의 행동을 유심히 살필 뿐이었다.

삼경쯤에, 계집애는 벌써 깊이 잠들었고, 궐녀<sup>厥女</sup>는 그제야 등불을 끄고 취침하였다. 그러나 오래도록 잠을 이루지 못하고 뒤척뒤척 무언가 고민하는 모양이었다. 심생은 잠이 올 리가 없었거니와 또한 바스락 소리도 내지 못했다. 그래도 새벽종이 울릴 때까지 있다가 도로 담을 넘어 나왔다.

사실 그 시간, 그 여자 또한 심생과 눈이 마주친 이후에 마음에 움튼 춘정春情을 이기지 못해 잠자리를 뒤척이고 있었다. 그러다가 밖에서 인기척이 났고, 혹시나 낮에 만난 그 남자가 아닐까 싶어 기대 반 걱정 반에 몸을 뒤척였다. 자줏빛 보자기 대신 얇게 바른 흰 창호지를 사이에 둔 채, 두 남녀는 아른거리는 그림자와 숨소리만으로 서로의 존재를 직감할 뿐, 누가 먼저 다가가지 않았다. 아른거리는 마음을 확고하게 잡기에는 아직 망설여지는 것이 많았던 까닭일까.

이날 이후 심생은 해가 질 무렵에 집을 나온 뒤, 새벽이슬을 맞으며 집으로 돌아오기를 반복했다. 그렇게 한 공간에서 이루어진 기다림의 시간은 어느덧 스무 날을 가리켰다. 여자는 심생의 사랑을 정면으로 시험해보기 위해 심생이 앉아 있는 곳으로 다가갔다. 그는 예상치 못한 여자의 등장에 당황하면서도, 이내 정에 이끌려 여자를 껴안았다. 그러나 그녀는 이미 예상했다는 듯이 침착하게 말했다. 뒷문을 열어 예를 갖추어 맞이할 테니 일단 자신을 놓아달라고 말이다.

하지만 이후, 여자의 목소리 대신 들리는 것은 큰 자물쇠로 문을 잠그는 소리뿐이었다. '철거덕' 자물쇠 소리와 함께 매몰찬 거절의 뜻이 그에게 전해졌다. 그녀는 본심과 달리 쇠붙이 소리만큼이나 차갑게 거절했다. 그리고 여자의 거절에 심생의 가슴 역시 '철거덕' 내려앉았다. 애써 마음을 다독이며 쓸쓸히 돌아서는 심생의 뒷모습은 안쓰러울 정도였다.

그런데 이 남자, 웬만하면 양반 자제 체면에 그만둘 법도 한데 다시 찾아왔다. 눈이 오나 비가 오나 여전히 매일 밤 여자를 찾아가 숨죽여 기다렸다. 다시 한 번 여자의 얼굴을 볼 때까지, 자신의 마음을 받아줄 때까지 온몸으로 말이다. 거절 의사를 전했으나 변함없이 기다리는 심생을 보는 여자의 마음은 어떠했을까?

그렇게 기다림의 시간이 30일을 가리키던 날 밤, 모두들 잠이 든 한밤중이었다. 여자는 자신의 마음을 정리한 듯 단호하게 잠자리를 떨치고 일어났다. 그리고 자신의 부모에게 심생의 존재를 공개적으로 알리며, 첫 만남부터 한 달 동안의 일을 조곤조곤 설명했다. 이후 한 달 동안 하루도 빠짐없이 자신에게 지극정성을 보인 심생을 따르고 싶은 속내를 전했다.

아닌 밤중에 홍두깨라고, 여자의 부모가 얼마나 당황했을지 눈앞에 환히 그려진다. 그런데 여자의 부모는 딸의 말을 묵묵히 듣고 있을 뿐이었다. 누구보다 딸을 잘 아는 부모이기에 부모가 나서서 왈가왈부하는 것이 아니라, 딸을 믿고 한 걸음 뒤로 물러나주었다. 세상에 태어나 열일곱 해가 되도록 문밖 발걸음을 아껴왔던 딸이다. 그들은 그러한 딸이 사랑하는 상대를 선택하고 그에게로 조심스럽게 내딛는 발걸음을 말없이 응원했던 것이다.

두 남녀의 사랑에 대한 무언의 승낙이었다. 몇 마디 말보다도 강한 응원에 힘입어 심생과 여자의 사랑은 시작되었다. 긴 기다림 끝에 거머쥔 사랑이었기에 서로를 향한 마음이 얼마나 뜨거웠을지 짐작할 수 있다.

마침내 심생은 그녀와 잠자리에 들었다. 갈증을 느끼는 것처럼 연모하던 나머지라, 심생의 기쁨이 어떠하였으랴! 이날 저녁에 처음으로 처자의 방으로 들어간 이후로, 심생은 저물녘에 가서 새벽에 돌아오지 않은 날이 없었다.

심생은 여전히 저물녘에 집을 나서 새벽에 돌아오기를 반복했다. 하지만 이제 상황은 바뀌었다. 고통스러운 기다림이 아니라 오랜 가뭄 끝 단비와 같은 달콤한 사랑으로 밤을 보냈다. 기다림의 시간으로 상대의 사랑을 시험하던 밤은 몸과 마음으로 사랑을 확인하는 밤으로 바뀌었다. 그들의 행복한 밤은 영원히 지속될 것 같았다.

이후 두 남녀는 결혼을 하고 3남 2녀의 자식을 낳아 다복한 가정을 꾸릴 것이다. 그러고는 "평생 오래오래 행복하게 살았답니다"라는 관용구로 마무리될 것 같다. 부모의 반대 등 여러 시련을 겪지만 우여곡절 끝에 결혼하는 대다수 사랑 이야기의 행복한 결말처럼 말이다.


## 파국으로 치달은 사랑

두 남녀는 행복한 미래에 대한 기대감에 잔뜩 부풀었다. 그런데 이것이 웬일인가. 누가 바늘로 콕 찔렀는지 잔뜩 부풀었던 행복한 미래는 터지고 말았다. '뭐, 서로 사랑해서 죽고 못 살다가도 어느 순간 도저히 함께 못 산다고 하는 경우가 다반수지'라고 생각할 수 있다. 그렇다. 이생과 여자는 헤어졌다. 그런데 둘의 헤어짐은 심상치 않다.

> 하루는 어떤 사람이 처자의 한글 편지를 심생에게 전하였다. 겉봉을 떼어본 즉, 영영 하직을 고하는 글월이었다. 그녀는 벌써 이 세상을 떠나고 만 뒤였다. ……심생은 붓을 던지고 무변이 되어 벼슬이 금오랑金吾郎에 이르렀으나 역시 일찍 죽고 말았다.

한 통의 유서를 남기고 죽은 여자와 과거를 포기한 채 무관으로 살다가 요절한 심생, 두 남녀의 헤어짐은 죽음이라는 극단으로까지 치달은 후 비극으로 마무리되었다. 사랑이 이루어지던 그 순간에 예상할 수 없었던 충격적인 반전이다. 아름답게만 느껴지던 둘의 사랑은 어찌해 이러한 결말로 나아갔던 것일까?

혹시 서로에 대한 애정이 식었거나 제3자의 등장으로 이들의 사랑이 방해받은 것은 아닐까? 다시 이야기를 되돌려보자. 아직 한 번도 등장하지 않았던 인물이 있으니, 바로 심생의 부모다. 심생은 부모에게 친구 집에서 잔다고 거짓말한 뒤 몰래 여자를 만나왔던 것이다. 하지만 꼬리가 길면 밟힌다고 했던가. 친구 집에서 동숙하는 것도 하루이틀이지, 아무 말 없이 한 달이 넘도록 밖에서 자고 돌아오는 아들의 모습에 어느 부모가 신경 쓰지 않을까. 게다가 양반집 귀한 외동아들이라면 더 말할 필요도 없을 것이다.

심생이 아무리 조심을 하여도 집에서는 그가 바깥에서 자고 오래 돌아오지 않는데 의심하지 않을 수 없었다. 그리하여 절에 가서 글을 읽으라는 명이 내렸다. 심생은 마음이 몹시 불만스러웠지만 집의 압력을 받고 또 친구들에게 이끌려 책을 싸들고 북한산성으로 올라갔다.

심생의 부모는 아들이 저물녘에 나가 새벽녘에 돌아오는 날이 많아지자 아들에게 절에 머무르며 과거공부에 매진하게 했다. 하나밖에 없는 아들이 하루 바삐 과거에 급제해 대대로 이어오던 가문을 이어가야 할 텐데, 공부는 제쳐두고 벌써부터 여염집 담을 제 집 들 듯 드나드는 것을 눈치챘기 때문이다. 그렇게 해서 심생은 주변 친구들에 의해 강제로 이끌려 절간에 머물렀다.

이렇게 볼 때 많은 청춘 남녀의 사랑처럼, 심생 부모의 반대가 젊은 두 남녀의 사랑이 채 여물기도 전에 지게 했다고 볼 수 있다. 게다가 심생과 여자의 신분 차이가 심하다면 심생이 절에 갇힐 때 제대로 된 저항 한 번 하지 못했던 것이 이해가 되기도 한다.

이와 관련해 앞서 상투적인 소개라고 생각해 눈여겨보지 않은 채 지나친 부분이 있으니, 바로 두 남녀의 신분을 이야기하는 대목이다.

> 심생은 서울의 양반이다. 그는 약관弱冠에 용모가 매우 준수하고 풍정風情
> 이 넘치는 청년이었다. ……그는 멍하니 무언가 잃어버린 것처럼 한참
> 을 방황하였다. 그러다가 어떤 이웃 할멈을 붙들고 자세히 물어보았다.
> 호조戶曹에 계사計士로 있다가 은퇴한 집이고, 다만 열예닐곱 살 된 딸 하
> 나를 두었는데, 아직 혼사를 정하지 못하였다는 것이었다.

이야기 어귀에서 두 남녀의 사회적인 위치를 말해주는 표지를 발견할 수 있다. 서울에서 대대로 살아온 양반 심생과 그가 한눈에 반한 호조 계사의 딸. 요즘으로 따지면 호조 계사는 호조라는 곳에 속한 회계원으로, 조선시대 때는 남부러울 것 없이 잘사는 집안이지만 양반이 아닌 중인 신분에 해당했다. 당시 남녀는 독립적인 개인이라기보다는 가문과 신분에 귀속된 일원으로서 부여받은 사회적인 정체성이 강했다. 양반과 중인의 신분 차이는 상상 그 이상이었다.

두 남녀의 신분 차이, 남자 부모의 반대, 그리고 이러한 갈등을 배태할 수밖에 없었던 조선시대의 신분질서가 사랑의 실패 원인으로 손꼽힐 수 있다. 두 남녀는 부모의 반대, 신분의 벽, 시대의 한계에 부딪쳐 사랑을 포기하고, 삶마저 포기했을 것이라 생각할 것이다. 과연

그럴까? 두근거리던 두 남녀의 사랑을 죽음으로 몰고 가 또 다른 두 근거림을 선사한 이 반전의 원인을 단지 주변 인물과 손 쓸 수 없는 시대 상황에서만 찾을 것인가?

아니다! 두 남녀의 사랑을 비극을 몰아간 것은 사실 낭만적으로 보이는 그 기다림의 순간부터 예비되어 있었다.


## 나를 덜어 그를 받아들이는 시간

오랜 기다림의 시간을 거쳐 어렵사리 시작된 사랑은 무르익으며 두 남녀는 동침하지만 서로 다른 꿈을 꾸었다. 사실 이러한 동상이몽은 기다림의 시간에도 계속되었다. 자칫 30일이라는 시간을 두 남녀가 서로의 사랑이 얼마나 견고한지 시험하는 시간으로 판단하기 쉽다. 하지만 〈심생전〉의 서술자가 굳이 구체적으로 열흘, 스무 날, 한 달이라는 시간의 경과를 밝혀주었던 것은 기다림의 시간을 단지 숫자로 계량화하는 데 그치지 않고 다른 의미를 부여하기 위해서였다.

두 남녀의 신분 차이는 다른 방식으로 살아온 두 남녀의 삶의 차이를 에둘러 말해준다. 굳이 신분제 사회였던 조선시대의 시공간을 빌려오지 않더라도, 일반적으로 사랑이란 시공을 초월해 서로 다른 삶을 꾸려왔고, 그래서 다른 서사의 결, 역사성을 가진 '너와 나'가 만나는 것이라는 사실을 잘 알고 있다. 이름하여 사랑은 '너'와 '나'가 더해 나온다는 공식! 그렇기에 다름을 인정하고, 받아들이는 사랑의 전개 과정은 물리적인 시간과 심리적인 노력을 요한다.

이 이야기에서는 너와 내가 만나 이루는 사랑에 필요한 물리적인 시간과 심리적인 노력이 기다림으로 그려졌다. 결연이 이루어지기까지 두 남녀 사이의 공간을 채웠던 기다림의 시간은 두 사람이 가지고 있던 삶의 방식을 서로에게 조금씩 맞추어가며 상대방과의 합류 지점을 찾아가는 시간이다. 서로의 사랑에 대한 믿음이 의심에서 확신으로 견고해지는 데 그치지 않고, 타인의 존재와 삶을 짊어질 마음의 준비를 하는 것이다.

기다림의 시간 동안 현실을 마주한 여자는 자신이 이상적으로 꿈꾸던 미래의 모습을 다시 그려갔다. 여자는 시집가 데릴사위를 보아, 친·인척이 없는 부모가 늙었을 때 봉양하고 돌아가신 뒤에는 제사를 받들고자 했던 바람을 내려놓았다.

저는 뜻을 이미 정하였습니다. 아버님과 어머님께오서는 너무 걱정하지 마세요. 아아, 저는 어버이께서 늙으시고 동기분이 계시지 않으시므로, 시집가서 데릴사위를 보아 어버이 살아 계실 땐 극진히 봉양하고 어버이 돌아가신 뒤에는 제사를 받든다면, 저의 바람이 다 채워지리라 생각하였어요. 하지만 일이 홀연 이러한 지경에 이르렀군요. 이것은 하늘의 뜻이어요. 더 말하여 무슨 소용이 있겠나요?

양반 사회에서 중인 신분인 여자가 양반인 심생과 결혼을 한다는 것은 불가능에 가까웠으며, 더군다나 양반집 자제를 데릴사위로 들여 자신의 부모를 모시는 것은 애당초 꿈조차 꿀 수 없는 일이었다. 그렇기에 여자는 꿈꿔온 삶을 덜어내고, 자신이 선택한 사람이 꾸려온 삶의 무게를 감당해낼 준비를 했다. 시집가면 홀로 될 부모를 걱정해 그들의 의지처가 되어주리라 마음먹었던 여자는 오히려 그 반대 방향의 길, 즉 자신이 높은 소나무에 붙는 길[女蘿]을 선택했다.

그녀가 보여주었던 행보는 말처럼 쉬운 일은 아니다. 사랑하는 사람의 삶을 한 번쯤 헤아려보는 동시에 내가 꾸려오던 삶을 조금씩 덜어내 나와 다르게 살던 사람을 받아들이는 과정으로 인고의 시간이자 각고의 시간인 것이다. 이렇게 볼 때, 30일이라는 기다림의 시간은 결코 정적인 시간이 아니라 '나와 너'의 합류 지점을 만들어가는 동적인 시간이다. 덜어내고 젊어지는 시간에 당연히 수심과 번민이 동반될 수밖에 없는 것이다.

궐녀는 초저녁에는 소설책을 읽기도 하고 바느질을 하기도 하다가 밤중에 이르러 불이 꺼지는데, 이내 잠이 들기도 하고 더러 번민으로 잠을 못 이루기도 하는 것이었다. 6, 7일이 지나자 문득 '몸이 편치 못하다' 하고 겨우 초경初更부터 베개에 엎드려 자주 손으로 벽을 두드리며 긴 한숨 짧은 탄식을 내쉬어 숨결이 창 밖까지 들렸다. 하루 저녁 하루 저녁 갈수록 더해만 갔다.

여자는 하루, 열흘, 한 달의 시간을 보내며 자신이 이제껏 그려오던 미래의 구도를 심생의 그것과 새롭게 맞추었다. 관성처럼 이미 몸에 익숙한 삶에서 낯선 삶으로 나아가는 과정은 불편할 수밖에 없다. 하지만 여자는 자신을 덜어내고 타인의 삶을 받아들이는 과정을 희생이 아닌 행복으로 받아들였다. 중인 신분인 여자에게 양반가의 삶은 낯선 것들 투성이일지 모르나 사랑하는 사람과 함께한다면 충분히 젊어질 수 있다는 희망을 가졌다. 그녀에게 새로운 꿈은 혼자가 아닌 사랑하는 사람과 함께할 수 있다는 점에서 두려움보다 설렘이 한 발 먼저 다가왔다. 혼자가 아닌 함께이기에 감히 꿈꿀 수 있는 것! 이

때문에 여자는 기꺼이, 그리고 즐겁게 심생의 사랑과 삶을 받아들였다. 이러한 마음가짐과 몸가짐이 없었더라면 여자가 부모 앞에서 자신 있게 자신의 생각을 말하기 어려웠을 것이다.

그런데 여자의 시름과 탄식 소리가 입 밖을 나와 문 밖으로까지 새어나오는 동안 심생은 어떤 소리도 내지 않았다. 심지어 그의 목소리를 들을 수 있는 것은 딱 한 번, 오직 부모에게 거짓말을 할 때뿐이었다. 번민하는 여자의 모습이 클로즈 업close up되는 것에 반해 심생은 미세한 움직임을 보여주지도, 나지막한 목소리를 들려주지도 않은 채 조용히 페이드 아웃fade out되었다.

## 관계의 무게를 외면하다

부모의 명으로 절에 갇힌 심생은 청천벽력과도 같은 이별 앞에서 울고불고해도 모자를 것 같은데 여전히 말이 없었다. 심생이 처한 상황이 아무 손 쓸 수 없어 보여도, 여자에게 진심 어린 마음을 전하거나 혹은 일방적인 이별에 대해 사과할 길은 여러 가지로 찾아볼 수 있었다. 처음 여자를 만나러 가던 날, 친구와의 동숙을 핑계로 부모에게 거짓말했다는 점을 미루어보건대 갇혀 있는 신세라 하더라도 친구들을 청조로 삼아 여자에게 날려 보낼 수 있었을 것이다.

하지만 이별 앞에서 심생이 취할 수 있는 여러 행위망은 잘린 채, 이야기는 심생이 죽은 여자의 편지를 받는 한 달 후의 모습으로 건너뛰었다. 그러나 우리는 증발한 한 달이라는 시간 동안 있었을 만한 사건들을 충분히 상상해볼 수 있다.

규방 안에 갇힌 여자는 연락이 단절된 심생의 소식을 듣기 위해 애간장을 졸이며 초조한 나날을 보냈을 것이다. 하루 이틀 정도는 심생에게 무슨 일이 생긴 것은 아닌지 그의 안위를 걱정하며, 이후로는 깨진 자신의 사랑을 지켜보며 말이다. 딱 부러지게 말을 잘하던 여자는 말을 잃었다. 자식을 믿고 한 발 뒤로 물러났던 부모 앞에서 이제 어떻게 하냐며 소리 내어 울 수도 없는 노릇이었다. 대신 남몰래 밤마다 차오르는 눈물을 삭혔을 것이다.

한 달 동안 여자가 어떻게 해서든 심생의 흔적을 찾아 헤맸다면, 절에 갇힌 심생은 여자와의 관계를 흔적도 없이 하나하나 지워갔다. 그는 이별 앞에서 갖은 핑계를 둘러댔을 것이다.

'사실 내 마음은 처음부터 요동치지 않았어. 그녀가 먼저 추파를 던져 내 마음이 크게 출렁거렸던 것이야. 그녀의 부모가 눈감아주지 않았더라면 몇 날 며칠 동침하지도 않았을 것이야.'

심생은 자책감으로부터 자신을 보호하기 위해 자기 합리화라는 방패를 주위에 둘러쌓았을 것이다. 결연結緣의 원인을 자기 자신에게 찾는 것이 아니라 밖에서 찾았다. 절연絶緣의 상황에 속수무책인 자신이 상처받지 않기 위한 조치였다.

심생은 여자의 마음을 얻는 것, 사랑을 얻는 것만 생각했을 뿐, 여자가 짊어진 삶의 무게, 자신이 받아들여야 할 여자의 무게 앞에서 애써 눈을 감았다. 아니, 어쩌면 양반집 귀한 도련님으로 항상 떠받들며 자란 심생의 삶에서, 원하는 바를 얻는 것이란 이미 가지고 있던 것들을 덜어내는 과정 없이 그저 더하는 것이었다. 그는 사랑을 얻는 과정도 마찬가지라 생각했다.

그래서 서로 다른 두 삶이 만나 짊어져야 할 무게도 느끼지 못했던 것이다. 심생에게 기다림의 시간은 여자의 마음을 얻어내는 구애의 시간이었을 뿐이다. 그는 세상 물정 모르는 어린애처럼 순진해서, 사랑이란 상대의 마음만 얻으면 순조롭게 진행될 줄 알았다. 그리고 행복한 줄만 알았지 관계맺음이 파생하는 수심과 번민이 무엇인지 몰랐다. 그런데 어느 순간, 문득 눈을 들어보니 상대의 뒤로 펼쳐진 아득한 길이 보였고, 성큼성큼 다가오는 현실에 겁이 났다. 달콤하기만 한 사랑인 줄 알았는데, 언제부턴가 쓴맛이 그의 혀를 타고 밀려왔다. 그리고 여자의 삶의 무게 앞에서 눈을 감아버렸다. 심생의 이러한 태도에 여자는 영영 눈을 감아버렸다.

이러한 심생의 태도를 두고 여자를 사랑하지 않았다고 평가할 수는 없다. 다만 사랑했지만 무책임하던 인물이라고 말할 수는 있으리라. 무책임은 남녀관계의 문턱을 넘어 부부관계로의 진입을 방해한다. 부부관계에서는 상대방이 무엇을 바라는지 알고, 이를 들어주는 것이 관계 지속을 위해 중요하다. 하지만 심생은 부부관계로의 진입로에서 머뭇거렸다. 그래서 여자와의 인연을 지우는 동시에 자기 슬픔에 취해 상대의 아픔 따위는 생각하지 못했다. 심생은 상대에게 책임 전가를 하는 동시에 자기 연민으로 상황을 회피했던 것이다.

심생은 찰나의 순간에 깊이, 그리고 뜨겁게 사랑했지만 그 사랑의 불꽃이 자신이 누려온 삶에 불똥을 튀기자 얼른 발을 빼버렸다. 이러한 심생의 모습은 연인, 나아가 부부와 같은 관계규정을 점점 유예시키며 '썸'만 타는 현대인들의 사랑과 닮았다.

한 번의 눈 마주침으로 시작된 사랑이지만, 심생이 눈 한 번 감으며 상황을 외면하는 바람에 사랑은 끝나고 말았다. 두 사람의 사랑만 끝나는 것이 아니라, 여자의 삶도, 심생 자신의 삶까지도 끝나버렸다. 심생은 자신도 모르는 사이에 커져버린 마음과 함께 커져버린 상황

앞에서 어찌할 줄 몰랐다. 그는 잠시 눈을 감았다 뜨면 상황이 정리되어 있을 줄 알았다. 그런데 눈을 감아버리고 외면하는 순간, 상황은 죽음으로 정리되었다.

## 타인의 존재를 기꺼이 짊어지는 용기

여기서 문득 드는 의문 하나가 있다. 누누이 무게를 말하는데, 상대방의 존재의 무게, 그리고 삶의 무게란 과연 무엇인가? 먼저 사랑하는 사람이라면 마땅히 짊어져야 하는 타인의 무게가 구체적으로 무엇인지에 대해서는 여자가 남긴 유서 속 절절한 한恨을 통해 미루어 짐작해볼 수 있다.

> 소녀처럼 박명한 몸이 살아본들 무엇하오리까만은, 우선 세 가지 큰 한을 가슴에 안고 있으니 죽음을 당해서도 눈을 감지 못하옵니다. ……부인이 남편을 섬기매 음식을 장만하여 공궤하고 의복을 지어서 입으시도록 하는 일보다 큰일이 있을까요. 도련님과 상봉한 이후 세월이 오래지 않음도 아니요, 지어드린 의복이 적다고 할 수도 없는데, 한 번도 도련님께서 한 사발밥도 집에서 자시게 못하였고 한 벌 옷도 입혀드리지 못하였으며 도련님을 모시기를 다만 침석枕席에서뿐이었습니다. 이것이 세 번째 한이옵니다.

여자의 첫 번째 한은 마땅히 의지할 곳이 없는 늙은 부모의 의지처가 되어주지 못한 것이고, 두 번째 한은 심생의 집안사람들에게 자신의 존재가 철저히 비밀로 숨겨졌다는 것이다. 그리고 마지막 한은 생전에 사랑하는 사람과 함께한 것은 오직 잠자리뿐, 손수 장만한 음식과 의복을 나누지 못한 것이었다.

한의 층위를 보면 세 번째에서 첫 번째로 올라올수록 점점 그 사연이 버거워진다. 첫 번째, 두 번째 한으로 서린 여자의 꿈을 이루어주기 위해 심생은 당대 양반 사회, 부모와 마주할 용기가 필요했다. 하지만 응어리진 마지막 한을 보면 심생이 신경 써야 하는 것은 사회·가문·부모도 아닌 바로 자기 자신이었다. 여자의 마음을 생각해 손수 지어준 의복을 한번 걸쳐보고, 따뜻한 밥 한술 떠먹어주었다면 충분히 풀릴 수 있는 한이었다.

심생은 구체적인 일상생활을 외면한 채, 여자와의 잠자리에서 몸만 나누었을 뿐이다. 그렇다고 심생의 사랑을 욕정에 눈 먼 사랑이었다고 단정할 수는 없다. 오히려 심생은 세상 물정을 모르는 지나치게 순진한 사람에 가까웠을 수 있다. 사랑이라는 감정에만 충실한 채, 어쩌면 너무 충실해 자기 환상에 빠져 현실을 감당할 준비가 되어 있지 않았을 정도로 말이다.

심생의 사랑, 그 순도를 어떻게 받아들이든 그가 여자의 삶의 무게를 감당하지 못했던 것만은 부인하기 어렵다. 누군가를 사랑하는 일이란 상대의 존재와 삶의 무게를 짊어지는 것이다. 사소한 일들이나 버거운 상황에 눈을 감아버리는 것이 아니라, 삶의 구체적이고 일상적인 일들을 함께하고 배려하는 것이다.

사실 사랑해서 계속 보고 싶고, 함께 있고 싶은 사람의 무게가 처음부터 숨을 조일 정도로 무겁게 다가오지는 않는다. 사랑하는 이가 짊어져야 할 버거운 존재로 다가온다면 감히 누가 사랑하고 싶어 몸부림치겠는가.

하지만 심생은 여자의 삶을 받아들이는 일이 자신의 일이며, 자신이 마주해 해결할 수 있을 것이라 생각하지 못했다. 그에게는 사랑하는 여자의 존재 자체가 버겁게 다가왔기 때문이다. 부담과 희생을 요구하는 사랑은 위기 앞에서 외면하고 싶을 뿐이다.

심생이 외면한, 그래서 여자가 혼자 감당해낸 사랑의 모습은 약한 풀이 바람에 휩쓸려 쓰러지고, 가냘픈 꽃이 땅에 떨어져 형체도 없이 사라지는 형상에 비유된다. 그리고 자신의 사랑을 이고 진 여자가 형체도 없이 한만 서린 채 스러지는 모습을 유서를 통해 본 심생은 드디어 소리를 냈다. 그것도 세상에서 가장 슬프고 처절한 소리를 말이다.

심생은 이 편지를 받고 자기도 모르게 울음과 눈물을 쏟았다. 이제 비록 슬프게 울어보아 무엇하겠는가.

사랑하는 과정에서 아무 소리도 내지 않은 채, 묵묵히 있던 심생이 자신도 모르게 통곡하는 모습이다. 그는 사랑을 잃고, 사랑에 대해 알았다. 앎을 위해 너무나도 가혹한 대가를 치른 후였다. 사랑에 대한 낭만적인 환상에 사로잡혀 있던 심생은 여자를 통해 사랑의 실상을 볼 수 있게 되었다. 그리고 자신의 꿈을 덜어가며 자신이 짊어져야 할 고민들을 기꺼이 대신 들어준 여자의 마음을 그제야 알았다.

그렇기에 그는 묵묵부답으로 일관하는 것이 아니라, 붓을 던지는[投筆] 행동을 보여주었다. 자신이 지키던 모든 것을 품에 안고는 그녀를 사랑할 수 없다는 사실을 알기에 할 수 있는 행동이었다. 그러나 심생 역시 일찍 죽고 말았다. 더는 자신의 짐을 함께 나눌 여자가 없기에, 여자가 짊어졌던 삶을 혼자 감당하는 과정에서 그녀처럼 쓰러졌던 것이다.

사랑을 한다는 것은 절대 가벼워지는 일이 아니며, 혼자만 가벼울 수도 가벼워서도 안 된다. 일방적인 짐 지우기는 타인을 힘들게 할 뿐 아니라, 결국 자신의 성장 또한 방해한다. 살아가는 동안 만나는 수많은 관계가 부담으로만 작용한다면, 그 관계가 깊고, 길게 지속되기란 어려운 일이다. 관계라는 것, 특히 사랑하는 사람끼리는 서로의 일상적인 고민을 나누며 사랑을 더해가는 것이다. 사랑을 나눌수록 본인이 생각해야 할 문제는 더욱 커진다. 하지만 이것이 부담으로 작용하는 것이 아니라, 그의 몫의 삶을 지면서도 함께하기에 행복한 것이 사랑이다. 이는 수학 공식도, 경제학의 원리도 적용되지 않는다.

사랑을 완성하는 구심력은 다른 삶을 살아온 사람의 무게까지 함께 질 용기와 결단력이다. 그리고 이러한 구심력을 바탕으로 삶 전체로 나아가게 하는 힘인 원심력은 기꺼이, 그리고 즐겁게 사랑하는 사람의 삶까지 사랑하는 것이다. 이럴 때 비로소 삶의 문제들을 평생 짊어지고 가는 것이 아니라 함께 풀어낼 수 있는 것이다.

김지혜 *

• 건국대학교에서 고전소설 연구로 석사학위를 받고 박사과정을 수료했다. 현재 건국대학교 강사로 있다. 고전소설 속 여성과 '타자'들의 형상 및 소통 방식에 대한 연구를 진행 중이다. 주요 논문으로는 〈전란 배경 고전소설에 나타난 여성의 상처와 통합을 위한 서사기법〉, 〈옥루몽을 통해 본 한국 전통 대화의 원리 및 교육적 함의〉 등이 있다.

# 심생전 沈生傳

## ● 작품 설명 ●

18세기 후반 이옥李鈺이 지은 한문단편소설이다. 천지만물 가운데 남녀 간의 진정眞情을 으뜸으로 쳤던 문제적인 작가의 문제적인 작품이다. 일반적으로는 양반과 중인이라는 신분 차이로 인해 이루어질 수 없었던 두 남녀의 사랑 이야기라고 평가한다. 특히, 이름조차 없어 '그 여자[厥女]'로 불리는 여성 주인공의 적극적인 태도가 세간의 이목을 끌었다. 남녀의 사랑이 무르익는 과정에서 미묘하게 변화하는 주인공들의 심리를 예리하게 묘사하고 있다.

## ● 줄거리 ●

약관의 나이에 용모가 준수한 심생은 임금 행차를 구경하고 돌아오던 길에 한 계집종이 명주 보자기를 덮어씌운 무언가를 업고 가는 모습을 본다. 심생이 눈대중으로 어림재어보니 어린애가 아닌 줄 알고, 호기심에 이끌려 뒤를 밟는다. 그러다가 바람이 불어 보자기가 걷힌 순간, 여자와 심생은 운명적으로 마주친다.

그날 밤, 여자에게 마음을 빼앗긴 심생은 부모에게 거짓말을 하고 집을 나와 여자의 집 담을 넘어 들어간다. 이후 심생은 담장 밑에서 숨죽이며 방 안의 여자가 나와주기를 하염없이 기다린다. 저물녘에 담을 넘어 처마 밑에서 밤을 새고, 새벽녘이면 다시 집으로 돌아오는 일상을 반복하기를 20일째 되던 날, 다리 위에서 잠시 스쳤던 인연이 방 밖에서 자신을 오매불망 기다리는 사실을 알던 여자는 번민 끝에 심생에게 다가온다. 기쁨을 이기지 못하고 자신을 껴안으려는 심생에게 예를 갖추어 맞이하겠다는 약속을 한 여자는 자물쇠로 문을 걸어 잠그며 완강한 거절의 뜻을 표현한다.

하지만 이후에도 심생은 뜻을 굽히지 않고, 늘 같은 자리에서 기다리며 여자의 사랑을 구한다. 30일째 되던 날, 여자는 마음을 열고, 부모에게 심생을 공개적으로 소개한 뒤, 심생과 여러 날 동침한다.

한편, 아들이 바깥에서 자고 오랫동안 돌아오지 않는다는 사실을 안 심생의 부모는 심생에게 절에 가서 공부하라 명한다. 심생은 마지못해 친구들에게 이끌려 절로 간다. 그로부터 한 달 후, 심생은 여자로부터 생전의 세 가지 한이 담긴 유서를 받는다. 여자의 죽음을 안 심생은 과거공부를 그만둔 후 무과에 급제하지만, 얼마 지나지 않아 죽음을 맞이한다.

● 인용 자료 ●

이옥 지음, 실시학사 고전문학연구회 옮김, 《역주 이옥전집》 2권, 소명출판, 2001.

● 권장 작품 ●

이옥 지음, 심경호 옮김, 《선생, 세상의 그물을 조심하시오》, 태학사, 2001.

# 환상이 키워낸 거짓 사랑

-〈포의교집〉의 초옥과 이생

🔹 이상향에 함몰되지 않기 ─────────────────────

사랑은 하나의 판타지라 할 수 있다. 서로의 꿈이 꿈결처럼 맞을 때 행복한 판타지가 완성된다. 하지만 그 꿈이 어느 한쪽만의 이상향일 때, 그 사랑은 신기루처럼 스러지면서 상처만 남길 수 있다. 사람들은 왜 허망한 판타지의 함정에 빠져드는 것일까. 아마도 현실과 꿈의 거리가 문제일 것이다. 경험과 판단력, 상상력 부족, 자의식 과잉도 원인일 수 있다.

## 자기 확신이 낳은 함정

중국의 작가 장파는 《동양과 서양, 그리고 미학》에서 '사랑은 실재보다 더 아름답게 반짝이는 환상'이라고 했다. 사랑의 거대한 활력과 격정은 모든 장애를 무너뜨리는 파괴력, 지고한 이상을 꿈꾸게 하는 초월성으로 표현된다. 이는 사랑의 비극성을 예비하고 있다.

사랑의 속성 가운데 초월성은 이미 잘 알려졌다. 그 힘은 불가능을 가능으로 바꾼다. 거산을 눈앞으로 옮길 수 있을 만큼의 힘을 주며 우리를 그 상황에 합의하게 한다. 문화 관습적인 것, 나이와 집안, 신분, 명예 등 그 어떤 것도 포용할 수 있고 녹아내리게 할 수 있을 것 같은 것이 사랑이다. 하지만 그 사랑에 가슴 저미며 하염없이 눈물을 흘리는 여자가 있다. 자신의 착각에 빠져 유일한 사랑을 이루었다고 확신했지만 지금 그 사랑은 흔적도 없다. 그녀의 이름은 초옥이다. 그녀는 무척이나 아름답고 매력적인 여성이었다.

날렵하기는 월나라 비취 부채 같았고, 요조하기는 남전의 명월 구슬과 같았다. 한 발자국 걸으면 성을 기울일 만하고, 한번 웃으면 나라를 위태롭게 할 만하였다. 웃을 때 살짝 보이는 보조개는 사람의 마음을 흔들어놓을 만하고 아름다운 눈망울은 사람의 마음을 병들게 할 만하였다.

초옥의 미모는 그 자체로도 빛났다. 화장기 없는 얼굴은 꾸미지 않아도 아름다웠다. 무엇을 걸쳐도, 어떤 표정을 지어도 남달랐다. 그녀는 하층민이지만 일찍이 종실 집안의 별가에 몸종으로 있으면서 시와 서, 예를 배웠다. 말하자면 출중한 미모와 지색을 겸비한 그녀였다. 오죽하면 같은 여자들도 그녀의 미모를 부러워하고, 남자들 또한 초옥의 아름다움에 반해 이내 사모하는 마음에 병이 날 정도였다.

남다른 미모와 매력은 초옥 스스로도 충분히 느낄 만한 것이었다. 그것은 그만의 독특한 자긍심과 자기 확신으로 이어졌다. 자기는 사랑도 남다르게 할 수 있다는 자긍심이었고, 자기가 원하는 식으로 사랑을 펼칠 수 있으리라는 확신이었다. 멋진 사랑을 기대해도 좋을 만한 상황이었으나, 그 기대와 믿음은 모래성처럼 허물어졌다. 무엇이 문제였을까?

사랑은 상대를 아름답게 포장한다. 사랑의 기대에 빠져 있을 때, 실제보다 더 긍정적인 시각으로 상대를 볼 확률이 높다. 상상 속의 그는 마음속에서 점점 이상형이 된다.

'그래, 바로 이 사람이었어! 드디어 사랑을 찾은 거야.'

자신에게 스스로 건 주문은 어느새 확신이 된다. 그것이 함정이란 사실을 아득히 모르는 채…….


## 드디어 눈앞에 나타난 이상형

'아니, 저것은 무엇인가?'

초옥은 자신도 모르게 멈추었다. 그녀는 온몸에 찌릿 전기에 감전된 듯이 할 말을 잊었다. 한 남자가 행랑 가의 물을 긷는 남자를 불러 엄하게 꾸짖고 매질까지 하는 것이 아닌가?

이생이 머무는 이곳은 전에 중인들이 살던 곳이어서 물 긷는 사람들이 어렵지 않게 드나들었으며, 게다가 곰방대를 물고 떠들어대며 조심하는 태도가 없었다. 이생이 이를 몹시 싫어하여 즉시 행랑채 사람들을 불러 물 긷는 자 몇 명을 끌고 오게 하여서, 몇은 기와 위에 무릎을 꿇리고, 몇은 엎드려 놓고 매를 때렸다.

평소에 그녀는 지나는 중인 가운데 거칠게 행동하는 사람을 보면 심기가 불편하던 터였다. 그런데 초옥의 마음을 알기라도 한 듯 그들을 보고 혼내는 모습을 보니 그동안 불편한 심기가 싹 씻기는 듯했다. 그녀는 이것이 자신이 상상하던 진정한 남자의 모습이며 진정한 양반의 모습일 것이라는 생각이 들었고, 알 수 없는 설렘이 그녀의 마음 한구석에서 살아나기 시작했다.

멀찌감치 본 그의 이미지는 초옥의 눈과 마음에서 자꾸 아른거렸다. 풍채나 목소리, 행동거지 모두가 고매한 양반일 것이라는 생각이 들자 초옥은 자신도 모르게 깊은 한숨에 잠을 이루지 못했다. 하지만 어쩌랴! 초옥 자신의 처지를 생각하면 쳐다보지도, 오르지도 못할 나무였다. 초옥은 자신도 모르게 나오는 깊은 안타까움과 미련을 떨칠 수 없었다. 초옥은 무엇을 결심한 듯 달금이라는 몸종을 불러 그 남자에 대해 알아보았다.

진짜 양반이시더구나. 오늘 물 긷는 놈들을 호령하시는 것을 보았는데, 사대부 기상이 아니라면 어찌 이같이 하겠느냐? 연세는 몇이나 되신다더냐?

이는 열네 살 달금한테 초옥이 한 말이었다. 애써 태연한 척 모양새도 갖추어 말을 건넸지만, 설렘이 한가득 들어차 있다. '진짜' 양반을 드디어 만난 것이었다. 그간 지나친 양반들이란 고상하게 글이나 읽으며 체통을 지키는 것이었는데 저 사내의 모습은 남달랐다. 그 거친 사내들을 꼼짝하지 못하게 하는 남자다운 기상이라니 그녀가 어찌 심상하게 지나칠 수 있었을까? 그녀는 그동안 그러한 남자다운 남자를, 자신의 모든 것을 맡길 수 있는 '진짜 양반'을 얼마나 기다렸던가. 초옥은 이미 결혼한 몸이었지만, 남편은 마음에 없고 뜻이 맞지 않는 남자였다. 세상 사람들이 뭐라고 헐뜯고 떠들어대도 초옥에게 그러한 남자쯤은 초개같이 저버릴 수 있는 터였다. 왜냐하면 그것은 소중한 자신의 삶이 걸린 문제였기 때문이다.
초옥은 그날도 습관처럼 물동이를 이고 우물가에 나섰다. 그때 마침 그녀를 향한 낯선 남자의 목소리가 들려왔다. 물을 떠줄 수 없느냐는 말이었다. 초옥에게는 낯설지만 낯설지 않은 목소리, 바로 그 사내의 목소리였다. 초옥은 처음에 자신의 귀를 살짝 의심했으나 곧 마음을 다잡았다. 그리고 망설임 없이 소리가 들려온 쪽을 향해 고개를 끄덕이고는 물을 고이 떠서 그에게 가지고 갔다. 이는 그동안 다른 사람한테도 보이지 않던 모습이었다. 비록 하층민 몸종이지만 남자들한테 무척이나 야멸차고 냉랭한 그녀였다. 그러한 그녀가 마치 다른 사람이 된 것처럼, 이생의 청을 내심 기다리기라도 한 것처럼 그리로 걸음을 옮겼던 것이다. 아니, 그녀는 실제로 그 청을 기다렸던 것이다. 그래서 일부러 그의 시선이 머무는 곳에서 곱게 움직이며 뜸을 들였던 것이다.

연적 안에 물이 아직 줄지 않았는데 왜 물을 달라고 하셨는지요?

서둘러 서현에 도착한 초옥이 조심조심 미닫이를 열자 헛기침 소리가 들렸다. 그녀가 다소곳하게 가져온 물을 연적에 따르려는 순간에 본 연적에는 이미 물이 차 있지 않은가! 도대체 무슨 상황이었을까? 가만히 있을 초옥이 아니었다. 고개를 서서히 들며 이야기를 꺼내자 이생은 기다렸다는 듯이 점잖은 목소리로 답했다.

약방에 인삼이 없지 않지만 또 일부러 모아두는 것은 나중에 쓸데를 대비해서이지. 그대는 내가 아니니 내 마음을 어찌 알겠는가?

이생이 그럴싸하게 말했지만 사실은 엉뚱한 답이다. 약방에 약을 모아두는 것과 연적에 담을 물을 준비해두는 것이 어찌 같은 일일까.

아무 때라도 채우면 되는 것이 연적의 물이 아닌가 말이다. 하지만 그 대답을 들은 초옥의 얼굴에는 오묘한 미소가 감돌았다. 행랑으로 옮기는 그의 발걸음은 무척이나 가벼웠다.

이심전심, 바로 그 상황이었다. 자신이 남자 가운데 남자라고 여긴 그 사람의 눈에도 자신이 들어찼던 것이다. 그래서 필요하지도 않은 물을 청하면서 자신을 가까이 불렀던 것이다. 초옥은 오랫동안 꿈꿔왔던 멋진 사랑이 이제 이렇게 물꼬가 터졌으니 앞일은 걱정할 필요가 없으리라 여겼다. 살살 물길을 내어 물이 흐르게 하면 되는 일이었다.

초옥은 자신도 모르게 콧노래가 나왔다. 그의 눈은 틈나는 대로 서현 쪽을 향했다. 그리고 그곳에 자기를 향한 그 사람의 눈길이 있다는 것을 가까이 가서 살펴보지 않아도 뚜렷이 알 수 있었다.


## 자신감만 믿고 앞으로 나아가다

사랑은 사람이 살면서 평생 먹어야 할 물이나 산소처럼 필수 요소일 것이다. 사랑은 죽음을 맞이하는 순간까지 위대한 힘으로 우리를 움직인다. 사랑 때문에 살고 사랑 때문에 울고 사랑 때문에 죽음을 생각하기도 하는 이유가 바로 그것이다. 하지만 어디까지 진정한 사랑이고 어디까지 거짓 사랑일까? 슬프게도 우리가 믿고 있는 사랑은 일정한 경계를 넘어설 때 낯선 모습이 된다.

초옥이 꿈꾸었던 사랑은 포의지교布衣之交였다. 선비들 사이의 지기 지우知己之友의 사랑을 꿈꾸었다. 초옥은 서로 뜻이 통하고 격이 통하는 사내를 만나 그와 수준 높은 멋들어진 사랑을 나누기를 원했던 것이다. 낮은 신분의 아녀자로서, 그것도 이미 결혼해 남편을 둔 입장에서 그것은 꿈꾸기 어렵고 이루기는 더욱 힘든 사랑이었다.

그러한 소망을 지닌 초옥은 어떤 여자인가? 그녀는 정작 많은 결핍을 지닌 여자였다. 혼인 전에 궁을 도망쳐 나와 몸을 숨길 수밖에 없는 처지였다. 게다가 자신을 속량시켜준 은인인 송 노인의 아들과 자의 반 타의 반으로 혼인을 치른 터였다. 남편은 시장에서 콩을 파는 보잘것없는 남자였다. 그녀로서는 자기의 뜻과는 전혀 맞지 않는 남자에게 인생을 의지하며 소모할 수 없었다. 식견도 갖추고 기개도 갖춘 당당한 남자를 만나 마음속 열정을 꽃피울 일이었다. 그러한 인연을 이룰 수 있다면 남이야 무엇이라 하든 상관없었다. 그녀에게 그것은 일생의 꿈이었으므로, 시댁이나 남편한테서 어떤 처사를 당하더라도 감수하면 그만이라는 생각이었다.

쉬운 일이 아니었지만 초옥에게는 믿음과 자신감이 있었다. 자신의 용모와 자태로 어떤 남자의 마음이라도 얻을 수 있으리라 생각했을 것이다. 그리고 어느 날, 자기가 꿈꾸던 대장부 사내가 눈앞에 나타날 것이라 여겼다. 세상의 어떤 대장부도 자신이 마음만 먹으면 넘어올 것이라고 생각했다. 그러던 중에 멀지 않은 곳에서 그 주인공이 나타났던 것이다.

초옥은 이제 그대로 있을 수 없었다. 자신의 마음이 그의 마음이고, 그의 마음이 자신의 마음이라면 이는 하늘이 준 기회였다. 그녀는 무엇으로 그 사람 마음을 한 발 더 움직이게 해 자신한테 흘러오게 할 수 있을까 고민했다. 마침 계절이 여름이었다. 여기저기 서성이던 초옥의 눈에 들어온 것은 붉게 핀 봉선화였다. 봉선화 한 가지를 꺾어 든 초옥은 이생이 기거하는 서헌 앞에 꽃을 던져놓고 왔다. 얼마나 지났을까. 그녀는 그것으로 만족할 수 없었다. 정면돌파가 답이었다. 사내를 찾아가 말을 트고 자신의 뜻을 드러내고 상대의 마음을 확인하면 되는 것이었다. 이생을 앞에 두고 앉은 초옥은 앵두 같은 입술을 열어 나직하게 말했다.

이 꽃이 아름답긴 하여도 애석한 점이 있습니다. 그러한 까닭으로 홀로 감상하기 어려워 꺾어서 책상 아래 던진 것이지요.

꽃이 아무리 아름답게 피었어도 알아주고 찾아주는 이 없이 홀로 지면 그것으로 끝이다. 초옥은 스스로 꽃을 꺾어 자신이 점찍은 사내한테 배달했다. 그 꽃이 곧 자신일 테니 이는 자기를 받아달라는 뜻이 된다.

그렇게 스스로를 사내 앞에 꽃처럼 앉혀놓은 초옥은 심중에 오래 품었던 뜻을 또렷이 밝혔다. 문우文友가 되어 포의지교를 이룰 그 사람과 짝이 되어 삶을 나누고 싶다는 뜻을 말이다. 앞에 앉은 저 사내 대장부의 마음이 부디 움직여주기를 기원하면서, 초옥은 자신이 할 수 있는 최선을 다했다.

여러 날 궁리만 하다가 이제야 한 번 얼굴을 보는구나.

남자의 입에서 나온 말이었다. 초옥은 역시 자기 생각이 틀리지 않았음을 알았다. 저 남자 또한 마음에 자신을 담고서 오래 마음을 써왔던 것이었다.

그렇게 두 사람의 밀회는 시작되었다. 행랑의 사람들이 모두 나간 새벽, 두 사람은 바람 소리 하나 들리지 않을 정도로 조심스레 만났다. 이생으로서는 선뜻 청할 수 없되 진실로 바라던 바였다. 양반의 체면도 세우면서 자신을 간절히 원하는 여자도 얻었다. 그녀는 용모도 용모려니와 재주와 말솜씨까지 무엇 하나 빠질 것이 없었다. 새벽이지만 곱게 화장을 하고 단정하게 비녀를 꽂은 초옥의 자태는 허름한 창문 사이로 스며든 달빛에 비추어 오묘하게 아름다웠다. 오래 기다리고 원하던 순간이었다. 주변에는 둘의 숨소리와 심장 소리뿐, 마치 시간이 멈춘 듯했다.

'그래도 괜찮을까' 망설이는 남자를 향해 그가 간절히 원하는 그 일을 먼저 발설한 것 또한 여자였다.

서로를 귀히 알아보고서도 마음을 속이는 것은 옳지 않습니다. 이는 하늘의 이치에도 본디 있던 바이고 인정이라면 없을 수 없는 것이지요. 남녀 사이로는 참기 어려운 것입니다. ……원컨대 낭군께서 하고 싶은 대로 하셔서 가슴에 깊은 응어리를 만들지 마셔요. 정이 있는데 토해내지 못하면 반드시 병이 나고, 병이 생기고 나면 애초에 몰랐던 것만 못하지요.

마음에 정이 있으면서 망설이는 것은 하늘의 이치를 거스르는 일이라는 말이었다. 또한 가슴에 응어리를 만들면 병이 된다고 언급했다. 즉 걱정하지 말고 자기를 품으라는 말이었다. 이생은 마치 제 입에 음식을 집어서 넣어주는 듯한 그 아름다운 여자를 향해 손을 내밀었다. 이제 두 사람에게 거칠 것은 없었다. 그들은 약속이나 한 듯 서로를 탐닉했다. 밤이 낮으로, 낮이 밤으로 바뀌어도 모자랄 것처럼.

# 허망한 이별

'아니, 저기 가는 저 사람은 이생이 아닌가?'

다음날 과연 젊은이들이 모여 빨리 채비를 하라고 재촉하여 출발하였
다. 양파(초옥)는 멀리서 바라보고 정이 있는데도 그 말을 하지 못하니 마
치 정이 없는 듯하였다.

초옥은 온 세포가 정지한 듯했다. 이생이 고향 후배들과 함께 산사
로 시험을 준비하러 떠나고 있었다. 어젯밤의 온기가 아직도 옷자락
에 선한데 초옥의 시야에 들어온 것은 무리와 함께 발길을 옮기고 있
는 그의 모습이었다. 초옥은 그 사람을 쫓아가 무슨 일이냐고 묻고 싶
은 마음이었다. 하지만 그 말은 목구멍에서 맴돌 뿐이고, 다리는 모래
주머니를 붙인 듯 꿈쩍하지 않았다. 그저 소리 없는 두 눈만이 그 사
람을 향해 따라갈 뿐이었다. 그 어떤 한마디 언질도 없이, 기약 없이
그녀에게서 멀어지는 이생이었다.

초옥이 그와 함께한 그 많은 시간은 꿈이었을까? 초옥은 금방이라
도 이생이 자신을 위한 글을 읽어주고 화답해줄 것만 같았다. 초옥은
자신도 모르게 이생이 머물던 서헌 앞을 다가가 서성였다. 하지만 이
생은 어디에도 보이지 않았다. 초옥은 급기야 식음을 전폐했다. 그녀
가 어떻게 얻은 사랑이었던가? 그런데 지금 이 상황, 꿈같던 달콤함
은 사라지고 자신만 서걱서걱한 사막에 남은 듯했다. '옷깃만 스쳐도
인연'이라는 '하룻밤에 만리장성을 쌓는다'는 말도 있는데 이것이 무
슨 일인가 싶어 초옥은 숨이 막히고 가슴이 먹먹할 뿐이었다. 그토록
진실하고 간절하던 그 시간은 어디에도 찾을 수 없었다.

농담이십니까? 진담이십니까? ……저는 낭군이야말로 진정한 선비라
고 여겼는데, 이제 보니 그것이 아니더군요.

이생은 뒤늦게 초옥 앞에 자의 반 타의 반으로 나타났다. 상한 얼굴
로 천천히 몸을 일으키는 초옥이었다. 그녀가 그토록 사랑하고 확신
하던 그 사람이었다. 그런데 이제야 겨우 나타난 그는 엉뚱하게도 중
약을 만나기를 권하지 않는가? 겨우 나타나 다른 남자를 권하는 이생
의 태도에 초옥은 기가 막혀 말라가는 혀를 천천히 떼어 입을 열었다.
초옥에게 이생은 자신의 모든 것을 내려놓아도 아깝지 않은 사람이
었다. 그런데 그 사람은 지금 어디에도 없었다. 끝내 초옥의 목소리는
슬프다 못해 비통했다. 더는 할 말이 없었다. 자기 확신이 가져다준
끝자락이었다. 차마 초옥은 고개를 들 수 없어 눈물을 흘릴 뿐이었다.
　남편한테 맞아 죽을 지경을 당하면서도 꿈 하나 의지 하나로 순정
을 다 바쳐 자기를 끌어안은 저 여성을 홀로 남겨놓고서 이생은 은근
슬쩍 길을 떠나버렸다. 물론 아무런 기약도 없었다. 그로서는 떠나면
다시 찾지 않을 일이었다.
　그렇다. 그것이 이생의 실체였다. 이생은 초옥이 생각하는 것처럼
특별한 남자도, 멋진 양반도 아니었던 것이다. 그는 시골에서 입신양
명을 위해 아내를 두고 혼자 어렵게 올라와 친구 집에 신세를 지고
있는 평범한 시골 양반에 불과했다. 어떻게 해서든 과거에 급제해 시
골에 계신 부모와 아내, 집안과 자신의 체면을 살리고 싶은 마음에 칙
칙하게 살고 있는 터였다. 이생이 초옥에게 가지는 마음은 그저 아내
와 떨어져 외롭게 지내는 남자가 미모가 남다른 여자에게 한번쯤 가
질 수 있는 호기심과 관심 정도였다. 말하자면 뭇 남자처럼 예쁜 여자

에게 관심을 보이는 것, 그 이상도 이하도 아니었다. 그러던 중에 초옥이 그리도 자신을 과하게 생각해주고 적극적으로 나오니 그로서는 의아하면서도 나쁘지 않았던 것이다. 아니, 그는 속으로 남 몰래 쾌재를 불렀다. 자신은 아무것도 손해를 볼 것도 잃을 것도 없는 상황이었다. 못 이기는 척 손을 잡아 그녀를 안으면 그만이었다. 뭇 남자들이 원하며 애닳아하던 여자가 저절로 품에 안기니 그보다 더 좋을 수가 없었다.

행랑에 있는 물건이니 뭐가 어려울 것이 있겠나?

행랑은 집안에서도 허름한 곳에 중요하지 않은 생활용품을 모아놓는 곳이다. 그곳에 있는 물건에 비유한 것은 그와의 만남이나 관계맺음이 어려울 것이 없다는 말이다. 이것이 초옥을 대하는 이생의 시선이었다. 그에게 저 상민 여자란 행랑에 있는 물건하고 크게 다를 바가 아니었다. 그에게 초옥은 그저 쓰고서 버리면 그만인 물건이었다. 그는 초옥을 간절히 원하는 다른 남자에게 다음과 같이 말했다.

우물가의 물을 어찌 혼자 마실 수 있겠소? 하물며 본디 내 물건이 아니었는데, 뭘.

누구라도 마실 수 있는 우물물이라니, 자네도 마실 수 있으면 챙겨 마시라니. 옆 사람도 그 물을 함께 마시면 자신의 심적인 부담이 그만큼 줄어들기라도 한다는 말이었을까. 저 말을 초옥이 듣기라도 했으면 과연 어떤 심정이었을지…….

세상에 둘도 없는 멋진 사랑, 그녀가 신분과 나이를 극복하고 모든 열악한 조건을 무릅쓴 지기지우 포의지교라고 믿어왔던 사랑이런만 결말은 이토록 허무하기 그지없었다. 죽음보다 아픈 전략이었다. 초옥은 어디론가 사라져 다시 그 모습을 볼 수 없었다고 한다. 대체 무엇이 어디서부터 어떻게 잘못되었던 것일까.


## 혼자만의 환상이 깨지다

앞서 사랑은 실재보다 더 아름답게 반짝이는 환상이라 했다. 아마 누구라도 그러할 것이다. 그 환상은 깨지게 되어 있고, 남녀는 현실을 마주하게 되어 있다. 그 현실 앞에서 사람들은 새로운 사랑을 찾아 나서거나 또는 적응하면서 또 다른 빛깔로 사랑을 이어가는 것이다.

　하지만 초옥은 그 어느 쪽도 아니었다. 그것으로 모든 것이 끝이었다. 다시 일어설 기력조차 송두리째 빼앗긴 완벽한 좌절이었다. 이미 그 자신의 전부였던 오색찬란한 커다란 사랑의 공기방울이 한순간에 뻥 하고 터진 그 자리에 더는 남아 있는 것이 없었다.

　그것은 이생이란 무책임한 남자의 탓이었을까? 그의 무책임은 과연 한심해 보이지만 거기에 원인을 돌리기는 어렵다. 그는 원래 그 정도의 남자였을 따름이다. 다른 남자들처럼 예쁘면서도 도도한 상민 여성에게 눈독을 들이던 중에 한 번 수작을 걸었을 뿐인데 덩굴째 굴러들어온 여성을 끌어안았던 것이다. 언젠가 그녀를 버리고 훌쩍 떠나는 상황은 진작부터 예상되어 있었다. 천만의외로 낙심해 무너진 여성을 앞에 놓고서 민망한 마음이 없지 않았겠으나, 그에게는 그뿐이었다. 일부러 말없이 다른 일행 속에 섞여 길을 떠난 것은 그로서는 상황을 종료하는 가장 무난한 방법이었다.

　문제는 한정된 정보로 내린 혼자만의 판단, 혼자만의 상상으로 오색빛깔 찬연한 사랑의 소설을 썼던 그녀에게 있었다. 그녀는 스스로 만든 커다란 환상 안에 들어가 혹시라도 틈이 벌어질까 노심초사하면서 비눗물을 덧칠하는 데 여념이 없었다.

　그는 왜 자기만의 황당한 이상향을 그렸던가. 일단 그녀가 알고 있던 세상의 폭이 너무 좁았다. 남자들의 세상, 양반들의 세상을 반의반도 알지 못했고, 자신의 좁은 경험과 상상의 폭으로 넘겨짚어 재단하려 했다. 그 과정에서 결정적인 착각에 빠졌던 것이다. 스스로의 능력에 대한 과도한 믿음은 환상이 사실로 보이는 착시현상을 일으키는 동인이 되었다.

　현실에서 탈피해 사랑을 이루고자 하는 그녀의 마음이 너무나 절박하고 또 다급했던 것은 사실이다. 현실은 자신한테 전혀 맞지 않는 결여된 상황이었다. 마침내 그 현실을 벗어나 꿈을 이루리라 믿었지만 그것을 언제 어떻게 이룰 수 있을지 가늠하기 어려웠다. 그렇게 세월이 가다보면 빛바랜 꿈이 될지도 모르는 일이었다. 그러한 조바심이 평범하기 그지없는 시골 양반한테서 오래 꿈꾸던 사내대장부의 환상을 읽어내게 했던 것이다. 그리고 그 환상이 혹시라도 깨지지 않도록 부여잡도록 했다.

　따져보면 그가 자신이 생각하는 남자와 거리가 먼 사람이라는 사실을 알려주는 수많은 단서들이 있었을 것이다. 그 단서를 흘려버리지 말고 되짚어 살펴보았다면 충격적인 파탄으로까지 나아가지는 않았으리라. 자기가 틀릴 리 없다는 확신이, 그것이 진실이 아니면 안 된다는 조바심이 그녀의 눈과 귀를 가로막아 판단력을 마비시켰던 것이다.

  그것이 어찌 초옥만의 일일까. 세상에는 자기 식으로 그려낸 환상
에 스스로를 가둔 채 눈을 감고 귀를 닫는 남녀가 생각보다 많은 것
이 현실이다. 그러나 사랑은 혼자 하는 것이 아니다. '내 식으로 혼자
쓰는 사랑의 판타지'는 행복한 상상일지 모르지만, 또한 판타지 없는
세상은 너무 황량하지 않은가 말할 수 있겠지만, 그렇다고 발이 땅에
서 떨어지면 곤란하다. 아니라는 생각이 들 때 냉정히 돌아보고서 발
을 빼는 지혜가 필요하다. 어딘가에 나를 기다리고 있을 진짜 사랑,
진짜 판타지를 위해.

                                                              우진옥 *

---

 • 건국대학교에서 고전서사 연구로 석사학위를 받고 박사과정에 재학 중이다. 부모와 자식 등 인간관계에 얽힌
갈등을 분석하고 풀어내는 길을 찾는 데 관심이 크다. 주요 논문으로는 〈고전서사 속 '나쁜 엄마'의 유형과 자녀
의 대응에 대한 연구〉, 〈애니메이션 '이웃집 토토로'에 나타난 공간에 대한 융합과정〉 등이 있다.

# 포의교집布衣交集

## ● 작품 설명 ●

19세기인 1860년대 조선 후기 서울을 배경으로 한 한문소설로, 작자는 미상이다. 이전의 애정소설과 다른 파격적인 내용을 바탕으로 하고 있으며, 애정소설의 전환을 이루는 작품이다.

## ● 줄거리 ●

초옥은 남의 집 행랑채에 사는 열일곱 살 새댁이었다. 남영위궁의 시비로 있던 그녀는 궁을 도망쳐 숨어 다니다 양 노인을 만나 속량을 받고서 그의 아들과 혼인한다. 하지만 초옥은 자신만의 사랑을 꿈꾼다. 어느 날 그녀는 행랑채에 기거하는 거친 남자들을 호되게 혼내는 이생을 보고서 그 대장부다움에 반한다. 초옥이 반한 이생은 시골 양반으로 과거시험을 치르기 위해 친구의 집에 신세를 지는 처지다. 이생이 초옥에게 연적에 담을 물을 청하자 초옥은 기다린 듯이 그에게 다가가 적극적인 태도로 이생의 마음을 얻고자 노력한다. 이생으로서는 비록 하층민이고 남의 아내이지만 미색에다 재주까지 있는 그녀를 마다할 이유가 없다. 그렇게 두 사람은 매파인 당 할멈을 통해 은밀히 만나며 사랑을 나눈다.

사랑을 나누던 초옥이 나름의 행복감에 젖어 있던 어느 날, 이생이 과거시험을 보러 떠난다. 초옥은 이생을 그리워하며 산방에까지 자신의 마음이 담긴 편지와 음식을 전하지만, 이생은 그러한 초옥의 행동을 부담스러워한다. 실은 이생은 한 명의 범상한 늙은 서생으로서 초옥을 행랑가의 물건이나 우물가의 물처럼 지나다가 취한 존재로 여겼던 것이다.

이생이 떠난 뒤 초옥과 이생의 관계를 알아차린 초옥의 남편은 아내에게 매질을 가하지만 초옥은 굴하지 않고 당당하게 맞선다. 그녀는 식음을 전폐하고 자살을 시도하기도 한다. 하지만 이생으로부터 아무 소식이 없자 그가 그 어떤 신의도 없는 소인이었음을 그제야 깨닫는다. 뒤늦게 초옥을 찾아온 이생이 자기는 더는 마음이 없고 형편도 되지 않으니 다른 남자를 만나라고 권한다. 초옥은 절망감에 빠져 이생에게 이별을 고한다. 그 뒤 초옥은 모든 것을 버리고 떠나는데 어디로 갔는지 누구도 알 수가 없었다고 한다.

● 인용 자료 및 권장 작품 ●

김경미 외 역주, 〈포의교집〉, 《19세기 서울의 사랑, 절화기담·포의교집》 여이연, 2004.

# 잘못된 사랑이 낳은 비극

-〈숙영낭자전〉의 백선군과 숙영낭자

### 🔴 집착과 구속에서 벗어나기

사랑을 할 때, 상대를 잘 보살펴주고 변함없는 애정을 보이는 사람이 있다. 그러한 사람에게 사랑받는 것은 최고의 행운일 것이다. 그렇지만 변함없이 뜨거운 애정이 때로 큰 시험과 비극을 가져오기도 한다. 사랑이 집착과 구속으로 변하는 것은 한순간이다. 더 큰 문제는 많은 경우 당사자가 그 사실을 알지 못한다는 것이다. 그런 사람은 상대방이 지금 어떤 처지, 어떤 마음인지도 가늠하지 못한다.

## 상대를 죽음으로 몰고 간 사랑

한 사내가 울고 있다. 흙이 잔뜩 묻은 버선발에, 임금에게 수여받은 어사화가 어디에 떨어진지 알지도 못한 채, 흐트러진 복색으로 꺼이꺼이 목 놓아 울고 있다. 가슴에 칼을 꽂은 채 죽은 이 여성은 자신의 아내가 아닐 것이라고, 아내는 어디선가 나타나 장원급제하고 돌아온 자신을 향해 어여쁜 미소를 보여줄 것이라고, 죽은 아내를 앞에 두고도 부정하면서 가슴을 뜯어내는 슬픔을 토하고 있다.

선군이 아내의 방으로 들어가보니 천만 뜻밖에 숙영낭자는 가슴에 칼을 꽂은 채 누워 있지 않은가. 선군은 가슴이 막혀서 울지도 못하고 땅에 곤두박질하여 넘어졌다가 울음을 터뜨리고 말았다.

　따스한 봄날, 단 한 번 그것도 꿈에서 만난 한 여자를 사랑했고, 8년 동안 오직 그녀만을 바라보고 함께하는 순간마다 행복해하며 살아온 사내였다. 꿈에서 처음 본 그 순간부터 지금까지 사내에게 그녀는 단 하나의 사랑이며 행복이었다. 그런데 지금 그 사랑이, 그 행복이 산산이 깨졌다. 아내가 죽었다.

　아내를 잃고 세상을 잃은 듯이 슬픔의 게워내는 이 사내는 〈숙영낭자전淑英娘子傳〉의 백선군이다. 8년 전 숙영낭자를 만난 후 지금까지 선군은 오직 그녀만을 사랑했다. '다른 사람이나 어떤 존재를 몹시 아끼고 귀중히 여기는 마음, 또는 그러한 일'을 사랑이라 한다면, 숙영낭자를 향한 선군의 마음은 분명 사랑이었다. 변함없는 크고 깊은 사랑. 그러나 선군의 그 사랑이 숙영낭자를 죽음으로 몰고 가는 모순적인 상황이 발생했다. 자식도, 부모도, 비단 신에 어사화의 명예도 다 필요 없다고 말하는 저 남자의 남다른 사랑이 어떻게 여자를 죽음으로 몰고 갔던 것일까.

## 간절함으로 출구를 만들다

우연히 스치듯 지나치는 만남 속에도 시선을 빼앗길 때가 있다. 봄바람처럼 살랑거리고 포근해서 다시금 보고 싶으며, 그 사람이 움직이는 행동 하나하나에 마음이 움직일 때가 있다. 그 사람에 대한 마음이 갑작스럽지만 그것이 우연이 아닌 운명처럼 느껴지고, 전생의 인연으로 맺어진 느낌을 받는 그러한 때 말이다. 〈숙영낭자전〉의 백선군이 처음 숙영낭자를 만났을 때의 느낌이 꼭 그와 같은 것이었다. 백선군의 나이 열여섯이 되던 어느 봄날의 일이었다. 잠결에 한 선녀가 홀연히 나타나서 그에게 다음과 같이 말을 했다.

"도련님은 본디 하늘에서 비를 내리게 하는 선관이셨는데 비를 그릇 내리신 죄로 인간세상으로 귀양 오셨으니 장차 저와 상봉할 날이 있을 것입니다"라고 말하고 홀연히 사라졌다. 선군이 기이하게 여기던 가운데 문득 잠이 깨어나니 남가일몽이었고 방 안에는 선녀의 향기가 가득했다.

사람들은 하루에도 몇 번의 꿈을 꾸고 잊어버린다. 깨기 싫을 만큼 좋은 꿈을 꾸었을 때도 마찬가지다. 어느 봄날 오후에 꾼 꿈, 그 꿈속에서 느꼈던 향기는 사실 봄날의 꽃향기일 가능성이 높다. 좋은 꿈에서 문득 깨어나면 무언가 아쉽고 다시 잠에 들고 싶지만, 그것을 꿈이 아닌 사실이라고 믿기는 어렵다. 그런데 선군은 그렇지 않았다. 꿈속에서 단 한 번 만난 여성이 너무나도 강렬해 그 꿈이 잊히지 않는 것이었다.

그날 이후 선군은 그 고운 낭자의 모습이 눈에 아른거리고, 맑은 음성이 귀에 남아 낭자를 잊을 수가 없었다. 마치 무엇을 잃은 듯 술에 취한 것 같고, 화려하던 용모가 초췌해지며 안색은 곧 죽을 사람처럼 변해 시름시름 앓았다. 흔히 말하는 '상사병'에 걸렸던 것이다. 그는 제대로 먹지 못하고 몸은 비쩍비쩍 말라갔다. 또한 꿈속에서 만난 한 여자가 머릿속에서 맴도는데 그녀를 볼 수도 만질 수도 없는 상황이니 아무 대책이 없었다. 그렇게 그의 병세는 점점 더 깊어갔다.

선군이 앓고 있는 그 병은 숙영낭자만이 해결해줄 수 있는 것이었다. 선군이 죽어가는 것을 어찌 알았는지 다시 꿈속에 숙영낭자가 나타나 자기 화상과 함께 금동자 한 쌍을 주고 간다. 화상을 침실에 두고서 밤이면 안고 자고 낮에는 병풍에 걸어두고 보면서 심회를 풀라는 것이었다. 선군이 붙잡으려 하지만 숙영낭자는 문득 사라지고 화상과 금동자만 남았다.

선군은 숙영낭자가 남긴 초상화를 밤낮으로 바라보며 지내지만, 그것으로 병이 나을 수는 없었다. 숙영낭자를 보고 싶은 마음이 더할 뿐이었다. 다른 모든 여성은 필요 없었다. 집안의 몸종 매월을 첩으로 삼아 안아보았지만, 그의 일편단심 애정은 여전히 숙영낭자에게 있을 뿐이었다. 달 밝은 빈산에서 내는 원숭이의 휘파람 소리와 불여귀가 슬피 우는 소리에도 그녀 생각이 들어 선군의 간장은 굽이굽이 녹는 듯했다. 결국 숙영낭자는 아직 때가 되지 않았음을 알면서도, 다시 그의 꿈에 나타나 자기가 있는 곳을 알려줄 수밖에 없었다.

옥련동. 꿈에 다시 나타난 숙영낭자가 알려준 곳의 이름이었다. 백선군으로서는 어둠속에서 한 줄기 빛을 발견한 것과 같았다. 그는 옥련동이 어딘지 알지도 못한 채 곧바로 자리에서 일어나 길을 나설 채비를 했다.

선군은 소매를 부리치고 막무가내로 내달으니 부모는 하는 수 없이 보냈다. 백선군은 완보하여 동으로 향하여 길을 떠났다.

옥련동은 사실 이 지상 어딘가에 있는 평범한 곳이 아니라 선녀가 사는 곳이었다. 인간은 함부로 침입할 수 없는 곳이었다. 하지만 선군은 무엇에 씐 사람처럼 달뜬 모습으로 옥련동을 찾아 이리 뛰고 저리 뛴다. 마치 하늘 끝이라도 찾아갈 것처럼 군다. 어디인지 모르는 곳이라서 답답한 채로 방황도 하지만 그는 걸음을 멈추지 않는다. 그는 어떻게든 그녀를 찾아낼 사람이었다.

천상의 연분이었다고는 하나 그 연분을 이어가고 인연으로 만드는 것은 인간의 몫이라 할 수 있다. 지금 선군은 인간이 할 수 있는 그 일을 하는 중이다. 부족하지 않은 집에서 태어나 16년의 세월을 오직 집에서 글만 읽으며 부모의 보살핌 아래 있던 선군이었다. 그는 처음으로 제대로 집을 나서서 자기 길을 찾고 있는 중이다. '사랑'이라는 이름의 길을. 마치 다른 사람이라도 된 양 간절한 열정으로 움직이는 그의 발걸음은 그 자체로 옥련동의 문을 여는 열쇠였다. 미지의 옥련동은 마침내 그 앞에 길을 내어준다.


## 한 사람을 향한 변함없는 열정

안개로 싸여 있는 첩첩산중의 옥련동에 들어선 선군 앞에 꿈에도 그러던 그녀가 나타났다. 선군이 실제로 보니 꿈속에서 보았던 것보다 더 곱고 아름다웠다. 그 얼굴을 바라보며 손을 잡는 선군의 마음은 황홀함 그 자체였다. 그가 얼마나 갈구하던 그녀였던가. 선군은 이제 다시는 그녀를 놓지 않으리라 다짐했다.

하지만 그 인연은 그렇게 손쉽게 맺을 수 있는 바가 아니었다. 거기에는 하늘이 내린 금기가 가로놓여 있었다.


저 같은 여자를 그처럼 생각하여 병까지 얻었으니 어찌 대장부라 하겠

습니까? 그러나 우리가 정식으로 만날 기약이 3년이 남았습니다. 그때
가 오면 파랑새를 중매로 삼아 만나서 육례를 이루고 백년동락을 하려
니와 만일 오늘 내 몸을 낭군에게 허하면 천기를 누설한 바가 될 것이니
낭군은 초조한 정념을 가라앉히시고 3년만 더 기다려주십시오.

꿈에 그리던 낭자를 만났는데 하루 이틀도 아니고 3년을 기다려야
한다고 했다. 그것은 분명 사연이 있겠지만, 또한 선군이 기다릴 수
있다면 좋겠지만 그로서는 불가능한 일이었다. 그에게는 하루가 3년
같은데 어찌 사랑스러운 그 사람을 앞에 두고 시일을 미룰 수 있단
말인가. 그의 생각에 그것은 스스로를 죽이는 일일 따름이었다.

"일각이 여삼추인데 어찌 3년씩이나 기다리겠소? 내가 지금 그냥 돌아
가면 잔명을 부지하지 못하고 죽어서 황천객이 될 테니 낭자의 일신인
들 어찌 온전하리오. 낭자는 나의 이 간절한 정성을 생각하고, 불에 든
나비와 그물에 걸린 고기 처지인 나를 구해주시오" 하고 온갖 사유를
들어 애걸하였다.

선군이 표현한 그대로다. 그는 불에 든 나비이며 그물에 걸린 고기
와 같았다. 아무리 해도 스스로 그것을 벗어날 수 없는 상황이었다.
그 매달림이 얼마나 애절하고 처량했을지, 눈에 보일 듯이 선하다. 애
절함을 넘어 '처절함'에 가까운 상황이었을 것이다. 그리고 그것은 상
대방의 철석같은 마음을 녹이는 묘약이었다. 아니, 어쩌면 몇 번이나
꿈결에서 선군을 찾아온 숙영낭자 또한 그 사랑을 내심 간절히 기대
하고 있었던 것인지도 모른다.

마침내 두 사람은 하늘의 금기를 깨고 한마음 한 몸이 된다. 옥련동 선경 속에서 둘이 보낸 그 하룻밤 절절한 사랑은 말로 이루 다 풀어내기 어려운 것이었다. 전생으로부터 이어진 사랑이고, 죽음을 무릅쓰는 열병으로 갈구해온 사랑이니 오죽했을까.

뜨거운 사랑의 밤을 그 하루로 그칠 수 없는 바였다. 숙영낭자를 이끌고 자기 집으로 돌아온 선군은 한날한시도 숙영과 떨어질 줄 몰랐다. 자기 의사로 숙영을 아내로 삼은 뒤에도 선군의 뜨거운 사랑의 열정은 식을 줄을 몰랐다. 그렇게 흐른 시간이 흐른 지 어언 8년…….

세월이 흘러 어느덧 8년이 지나는 동안에 자식 남매를 두었는데 달의 이름은 춘앵으로 나이 여덟 살이었는데 천성이 영오총민하였다. 아들의 이름은 동춘이라 하였는데 나이는 세 살이었다. 동춘은 기품은 부친을 닮고 모습은 모친을 닮았으며 집안에 화기가 앵앵하여 더 바랄 것이 없었다. 집안 정원 동산에 정자를 짓고 화조월석에 젊은 부부가 정자에 왕래하며 칠현금을 희롱하고 노래로 화답하여 서로 즐기며 서로 돌아보아 맑은 흥취가 도도하였다.

자식을 하나 낳고 둘 낳아서 키우다보면 이런저런 일에 치여 상대에게 조금 시들해지거나 소홀해지기도 하련만 선군에게 그것은 남의 일일 뿐이었다. 아내를 향한 선군의 사랑은 조금도 변함이 없었다. 젊은 부부는 집안 정원에 정자를 짓고 칠현금을 타고 노래를 화답하며 즐기고는 했다. 세상에 이러한 변함없는 아름다운 사랑이 또 있을까. 세상 누구라도 부러워할 이상적인 사랑의 모습이었다.

아마도 누군가가 선군에게 사랑에 대해 물었다면, 선군은 자랑스러운 표정으로 만면에 빛을 내면서 말했을 것이다. 세상 어디에도 자기만큼 아내를 사랑하는 사람은 아마 없을 것이라고 말이다. 꿈결처럼 만난 아름다운 아내와 변함없는 사랑을 이어가고 있는 자기가 세상에서 제일 행복한 사람이라고 장담했을 것이다. 다시 8년 전으로 돌아가 그녀가 아직 때가 아니니 기다려야 한다고 말하면 더 크고 강한 힘으로 아내를 껴안을 것이라고 말했을 것이다.

저 남자는 누구나 부러워하는 그 자랑스러운 사랑의 빛 속에 검은 그림자가 도사리고 있음을 꿈에도 몰랐을 것이다.


## 집착, 죽음에 이르는 병

한 사람을 향한 한결같은 사랑이란 얼마나 아름답고 좋은 일인가. 하지만 오직 사랑뿐이라면, 그래서 다른 일을 돌아볼 줄 모른다면 그것은 좀 다른 이야기가 된다. 사랑의 마음이, 사랑의 몸짓이 삶을 보장해줄 수는 없는 법이다. 사랑을 위해 만사를 제쳐놓고 당연히 해야 할 개인의 책무까지 팽개친다면 그것은 쉽게 넘어갈 일이 아니다. 백선군이 꼭 그러했다.

선녀 같은 아내와 사랑의 열정에 깊이 빠진 백선군은 그 행복한 늪에서 헤어날 줄 몰랐다. 아니, 헤어날 생각조차 하지 않았다. 그로서는 그 사랑만으로 충분히 따뜻하고 평안하고 배불렀을지 모른다. 하지만 그는 한집안의 가장이었다. 한 가문의 종손으로서, 한 아내의 남편으로서, 두 아이의 아버지로서 해야 할 일들이 있었다. 그 모든 일을 제쳐놓고서 아내의 얼굴을 바라보고, 아내한테 자기만 바라보며 웃으라고 말하고 있는 저 사람은 어느새 정체기를 지나 퇴행의 길로 접어들고 있는 중이다.

그것은 주변 사람들한테 '민폐'가 되는 일이었다. 당장 선군의 부모님이 그 모습을 좋게만 바라볼 수 없었다. 많은 공을 들여 느지막이 얻은 귀한 자식이었다. 집안의 기쁨이고 희망이던 그 아들이 모든 일을 제쳐놓은 채, 입신양명의 꿈같은 것을 아득히 버려두고 아내의 치마폭에 싸여 지내고 있으니 예삿일이 아니었다. 마침내 인내의 한계에 이른 부친은 선군을 불러 서울로 과거를 보러 떠나라고 재촉했다. 그에 대해 선군은 어떻게 대답했을까.

우리 집에 수천 석 전답이 있고 비복이 1천여 명이며 10리의 연못과 이목耳目에 좋은 바를 마음대로 하는 처지인데, 무엇이 부족하여 과거에 급제하여 벼슬아치가 되기를 바라십니까? 만일 제가 과거를 보려고 집을 떠나면 낭자와는 수개월 동안 이별이 되겠으니 사정이 절박합니다.

집에 부족함이 없으니 굳이 벼슬을 바랄 바가 아니라는 말은 나름대로 그럴듯해 보인다. 하지만 과거를 보러 떠나면 아내와 몇 달 동안 이별이 될 터이니 그리하지 못하겠다는 말은 자식으로서 부모에게 할 말이라 보기 어렵다. 부모에게서 떨어지지 못하는 젖먹이 어린아이의 투정과 다를 바 없는 망발이다. 저 사내는 그것을 아득히 모르고서 마치 부모가 해서는 안 될 일을 시키기라도 한 양 저렇게 목소리를 높였다.

백선군의 태도는 사실 그 아내한테도 하나의 질곡이었다. 모든 것이 낯선 시집생활에서 주변의 모든 눈총과 질시를 한 몸에 받아야 하는 터였다. 며느리로서, 그리고 어머니로서 할 일이 몹시 많고 신경 쓰이는 처지에 남편은 한시도 자기를 떼어놓지 않으려 했다. 그녀는 남편이 원하니 할 수 없이 웃어주지만 그 웃음 속에는 점점 우울함이 깃들고 짜증이 깃들었을 것이다.

그나마 선군을 설득해 움직일 수 있는 유일한 사람은 숙영낭자 한 명뿐이었다. 애써 설득해 남편을 과것길로 떠나보내니, 그녀는 이제 겨우 한시름을 놓는가보다 했다. 하지만 웬걸! 30리를 채 가지 못하고 집으로 돌아와 품으로 파고드는 남편이었다.

종일토록 가다가 겨우 30리를 가서 숙소를 정하였으나 다만 그대 생각 뿐이라, 첩첩이 쌓인 비감한 생각을 금치 못하여 밥도 먹히지 않고 도 중에서 병이 될까 염려되어 한 번 더 그대를 보고 외로운 심회를 풀려 고 왔소.

그녀는 길을 돌아서 찾아온 남편을 할 수 없이 받아주지만, 걱정은 커져만 갔다. 왠지 모를 불길한 예감과 함께.

낭군은 제게 연연하지 마시고 어서 서울에 올라가 성공 여부를 헤아리 지 말고 과거를 보아 부모님이 바라시는 바를 저버리지 마시고 또 제게 도 오해가 생기지 않도록 하십시오. 생각건대 낭군께서 저를 생각하여 여러 번 왕래한다면 그 죄가 크니 그것은 장부의 도리가 아니요, 또 부 모님께서 그 사실을 아신다면 결단코 제가 화를 당할 것은 뻔하니 낭군 은 전후 사리를 현명하게 헤아려서 속히 상경하십시오.

이렇게 애써 타일러 남편을 떠나보냈지만, 그 하룻밤 사이에 사달이 났다. 밖에서 남녀의 말소리를 들은 숙영의 시아버지 백상군이 이를 이상하게 여기고 의심을 품었던 것이다. 그러지 않아도 저 부모한테 숙영은 '아들을 빼앗아간 며느리'였을 터이니 억하심정이 없지 않았을 것이다. 어쩌면 그들에게 며느리는 아들을 꼼짝달싹하지 못하게 만드는 눈엣가시 같은 존재였을지도 모른다. 그러던 차에 의혹의 실마리가 생겼고, 그 의혹은 점점 확신으로 변했다.

숙영에 대한 불만은 비단 백선군의 부모만이 아니었다. 그들보다 더 큰 억하심정으로 불만을 키워온 이들이 있었는데 그 가운데 한 사람이 매월이었다. 그녀는 백선군이 숙영낭자를 향한 정념으로 병이 들었을 때 소첩으로 삼던 몸종이다. 한때 낭군이었던 남자한테서 받던 모든 관심을 완전히 빼앗긴 소외된 여성의 불만이 숙영을 향하는 것 또한 인지상정이었다. 숙영으로서는 모를 리 없되 오로지 백선군 혼자만 아득히 몰랐을, 아니 안다고 해도 대수롭지 않게 여겼을 그러한 일이다.

숙영이 신신당부했음에도 다음날 밤 백선군은 다시 돌아온다. 그리고 매월은 백상군에게 숙영낭자의 처소에 외간 남자가 들었다고 거짓을 고한다. 시아버지가 왔을 때 남자가 담을 넘어 도망하는 장면이 펼쳐지고, 숙영은 죄인이 되어 꿇어앉혀진다. 선군이 없는 집에 숙영의 편을 들어줄 사람은 아무도 없었다. 그녀는 아들을, 또는 도련님을 앗아간 외인일 뿐이었다. 그녀 곁에 있던 어린 남매에게는 힘이 없었다. 숙영낭자는 누명을 벗을 길이 없던 그 상황을 감당할 수 없었다. 남편이 돌아올 때까지 기다리면 될 일이었을지 모르나, 그에게는 그러한 힘조차 남아 있지 않았다.

세상 그 누구보다도 아내를 사랑한다고 생각했을 저 사람. 스스로 행복에 취해 아내 또한 당연히 그럴 것이라 생각했겠으나 실은 그렇지 않았다. 그 사랑은 아내를 힘들게 하고 힘 빠지게 하고 있었던 것이다.

## 온전한 사랑을 이루는 조건

소설은 숙영낭자의 자결을 남편 백선군 때문이라고 언급하지 않는다. 며느리가 그리 탐탁지 않았을 시아버지 백상군의 오해와 억압에 의한 것이었고, 숙영낭자를 시기하고 미워하던 매월의 음험한 모함과 교활한 계략에 의한 것이었다. 하지만 그것은 표면상의 전개였을 뿐이다. 숙영을 함정에 들어 쓰러지게 한 근본적인 원인 제공자는 누가 뭐라고 해도 백선군이었다. 물론 선군이 들으면 깜짝 놀라 펄쩍 뛰었을 테지만 말이다.

하지만 백선군은 잊지 말아야 했다. 숙영을 어떻게 만나 자기 사람으로 삼았는지를 말이다. 옥련동에서의 만남에서 숙영낭자는 선군에게 "낭군은 초조한 정념을 가라앉히시고 3년 만 더 기다려주십시오"라고 언급했다. 그리고 선군은 그 말을 뿌리치고 당장 숙영낭자를 끌어안았다. 이것이 바로 선군의 첫 번째 잘못이다.

그 3년의 기다림이 뜻하는 바는 무엇이었을까? 표면상으로는 단순한 금지처럼 보이는 그 화소 속에 담긴 의미는 '사랑을 제대로 이루기 위해서는 성숙의 시간이 필요하다'는 것이라 할 수 있다. 각자의 자리에서 성숙을 이루는 가운데 길이 사랑을 할 수 있는 태세를 마련하고 세상으로부터 사랑을 공인받는 그 시간 말이다. 그 3년은 또한 서로가 서로를 믿어주고 지켜주는 신뢰의 시간을 뜻한다고 할 수 있다. 상대방이 기꺼이 자기를 받아줄 때까지 믿고 기다려주는 그 마음, 그 태도가 온전한 사랑을 이루는 조건이었던 것이었다. 그것이 혼자만 행복한 사랑이 아닌 서로 함께 행복한 사랑을 이루기 위한 조건이었다.

만약 그때 선군이 3년을 기다리며 사랑을 준비했다면 숙영이 함정에 들어 쓰러지는 일은 없었을 것이다. 그 시간을 생략함으로써 선군은 저 자신의 감정에만 매달리는 어린아이 상태의 사랑을 펼쳤던 것이다. 상대방을 힘들게 하고, 주변 사람들을 화나게 한다는 것을 자각하지 못한 채 말이다.

선군의 두 번째 잘못은 숙영낭자와 사는 8년 동안 사랑에 취한 것 외에 아무 일도 돌보지 않았던 것이다.

선군은 낭자와 금슬지락을 누리며 일시도 서로 떨어지지 않고 학업을 전폐하기에 이르렀다. 이렇게 되자 부친이 민망하게 생각하였으나 본디 귀한 자식인 까닭으로 알고도 모른 체하고 내버려두었다.

사랑을 위해 학업을 전폐한 일이란 어찌 보면 낭만적으로 보일지 모른다. 하지만 앞서 말했듯이, 그것은 주변 사람들한테 민폐가 될 따름이었다. 사랑과 일이란 어느 하나를 위해 다른 하나를 폐해야 할 바가 아니었다. 일 때문에 사랑을 폐하는 것만큼이나, 사랑 때문에 해야 하는 일을 외면하는 것은 못난 일이다. 두 일이 모순적으로 얽혀 있다면 또 모르되 백선군의 경우는 그러한 상황도 아니었다. 오히려 자기가 해야 할 일을 하는 것이, 그러니까 학업을 닦고 가장의 역할을 준비하는 것이 사랑을 지키고 키우는 일이었다. 그럼에도 선군은 그일을 그만두었던 것이다. 사랑이라는 그럴싸한 이름 속에 안주한 상태로.

선군의 세 번째 잘못은 선군의 사랑이 상대방의 의사를 존중하지 않는 일방통행식 사랑이었다는 것이다. 처음 3년간의 기다림을 거부한 것도 그러하고, 다시 돌아오지 말라고 신신당부한 아내의 말을 어기고 과것길을 나섰다가 집으로 돌아왔던 것도 그러하다. 그러한 행동 때문에 상대방이 얼마나 힘든지 헤아리지도 못하고, 어떤 크나큰 곤경에 빠지든 나 몰라라 하며 그저 하고 싶은 대로 했을 따름이다. 사랑이라는 이름으로 말이다. 그것이 어찌 제대로 된 사랑일까. 최소한 그 사람이 원하는 바가 무엇인지 헤아리고 그것을 이해하고 공감하며 지켜줄 수 있어야 사랑이라 할 수 있다. 큰 착각 속에 스스로 드높은 가치를 부여하고 있을 선군의 사랑은 사랑이라 할 수 없었다. 차라리 민폐라고 함이 마땅할 것이다. 결국 상대방을 죽음으로까지 몰아넣는 민폐 말이다.

이렇게 보면 숙영낭자가 남편이 돌아오기를 기다려 오해를 푸는 대신에 스스로를 찔러 죽음을 선택한 맥락을 이해할 수 있다. 숙영낭자는 이미 이러한 선군의 행동으로 인해 8년간 가슴이 답답한 채였다. 또한 남편이 자신을 지켜주리라는 기대를 이미 놓아버린 상태에 있었다. 그녀에게 선군은 무심하고 못 미더운 사람이었다는 말이다. 결국 그가 돌아온다고 하더라도 바뀔 일은 없으리라는 절망 속에서 숙영낭자는 차라리 스스로 쓰러지는 극단의 선택을 했다는 이야기다.

선군은 과거에 급제하고 돌아와 죽은 숙영낭자의 시신을 잡고 통

곡을 했다. 눈에 넣어도 아프지 않을 딸 춘앵과 아들 동춘이 매달리면
서 우는데도 그들을 추스를 생각을 하지 못한 채 숙영낭자를 부르면
서 자기도 데리고 가라고 발버둥을 쳤다. 선군으로서는 이해할 수 없
는 일이었다. 그는 그렇게 사랑해주었는데 무엇이 부족해서 먼저 떠
나느냐고 생각했다. 자신의 사랑이 함정이 되었음을 꿈에도 알지 못
한 채.

## 함께 삶을 이끄는 거대한 여정

열정적인 사랑을 하면 오직 단 한 사람만 나의 사랑으로 인식되며, 다
른 어떤 것도 관심이 생기지 않아 세상의 모든 것이 하찮게 보인다.
선군도 그러했다. 그는 숙영낭자를 한결같이 사랑했으나, 결과적으
로 그 사랑은 선군 자신만 있는 사랑이었다. 숙영낭자의 죽음을 앞에
둔 상황에서 그 사랑은 바뀔 수 있었을까?

　다음은 원통함을 안고서 죽은 숙영낭자가 귀신이 되어 꿈에 나타
나 선군에게 한 말이다.

　저는 시운이 불길하여 이 세상을 버리고 황천객이 되었습니다. 전에 낭
　군의 편지 사연을 들으니 낭군이 저에게 향한 마음이 간절하시나, 이것
　역시 저의 연분이 천박하여 벌써 유명을 달리하였으니 구천의 혼백이
　라도 한스럽습니다. 그러나 저의 원통한 사연을 아무쪼록 깨끗이 풀어
　주시기를 낭군에게 부탁합니다. 낭군은 소홀히 여기지 마시고 저의 억
　울한 누명을 풀어주시면 죽은 혼백이라도 깨끗한 귀신이 될까 합니다.

숙영낭자는 선군한테 억울한 누명을 반드시 풀어달라고 청했다. 한 가지 눈여겨볼 일은 숙영낭자가 누명을 풀어달라고 할 뿐 자신의 죽음이 누구 때문이었는지 말하지 않는다는 사실이다. 혹시 숙영낭자는 선군이 그 당사자를 스스로 찾아주기를 기대했던 것이 아닐까?

이어지는 상황을 보면 집에 도착한 선군은 숙영낭자의 시신 앞에서 통곡하다가 숙영낭자의 가슴에 꽂힌 그 칼로 원수를 갚겠다면서 칼을 뽑았다. 그러자 아무리 해도 뽑히지 않던 칼이 뽑히면서 파랑새가 나타나 매월이 범인임을 알려주었다. 그리고 선군은 매월을 죽였다. 이는 아내를 죽게 만든 원수를 징치해 아내의 원한을 푸는 자연스러운 과정으로 보인다.

그런데 여기 한 가지 주목할 점이 있다. 숙영낭자의 가슴에 꽂힌 칼을 뽑은 사람이 다른 사람이 아닌 백선군이었다는 사실이다. 사람들은 선군이 과거에 급제를 하고 집으로 돌아오기 이전에 그 칼을 뽑아놓으려고 무던히 애썼지만 뽑을 수 없었다. 숙영낭자의 원한과 원망의 상징이라 할 수 있는 그 칼을 선군만 뽑을 수 있었다는 점, 이것은 숙영낭자의 원한과 원망이 결국은 선군에 의한 것이었고 그를 통해서만 풀릴 수 있었다는 의미가 아닐까? 선군은 아내의 제문에 다음과 같이 썼다.

성인도 속세에 노닐며, 숙녀도 험한 구설을 만남은 고왕금래에 없지 않은 불행일지나 이번 낭자같이 지원극통한 일이 세상에 어디 있으리오. 아아, 슬프다. 이것은 다 나 선군의 탓이니 누구를 원망하고 누구를 탓하리오.

여기서 우리가 주목할 것은 선군이 "이 모든 것이 다 나 선군의 탓이다"라고 공표하고 있다는 사실이다. 이 말은 부모가 오해할 만한 원인을 제공했고 매월이의 음모를 단속하지 못한 잘못을 인정하는 것으로 생각해볼 수도 있을 것이다. 그러나 "누구를 원망하고 누구를 탓하리오"라며 원망과 탓을 모두 자신의 것으로 인정하는 것은 시종일관 자신의 감정만 생각하고 아내의 처지와 마음을 제대로 헤아리지 못한 남편의 자기반성으로 볼 수 있을 것이다. 사실 그것이 실질적인 원인이었던 것이다.

그때 숙영낭자가 아름답게 화장을 하고 비단 옷 차림으로 들어와 절을 하면서 말했다.
……"낭군께옵서는 제가 죽었다고 너무 상심하지 마시옵고 며칠간만 더 기다려주시옵소서."

선군이 제문을 지어 장례를 치른 뒤에 숙영낭자가 다시 꿈에 나타나서 했던 말이다. 숙영은 자신의 죽음이 예의 3년 기한을 지키지 않아 생긴 일이라며 조만간 자신이 다시 살아날 것이라고 알려주었다. 그러면서 며칠만 더 기다려달라고 했다. 혹시 저 말은 "모든 것이 내 탓이다"라고 말하는 남편에게 부여했던 마지막 계시였는지도 모른다. 이제라도 스스로 제 감정 속에 무너지는 대신 자기를 믿고 기다릴 수 있다면 새로운 기회가 올 수 있다는 계시 말이다. 이번에 선군은 그 말을 믿고 숙영낭자 곁에서 그녀를 기다렸다. 그리고 그녀는 죽음으로부터 깨어나 선군의 손을 잡았다. 이는 다시 쉽게 허물어지지 않을 참사랑의 시작이었다.

우리는 나 하나만을 바라보는 사랑, 그 무엇에도 구애받지 않는 열정적인 사랑에 열광하고 그 사랑을 원한다. 그러나 그 달콤한 사랑이 집착이나 민폐가 될 수 있다는 사실을 알아야 한다. 그리고 어느 날 문득, 스스로의 사랑을 점검해볼 때 반드시 생각해보아야 한다. 이 사랑이 '우리'를 행복하게 하고 있는지, 혹시 나 혼자만 행복한 것은 아닌지를.

손영은 *

---

* 건국대학교 국어국문학과 박사과정을 수료했으며, 성균관대학교 글쓰기클리닉센터 촉탁직 연구원으로 있다. 인간관계의 갈등과 화해에 관심이 많으며, 고전 속 도깨비와 바보의 의미에 대한 연구를 진행 중이다. 주요 논문으로는 〈부자된 뒤 말피로 도깨비 떼어낸 사람〉 설화에 나타난 웃음의 의미〉, 〈설화 '친자식보다 나은 양아들'에 나타난 가장의 소외문제와 주체성 회복의 과정〉 등이 있다.

● 작품 설명 ●

18세기 후반 19세기 초의 작품으로 추정되는 애정소설이다. 청춘 남녀의 열정적인 사랑과 이에 따른 질곡의 문제를 첨예하게 다룬다는 점에서 문학사적으로 의미 있는 작품이다. 판소리로 옮겨져 판소리 열두 마당 목록에 들기도 했다. 현재 일부 소리꾼이 판소리 〈숙영낭자전〉 공연을 이어가고 있다.

● 줄거리 ●

세종世宗 시절, 경상도 안동에 백상군이라는 선비가 오랫동안 자식이 없다가 오랜 시간 불공을 드리고 아들 백선군을 낳는다. 장성한 선군이 어느 봄날에 책을 읽다가 잠이 들었는데 숙영이 꿈에 나타나 자신과 선군이 천상의 인연임을 알려주고 사라진다. 꿈에서 본 숙영을 잊지 못한 선군은 상사병이 걸린다. 숙영은 다시 선군의 꿈에 나타나 금동자와 화상을 주며 시비 매월을 소첩으로 삼으라 한다. 매월과 밤을 보내도 선군의 병이 낫지 않자 숙영은 다시 선군의 꿈에 나타나 자신의 살고 있는 곳이 옥련동임을 알려준다. 잠에서 깬 선군은 지도에도 없는 옥련동으로 숙영을 찾아 나서고, 결국 두 사람은 만난다. 숙영을 만난 선군은 그날 운우의 정을 나누려 하지만 숙영은 하늘의 기한이 3년 남았으며 이를 지키지 못하면 천벌을 받을 수 있다고 한다. 그러나 선군은 숙영을 설득해 하룻밤을 보내고 다음날 숙영을 데리고 집으로 돌아온다. 그 후 선군은 8년을 숙영과 한시도 떨어지지 않고 지내며 두 아이를 낳고 행복하게 산다.

백상군은 선군에게 과거를 보러 가라고 하지만 선군은 이를 거절한다. 두 사람의 대화를 들은 숙영이 선군을 설득해 과거를 보러 가게 한다. 과거를 보러 간 선군은 몇 번이고 다시 집으로 돌아오고 그때마다 숙영은 과거를 보러 가라며 선군을 설득한다. 선군이 집으로 돌아온 날, 며느리 숙영의 방에서 남자 목소리를 들은 백상군은 매월에게 숙영을 감시하라고 한다. 매월은 숙영에게 다른 사내가 있다고 거짓말을 하고 결국 숙영은 오해를 풀지 못한 채 자결한다. 백상군은 아들이 따라 죽을까 염려해 칼을 뽑고 시신을 치우려 했으나 시신은 움직이지 않는다. 과거에 급제한 선군은 집으로 돌아와서 숙영이 죽은 것을 보고 울음을 터뜨린다. 숙영은 선군의 꿈에 나타나 자신을 죽인 범인을 찾아달라고 한다. 잠에서 깬 선군이 숙영의 가슴에 있는 칼을 뽑자 파랑새가 나타나 매월이 범인임을 알려준다. 선군은 매월을 벌하면서 결국 이 모든 일이 자신의 탓임을 인정하며 반성한다.

한편 죽어서 옥황상제를 만난 숙영낭자는 자신의 죽음이 하늘의 벌임을 확인하고 용서를 구한다. 이에 옥황상제는 숙영낭자의 죄를 용서하고 숙영을 다시 살려준다. 숙영낭자가 살아나자 선군을 비롯한 온 집안사람들이 기뻐한다.


● 인용 자료 ●

황패강 역주, 〈숙영낭자전〉, 《숙향전 · 숙영낭자전 · 옥단춘전》, 고려대민족문화연구소, 1993.


● 권장 작품 ●

황국산 옮김, 《숙영낭자전》, 태을출판사, 2004.

# 넘어서지 못한 현실의 벽

-〈운영전〉의 운영과 김진사

### 🌑 낭만 너머 현실과 직면하기

사랑은 애타는 열정에 휩싸이게 한다. 그 간절함과 열정이 드디어 응답을 받아 길이 열리는 순간, 그동안 보이지 않던 '현실'이 육박한다면, 예컨대 '먹고사는 문제'가 앞을 가로막는다면 어떻게 해야 할까. 여기에 금기의 틀을 깨고 낭만과 열정의 사랑으로 '역사'가 된 남녀가 있다. 하지만 그 낭만의 언저리에는 넘어서야 할 무거운 현실이 도사리고 있었다.

## 비극은 예고되었나

〈운영전〉은 사랑 이야기다. 그중에서도 남녀 간의 금지된 사랑을 이야기한다. 사랑에 빠져서는 안 되는 남녀가 서로를 욕망하는 사연은 드라마나 영화의 단골 소재기도 하다. 이러한 파격적인 사랑 이야기에 더 강한 호기심을 느끼는 것은 옛날이든 오늘날이든 마찬가지다. 이는 금기를 넘어선 열정이야말로 사랑의 본질적인 면모를 보여주기 때문일 것이다.

운영은 세종의 왕자 가운데 하나인 안평安平대군이 지은 수성궁에서 사는 궁녀였다. 궁녀는 그 삶을 온통 궁의 주인과 그 일가만을 섬기는 데 바쳐야 한다. 궁에 들어가면 부모 형제와 만나기조차 어려웠다. 더군다나 따로 혼인을 해서 남편을 맞이하는 일은 허락되지 않았다. 궁 밖으로 나가는 일마저 극히 제한되어 있었다. 궁녀들에게는 그 신분이 곧 정해진 운명과 같았다. 사랑하는 남자를 만나 결혼하고 아이를 낳아 기르는 기쁨은 꿈에서나 가능한 일이었다.

그래서 이제까지 운영은 시대의 희생양으로, 그의 사랑은 좌절할 수밖에 없었다고 말해왔다. 궁녀의 신분으로서 서생을 사랑했으니 처음부터 잘못된 길이라 했다. 두 사람에게 아무리 큰 열정과 의지가 있다 하더라도 시대라는 벽을 넘어서기는 어려운 일이라고 했다. 처음부터 비극이 될 것임을 알면서도 강고한 시대의 벽에 부딪쳐 산화한 그 비극적인 아름다움이 〈운영전〉의 가치라고 했다.

하지만 운영과 김진사는 정말로 벽에 부딪혀 좌절할 수밖에 없었던 것일까. 그것이 그들의 운명이었던 것일까. 궁녀라는 신분을 보면 그럴 수밖에 없을 것 같지만, 실제 작품은 그것이 진실이라 말하고 있지 않다. 궁녀가 궁을 벗어나 새 길을 열 가능성이 있었던 것처럼 서술하고 있다. 그럼에도 그 길로 나가지 못했다면 혹시 두 사람한테 문제가 있었던 것은 아닐까? 오늘날의 삶과도 긴밀히 통할 우리의 새로운 이야기는 이 의문으로부터 시작한다.


## 첫사랑의 시작

한양성 서쪽 인왕산 자락에는 사람들이 한양 장안에서 가장 아름다운 곳이라 칭송하는 수성궁이 있었다. 안평대군은 사람 사는 세상을 병풍처럼 두르고 있는 인왕산의 자연 가운데 자신만의 궁을 짓고 수성궁이라 명명했다. 아니, 사람 사는 세상에서 바라보면 병풍 속 그림은 오히려 수성궁이었다. 그림처럼 아름답지만, 그림과 같아서 아무나 들어갈 수 없는 공간이었다. 그 궁에서 안평대군은 어느 누구도 거역할 수 없는 지엄한 법이었다. 수성궁은 안평대군이 지배하는 작은 우주였던 것이다.

그 궁에 아름다운 열 명의 궁녀가 살고 있었다. 예술을 사랑한 안평대군은 전국에서 특별히 아름답고 재주가 뛰어난 열 명의 여자아이를 찾은 다음 궁으로 들여 문학과 예술을 가르쳤다. 궁녀가 된 아이들은 날이 갈수록 외모에도, 재주에도 아름다움을 더해갔다. 안평대군은 그녀들이 외간 남자에게 이름을 알리거나 얼굴을 보이면 죽음으로 죄를 묻겠노라고 선언했다. 그곳에 존재한다는 사실마저 누군가에게 드러날까 마음 졸여야 하는 꽃, 그것이 수성궁 열 명 궁녀의 운명이었다.

운영은 그중에서도 안평대군이 가장 아끼는 꽃 중에 꽃이었다. 그러나 운영은 기뻐하지 않았다. 궁녀가 된 후로 주위에서 아무리 아름답다 칭송해도 그녀는 매일 눈물만 흘렸다고 한다. 운영이 아무리 빼어난들 이를 알아주는 남자란 안평대군 한 사람 뿐이었다. 그리고 그는 남자라기보다는 어른이고 주인이었다. 그녀의 마음은 늘 궁궐 담장 밖으로 향했다. 궁 밖에서 부모님과 평화롭게 살던 시간이 그리웠다.

하지만 수성궁이 선사한 삶에서 나름의 기쁨과 즐거움을 찾으면서 운영은 슬픔을 가슴 한편에 묻어둘 수 있었다. 안평대군은 사랑을 금지하는 대신 다른 것을 허락했다. 열 명의 궁녀에게는 각자의 재능을 갈고닦을 수 있는 배움의 자유가 허락되었다. 안평대군은 궁녀들이 재주를 보일 때마다 칭찬을 아끼지 않으며 좋은 선물로 보상했다. 늘 함께 어울리며 재주를 다투는 열 명의 궁녀는 최고의 친구이자 동지였다. 안평대군이 원하는 대로 수성궁 담벼락만 넘지 않으면, 남자들과 만나지 않는다면, 궁녀들은 어떤 조선 여성과 비교해도 부러울 것 없는 즐겁고 영화로운 삶을 누렸다. 하지만 그 하나의 조건이 문제였다. 남달리 궁 밖을 그리워하고 애정을 꿈꾸고 있던 운영한테서 문제가 발생했다.

정원 가득 피어난 국화와 한껏 화려하게 물든 단풍이 바람에 몸을 맡긴 어느 가을날이었다. 높푸른 가을 하늘을 가벼운 날갯짓 한 번으로 훨훨 날아갈 것만 같은 나비처럼 사랑스러운 남자 김진사가 수성궁을 찾아왔다. 안평대군은 김진사가 썩 마음에 들었다. 예술을 사랑하는 안평대군에게 김진사의 글재주는 황홀경을 보여주었다. 아직 어린데도 누구보다 재주가 뛰어난 김진사는 안평대군이 모처럼 찾아낸 뜻이 맞는 인재였다. 자신을 매료시킨 청년에게 하나의 아름다운 우주를 자랑하고 싶던 안평대군은 평소라면 절대 내어놓지 않을 궁녀들을 김진사가 있는 자리로 불러들였다. 나이 어린 남자의 순수한 아름다움과 무르익은 수성궁의 가을 정취, 미인들의 정제된 움직임이 흠 잡을 데 없는 완벽한 그림으로 어우러졌다. 안평대군을 위한 최고의 그림이었다.

하지만 안평대군이 간과한 사실이 있었다. 이 그림 속 사람들은 인형이 아니었다. 그들은 가슴속에 심장이 뛰고 있는 청춘 남녀들이었다. 주렴을 사이에 두고 하얀 종이에 유려하게 글을 펼쳐내는 사내를 그녀들은 지켜보았다. 그때 운영의 눈길은 한없이 흔들리고 있었다. 마음에 바람이 일어났다. 그 마음에 답하듯, 김진사는 글씨를 써내려가다 운영의 흰 손가락에 먹물 한 방울을 튀게 하고 말았다. 잠깐 지나친 삽화 같은 장면이었지만, 두 사람한테는 그렇지 않았다. 사랑이 시작되기에는 그 찰나의 순간으로 충분했다. 먹물 한 방울은 마치 기름인 양 불씨를 지펴 그들의 마음속 깊은 곳에서 활활 타올랐다.

지난 가을 달 밝은 밤 낭군님을 한 번 보고 난 후 저는 마음속으로 하늘의 신선이 인간세상에 내려온 것으로 생각했습니다. 열 가운데 가장 못난 나에게도 이 세상에서 내가 만날 어떤 인연이 있는 줄 알고 좋아했습니다. 전생에 무슨 인연이 있었던지, 붓 끝의 한 점이 마침내 흉중의 원한을 맺는 빌미가 될 줄을 어떻게 알았겠습니까? 발 사이로 낭군님을 훔쳐보면서 낭군님을 섬길 인연을 헤아려보았고 꿈속에서 만나 이룰 수 없는 사랑을 이어보기도 하였답니다.

서로의 눈길이 잠깐 닿는 것만으로 가슴이 뛰기에 충분했다. 거기 두 사람의 손과 손을 연결해주는 먹물 한 방울까지 이어지니 더할 바 없었다. 하지만 그 사랑의 감정은 일어남과 동시에 흉중의 한이 되었다. 운영은 여성이었다. 그리고 다른 이도 아닌 수성궁 절대군주 안평대군의 궁녀였다.

그러나 마음이 지극하면 길은 있는 법이었다. 한 번의 스침이 전부일 것 같던 그 인연의 끈은 끊기지 않고 이어졌다.

## 만남을 위한 기나긴 여정

수성궁의 높은 담벼락은 운영과 김진사의 만남을 허락하지 않았다. 그러나 운영은 이미 다른 사람이 되어 있었다. 그는 완전히 사랑에 빠진 상태였다. 김진사를 만나고 싶다는 마음이, 그와 사랑을 나누고 싶다는 마음이 그의 온 존재를 휘감았다. 그 마음을 더는 가눌 수 없던 운영은 어떻게든 김진사한테 자기 마음을 전하기로 결심했다. 아직 상대의 마음을 알지 못하는 상황에서 내린 모험적인 결단이었다. 안평대군으로서는 상상도 하지 못한 그녀의 발칙한 도발이었다.

마침내 기회가 찾아왔다. 안평대군이 수성궁에서 연회를 베풀며 김진사도 초대했던 것이다. 김진사와 궁녀들은 한 공간에 있을 수 없었으나, 운영으로서는 놓쳐서는 안 되는 기회였다. 운영은 김진사와 벽을 사이에 둔 자리로 간 다음, 벽에 살짝 구멍을 내고 그 틈으로 편지를 밀어 넣는다. 그리고 김진사는 무엇을 예감했는지 그 편지를 집어서 얼른 품 안에 넣는다. 그렇게 하나의 아슬아슬하고 위태로운 접촉이 성사된다.

그때 김진사는 운영과 마찬가지로 마음 깊은 데서 일어난 사랑의 불길에 몸과 마음이 타들어가고 있었다. 하지만 그녀에게 가까이 가기는커녕 먼발치에서 지켜보는 것도 허락되지 않았다. 이룰 수 없는 사랑으로 폐허가 되어버린 마음에 몸까지 수척해졌으나, 그한테는 안평대군을 거역하거나 넘어설 만한 힘이 없었다. 그때 누군가의 편지가 툭 떨어진 것이었다.

기대 가득했던 예감 그대로였다. 꿈에도 그리던 운영의 목소리가 편지에서 흘러나왔다.

베옷 입고 가죽 띠 두른 선비 [布衣革帶士]
옥 같은 얼굴 신선과 같지 [玉貌如神仙].
늘 주렴 사이로만 바라보나니 [每向簾間望]

월하노인의 인연 어이 없는지 [何無月下緣]?

얼굴 씻으매 눈물이 물을 이루고 [洗顏淚作水]

거문고 타매 한스러움 현을 울리네 [彈琴恨鳴絃].

가슴속 원망 끝이 없어서 [無恨胸中願]

고개 들고 하늘에 하소연하네 [擡頭獨訴天].


운영의 연애편지에는 봄에 부는 산들바람처럼 마음을 간질이는 사랑의 속삭임이 없었다. 인연을 맺을 수 없는 상황을 누구보다 잘 알고 있고, 그 비애가 눈물이 되어 쉼 없이 흘렀다. 누군가에게는 아름다운 음악일 거문고 소리가 운영에게는 흐느낌이었다. 인연을 맺지 못해 원망하는 마음이 한량없지만 누구의 탓으로 돌릴 수 없었다. 들어달라고 청할 수 있는 상대는 오직 하늘뿐이었다. 이보다 더 외로울 수 있을까.

김진사도 마찬가지였다. 운영의 절절한 마음이 담긴 편지를 받은 김진사는 자기 마음도 그와 같음을 알리기 위해 답장을 썼다. 하지만 그가 스스로 수성궁에 들어갈 수는 없었고, 수성궁에 들어가지 않고는 다시 운영을 만날 방법을 찾을 수 없었다. 이 궁리 저 궁리를 한 끝에 김진사는 수성궁을 종종 드나든다는 무녀를 찾아갔다. 한 번도 본 적이 없는 무녀한테 연애편지를 전달해달라고 부탁하는 일이란 고육지책인 무리수였지만 다른 방법이 없었다. 다행히 하늘이 도왔는지, 무녀는 위험을 무릅쓰고서 그의 부탁을 받아들였다. 그리고 스스로 핑계를 만들어 수성궁으로 들어가 운영에게 그 편지를 전해주었다. 무녀 또한 자기를 찾아온 김진사가 마음에 쏙 들었던 것이다.

뜻밖의 편지를 전해 받은 운영의 마음이 어찌했을지는 길게 말할 필요가 없을 것이다. 몰래 품 안에 간직하고 있다가 마침내 펼쳐본 편지에는 자기가 간절히 꿈꾸던 말들이 숨 쉬고 있었다. 그가 간절한 사랑고백 뒤에 덧붙인 한 수의 시는 얼마나 운영의 가슴을 적셨는지! 그 뒷부분만 옮겨본다.

베개에 기대어도 이룰 수 없는 나비의 꿈 [欹枕未成蝴蝶夢],

눈을 돌려도 남쪽 하늘엔 흔적 없는 외기러기 [回眸空望雁魚稀],

구슬 같은 얼굴 눈앞에 있는데 어찌 말이 없는가 [玉容在眼何無語].

푸른 숲 꾀꼬리 울음에 눈물은 옷깃을 적시네 [草綠鸎啼淚濕衣].


김진사의 첫 고백 또한 슬픔이 가득했다. 김진사도 운영과 마찬가지로 사랑으로 뛰고 있는 마음을 아름답게 채색할 여유가 없었다. 사랑하는 사람에게 전하는 첫 번째 시인데, 사랑의 찬란함을 말하지 못했다. 만날 수 없는 처지에 하염없이 눈물을 흘릴 뿐이었다. 김진사에게는 아름다운 꾀꼬리 소리도 슬픔에 겨워 터져 나오는 울음소리 같았다. 그들에게 현실은 잔혹하기만 했다. 꿈에서 겨우 만난 운영에게서는 목소리조차 들을 수 없었다.

그렇게 편지 한 통씩을 힘들게 주고받은 것이 다였다. 그들은 겨울을 보내고 봄을 맞이할 때까지 다시 소통할 방법이 없었다. 하지만 두 사람의 간절한 마음은 여전히 변함이 없었다. 운영은 온몸에 생기를 잃고 초췌해지는 지경에 이르렀다. 그때 그녀를 위해 발 벗고 나서주는 사람이 있었다. 운영하고 같은 처지에 있는 궁녀들이었다. 운영한테 놀라운 고백을 전해 들은 자란은 한편으로 걱정하면서도 운영을 돕기로 마음을 먹었다. 다른 궁녀들을 설득해 운영과 김진사가 만날 수 있는 길을 찾기로 했던 것이다. 처음에 꺼리며 나서지 않던 궁녀들까지도 결국은 다 위험을 무릅쓰고 그 일을 도와주었다. 운영의 처지와 심정을 누구보다 잘 아는 사람이 바로 그들이었다.

궁녀들의 주도면밀한 계획과 세심한 실행으로 운영은 안평대군의 눈을 피해 김진사와 밀회하는 데 성공했다. 밀회는 궁 밖 무녀의 집에서 이루어졌다. 꿈같은 만남, 불꽃같은 열정의 사랑이었다.

## 마지막 한 걸음을 남기고 포기하다

운영이 계속 안평대군의 눈을 피해 궁 밖에서 김진사를 만나는 일은 쉽지 않았다. 이는 주변 사람들의 눈에 띌 수 있는 매우 위험한 일이었다. 궁녀들이 거듭 수성궁을 나와 무녀의 집을 드나들 수도 없었다. 그리하여 운영과 궁녀들이 세운 계획은 김진사를 몰래 궁 안으로 불러들이자는 것이었다. 담 안은 궁녀들이 챙기고 담 밖에서는 담장에 사다리를 놓아주는 사람만 있으면 가능한 일이었다. 이 또한 위험한 계획이었으나 성사되었다. 김진사는 밤에 찾아와 운영과 밀회를 이어갈 수 있었다. 김진사가 수성궁으로 들어왔다. 높은 담은 두 사람을 감추어주는 좋은 가림막이었다.

두 사람은 드디어 서로를 품을 거리로 다가설 수 있었고, 사랑을 나누었다. 두 사람은 다시 만날 것을 약속하고, 만나서 사랑을 나누기를 반복하며 한 계절을 함께 보냈다. 사람들의 발길을 따뜻한 방 안에 묶어둔 겨우내 맹렬한 추위는 수성궁의 담과 함께 두 사람을 숨겨주었다. 그러나 사랑하는 사람을 찾아갈 수 있고, 찾아가면 만날 수 있다는 기쁨도 잠시, 그들의 만남은 바람 앞의 등불처럼 위태롭기만 한 것이었다. 이미 이룬 기적처럼 보였지만 이내 사라질 신기루와 다름없었다. 적어도 수성궁에서는 그랬다.

김진사는 수성궁의 담을 넘을 수 있다는 것을 알고 난 후로는 매일 그 담을 넘었다. 그러나 언제까지고 그럴 수는 없었다. 김진사에게는 사랑의 열병을 앓던 때와는 또 다른 근심이 쌓였다. '누구에게도 들켜서는 안 되는 사랑'이라는 무게의 육중함이 버겁게 느껴지기 시작했던 것이다. 오늘은 아니지만 내일은 누가 볼지 모르고, 안평대군에게 들키는 즉시 사회적인 고립을 각오해야 했다. 운영은 죽임을 당할 것이 분명했다. 불안에 한시도 편안할 수 없던 김진사는 운영을 만날 수 없던 때와는 다른 이유로 그늘졌다. 그가 좀더 당당하게 사랑을 이룰 수 있는 방법은 정녕코 없는 것이었을까?

그때 김진사의 밀회를 돕고 있던 하인 특이 명쾌한 답을 제시했다. 운영과 함께 수성궁을 떠나면 된다는 것이었다. 궁궐에서 여러 사람 눈을 속이며 밀회하는 것보다 안전하고 확실한 길이었다. 김진사는 운영에게 함께 수성궁을 떠나지 않겠느냐고 제안했다. 김진사와 사랑을 이어가기만을 갈망하고 있던 운영은 그 제안을 받아들였다. 그래서 두 사람은 수성궁을 나가 살 계획을 세웠다. 운영이 가지고 있던 금은보화를 궁 밖으로 내보내 김진사의 하인인 특으로 하여금 처분하게 해 생활자금을 마련하는 등 꽤 구체적인 계획이었다.

그러던 와중에 두 사람이 걱정했던 상황이 펼쳐지기 시작했다. 안평대군이 수성궁에 이상한 공기가 흐르고 있음을 감지하고 그 이유가 연애 때문이라는 사실을 눈치챘던 것이다. 그는 한눈에 운영을 의심의 대상으로 점찍었다. 운영이 쓴 시에 남자를 그리는 뜻이 나타난 바를 잡아냈던 것이다. 운영은 그 자리에서 목숨을 걸고 결백을 주장해 상황을 모면하지만, 안평대군을 계속 속이기란 쉽지 않은 일이었다. 머지않아 사실이 드러날 가능성이 컸다.

수성궁 안에서 운영의 생사는 안평대군의 의지에 달려 있었다. 연애 사실이 탄로가 나면 운영은 죽음을 면하기 어려울 터였다. 그렇다면 사랑하는 사람과 함께 떠나야 했다. 하지만 운영은 그리하기를 포기했다. 궁 밖을 꿈꾸었지만 그 밖으로의 탈주란 운영에게 버겁기 그지없는 일이었다.

작품은 운영이 월담 계획을 포기한 이유를 자란의 만류에 의한 것으로 서술했다. 운영으로부터 탈주 계획을 들은 자란은 시종일관 운영을 돕던 것과 달리 그 일을 반대하고 나섰다. 여러 가지 이치로 볼 때 옳지 않으며 감당할 수 없는 일이라는 것이었다.

담을 넘어 도망하려 하다니 그것이 사람으로서 할 짓이냐? 대군께서 오랫동안 기울이신 정성이나 대군부인의 사랑을 생각해보았느냐? 네가 도망치면 그 화가 네 부모에게 미칠 것이고 서궁의 우리에게 미칠 것이 불을 보듯 뻔한데 그러한 것은 생각해보았느냐? 또 세상이란 한 그물 속에 있는 것인데 하늘로 올라가거나 땅으로 들어가지 않는 이상 도망간들 어디로 가겠느냐? 혹시라도 잡히게 되면 그 화가 너 한 몸에 그치겠느냐? 꿈자리가 사나운 것은 접어두더라도 꿈이 좋았다고 해서 마음 편히 갈 수 있었겠느냐? ……네가 그러한 계교를 쓴다면 잠시 사람을 속일 수야 있겠지만 하늘을 어찌 속일 수가 있겠느냐?

자란은 왜 화를 재촉하느냐고 말했다. 한 번 만나는 것이 소원이다가 여러 달을 사귀었으면 참을 줄도 알아야 한다고도 했다. 그간 안평대군에게 입은 오랜 은혜도 그렇고, 운영이 떠나면 그 부모뿐 아니라 궁녀들 모두에게 화가 미칠 것이라고도 했다. 그리고 궁을 떠나 도망간들 어디로 가서 어떻게 살겠느냐고 했다. 모두 현실의 벽 앞에 선 운영의 폐부를 찌르는 말들이었다.

결국 운영은 궁 밖으로 탈주하는 일을 포기한다. 자란의 말마따나 운영한테 현실은 크고 높은 벽이었다. 김진사와 함께 궁 밖으로 나간다 해도 살길은 막막한 상황이었다. 재물을 빼냈다지만 그것이 있다고 저절로 살 수 있는 일은 아니었다. 스스로의 힘으로 먹고사는 일을 감당해본 적이 없는 그들이었다. 그들은 어디로 어떻게 떠나서 어디에 정착해야 할지도 아는 바가 없었다. 자란 말대로 안평대군의 분노의 손길이 어떻게 두 사람에게 미칠지 모르는 일이었다. 자칫 추한 몰골로 비참한 결말을 맞이할 수도 있었다. 요행히 어디론가 도망가 숨는다 하더라도 자기 때문에 부모와 다른 궁녀들이 죄를 받는 일 또한 운영으로서는 감당할 수 없는 큰 짐이었다.

자란은 운영을 만류하면서 수성궁 안에서 밀회를 적절하게 이어가다가 세월이 흘러 얼굴이 시들고 병색이 깊어지면 대군이 집으로 돌아가기를 허락할 테니 그때 김진사와 재회하는 것이 옳다는 방안을 제시했다. 운영과 다른 차원의 현실 감각이다. 하지만 궁에서 탈주하기를 포기하면서 운영이 먹은 마음은 이와 좀 다른 것이었다. 운영은 탈주를 포기한 뒤 김진사에게 이별의 결심을 전하는 편지를 쓰는데 그 내용은 다음과 같았다.

박명한 운영이 큰절을 올리며 낭군님께 아뢰옵니다. 아무런 자질도 없는 제가 불행히도 낭군님의 눈에 들어 서로 생각하기를 여러 날, 먼발치에서 바라보기를 몇 번이나 하다가 다행히 서로 만나 몇 날의 즐거움을 나누었습니다. 그러나 바다같이 깊은 정을 다하지는 못했습니다. 무릇 좋은 일에는 하늘의 시기가 많다고 했습니다. 궁궐 사람들이 모두 알고 대군이 의심하고 계시니 이제 화가 들이닥쳐 살날도 오래 남지 않았습니다.

엎드려 바라는 것은 낭군님께서 저와 작별한 이후 저를 가슴에 두어 마음을 상하게 하지 마시고 힘써 공부하여 과거에 급제하여 벼슬길에 오르는 것입니다. 그리하여 후세에 이름을 날리시어 부모님을 복되게 하는 것이옵니다. 제 의복과 보물은 다 팔아 부처님께 바치고 정성껏 기도하셔서 낭군님과 다하지 못한 인연을 다음 세상에서나 다시 잇게 하여 주옵소서.

편지에는 그간 김진사와 만났던 날들에 대한 애환이 서려 있었다. 그 내용 가운데 주목할 것은 운영이 자기 살날이 오래 남지 않았다고 쓰고 있는 부분이다. 자란의 생각과 달리 운영이 탈주를 포기하는 순간 떠올린 것은 바로 죽음이었다. 편지의 뒷부분은 완전한 유언이었다. 운영은 지금 설사 안평대군이 자기를 죽이지 않더라도 스스로 목숨을 끊을 수밖에 없다는, 목숨을 끊겠다는 마음을 먹고 있는 중이었다. 그렇게 모든 것을 내려놓고 세상을 포기하는 것이 그녀가 내린 결론이었다.

운영은 자신과 김진사의 사랑을 안평대군한테 자백한 날, 스스로 비단 끈에 목을 매서 자결한다. 김진사 또한 목욕재계를 하고 방에 들어가 누워 음식을 끊은 지 나흘 만에 세상을 버리고 운영의 뒤를 따른다. 금기에 맞선 뜨거운 사랑이 다다른 비극적인 종말이었다. 출구를 허용치 않는 강고한 시대의 벽이 만들어낸 필연적인 좌절이라고 많은 연구자들이 말해온 그 죽음이었다.

하지만 정말 출구는 없었던 것일까? 이를테면 운영이 김진사와 함께 수성궁에서 탈주해 다른 삶을 시작하는 것은 불가능한 일이었을까?

운영은 김진사에게 전한 편지에서 궁녀가 되기 전의 삶에 대해 토로한 적이 있었다. 수성궁에 들어오기 전 열세 살의 운영은 따뜻한 남쪽에서 남부러울 것 없이 부모님의 사랑을 독차지하며 자란 행복한 아이였다고 기억한다. 공부가 하고 싶으면 실컷 할 수 있었고, 밖에 나가 놀고 싶으면 실컷 놀 수도 있었다. 무엇 하나 제 뜻대로 되지 않는 것이 없던 시절이었다. 그러나 이는 부모님의 울타리 안이기에 누릴 수 있는 행복이었다. 수성궁에 들어오고 나서 운영은 안평대군의 울타리 안에서 그에 못지않은 보살핌을 받으며 지냈다. 운영에게 수성궁은 속박인 동시에 안식처였다. 거기를 벗어나서 마음껏 날아가고 싶다고, 하지만 담장이 너무 높고 단단해 날아갈 수 없다고 말하고 있지만, 사실은 그 안의 삶에 적응해서 거기서 편안함을 느꼈던 것은 아닐까?

수성궁의 담은 본래 넘을 수 없는 것이라고 생각했다. 하지만 그렇지 않았다. 거기에는 출구가 없는 것이 아니었다. 김진사가 그 안으로 거듭 들어왔고, 운영이 그곳에서 나가 김진사를 만났다. 그 이후에는 김진사가 매일 밤마다 사다리를 놓고 담을 넘어서 수성궁으로 들어와 운영과 사랑을 나누었다. 그리고 그 사다리를 통해 운영의 재물이 담장 밖으로 넘어갔다. 운영 또한 마음만 먹으면 그 사다리를 타고서 담장 밖으로 넘어갈 수 있는 터였다. 담장 밖에 어떤 현실이 기다리고 있는가를 떠나서 말이다. 요컨대 수성궁은 완벽하게 잠겨 있는 새장이 아니었다. 마음만 먹으면 나갈 길을 찾을 수 있는, 틈새를 만들 수 있는 불완전한 새장이었다. 그러나 스스로가 얼마나 나약한지 잘 알고 있는 작은 새는 새장을 나가 세상과 마주할 용기가 없었던 것이다. 운영이 수성궁에 남기로 결심했던 것은 스스로 날개를 꺾어 새장 안에 남기를 결정한 것과 다르지 않다. 애써 일구어낸 그 가륵한 사랑을 운영은 스스로 내려놓은 것이었다. 어쩔 수 없는 일이었다는 한탄과 함께 말이다.

실제로 어쩔 수 없던 부분이 큰 것이 사실이었다. 아마도 9할은 그러했을 것이다. 하지만 그 나머지 1할의 길이 있었다면, 포기하는 것이 맞는 길이었을까? 그것이 안평대군을 배반하는 일이고 부모와 친구들한테 후환을 미치는 일이라지만, 그 일이 두 사람의 사랑, 두 사람의 목숨보다 더 큰 것이었을까?

## 결별이 없다면 새로운 시작도 없다

〈운영전〉을 살펴보면, 김진사가 운영에게 함께 수성궁을 떠날 일을 말했을 때, 그리고 운영이 그 일을 받아들였을 때 그들이 제일 신경 써서 진행한 일은 운영의 재물을 수성궁 밖으로 옮기는 일이었다. 운영한테는 집에서 들어올 때 가져온 보화와 안평대군한테 받은 재물까지 꽤 많은 재물이 있었다. 운영은 그 재물을 궁 밖으로 내감으로써 앞으로 김진사와 함께 살아갈 바탕을 마련하려고 했다. 그리고 김진사의 하인 특에게 그 일을 맡아 준비하게끔 했다. 나름의 현실감각이 있었다고 볼 수 있는 대목이다.

결과를 말하자면 재물은 궁 밖으로 나가는 순간 이미 그들의 것이 아니었다. 특은 재물 이야기가 나오자 눈을 빛내며 순식간에 계략을 짜낸다. 세상 물정을 모르는 두 사람한테서 교묘하게 재물을 가로채는 것쯤은 세상사에 닳고 닳은 그로서는 아주 손쉬운 일이었다. 그의 계획은 단지 재물을 탈취하는 것만이 아니었다. 순진한 김진사를 몰래 살해한 뒤 운영을 차지해 살겠노라는 무서운 야심이 있었다. 김진사와 운영이 상상하는 바를 뛰어넘는 현실의 폭력성이다. 자란의 말마따나 운영이 궁 밖으로 나갔으면 발걸음을 몇 걸음 떼놓기도 전에 그악한 현실 앞에 나락으로 굴러떨어졌을지 모른다. 꼭 특이 아니라 하더라도 다른 사기꾼들이 그들을 고이 두지 않았을 것이다.

　실은 운영이 수성궁 안의 수많은 재물을 두루 챙겨서 담장 밖으로 가지고 가려 한 일 자체에 큰 함정이 있었다고 할 수 있다. 궁 안의 재물을 궁 밖으로 옮기는 일이란 곧 수성궁 내의 삶을 수성궁 밖에서 실현하고자 했던 몸짓에 해당한다. 그러니까 운영은 처음부터 수성궁에 긴박되어 있었고, 그곳으로부터 제대로 떠날 준비를 하지 못하고 있었다는 뜻이다. 마음이고 시늉이었을 뿐, 탈주는 본래부터 불가능했다는 의미다. 운영이 안평대군에게 벗어나려 하면서 그가 준 것을 가져가는 모순은 그녀가 대군에게 벗어날 수 없었음을 잘 보여준다. 결별이 있어야만, 내려놓을 수 있어야만 새로운 삶이 가능하다. 그래야 진정으로 현실에 직면하고 그것을 감당할 수 있는 법이다. 운영이 진정으로 새장을 벗어나려 했다면, 모이 그릇과 사료 따위를 버려두고 '빈 몸'으로 날아올랐어야 한다.

　운영이 김진사를 진정으로 사랑하지 않았던 것은 아니다. 그의 사랑은 목숨을 내걸 정도로 순수하고 진실하며 뜨거운 사랑이었다. 하지만 그 밑바탕에는 두려움이 있었다. 운영은 비바람을 맞아본 적이 없는 온실 속의 화초 같은 존재였다. 그녀는 금은보화 재물이 없는 삶을 상상하지 못했다. '사랑하는 사람과 함께하는 가난한 삶'은 그녀의 선택지에 없었다. 그녀가 그린 사랑의 그림이란 '사랑하는 사람과 함께하는 유복한 삶'이었다. 그것은 지나친 욕심이었고, 그리하여 허물어질 수밖에 없었다.

　운영에게 현실은 비극이었다. 어떻게 먹고, 입고, 자야 하는가 하는 문제 앞에 몸을 사리는 사람한테 현실은 길을 내어주지 않는다. 사랑을 위한 길도 마찬가지다. '현실 속에서 사랑을 이루어낼 수 있는가'라는 물음에 대한 답은 결국 자신의 몫이다.

　　　　　　　　　　　　　　　　　　　　　　　　김정희 *

---

* 건국대학교에서 문학치료 연구로 석사학위를 받고 박사과정을 수료했다. 문학과 사람의 근원적 연관성을 축으로 인간관계의 원리와 인간 성숙의 문제를 탐구하고 있다. 주요 논문으로는 〈'호랑이로 변한 남편'과 '효자가 된 호랑이 형님'의 비교를 통해 본 관계 맺기의 두 양상〉, 〈설화 '사람 구하고 환생하여 주천자가 된 구렁이'와의 비교를 통해 본 영화 '루퍼'의 서사적 의미〉 등이 있다.

## 운영전雲英傳

● 작품 설명 ●

한문소설로, 작자는 아직까지 밝혀진 바가 없다. 창작 시기에 대해서는 이견이 있지만 대체로 17세기 초로 추정하고 있다. 〈운영전〉의 이본은 한문본과 한글본이 현전하고, 부분적으로 차이를 보이지만 대체로 줄거리는 동일하다. 고전소설에서는 보기 드문 비극으로 평가되고, 악인이 등장한다는 점, 궁녀인 여성 인물을 중심으로 이야기가 전개된다는 점이 특징이다.

● 줄거리 ●

유영이라는 선비가 과거 안평대군의 집이던 수성궁에 들렀다가 우연히 용모가 아름다운 청년과 여성을 만난다. 유영은 두 사람의 사연이 심상치 않다 여기고 자세한 이야기를 청한다. 청년은 자신을 김진사, 여성은 운영이라 소개하며 이야기를 시작한다.

세종대왕의 여덟 왕자 가운데 하나인 안평대군은 수성궁에서 지내면서 미모와 재능이 빼어난 궁녀 열을 뽑아 보살핀다. 안평대군은 열 명의 궁녀에게 절대로 궁 밖을 나가서도, 이름조차 알려져서도 안 된다고 명한다. 열 궁녀 가운데 하나인 운영은 가을의 어느 날, 대군이 수성궁으로 불러들인 김진사라는 젊은이의 벼루 시중을 든다. 이때 김진사가 대군의 청으로 글씨를 쓰다가 운영의 손가락에 먹물을 튀게 한다. 이후 김진사에 대한 사랑이 깊어진 운영은 편지를 써서 김진사가 수성궁에 왔을 때 아무도 모르게 전한다. 김진사는 소문난 무녀 편에 겨우 답장을 전한다. 운영 역시 답장을 전하기 위해 날마다 기회를 엿보았으나 좀처럼 틈이 나지 않는다. 그때 한 궁녀가 나서서 궁녀들이 한가위에 빨래를 하러 가는 중에 무녀의 집에 들러보면 어떻겠냐고 수를 낸다. 그리고 다른 궁녀들을 설득하고 나선다. 처음에는 반대하던 다른 궁녀들도 이 계획에 동참하기로 한다. 운영은 궁녀들 덕분에 무녀의 집에서 김진사를 만나 답장을 전하고, 깊은 밤에 자기가 있는 궁의 담을 넘어오라고 알려준다. 김진사는 하인 특의 도움으로 높은 궁의 담을 넘어 들어가 날마다 운영과 운우의 정을 나눈다.

얼마 후, 특이 김진사에게 남몰래 도망치라고 하고, 김진사가 운영에게 뜻을 전한다. 운영은 동의하면서 자신의 재물을 처분해야겠다고 한다. 김진사는 특을 시켜 재물을 처분하게 한다. 운영은 친한 궁녀에게 도망칠 계획을 털어놓으나 그들의 만류로 계획은 수포로 돌아간다. 운영은 자신을 찾은 김진사에게 이별을 고한다. 한편 김진사는 특이 재물을 빼돌렸다는 것을 뒤늦게야 안다. 그리고 특이 소문을 낸 탓에 그들의 계획이 결국 대군의 귀에 들어간다. 대군은 운영을 비롯한 궁녀들에게 벌을 내리려다가 모든 궁녀가 나서서 운영을 감싸자 노여움을 풀고 놓아준다. 그러나 운영은 그날 밤 비단 수건에 목을 매어 자결한다. 그 소식을 들은 김진사는 목욕재계하고 누워 있다가 다시 일어나지 않는다.

이야기를 마친 김진사와 운영은 유영에게 자신들의 이야기를 전해달라고 부탁한다. 유영에 깜빡 잠이 들었다 깨니 주위에 아무도 없었다. 그 일이 있은 후로 유영은 집을 떠나는데, 그 자취를 알 길이 없다.

● 인용 자료 및 권장 작품 ●

조현설 옮김, 《운영전》, 휴머니스트, 2013.

# 극복 편

### - 현실 앞에 물러서지 않는 용기

자란은 이윽고 자기 집으로 가자고 하여 푸짐한 술상을 차려 올렸다.

밤이 되자 자란이 생에게 말을 건넸다.

"내일이면 다시 볼 수 없을 텐데, 어떡하지요?"

마침내 두 사람은 몰래 의논하여 함께 달아나기로 하였다.

- 〈소설 誚書〉 중에서

# 기다림이 가져다준 기적

-〈영영전〉의 김생과 영영

🔵 **놓아주기**

힘겹게 찾은 소중하고 애틋한 사랑이라면 어떻게든 붙잡고 싶은 것이 인지상정이다. 하지만 현실이 그것을 못내 용납하지 않는다면 미련 없이 내려놓는 결단이 필요할 수 있다. 현실은 바뀌는 법이다. 내려놓음으로써 더 강렬하게 각인된 열정은 깊이 숨어 있다가 어느 날 문득 이전보다 더 뜨겁고 깊은 사랑으로 타오를 길을 발견할지도 모른다.

## 눈물의 영이별

이별을 재촉하는 듯, 닭 우는 소리와 종 치는 소리가 들려온다. 이제 가야 할 시간이다. 손을 놓고서 옷가지를 챙겨 입으면서도 사내의 눈길은 여자를 떠나지 않는다. 울먹이면서 탄식하며 말한다. "좋은 밤은 괴로울 정도로 짧고 사랑하는 두 마음은 끝이 없는데, 어떻게 이 이별을 하겠느냐"고. "궁궐 문을 한 번 나가면 다시 만나기 어려울 터이니 이 마음을 어떻게 하라는 말이냐"고.

여자가 손을 들어 눈물을 훔치며 그에게 말한다.

"우리의 이별은 죽어서 하는 이별과 그 원통함은 같으나 죽고 사는 것은 꽃이 시들고 나뭇잎이 떨어지는 것과 같으니 낭군께서는 제발 소소하게 아녀자를 마음에 두어 심려치 마시고 부디 몸을 잘 보존하고 학업을 계속하여 과거에 올라 평생의 소원을 이루기를 바랍니다."

말은 그렇게 했지만 애통한 마음을 감출 수 없어, 시 한 수 지어 그에게 건넸다.

얼마나 오랫동안 그리워하다가 오늘 만났던고 [幾日相思此日逢]?
깁 바른 창 수놓은 휘장 안에서 손잡고 마주하였네 [綺窓繡幕接手容].
등불 앞에서는 마음을 다 털어놓지 못하고 [燈前不盡論心事],
베갯머리에서는 새벽 종소리에 놀라 일어났네 [枕上旋驚動曉鐘].
은하수는 오작이 흩어지는 것을 막지 못하니 [天漢不禁烏鵲散],
언제 다시 무산의 비구름 짙어질 것인가 [巫山那復雲雨濃]?
한 번 이별하니 아득히 소식은 알 길 없고 [遙知一別無消息],
겹겹이 잠긴 궁궐 문을 되돌아보기만 하네 [回首宮門鎖幾重].

남자는 소리를 내지 못하고 하염없이 눈물만 쏟아내다가 눈물로 붓을 적셔 화답을 했다. 그의 시를 받아들었지만 눈물이 글자를 적셔 여자는 제대로 읽을 수가 없었다. 시를 속적삼에 묻고 아무 말도 하지 않은 채 그의 손을 잡고서 한 번이라도 더 그의 얼굴을 가슴에 담아보려고 고개를 들었다.

지체하다가 발각되면 둘 다 죽는 상황이었다. 그렇게 죽으면 둘의 사랑이 세간의 입방아에 올라 함부로 재단될 것이었다. 그 사랑을 한순간이 아닌 영원으로 지키기 위해, 여자는 애써 남자의 손을 이끌어 무너진 담장 밖으로 그를 떠나보냈다. 그는 그렇게 갔고, 여자에게는 남자가 남긴, 두 사람의 눈물이 함께 밴 편지만이 남았다.

## 봄이 맺어준 찬란한 인연

흰 얼굴, 생기가 감도는 붉은 입술, 정이 흘러넘치는 눈웃음, 단정한 도포자락……. 상하귀천을 가리지 않고 상대방을 편안하게 배려하는 인품에 남다른 기지까지 갖춘 사내가 있었다. 김생은 시대에 보기 드문 청년이었다. 글공부도 잘해서 약관의 나이에 진사 제1과에 급제해 서울까지 이름이 알려져 높은 벼슬아치와 지체 좋은 가문에서 그에게 딸을 시집보내려고 이리저리 알아보고는 했다. 그는 그때 말로 하면 '기린아'였다.

그러한 그가 성균관에서 집으로 돌아오는 길에 그간 수백 번은 지나쳤을 한 길목에 문득 말 없이 멈추어 섰다. 때는 막 봄기운이 피어오르는 시절이었다. 푸른 버드나무 가지와 붉은 살구꽃이 어우러진 사이로 주막의 파란 깃발이 은은히 나부꼈다. 그날따라 이상하게 봄 풍경이 마음을 설레게 하고 푸른 깃발이 유심하게 다가왔다. 그는 봄 풍경 속으로 걸음을 옮겨 주막집으로 들어갔다. 전에 없던 일이었다. 따로 돈을 준비하지 않은 상태였던 김생은 모시 적삼을 맡기고서 진줏빛 홍주紅酒를 시켜 잔에 따른 뒤 훌쩍 들이켰다. 한 잔, 또 한 잔. 술기운이 자못 오르자 김생은 그대로 누각 위에 누웠다. 옷으로 스며드는 꽃향기가 생생히 느껴졌다.

얼마 뒤 하인의 재촉에 자리에서 일어나 집으로 향하면서도 김생의 마음에는 말하지 못할 설렘과 허전함이 가시지 않았다. 그는 곧 자신의 설렘의 정체를 깨달았다. 누군가와 아름답고 화사한 사랑을 하고 싶은 것이었다. 왜 그러한 날이 있지 않은가? 만물이 소생하는 봄기운이 가슴에 짙게 와닿고 자신 또한 그 리듬에 동참하고 싶은 날, 그러나 같이할 사람이 따로 없어 훌쩍 외로움과 그리움이 깊어지는 날이 있다. 김생은 그러한 감성에 운치를 더해 시구 한 수를 풀어냈다.

동쪽 두렁에 꽃과 버드나무 보이는데 [東陌看花柳],
자류마紫騮馬는 교만스레 가려 하지 않네 [紫騮驕不行].
아름다운 님은 어느 곳에 있는가 [何處玉人在]?
복사꽃 흐드러지니 님 그리는 마음 끝이 없네 [桃花無限情].

그것이 주문이 되었던 것일까. 시 읊기를 마치고 취한 눈을 미처 들어올리기도 전에 그의 눈에 한 미인이 훌쩍 들어왔다. 나이는 열여섯쯤 되었을까. 가냘픈 허리와 팔다리로 어디를 가는지 설레는 듯 사뿐히 발걸음을 옮기는 그녀의 모습은 마치 꽃 한 송이가 봄바람에 날리는 듯했다.

그녀가 누구냐 하면 왕실 사람인 회산군의 궁녀 영영이었다. 궁중에서 태어나 궁중에서 자란 탓에 열여섯 여느 여자 아이들이 보여주는 봉숭아꽃 같은 발랄함 대신 세상의 이치와 법도를 먼저 배운 여성이었다. 차분하고도 신중한 성정에 음률과 문자까지 두루 갖춘 영영은 회산군의 사랑과 신임을 얻기에 충분했다. 회산군 가까이에서 그의 일거수일투족을 돕던 영영은 궁 밖 출입이 그 어떤 궁녀보다 제한적이었다. 다만 회산군 부인이 워낙 드세고 질투심이 많던 탓에 회산군은 영영과 따로 잠자리를 하지 않는 상태였다. 부인이 마음을 바꾸지 않는 한 궁 안에서 영원히 처녀로 살아가야 하는 것이 영영의 운명이었다.

봄이 한창이던 그날, 영영이 궁 밖으로 나와 길을 거닌 것은 한식을 맞아 부모님한테 제사를 드리기 위함이었다. 모처럼의 외출 허가를 얻어 상사동에 있는 이모님 댁을 향해 걸음을 옮기는 중이었다. 이때가 아니면 기회를 놓칠세라 영영은 완연한 봄의 기운에 그동안 고이 눌러두었던 자신의 청춘을 싣는 것이었다. 기와조각을 주워 꾀꼬리를 희롱하기도 하고, 버드나무 가지를 붙잡고 우두커니 서서 석양을 바라보기도 하며, 옥비녀를 풀어 윤이 나는 머릿결을 가볍게 흔들어보기도 했다. 누구라도 한번 보면 사랑에 빠질 수밖에 없는 모습이었다.

완연히 분리된 이질적인 삶의 공간에서 움직이면서 마주칠 기회가 전혀 없던 이 청춘 남녀를 한곳으로 모아놓은 것은 봄이 뿜어내는 특별한 기운이었다. 그 기운에 취한 김생은 봄의 경치 속에 머물렀고, 영영 또한 그 기운을 느껴보려 짐짓 걸음을 늦춘 것이었다. 푸른 나뭇가지와 붉은 꽃송이들이 그렇게 두 사람의 발걸음을 지체시켜 한 공간에 넣어놓았다. 앞길 창창한 성균관 유생과 금단의 궁녀의 만남. 그들은 만나서는 안 되는, 만났어도 모른 척 지나쳐야 하는 사이였다. 하지만 어찌 차마 그럴 수 있으랴. 나무에 꽃이 피듯, 사람한테도 꽃은 피는 것을.


## 금기의 틈새를 비집고 이룬 꿈같은 하룻밤

작품 속 김생의 모습은 그녀의 모습을 조금이라도 더 잘 보고자 하는 마음이, 그녀를 놓치면 안 된다는 절박함이 생생하게 묻어난다. 체면을 차리는 사내라면 짐짓 아닌 척했을지 모르나, 발랄한 행동파 젊은이인 김생은 그러지 않았다.

김생은 그녀를 바라보고 있다가 마음이 크게 흔들리어 스스로를 억제할 수가 없었다. 말채찍을 재촉하여 달려가 곁눈으로 흘끗흘끗 바라보니, 고운 치아와 아름다운 얼굴이 참으로 국색이었다. 김생은 말을 빙빙 돌려 그 주위를 맴돌면서 때로는 앞서기도 하고 때로는 뒤를 쫓으면서 정신을 가다듬고 그녀를 주시하였다. 그는 끝까지 그녀를 놓쳐서는 안 된다고 생각하였다. 여자도 김생이 감정을 억제치 못함을 알아채고, 부끄러운 나머지 눈썹을 내리깐 채 감히 바라보지를 못하였다. 여자가 점점 멀리 나아가자 김생도 계속 그 뒤를 쫓아갔다. 그녀가 마지막으로 도착한 곳까지 따라가보니, 그녀는 상사동 길가에 있는 몇 칸짜리 작은 집 안으로 들어갔다.

무모할 정도로 여자한테 들이대거니와, 그 모습이 좀 우스꽝스러울 정도다. 상대방으로서 당황스럽고 부담스러운 일이었을 것이다. 하지만 그녀 또한 이 남자한테 은근히 '신경'이 갔을지도 모른다. 그 남자 또한 아무라도 눈길을 줄 만큼 준수한 청년이었던 것이다.

아무리 행동파라 한들 사내가 여성이 들어간 낯선 집에 무작정 찾아들 수는 없는 노릇이었다. 그가 밖에서 내내 서성였으나 그녀는 다시 모습을 보이지 않았다. 할 수 없이 집으로 돌아온 김생의 세상에는 오직 그 여자만 존재했다. 어떻게든 만나야 한다고 생각했으나 방법이 없었다. 그렇게 애를 끓일 때 노복이자 친구였던 막동이 계책을 알려주었다. 그 계책대로 움직여서 그 집 안주인 노파와 통할 수 있게 된 김생은 노파 앞에서 마음속에 끓고 있는 열정을 토로했다. 그때만 해도 김생은 그녀가 노파의 딸일 것이라 생각하며 일말의 기대를 품고 있던 중이었다. 하지만 노파의 입에서 나온 말은 벽력같은 것이었다.

만약 도련님께서 생각하시는 아이가 그 아이라면, 참으로 어렵게 되었
습니다! 어렵게 되었습니다!

그러면서 노파가 하는 말이, 그 아이 영영은 딸이 아닌 조카이며 회
산군 댁 궁녀라는 것이었다. 그녀는 외인을 만날 수 없는 금단의 존재
였다. 그 말을 들은 김생은 하늘을 보며 "나는 이미 죽은 몸이로다!"
하고 크게 탄식했다. 그 모습을 지켜보던 노파가 무언가를 곰곰 생각
하더니 입을 열었다. 만나볼 방법이 없지 않을 것 같다는 말이었다.
단옷날에 자기가 죽은 언니 일로 행사를 연 뒤 회산군 댁에 부탁해서
영영을 잠깐 집에 오게 해보겠다는 것이었다. 그때 오면 그녀를 볼 수
있으리라는 것이었다. 김생으로서는 죽었다가 살아난 것 같은 반가
운 말이었다.

그날을 얼마나 간절히 기다렸을지 따로 말할 필요가 없으리라. 마
침내 단옷날에 이르고, 김생은 상사동 집에서 영영과 단 둘이 마주했
다. 꿈에도 그리던 그녀를 눈앞에 보자 김생은 이런저런 사정을 헤아
릴 만한 정신이 없었다. 옥 같은 손을 한번 잡아보고 꽃다운 몸을 안
아보고 싶은 충동으로 발갛게 달아올랐다. 꽃다운 청춘이던 영영으
로서 그 마음을 모를 리 없었다. 그 또한 어찌 일탈의 열정이 없었을
까. 영영은 김생으로 하여금 자기 손을 잡고 몸을 안도록 허용했다.

하지만 거기까지였다. 김생은 어떻게든 운우의 정을 이루려 했으
나, 영영은 그 마음을 받아주지 않았다. 자신의 동정을 그렇게 버릴
수는 없다고 생각했던 것이다.

김생에게 몸을 허락하기를 거부한 영영은 대신 그에게 하나의 조
건을 내건다. 정말로 자신을 원한다면, 자기와의 사랑을 위해 모든 것

을 걸 수 있다면 회산군이 머무는 궁궐로 몰래 찾아오라는 것이었다. 궁궐 한구석에 사람이 들어올 만한 허물어진 틈새가 있음을 알려주면서 그리 찾아 들어올 방법을 설명해준다. 그리고 자기를 찾아올 날짜와 시간을 지정해준다. 만약 그날 그 시간에 거기까지 찾아온다면 그 사랑을 받아주겠노라고 한다.

무서운 조건이었다. 젊은 유생이 한밤중에 궁궐에 잠입한다는 것은 위험하기 그지없는 일이었다. 더구나 그 이유가 궁녀와의 연애를 위한 것이라면 발각되는 순간 그의 인생은 완전히 허물어져 재기불능으로 매장될 것이었다. 그러한 위험을 무릅쓰고서 자기와의 결연에 인생을 건다면 그 마음을 받아주겠다는 영영의 말은 냉철하고도 강렬한 유혹이었다.

그 순간 김생은 결심한다. 자기 인생이 다 허물어지는 한이 있더라도 그녀를 찾아가겠노라고 말이다. 그보다 더 중요한 것이 무엇이 있겠느냐고 생각한다. 저 단호한 제안은 김생을 실망시켜 단념시키는 대신 더 깊어진 매혹으로 영영을 향한 열정을 불타오르게 한 것이었다.

마침내 가만히 있어도 가슴이 쿵쿵 뛰는 그 긴장의 밤이 찾아온다. 김생은 영영이 말한 그 시간에 담이 허물어진 틈새로 수성궁에 숨어들어 영영을 기다린다. 1분 1초가 한 시간처럼 느껴지는 가슴 서늘한 시간이었다.

이때 밝은 달이 막 솟아오르고, 서늘한 바람이 갑자기 불어왔다. 그러자 계단 위의 뭇 꽃들은 그윽한 향기를 뿜어내고, 뜰 앞의 푸른 대나무는 맑고 시원한 소리를 내었다. 갑자기 문 여는 소리가 들리더니 안쪽에서 어떤 사람이 나왔다. 김생은 영영인지 아닌지 궁금해서 숨을 죽이고 가만히 귀를 기울여 듣고 있는데, 발자국 소리가 점점 가까워지면서 옷 향기가 엄습하였다. 김생이 눈을 뜨고 바라보니 곧 난향(영영)이었다.

그렇게 영영을 만난 뒤 그녀의 안내로 다시 한참을 숨어들어 처소에 다다른 뒤에도 김생은 어두운 방 안에서 홀로 숨을 죽이고 한동안 더 기다려야 했다. 그야말로 살이 떨리는 긴장의 시간이었다. 마침내 영영은 볼일을 마치고 방으로 들어와 김생 앞에 섰다. 비로소 김생과 운영은 서로를 이끌고 침소로 들어가 사랑을 나눌 수가 있었다.

그것은 김생에 의해 이루어진 일방적인 잠자리가 아니었다. 작품은 두 사람이 "서로 이끌고" 잠자리에 들어가 "마음껏 사랑을 나누었다"고 한다. 제 인생을 걸고서 이 위험한 곳으로 자기를 찾아온 저 사내를 영영 또한 기꺼이 온 마음과 온몸으로 받아들인다. 어찌 김생뿐일까. 이 일이 발각되면 그녀 역시 세상에 살아남지 못할 터였으니 영영이야말로 그 하룻밤에 자기 온 존재를 걸었던 것이라고 할 수 있다. 이 세상에 갸륵한 한 사람으로 태어나서 그러한 사랑을 한번쯤은 해보아야 하는 것이었다. 설사 잘못되어서 죽는 한이 있더라도 말이다.

## 아픔을 견디며 지켜낸 삶

그 하룻밤뿐이었다. 김생으로서는 그 인연을 어떻게든 이어가고픈 마음이었다. 꿈처럼 이루어낸 불꽃같은 사랑인데 오죽했겠는가. 하지만 영영은 달랐다. 그 아슬아슬한 금단의 사랑을 계속 이어갈 수는 없다고 보았다. 계속 주변을 속이기 어렵다는 것도 그렇지만, 그것은 본래 도리에 맞지 않는 일이었다. 어쩌다가 한 번의 탈선을 허용했으나 궁녀로서 외인을 애인으로 두고 지낼 수는 없었다. 그 자신의 미래도 미래려니와, 앞날 창창한 성균관 유생을 그 위험한 함정 속으로 더 깊이 끌어들일 수는 없었다.

낭군은 철석같은 마음을 가진 남아인데, 어찌 소소하게 아녀자를 염려하다가 성정(性情)을 해쳐서야 되겠습니까? 엎드려 바라건대, 낭군께서는 이별한 뒤에는 제 얼굴을 가슴속에 두어 심려치 마시고, 천금같이 귀중한 몸을 잘 보존하십시오. 또 학업을 계속하여 과거에 급제하고 운로(벼<br>슬길)에 올라 평생의 소원을 이루시길 간절히 바라고 또 바라옵니다!

힘들게 인연이 닿은 그 갸륵한 사랑을 영영이라고 해서 어찌 덮고 싶었을까. 다른 여자와 결혼할 길이 열려 있는 김생과 달리 평생 다른 남자와 인연을 맺을 길이 없을 영영이야말로 그 사랑이 더 간절할 것이었다. 하지만 영영은 그 사랑이 자기 몫이 아니라고 여겼다. 그 하룻밤의 불꽃같은 사랑으로 만족하고 가슴속 깊이 영영 묻어두기로 결심했다. 그 하룻밤의 기억을 추억으로 되씹으면서 평생을 살기로 했다. 그것이 그 사랑을 아름답게 지키는 최선의 방법이었다.

김생으로서 그 뜻하지 않은 이별 선언은 크게 낙담되는 일이었지만, 그 또한 영영이 왜 그렇게 말하는지를 모르지 않았다. 궁녀와 밀회하는 삶을 이어갈 수는 없는 터였다. 하룻밤 꿈같은 사랑을 이루어주고서 자신을 떠나보내는 저 갸륵한 사람을 자기 또한 내려놓고서 잊어야 하는 것이었다. 가슴속 깊이 묻어두어야 하는 것이었다.

그리하여 새벽닭이 울 무렵에 두 사람은 서로 눈물을 삼키면서 헤

어진다. 그리고 시를 한 수씩 주고받는다. 이때 영영이 받은, 눈물이
앞을 가려서 제대로 읽을 수가 없던 시는 다음과 같은 것이었다.

등불 꺼진 사창紗窓에 달이 이우니 [燈盡紗窓落月斜],
견우와 직녀 은하수를 사이에 두고 이별하네 [乖離牛女隔天河].
좋은 밤엔 일각도 천금만큼 귀하니 [良宵一刻千金直],
두 줄기 이별 눈물에 온갖 한이 사무쳤네 [別淚雙行百恨和].
이제 아름다운 기약 용이치 않으리니 [自是佳期容易阻],
참으로 호사에 다마로구나 [由來好事許多魔].
먼 훗날 다시 만날 수만 있다면 [他年縱使還相見],
한없는 은정恩情에 늙은들 어떠하리 [無限恩情奈老何].

　시에 쓴 그대로 다시 기약을 두기 어려운 이별이었다. "먼 훗날 다
시 만날 수만 있다면!" 하고 외쳐보지만, 십중팔구 부질없고 허튼 바
람임을 그나 그녀나 잘 알고 있었다. 어떻게든 다시 만날 수만 있다
면, 한없는 은정으로 길이길이 함께 늙어가련만!

　영영은 김생의 손을 이끌고 밖으로 나와 무너진 담장 밖에서 전송하였
　다. 두 사람이 서로 흐느끼되 소리 내어 울지도 못하니, 죽어서 이별하
　는 것보다 더 비참하였다.

　그렇게 김생과 영영은 실질적으로 '영이별'에 해당하는 기약 없는
이별을 했다. 번연히 근처에 살고 있음을 알면서도 만날 수가 없는,
죽어서 헤어지는 것보다 더 비참한 이별이었다.

이윽고 김생은 집으로 돌아왔으나, 넋을 잃어 물건을 보아도 보이지 않고 소리를 들어도 들리지 않았다. 세상의 어떤 일도 염두에 두지 않고 오로지 한 통의 편지를 써서 간절한 마음을 전달하고 싶을 뿐이었다. 그러나 상사동의 노파도 이미 세상을 떠나서 다시 편지를 부칠 길마저 없는지라, 김생은 희망을 잃고 헛되이 몽상에 젖어 있기만 했다.

그러한 사랑 그러한 이별이 있었는지를 아는지 모르는지, 세월은 무심히 흘렀다. 시간이 약이라고 했던가. 심신을 도저히 가누지 못할 것 같았던 김생의 마음에도 어느덧 천천히 변화가 찾아왔다.

세월은 천연히 흘러가고 광음은 돌연히 바뀌어 온갖 근심 속에서도 3년이 훌쩍 지나갔다. 마음이 일에 따라 변하듯 영영에 대한 그리움도 점차 줄어들었다. 김생은 다시 학업을 일삼아 경전과 서적에 침잠하고 힘써 문장을 닦았다.

어쩌면 그는 허전함과 그리움을 달래기 위해서 더 열심히 공부했는지도 모른다. 어떻든 공부에 집중한 김생은 시험마다 합격해 마침내 뭇 사람 가운데 장원의 자리에 올랐다. 영영이 떠나보내며 축원했던 대로 '운로雲路'에 오른 것이었다. 축하 행사로 성대하게 유가遊街가 펼쳐지고, 어사화를 머리에 꽂은 김생은 영광과 행복의 한복판에서 즐거이 노닐었다.

김생이 그러한 영광과 행복을 얻은 이유는 영영과 이별을 했기 때문이었다. 차마 내려놓을 수 없는 그 사랑을 가슴에 묻어두었기 때문이었다. 하룻밤 뜨거운 사랑을 나눈 것도, 그리고 그렇게 이별을 한 것도 따지고 보면 영영이 베푼 최대한의 배려고 사랑이었다. 그렇게 헤어짐으로써 김생은 다시 자기 삶으로, 현실로 돌아올 수 있었다. 그리고 그 하룻밤의 사랑을 더없이 아름답고 충만한 일로 오롯이 간직할 수 있었다. 비록 가슴속에 간직했다지만, 그날 그 밤이 문득 김생의 머릿속에 생각이 날 때면 피어오르는 만감萬感을 차마 금하지 못했으리라. "먼 훗날 다시 만날 수만 있다면!" 하고 간절히 부르짖었던 그 아픈 사랑!

십중팔구 부질없는 일로 돌아갈 허튼 희망이라고 했다. 하지만 이를 거꾸로 말하면 열 가운데 한둘은, 적어도 백 가운데 한둘은 가능성이 생길 수도 있다는 말이 된다. 사람 사는 일이라는 것이 항상 정해진 대로만 가라는 법이 없으니 말이다. 사람의 앞날은 아득히 모르는 일이기에 혹여 김생이 사랑한 그녀가 평생을 궁녀로 남을지 아닐지는 그 아무도 모르는 일인 것이다.

절대 불가능할 것 같은 현실 상황을 '시간'은, 그리고 '기다림'은 가능케 만들기도 한다. 그리고 그 시점은 뜻하지 않게 홀연히 다가오기도 한다.

## 필요한 것은 진실한 기다림뿐

장원급제자 김생이 주인공을 이룬 유가 행렬은 성대하고 화려했다. 좌우에서 비단 옷을 입은 광대들이 재주를 부리고 악공들이 풍악으로 마을을 가득 메우니 길거리에 구경꾼들이 몰려나와 다들 김생을 신선 보듯 우러러 바라보았다. 술까지 거나하게 취한 김생은 세상을 다 가진 것 같았다.

말에 올라탄 채 의기양양하게 사방을 둘러보던 김생의 눈에 한 집이 들어온 것은 우연이었을까, 아니면 필연이었을까?

갑자기 한 집이 눈에 띄었는데 높고 긴 담장이 100걸음 정도 빙빙 둘러 있었으며, 푸른 기와와 붉은 난간이 사면에서 빛났다. 섬돌과 뜰은 온갖 꽃과 초목들로 향기로운 숲을 이루고, 희롱하는 나비와 미친 벌들이 그 사이를 어지러이 날아다녔다. 김생이 누구의 집이냐고 물으니, 곧 회산군 댁이라고 하였다.

회산군이라니, 그 이름을 어찌 잊을까. 궁녀 영영이 모시는 주인이 아닌가. 그렇다. 지금 눈앞에 빤히 보이는 저기 저 집 안에 그 사람이 움직이고 있는 것이다. 가슴에 깊이 묻어두었던, 하지만 꿈에도 잊을 수 없었던 그 사람이 말이다.

그 집 안에 있을 영영을 생각하자 김생의 가슴에 무언가가 확 밀려올라왔다. 수만 가지 생각과 느낌이 주마등처럼 스쳐갔다. 김생은 술에 취해 실수한 양 갑자기 말에서 툭 떨어지고는 그대로 정신을 잃은 척 자리에 누웠다. 지금 떨어져 누우면 바로 앞에 있는 저 집에 실려 들어갈 수도 있다는 생각이 스치자 순간적으로 기지를 발휘한 것이었다.

아니나 다를까, 사람들은 말에서 떨어져 누운 김생을 황급히 부축해서 회산군 댁으로 데려가 자리에 눕혔다. 사람들이 보니까 특별히 크게 다친 것은 아닌 듯했다. 그들은 김생이 술에 취해서 쓰러져 잠든 것으로 결론을 내렸다.

조용하던 회산군 궁 안에 사람들이 북적이며 분주해졌다. 회산군 댁 식구들 외에 유가 행사를 하던 광대 악사에 구경꾼까지 몰려들어 통 정신이 없었다. 회산군 부인이 이번 기회에 광대놀음을 볼 겸해서 사람들을 궁 안으로 불러들였던 것이다.

다들 이리저리 북적이고 있는 그 시간에 술에 취해 잠든 척 누워 있는 김생의 온 신경은 오로지 한곳으로 집중되어 있었다. 그녀가 어딘가 있을 것이었다. 영영을 찾아야 했다.

궁중 시녀들은 고운 얼굴에 분을 바르고 구름처럼 아름다운 머릿결을 드리우고 있었는데, 주렴을 걷고 보는 자가 수십 명이나 되었다. 그러나 영영이라는 시녀는 그 가운데 없었다. 김생은 속으로 이상하게 생각하였으나 그녀의 생사를 알 수가 없었다. 자세히 살펴보니, 한 낭자가 나오다가 김생을 보고는 다시 들어가서 눈물을 훔치고, 안팎을 들락거리며 어찌할 줄 모르고 있었다.

영영, 바로 그녀였다. 거기 누워 있는 남자가 김생이라는 것을 알고서, 그가 혹시나 자기를 볼 수 있을까 싶어 일부러 낙마해 누워 있음을 알고서, 북받치는 마음을 금하지 못하고 한구석에서 눈물을 훔치고 있는 것이었다. 누운 채로 그 모습을 보는 김생의 심정은 또 어떠했을까! 하지만 일어나서 그녀한테로 다가가 손을 잡을 수는 없는 일이었다. 아는 척을 해서도 안 되는 일이었다. 그냥 북받치는 가슴을 말 없이 쓸어내리고 있을 수밖에 없는 일이었다.

그렇게 누워 있던 김생은 문득 술에서 깬 것처럼 일어나 앉았다. 그리고 아무것도 모르는 양 그곳이 어디인지 물었다. 그러한 김생한테 다가온 회산군 부인이 주취로 인한 갈증을 염려해 차를 가져오게 했다. 부인이 차를 가져오도록 시킨 시녀는 바로 영영이었다. 이로 인해 두 사람은 서로 가까이했으나, 말 한마디도 하지 못하고 단지 눈길만 주고받을 뿐이었다. 영영은 차를 다 올리고 일어나 안으로 들어가면서 몰래 품속에서 편지 한 통을 떨어뜨렸다. 그 편지를 품에 간직한 채로 김생은 회산군 댁을 나와 집으로 돌아왔다.

영영이 즉석에서 눈물로 쓴 그 편지에는 아픈 사랑을 가슴 깊이 묻어두었던 한 여성이 글자 속에서 울면서 웃고, 웃으면서 울고 있었다. 그 순간 김생은 깨닫는다. 자기가 글공부를 하면서 그녀를 마음속에서 지워가고 있던 그 시간 동안 그녀는 단 한순간도 자기를 잊지 않고 가슴으로 만나고 있었다는 사실을, 그 사람이 세상에 둘도 없는 자신의 진짜 사랑이라는 사실을 말이다

그 순간 김생의 마음속에 다시 영영이 자리를 잡았다. 그러자 그립고 애타는 마음은 전보다도 훨씬 더 간절해졌다. 김생은 영영을 그리는 마음에 깊은 상사병에 빠져 자리에 누워 신음했다. 상황이 크게 달라진 바는 없었다. 그녀는 여전히 회산군 궁중의 시녀였다. 그녀와의 결연은 있을 수 없는 일이었다.

아니, 상황이 전혀 바뀌지 않은 것은 아니었다. 영영은 여전히 궁녀였지만, 그때 회산군은 이미 죽어 세상에 없는 상태였다. 그리고 회산군 부인은 불교에 귀의해 마음이 많이 너그러워져 있었다. 김생 주변에는 발 벗고 나서서 그를 도울 친구들도 많았다. 그 친구 가운데는 회산군 부인의 조카가 한 명 있었다. 그가 김생을 찾아와서 상사병에 얽힌 사연을 듣더니 '어쩌면 일이 잘될 수도 있다'면서 자기가 나서보겠노라고 했다. 그는 고모인 회산군 부인을 찾아가서 장원급제자인 김생이 길에서 우연히 영영을 만난 뒤 상사병을 앓고서 누워 있는데

그녀를 그한테 보내주면 어떻겠느냐고 말했다. 좀 뜻밖의 말이었지만, 생각해보니 회산군 부인으로서 그리 못할 일도 아니었다. 영영 말고도 궁녀들은 많았다. 부인은 불덕佛德을 쌓는다는 마음으로 조카의 제안을 받아들여 영영을 김생한테 보내기로 결정한다.

열에 한둘, 또는 백에 한둘에 해당하는 가능성이 현실이 되는 순간이었다. 어찌 보면 큰 우연이라 하겠지만 그렇게만 말할 일은 아니다. 김생과 영영 두 사람 마음이 간절했기 때문에 성사된 일이었다. 그리고 3년이라는 긴 세월 동안 사랑을 가슴에 묻어두었기 때문에, 묻어둔 채 자기 할 일을 꾸준히 하면서 살아왔기 때문에 가능했던 일이다. 길고 아픈 기다림이 가져온 달콤한 보상이었다.

〈영영전〉은 군더더기가 없는 깔끔한 작품이다. 저 질풍노도 같은 감정의 격동을 거쳐 도달한 김생과 영영의 재결합을 소설은 다음과 같이 서술한다.

부인은 즉시 영영에게 김생의 집으로 가라고 명하였다. 마침내 두 사람이 다시 만나니, 김생과 영영은 서로 움켜쥘 듯이 기뻤다. 시름시름 앓던 김생도 갑자기 기운이 솟아나 며칠 뒤에 병상에서 일어났다. 이후로 김생은 영원히 공명功名을 버리고, 끝까지 장가들지 않은 채 영영과 더불어 생애를 마쳤다고 한다.

서술은 간단하지만, 그 안에 모든 의미가 함축되어 있다. 두 사람의 재회의 기쁨은 "서로 움켜쥘 듯이" 강렬한 것이었다. 작품의 결미를 이루는 마지막 한 문장은 얼마나 아름다운가! 장원급제로 화려한 앞날이 보장되었던 김생은 모든 것을 포기하고 사랑을 선택한다. 대갓집 규수와의 사랑을 다 마다하고 오로지 단 한 사람 영영과 더불어 평생을 함께한다. 그 한 사람으로써 충분했던 것이다. 온 존재를 던져서 자신을 받아주었던, 그리고 자신을 위해 온 존재를 내려놓았던 그 한 사람으로써 말이다.

'시절 인연'이라는 말이 있다. 모든 오고 가는 인연에는 시기가 있다는 것이다. 아무리 만나려 발버둥을 쳐도 인연의 때가 이르지 않는 이상 만남은 이루어지기 힘들다. 하지만 인연의 때가 오면 억지로 만나려 하지 않아도 모든 자연과 사람, 조건이 서로의 만남을 주선하고 응원한다. 필요한 것은 기다림이다. 진실한 기다림 말이다. 내려놓고 보내주고서 기다리는 일이야말로 제대로 된 인연으로 향하는 가장 현실적이고도 적극적인 방법일 수 있다. 김생과 영영의 이야기가 하나의 생생한 증거다.

노진희 *

---

• 건국대학교에서 문학치료 연구로 석사학위를 받고 박사과정을 수료했다. 설화와 영화의 서사적 관계에 관심이 많으며 영화 창작 및 창작치료에 주력하고 있다. 서사와문학치료연구소 연구원으로 활동 중이며, 사회적 약자의 성장과 자립을 위한 소셜벤처 힐링마더 대표를 맡고 있다.주요 논문으로는〈연극성 성격장애에 대한 '전우치전'과 '춘향가'의 문학치료적 효용〉,〈영화 '실버라이닝 플레이북'과 설화 '호랑이 눈썹'에서 나타난 부부문제와 배우자 재선택의 과정〉등이 있다.

## 영영전英英傳

● 작품 설명 ●

지체 높은 양반집 자제가 궁녀를 열렬하게 사랑한 사연을 담은 애정소설이다. 〈상사동기相思洞記〉·〈상사동전객기相思洞餞客記〉·〈회산군전檜山君傳〉이라고도 한다. 현재 국립중앙도서관본을 비롯해 5, 6종의 사본이 전한다.

● 줄거리 ●

성균관 유생인 김생은 봄날의 흥취에 젖어 술을 마시고 집으로 돌아가는 길에서 우연히 회산군의 궁녀 영영을 마주한다. 그 즉시 사랑에 빠져 상사에 몸져누운 김생은 하인과 영영의 이모의 덕으로 영영과 만난다. 그러나 영영은 김생에게 '모월 모시에 궁궐로 찾아오라'고 한다. 김생은 영영이 말해준 날에 궁궐에 몰래 잠입하고 그날 밤 드디어 둘은 사랑을 확인한다. 그러나 그날 새벽이 되자 영영은 김생에게 원래대로 각자의 삶으로 돌아갈 것을 청하며 기약 없는 이별을 고한다.

그날부터 김생은 상사병에 아무것도 하지 못하다가 3년쯤 지났을 때는 영영을 잊고 공부에 힘써 장원급제를 한다. 삼일유가를 돌던 김생은 회산군의 집을 지나다가 혹시나 하는 마음에 술에 취한 척 말에서 떨어져 회산군의 집에 들어가 영영을 보고, 영영이 몰래 놔두고 간 편지를 통해 그간 영영이 가슴에 품어온 구구절절한 그리움의 마음을 깨닫는다. 그러자 김생은 영영을 그리는 마음이 되살아나 다시 상사병에 걸린다. 그때는 회산군이 이미 죽었고, 회산군의 부인 또한 마음이 너그러워진 상태였다. 이윽고 문병을 온 친구의 도움 덕에 영영과 김생은 재회한다. 이후로 김생은 공명을 버리고, 끝까지 장가들지 않은 채 영영과 더불어 생애를 마쳤다.

● 인용 자료 및 권장 작품 ●

이상구 역주, 《17세기 애정전기소설》, 월인, 2015.

# 믿음으로 동행하다

-〈소설 捕雪〉의 도련님과 자란

🌑 **마음의 목소리를 따르기**

어느 날 문득, 그간 미처 알지 못했던 사랑의 마음을 깨닫는 수가 있다. 흔히 그러한 깨달음은 일을 되돌리기 어려운 시점에 찾아온다. 이때 남는 것은 큰 후회와 절망이다. 그러나 이미 늦었다고 생각했던 그 시점이, 사랑을 향해 달려갈 바로 그 순간일 수 있다. 그리고 용기 있는 결단과 실행은 때로는 불가능을 가능으로 바꿔놓기도 한다.

## 양반집 도련님과 관가의 기생

여기 열여덟 동갑내기 청춘 남녀가 있다. 열두 살 어린 시절에 처음 만나 좋은 인연을 이어온 사이다. 흔히 말하는 선남선녀로, 둘 다 빼어난 용모와 뛰어난 재주를 가진 잘 어울리는 한 쌍이었다.

하지만 두 사람의 처지와 신분은 꽤 달랐다. 남자는 평안감사로 발령받은 아버지를 따라 낯선 곳에서 살고 있는 대갓집 책방도령이었고, 여자는 남자를 모시는 일을 직분으로 짊어지고 태어난 미천한 기녀였다. 그들이 짝이 된 것은 소년의 부모 때문이었다. 먼 지방에 내려와 공부하는 사춘기 아들이 혹시라도 청춘의 열정에 방황하거나 흔들리지 않도록 부모가 그한테 잘 어울리는 기녀를 붙여준 것이었

206

다. 다른 일은 신경 쓸 것 없이 도련님의 편안한 연인이 되어 주는 것이 자란의 소임이었다.

신분이 다른 사이고 일종의 계약관계라지만, 사람과 사람 사이의 만남이었다. 열두 살 소년 소녀 시절부터 함께 어울려 생활한 두 사람은 서로 오순도순 합이 잘 맞는 한 쌍이었다. 작품 속에 구체적으로 표현하고 있지는 않지만 서로 할 말, 하지 못할 말 다하면서 흉허물 없이 지내는 단짝이었다고 말할 만했다. 그렇게 지내온 시간이 6년에 이르렀으니 옆에 그 사람이 없으면 이상할 정도로 삶의 일부가 되어 있던 상황이었다.

하지만 그러한 둘의 관계는 영속할 수 없었다. 언젠가 아버지가 근무처를 옮기면 '도련님'은 함께 떠나가고 관가에 속한 기녀는 그대로 남을 것이었다. 그리고 그날은 눈앞의 현실로 닥쳐왔다. 도령의 아버지가 부임 6년 만에 한양으로 옮기게 된 것이었다.

이제 둘의 이별은 춘향과 이도령의 이별이 그러했던 것처럼 정해진 현실로 다가왔다. 그런데 어린 아들한테 자청해서 기녀를 붙여주었던 부모는 이 시점에서 다시 한 번 예의 융통성을 발휘한다. 이별 여부를 선택하는 일을 아들의 몫으로 맡긴 것이다.

사내대장부가 좋아하는 것이면 아비라 해도 자식더러 하지 말라고 가르칠 순 없는 법이란다. 그러니 나도 마음대로 막을 수가 있겠느냐. 너와 자란이가 정이 이미 돈독해져 헤어지기도 어려울 것 같고……. 그렇다고 아직 장가도 들지 않은 네가 그 애와 함께 지냈다가는 혼인하는 데 방해가 될까 염려되는구나. 다만 남자가 첩을 두는 것은 세상에 흔히 있는 일이니, 네가 만약 그 애를 사랑하여 도저히 잊을 수 없다면, 비록 사소한 일이 앞길에 방해가 되더라도 어쩔 수 없지 않겠느냐? 네 뜻에 따라 결정할 터이니 너는 숨기지 말고 다 이야기하거라.

원한다면 데리고 가서 함께 머물다가 나중에 첩으로 삼으라는 말이었다. 기녀를 데려가려면 부작용이 발생할 수 있음을 알지만 오래 함께 살면서 정이 깊이 들었을 두 사람을 떼어놓는 것도 쉽지 않은 일일 줄 알고서 그와 같이 배려한 것이었다. 자식이 먼저 청하려 해도 쉽지 않을 일을 이렇게 미리 나서서 신경 써주니 좋은 부모라고 해야 할까? 어떻든 자식을 위하는 마음이 큰 것만큼은 분명하다. 그것은 제 자식이 원하는 바를 순탄하게 누리며 살 수 있도록 돕기 위한 매우 현실적인 배려이기도 했다.

이제 선택은 아들의 몫이었다. 그리고 아들이 한 선택은 좀 뜻밖의 것이었다.

## 출세를 위해 인연의 손을 놓다

아버지는 자식이 만면에 기쁜 빛을 띠면서 "예, 아버님! 그렇게 할게요" 하고 대답할 것으로 여겼을 것이다. 부모도 그러했을 것이고, 혹시 그 자리에 함께 있었다면 자란 또한 당연히 그러했을 것이다. 하지만 도령은 길게 생각할 것 없이 냉정하게 퇴짜를 놓는다.

아버님께서는 어찌 불초자가 별것 아닌 기생 계집 하나와 헤어지기가 아쉬워 상사병으로 몸이라도 상할까 걱정을 하시옵니까? 제가 비록 한때 눈이 현란하여 한눈을 팔았지만, 이제 그 애를 버리고 돌아가기는 마치 해진 짚신을 버리는 일과 같사옵니다. 어찌 연연하며 잊지 못하는 마음을 두겠습니까? 바라옵건대 아버님께서는 다시는 걱정하지 마옵소서.

저 도령 서생의 인생계획표 속에 자란은 특별한 변수로 포함되어 있지 않았다. 그녀는 자신의 성장기에 외로움을 달래주고 좋은 추억을 만들어준 '한 시절 애인'에 지나지 않았다. 앞으로 그가 가야 할 길은 더 크게 위로 뻗은 출세의 길이었다. 사대대장부로 너른 세상에서 당당히 입신양명을 이루어야 할 처지로서 한낱 한 여자에게 연연하는 것은 어울리지 않는 일이었다. 저 서생은 늘 그렇게 생각했던 것이었고, 그리하여 이별에 대한 걱정이나 부담 없이 자란과 즐겁게 노닐며 지낸 것이었다. 때가 되면 내다 버릴 짚신과 같은 존재! 그에게 자란은 우연히 인연이 닿아 귀한 도련님의 사랑이라는 '은혜'를 입은, 영락없는 '일개 기녀'일 따름이었다.

그 포부와 현실감각에 저 아버지 어머니는 잠깐 당황했을지 몰라도 속으로 쾌재를 불렀을 것이다. 자식의 심지가 저만하다면 앞으로 무언가를 이루어도 크게 이룰 것이었다. 그들은 아들의 뜻을 기쁘게 받아들여서 자란을 그곳에 놔둔 채로 아들과 함께 한양으로 올라간다.

일사천리로 이어진 그 진행 속에서 철저하게 소외된 한 사람이 있었다. 스스로 '선녀'인가 했다가 '일개 기녀'임을 깨달은 자란의 마음은 과연 어떠했을까.

자란의 입장에서 평안감사의 아들과 어릴 적부터 인연을 맺은 것은 흔치 않은 좋은 기회였다고 할 수 있다. 더구나 그 사람이 자기를 사랑해서 애인처럼 되었으니 더 바랄 것이 없었다. 기녀로서 언감생심 도련님과 혼례를 올릴 수는 없겠지만, 어쩌면 인연이 이어져 소첩으로 평생을 함께할지도 모를 일이었다. 겉으로 표현하지는 못했어도 그것은 가슴 부풀게 하는 큰 기대였다. 비록 첩실이 되더라도 오랜 친구이자 연인으로 지내온 사이이니 그 다정함으로써 충분히 행복하게 살아갈 수 있을 것이었다. 그리하여 평안감사 부부가 먼저 나서서 그 일을 이야기했을 때, 자란의 가슴은 자못 설레었을 것이다. 드디어 꿈이 현실이 될 수 있는 상황이었다. 도련님과 함께 한양이라는 대처에서 펼칠 새 삶의 풍경이 마음속에 순간적으로 쫙 펼쳐졌을지도 모른다.

기대와 믿음이 컸던 그만큼, 도련님의 입에서 "어찌 그러한 말씀을 하십니까!" 하는 말이 흘러나왔을 때 자란이 받은 충격과 상처는 곱절로 컸을 것이다. 하지만 그녀로서 억울하다고 항변할 수도, 왜 그러느냐고 도련님을 원망할 수도 없는 노릇이었다. 기생이라는 천한 신분으로 태어난 것이 죄였다. 〈춘향전〉의 몽룡은 평생을 책임지겠노라고 약속한 터라서 춘향이 그를 붙잡고 원망도 할 수 있었지만 자란의 도련님은 따로 그러한 뜻을 비친 적이 없었다. 떠나는 남자를 보면서 자란이 할 수 있는 일은 그저 혼자서 몰래 울음을 삼키는 일뿐이었다.

이렇게 해서 관찰사 일행은 떠났다. 자란은 눈물을 삼키며 목이 메어 차마 쳐다보지 못하였으나, 생은 조금도 아쉽거나 연연해하는 기색이 없었다. 이를 지켜본 감영 안의 관속과 비장 들은 그의 남다른 의연함에 탄복하지 않은 이가 없었다. 왜냐하면 그와 자란이 함께 생활한 지가

5, 6년이고 그동안 하루도 서로 떨어진 일이 없었기에, 세상에 둘도 없는 이별을 하면서 이렇게 쾌활하게 말을 하고 쉽게 떠날 줄은 몰랐기 때문이다.

6년이라는 긴 시간 동안 화사하게 이어진 단짝의 삶이었다. 아름답고 향기로운 사랑인 줄 알았으나 실은 한 송이 유리꽃이었다. 손을 놓는 순간 산산이 부서질 것이 그 인연의 운명이었다. 이렇게 저 동갑내기 선남선녀는, 책방도련님과 관가 기녀는, 남남이 된다.

## 뒤늦게 찾아온 깨달음

저 대갓집 귀한 신분의 도련님 서생으로서는 자못 호기롭고 사나이다운 결정이었다. 감영의 관속과 비장 들이 다들 탄복했을 정도로 말이다. 그 순간에 저 도련님은 꽤 의기양양했을 것이다. 스스로 생각해도 제 자신이 더없이 늠름하고 멋있었을 것이다. 하지만 그것이 잘못 들어선 길임을 깨닫는 데는 그리 긴 시간이 필요하지 않았다.

생도 부모님을 따라 서울로 돌아왔다. 그런데 점점 자신이 자란을 그리워하고 있다는 사실을 깨달았다. 그러나 감히 말이나 얼굴엔 드러낼 수 없었다.

여자와 헤어지는 일이 헌 짚신을 버리는 일과 같다고 말한 그였다. 그 짚신이 그리워질 줄은 미처 몰랐던 터다. 어쩌면 짚신보다 공기와 물 같은 것이 더 어울릴지도 모르겠다. 저 도련님 서생은 6년간 연애를 하면서 한 번도 자란과 떨어진 적이 없었고 마치 늘 옆에 있는 공기나 물과 같았기에 그것이 자신한테 얼마나 필요한지 알지 못했다는 뜻이다. 이와 함께 저 서생이 자란과 관계를 이어감에 있어 어떤 절박함이나 자발적인 노력도 없었다는 점을 유의할 만하다. 서생은 자란과 짝이 되기 위해 공을 들인 적도 없고 사랑이 이루어질 수 있을까 노심초사한 적도 없었다. 자란은 그저 어쩌다 자기 옆에 함께한 존재였다. 그러다보니 언제라도 갈라서면 그만이라는 식으로 생각한 것이었다.

남자는 너무도 큰 착각 속에, 스스로에 대해 무지한 상태에 있었다. 이러한 무지는 자란이라는 사람이 자기한테 어떤 존재였는지를, 그 6년간의 인연의 시간이 자기한테 어떤 의미였는지를 제대로 살펴보지 않았던 데서 비롯된다. 인연의 무게감을 전혀 인식하지 못했던 그는 이별의 무게감 또한 예견하지 못했다. 가위로 베를 끊어내듯 사랑도 사람도 싹둑 잘라낼 수 있으리라고 착각했다. 남몰래 자기를 바라보며 눈물짓고 있는 그 사람이 그의 눈에는 들어오지 않았다. 설사 보았어도 그저 무심히 넘겼을 것이다. 세상은 넓고 멋진 여자는 많고도 많지 않은가. 자기 '수준'에 맞을 여자들을 포함해서 말이다.

뒤늦게 찾아온 자란에 대한 그리움은 날이 갈수록 점점 커졌다. 함께한 그 시간이 얼마나 소중하고 행복했는지를 혼자 지내는 시간이 길어질수록 더더욱 실감했다. "든 자리는 몰라도 난 자리는 안다"고 하지 않던가. 6년 동안 늘 공기처럼 함께했던 그 사람의 빈자리가 이렇게 클 줄은 그로서는 전혀 예상하지 못한 일이었다. 하지만 서생은 그것을 감히 말이나 표정으로 드러낼 수 없었다. 다른 사람도 아니고 스스로의 판단으로 결정한 일이었다. 위아래로 수많은 사람의 탄복을 이끌어낸 기세당당한 결정이었다. 이제 와서 그것을 스스로 돌이켜서 여자한테 매달리는 것은 체면이 서지 않는 부끄러운 일이었다.

그렇게 혼자 냉가슴을 앓으면서 세월을 보내던 중에 서생은 아버지 명으로 친구 두셋과 함께 산중의 절로 들어가 과거시험을 준비한다. 어찌 보면 심기일전해서 제 길로 나아갈 수 있는 계기였을지 모르겠지만, 전개된 상황은 그렇지 않았다. 부모 곁을 떠나 적막한 산사에 들어가자 그의 외로움은 더 커졌고, 자란에 대한 그리움은 위세가 깊어졌다. 그 소중한 사람에게 자신이 행한 냉정한 처사를 생각하면 복받치는 심화心火를 가누기 어려웠다. 그렇게 번민하던 서생은 결국 상사병에 빠져든다. 그리움 때문에 누워도 잠들지 못하고 깨어 있어도 금방 미칠 것 같은 상태가 된 것이다.

그와 같은 나날을 보내던 어느 날 밤, 운명의 시간이 서생을 찾아온다.

어느 날 밤, 친구들은 모두 잠자리에 들었을 때다. 생도 잠자리에 들었지만 잠을 이룰 수 없었다. 그는 홀로 일어나 뜰 앞을 서성였다. 때는 한겨울이고 눈 내린 밤 달빛이 눈부시게 환한데다가 깊은 산속의 고요한 밤이라 온갖 소리마저 잦아들었다. 생은 달을 바라보며 자란을 그리워하다 구슬픈 마음이 절로 일었다.

칠흑같이 어두운 산속의 외딴 절. 그 어둠을 환히 밝히는 달빛과 그 빛을 받아내는 눈밭의 투명한 순백색 풍경. 스스로 팽개친 지나간 사랑에 대한 회한에 스스로를 가누지 못하는 저 사내한테 차가운 겨울 밤하늘의 달은 무심한 것일 수 없었다. 멀리서 그 사람도 저 달을 보고 있을지 모를 일이었다. 그렇게 생각하자 마음은 그녀한테로 한없이 달려갔다.

얼굴 한번 보았으면 하는 마음을 누를 수 없어 정신을 잃고 미쳐버릴 것만 같았다.

하지만 그가 있는 곳은 깊은 산중의 절이었다. 그리고 때는 하얀 눈이 천지를 덮은 한겨울이었다. 이 일을 어떻게 해야 할까. 선택의 기로에 선 서생은 곧 결단의 용기를 내었다.

## 상대의 삶을 온몸으로 경험하다

그 순간 저 도령 서생이 한 선택은 다음과 같은 것이었다.

그러나 밤은 아직 반이나 남아 있었다. 급기야 그는 서 있던 뜰에서 곧장 평양을 향해 길을 떠났다.

그의 선택은 앞뒤 돌아볼 것 없이 움직여 그 사람한테 가는 것이었다. 그 춥고 어두운 한밤중에 길을 떠나서 얼마가 걸릴지 모르는 평양을 향해 걷고 또 걷는 일이었다. 예상을 보기 좋게 깨는 또 한 번의 선택이었다.

그가 왜 그러한 선택을 한 것인지 작품은 그 심리적인 맥락을 친절하게 풀어 서술하지는 않는다. 그만큼 마음이 절박했음을 보여주고 있을 따름이다. 존재의 반쪽이 빈 것 같은 그 상황을 더는 견디기 어려웠다는 식으로 설명할 수 있겠다. 어쩌면 그는, 지난날의 자신의 냉정한 절연과 떠나옴을 되밟으면서 스스로 보상하려 한 것이라고 볼 수도 있다. 그렇게라도 가야지만 상처 속에 신음하고 있을 옛사랑을 다시 볼 낯이 있다고 생각했다는 것이다.

내친걸음이었다. 길을 나서는 것은 쉬운 결심이 아니었지만, 그리고 차가운 겨울밤에 걸음을 옮기는 것은 무척이나 힘든 일이었지만, 그 사람이 있는 곳을 향해 옮기는 발걸음에는 특별한 힘이 담겨 있었다. 아득히 먼 길이라지만 가다보면 결국은 닿을 길이었다. 다른 일은 다 잊어버리고 오직 사랑하는 한 사람을 향해 나아가는 일에만 집중하고 있는 저 서생은, 천지를 덮은 하얀 눈처럼 순수하고 갸륵했다.

까마득한 어둠 속에 달빛을 받아 빛을 내는 순백의 눈 위를 무언가에 홀린 듯, 아니면 무언가를 작정한 듯 정신없이 나아가는 한 사내의 모습을 떠올려보자. 사랑하는 사람을 향해 간다는 그 사실만으로 미끄러져 넘어져도 훌쩍 일어섰을 저 사람, 가슴속 사랑의 불씨를 피워 올린 저 사람은 추운 겨울 속에서 가장 뜨거운 사람으로 움직이는 중이었다. 사랑에 대한 선조들의 낭만적인 열정이 투영된 한 폭의 아름다운 그림 같은 장면이다.

하지만 현실은 현실이었다. 마음은 뜨거웠으나 천지는 차가웠다. 마음은 벌써 여러 번 평양에 도착했지만 몸은 채 10리를 옮기지 못한 상태였다.

채 10여 리도 못 가서 발이 부어 더는 걸어갈 수 없었다. 어느 촌가에 들어가 가죽신을 짚신으로 바꿔 신고, 쓰고 있던 털모자를 버리고 옆이 찢어져 다 해진 패랭이를 얻어 쓸 수 있었다. 여행길에 구걸하기도 하였으나 주린 경우가 대부분이었고, 여관에 기숙하기는 하였지만 밤새도록 추위에 얼기 일쑤였다. 부귀한 집안의 자제로 기름진 밥을 먹으며 비단옷을 입고 자란 터라, 문밖으로는 몇 걸음도 나가본 적도 없던 그였다. 그런데 이렇게 갑자기 천리 길을 걸어서 가다보니, 비틀거리다 엎어지기도 하고 기기까지 하였지만 더는 앞으로 갈 수가 없었다. 게다가 굶주리고 추위에 떨며 고생이라는 고생은 다 겪어, 옷은 찢어질 대로 찢어져 너덜너덜해지고 얼굴은 검고 수척해진 것이 거의 귀신 몰골이었다.

무작정 떠난 길이라 노자조차 챙기지 못한 상태였다. 서생은 가죽신과 털모자를 짚신과 패랭이로 바꾸고 여정을 계속했다. 구걸로 요기를 면하면 다행이었다. 평양에서 서울은 흔히 550리 길이라 했으나, 엄동설한에 초행길에 유리걸식을 견디며 나아가야 하니 천 리 길 만 리 길과 다름없었다. 과연 무사히 도착할 수 있을지 의심스러운, 죽지 않고서 도착하기만 해도 다행인 상황이었다.

생각하면 무모한 일이라 할 수 있지만, 저 걸음에는 특별한 의미를 부여할 수 있다. 그의 길 떠남은 따뜻한 방에서 기름진 밥을 먹으며 공부를 하는 대갓집 자제의 특권을 버린 결단이었다. 그는 그 전에 한 번도 실감하지 못했을 하류층의 삶을 온몸으로 겪는 중이다. 그 하층민에는 자란도 포함된다. 그러니까 그 여정은 '삶'의 차원에서 사랑하는 사람한테로 다가가는 과정이었다고 할 수 있다. 자신이 사랑하는 사람과 하나가 되는 과정이었다.

험한 고비를 넘기며 조금씩 걸어서 한 달 남짓 만에 비로소 평양 땅에 도착할 수 있었다.

마침내 도착한 평양 땅. 거기서 그를 기다린 것은 따뜻한 환대와 행복한 사랑이었을까? 아니, 이미 길에서 온몸으로 경험한 것처럼 현실은 그렇게 녹록한 바가 아니었다. 힘들게 찾아간 자란의 집에서 서생을 맞이한 것은 자란 어미의 차가운 박대였다. 제 딸을 가볍게 팽개쳐 전락시킨 사람이고, 무엇 하나 볼 것이 없는 거지 중에 상거지였다. 자란은 이미 신관 사또 자제를 수발하고 있다며 외면하는 그 어미 앞에서 서생은 아무 할 말이 없었다. 이어서 힘들게 찾아간 옛 구실아치의 떨떠름한 반응도 그로서는 어쩔 수 없는 일이었다. 세상은 그렇게 다 바뀐 것이었다.

## 마음이 이끄는 대로 움직일 것

하지만 사랑하는 사람을 만나보아야 했다. 말을 나누지 못하더라도, 모습만이라도 한번 보아야 했다. 구실아치한테 사정하고 매달린 끝에 그는 눈 치우는 일꾼으로 가장하고서 관가로 숨어드는 데 성공한다.

다음날 이른 아침, 여러 인부와 함께 산정으로 들어가 뜰에서 비를 들고 눈을 쓸기 시작하였다. 순사의 자제는 그때 마침 창을 열고 문턱에 기대어 앉았고, 그 옆에 자란도 있었으나 밖에서 보이지는 않았다. 그런데 다른 인부들은 다들 건장하여 기세 좋게 눈을 치웠으나, 생은 비를 다루는 데 서툴러 다른 사람을 따를 수 없었다. 순사의 자제는 그러한 그의 모습을 보고 웃음을 터뜨리며 자란을 불러 그 꼴을 보게 하였다.

고관 자제로 하여금 일부러 다른 사람을 불러서 내다보게 할 정도로 누추하고 우스꽝스러운 모습. 그것은 저 서생이 자초한 바였다. 사랑하는 사람을 보고 싶다는 그 바람 하나로 말이다. 따지고 보면 서생은 모든 것을 가진 사람이었다. 하지만 그 모든 것은 사랑 하나보다 못했다. 그 사랑만으로 권위와 체면을 모두 버리고 한 명의 헐벗은 사람으로 자기 앞에 선 사람을 이제 그녀가 바라볼 순간이었다. 눈앞의 그 사람이 옛날의 정인이라는 사실을 무심결에 알아챈 자란은 그 거짓말 같은 현실 앞에서 어떻게 했을까.

　이윽고 자란이 부름을 받고 방 안에서 밖으로 나와 앞 난간에 섰다. 그러자 생은 털로 짠 모자를 젖히며 앞으로 지나가면서 자란을 쳐다보았다. 자란도 그의 모습을 물끄러미 쳐다보다가 곧장 방으로 들어가서는 문을 닫았다. 그러고는 다시 나오지 않았다. 생은 무참하여 아쉽고 서글픈 마음을 안은 채 구실아치의 집으로 돌아올 수밖에 없었다.

　참으로 무참한 결말이었다. 자란이 분명 서생을 알아본 상황이었다. 그런데도 자란이 말없이 외면하고 들어가다니 서생으로서는 허무한 일이었다. 자신이 먼저 냉정하게 외면한 바 있다지만, 그 먼 길을 죽자 사자 걸어서 온 그였다. 생각하면 그것은 얼마나 허망하고 비현실적인 꿈이었는지! 만나면 다시 이어질 것으로 여긴 사랑은 혼자만의 욕심이자 공상일 뿐이었다. 구실아치 집으로 돌아온 서생의 그 허망한 심정을 어떻게 표현할 수 있을까.
　하지만 여기, 커다란 반전이 그를 기다리고 있었다. 자란이 그를 외면하고 들어간 것은 짐짓 모른 척 한 것이었다. 서생의 정체가 드러나고 자신과의 관계가 노출되면 문제가 생길 수 있음을 한순간에 직감한 것이었다. 도련님 서생과는 수준이 다른 기녀 생활인의 현실감각이었다. 그렇게 상황을 넘긴 자란은 아버지 제사를 핑계로 관가를 나와 집으로 달려왔다. 어머니가 서생을 박대해 내보낸 사실을 안 자란은 마음이 복받쳐 어머니한테 울면서 따진다.

도련님은 귀인인데도 이 천한 기생 하나 보겠다고 낭패를 보면서 찾아왔는데, 제가 하여야 할 도리가 있거늘 차마 야멸차게 대하였단 말이지요? 제가 집에 없었다고 하지만 어머니는 전날의 아껴준 정과 내려준 은혜는 전혀 생각지 않고 밥 한 그릇이라도 대접하며 머물게 하지 않았단 말이에요?

천한 기생의 처지로서 어쩔 수 없이 다른 사람의 수청을 들고 있지만, 도련님과 다정하게 함께한 6년은 자란으로서 잊을 수 없는 날들이었다. 행복했으므로 더 서러운 일이었으나, 그 사랑이 '없던 일'이 될 수는 없는 바였다. 야속한 마음이 누구보다 컸겠지만, 자기를 보려고 그 먼 길을 홀로 찾아온 사람을, 우스꽝스러운 일꾼의 모습으로 관가에 숨어드는 일을 마다하지 않은 저 사람을 어찌 외면할 수 있단 말인가. 모든 것을 버리고 선남善男으로 돌아온 사람이었다.

그가 구실아치 집에 있다는 것을 안 자란은 그리로 달려간다.

구실아치 집으로 달려가니 과연 그곳에 낭군이 있었다. 둘은 서로 손을 잡고 눈물을 흘릴 뿐, 말 한마디도 주고받지 못했다.

그야말로 서로 말문이 막히는 상황이었다. 손을 잡고서 눈물을 흘리는 것 외에 무슨 일을 할 수 있겠는가.

문제는 그다음이었다. 자란은 관기이기에 사또 자제한테 매인 몸이었다. 그 밤이 지나면 다시 관가에 들어가야 하는 신세였다. 그리하면 또 다시 영이별이었다. 그 상황에서 이야기는 또 하나의 반전을 선사한다.

자란은 이윽고 자기 집으로 가자고 하여 푸짐한 술상을 차려 올렸다. 밤이 되자 자란이 생에게 말을 건넸다.

"내일이면 다시 볼 수 없을 텐데, 어떡하지요?"

마침내 두 사람은 몰래 의논하여 함께 달아나기로 하였다.

그들의 결정은 또 한 번의 탈주였다. 모든 것을 다 버리고 사랑을 되살리는 일이었다. 이번에는 혼자가 아니라 둘이었다. 가장 파격적이고 비현실적으로 보이지만, 둘이서 함께할 수 있는 가장 명확한 답이기도 했다. 호모 러브엔스homo lovens. 사랑 자체가 최고의 가치가 된 그들에게 최선의 해법이자 유일무이한 선택이었다.

모든 것을 다 버리고, 명리는 물론 가족까지 버리고 야반도주한 두 사람에게 이어진 결말은 어떠한 것이었을까?

멀고 낯선 산골 마을에 정착한 그들에게 현실은 버거운 것이었으나 감당하지 못할 정도는 아니었다. 함께 품팔이로 시작한 삶은 자란의 부지런한 길쌈과 바느질 덕택에 조금씩 안정되었다. 그러자 자란은 남자에게 글공부를 권했다. 그것이 양반 자제 도령한테 어울리는 일이었다. 자란이 힘들게 구해온 책으로 공부를 시작한 지 3년, 서생의 학업은 훌쩍 진전을 이루어 문장이 경지에 다다른다. 서울로 올라간 그는 과거에 당당히 급제한다.

그 뒤의 일은 또 하나의 반전이었다. 과거에 급제한 서생은 아버지 앞으로 나서서 지난 일을 다 털어놓고 처분을 구한다. 아들이 호랑이한테 잡아먹힌 줄로만 알던 아버지는 그러한 아들을 다시 품어 안는다. 모든 사연을 들은 임금은 서생을 훌륭히 내조한 공을 들어서 자란을 서생의 조강지처 정실부인으로 삼아준다. 그렇게 부부가 된 그들, 과거급제한 아들 둘과 함께 행복하게 백년해로를 누렸다고 한다. 더할 바 없는 완벽한 결말이다.

말이 되지 않는 결말이라 생각하는 사람도 있을지 모른다. 그러나 마음이 시키는 대로 움직이는 것, 내가 원하는 사랑을 향해 달려가는 것, 다른 모든 것을 버리고 사랑으로 하나 되어 살아가는 것, '행복한 삶'을 이루는 데 있어 이보다 더 명쾌하고 현명하며 현실적인 방법이 무엇이 있겠는가. 사랑이 답이다. 사랑을 향해 온몸으로 움직이는 것이 답이다. 사는 것이란 곧 사랑하는 것이며, 사랑하는 것이 곧 사는 것이다.

사랑 앞에 어찌해야 할지 길이 보이지 않을 때, 겨울밤 눈 쌓인 산사를 나와서 발걸음을 떼어놓던 서생을, 그리고 그 서생과 함께 한밤중에 집을 나와 먼 촌마을로 숨어들던 자란을 생각할 일이다.

이원영 *

• 건국대학교에서 고전서사 연구로 석사학위를 받고 박사과정을 수료했다. 고전산문과 구비문학, 전통연희, 스토리텔링 등에서 과거와 현재를 아우르는 서사를 연구하고 있다. 지은 책으로는 《프로이트 심청을 만나다》(공저), 《시집살이 이야기 집성》(공저)이 있으며, 주요 논문으로는 〈변신설화의 원형적 의미구조와 그 현대적 변용〉, 〈삼두구미본의 신화적 성격〉 등이 있다.

## 소설掃雪

● 작품 설명 ●

임방이 엮은 《천예록》에 실린 야담계 소설로 볼 수 있는 한문단편이다. 본문의 주인공 자란은 다른 작품에서는 '옥소선'이라고도 불린다. 40여 종에 이르는 여러 '옥소선 이야기' 가운데 가장 앞서 기록된 작품이며, 서술된 분량이나 서사적 형상화 측면에서 문학성이 뛰어난 것으로 평가한다. 이 책에서는 일반적 관례를 따라 〈소설掃雪〉을 표제로 삼았다.

● 줄거리 ●

조선 성종成宗 때 평안도 관찰사의 아들인 모생과 열두 살 동갑인 관기 자란은 책방 도령과 시녀 기생으로 인연을 맺는다. 시간이 흘러 둘의 나이가 열여덟 살이 되었을 때 재상의 임기가 끝나 서울로 돌아간다. 서생은 아쉬운 기색 없이 쉽게 이별했고, 자란은 서글펐으나 붙잡지 못했다. 그런데 겨울날 산사에서 과거공부를 하던 서생은 자란에 대한 그리움을 이기지 못하고, 달밤에 자란이 있는 평양을 향해 떠난다.

서생은 엄동설한의 한 달 동안 갖은 고생을 하며 평양에 걸어 도착한다. 그러나 자란은 이미 신임사또 자제의 총애를 받으며 산정에서 함께 머물고 있었다. 자란의 집에 있던 자란의 어미는 초라한 행색의 서생을 달가워하지 않는다. 서생은 자란을 한 번이라도 보고자 일전에 알던 구실아치를 찾아가 부탁하고, 그의 제안에 응해 제설부역 일꾼이 되어 들어간다. 산정을 청소하던 서생이 서투른 비질로 웃음거리가 되는 모습을 자란도 본다. 그러나 자란은 일단은 모르는 체하며 신임감사 자제에게 아버지 제사를 핑계 대어 서생이 있으리라 생각한 어미의 집으로 간다. 집에 서생이 없음을 보고 어머니의 냉대를 슬피 책망하던 자란은 구실아치 집으로 갔으리라 짐작하고 서생을 찾아간다. 재회의 감동과 기쁨을 누리던 둘은 날이 밝으면 다시 각자로 위치로 돌아가 영영 이별해야 할 것을 고민한다.

결국 둘은 몰래 짐을 싸 야반도주하고, 양덕·맹산의 깊은 산촌으로 숨어든다. 거기서 자란은 길쌈과 바느질로 생계를 꾸리고, 과거공부 책을 구해 생에게 전해준다. 생은 밤낮으로 책을 암송해 3년 후 과거에서 장원급제를 한다. 서생이 시험지에 아버지의 3년 전 직함을 써낸 것을 이상히 여긴 임금이 서생과 아버지를 불러들인다. 이로써 사라진 아들이 호환을 당해 죽었다 생각해 탈상까지 마쳤던 아버지와 상봉한다. 그간의 자초지종을 들은 임금은 서생의 사연을 기이히 여기고 자란을 정실부인으로 명한다. 이후 서생은 정승에 오르고, 자란이 낳은 두 아들은 모두 과거에 급제해 둘은 부귀영화와 백년해로를 누리며 행복하게 살았다.

● 인용 작품 및 권장 작품●

임방 지음, 정환국 옮김, 《교감 역주 천예록》, 성균관대학교출판부, 2005.

# 인연을 만드는 행동의 힘

-〈백학선전〉의 유백로와 조은하

### 🔴 결코 포기하지 않기

사람을 만나고 사랑을 하다보면 '과연 이것이 가능한 일일까' 막막해질 때가 있다. 과연 맞는 길을 가고 있는지, 속절없이 뜬구름을 잡고 있는 것은 아닌지 고민한다. 이때 돌아서면 여정 은 끝이 나고 그 사랑은 본래 불가능했던 일이 된다. 하지만 그 길이 맞다고 믿고서 나아가 면, 한 걸음 한 걸음씩 떼어놓으면 문득 앞에 그 사람이 보일 수 있다. 보이지 않는 곳에서 그 또한 다가오고 있을지 모른다.

## 실낱같은 인연의 고리

한 여성이 부채를 앞에 놓고서 두 줄 눈물을 흘리고 있다. 멀리서 보 아도 빛이 날 정도로 아름다운 처녀의 이름은 조은하다. 공명을 버리 고 초야에 묻혀 사는 조성노라는 사람의 외동딸이었다. 그녀가 〈백학 선전白鶴扇傳〉의 주인공이다.

"부채의 글을 보니 언약은 정하였으나 그 사람의 거주성명을 기록치 않
았으니 이제 네 원대로 그 사람을 찾고자 한들 넓고 큰 천지 사이에 어
디 가 만나리오."

낭자가 울며 말하길, "부채 임자와 소녀로 하여금 소상강瀟湘江 가에 임

224

자 없이 떠도는 외로운 넋이 되지 않게 하옵소서" 하며 두 줄 눈물을
적시더라.

　제목만 보면 '백학선'이 작품의 주인공으로 생각된다. 하지만 백학
선은 사람이 아니라 부채다. 하얀 학이 그려진 부채라고 해서 백학선
白鶴扇이다. 이 소설에서 서로 모르는 두 남녀를 인연으로 이어지게 하
는 매개물이다. 처녀는 지금 부모 앞에 그 부채를 펼쳐놓고서 눈물까
지 흘리며 고민하고 있는 중이다.
　얼핏 보아도 보물임을 알 수 있는 귀한 부채였다. 그 부채에 금방이
라도 날개를 펼치며 날아오를 것 같은 두 마리 백학이 있다. 그리고
한옆에 누군가가 쓴 글귀가 있다. 부채의 원 임자가 그 자리에서 조은
하에게 써준 글이었다.

　나는 도끼날이 눈앞에 다가와도 다른 가문에 성취치 않으리로다. 요조
숙녀는 군자호구라. 이 백학선은 내 5대 째부터 전하여오는 부채라. 어
찌 무심히 주리오. 이로써 백년가기百年佳期를 정하였나니 부모께서 명령
없다 말으시고 장성 후에 아름다운 기약을 맞아 백년을 누리사이다. 낭
자가 만일 신信을 잊을지면 나는 죽어 혼백이라도 낭자를 따라 놀리다.

　백년의 굳은 기약을 다짐하는 글이다. 도끼날이 눈앞에 다가와도
마음이 변하지 않을 것이며, 살아서는 물론 죽어서라도 당신만을 생
각할 것이라고 한다. 더할 바 없는 '사랑의 맹서'이자 '혼인 서약'이다.
이 서약이 적힌 저 부채는 그러니까 혼인 예물 같은 것이었다고 할
수 있다.

두 사람의 결연은 조은하가 바라는 바이기도 했다. 그녀 또한 저 사내가 하늘이 정한 연분임을 단번에 알아본 상황이었다.

유자柚子를 청하거늘 낭자 한번 바라보니 성품과 기상이 범인이 아니요, 가슴에 만고영웅지재萬古英雄至才를 품었으며 미간에 강산조화를 장하였으니 범상한 사람이 아니라.

사내가 조은하를 마음에 두고서 그녀에게 유자를 달라고 청하자, 조은하는 좋은 마음으로 흔연히 두어 개의 유자를 건넸다. 그 보답으로 사내는 은하에게 부채를 건넨 것이었다. 한순간에 서로 마음이 통한 상황이다.

문제는 '정보'였다. 서로 마음이 통해 뜻을 합쳤으되 막상 두 사람다 상대방이 어디 사는 누구인지 모르고 있었다는 사실이다. 미처 통성명을 하고 신상정보를 교환하지 못한 채로 홀홀히 헤어진 상태였다. 사내가 글을 남기면서 "나는 어디 사는 누구다"라는 정보를 알렸으면 좋으련만 그러지 않았다. 실수라면 큰 실수였지만, 굳이 그러한 군더더기를 붙이고 싶지 않았는지도 모른다. '운명적인 인연의 힘'을 믿은 것이라고 할까.

나름대로 멋지게 호기를 부린 것일지 모르나, 일을 무척 힘들게 만든 처사였다. 인연을 이을 구체적인 연결고리라고는 오직 그 부채 하나뿐이었다. '그 부채를 전에 가졌던 사람'과 '지금 가지고 있는 사람'이라는 정보만으로 서로를 찾아내야 했다. 다른 곳도 아닌 넓디넓은 중국 대륙에서 말이다. 작품에 나오는 묘사를 그대로 빌리자면, 넓은 바다에 뿌려진 좁쌀을 찾는 격이었다. 눈곱만큼의 가능성도 기약하지 못할 일이었다.

　그런데도 저 처녀는 그 일을 해내려 한다. 그를 찾아 결혼하겠다고
말하고 있다. 자기 인생이 걸린 일이기 때문이다. 마음에도 없는 남자
와 결혼해서 일평생을 대충 살 수는 없지 않은가 말이다. 자기가 아는
최선의 상대를 어떻게든 찾아내고 싶은 것은 사람의 본원적인 충동
일 것이다. 더구나 그 상대를 직접 만나서 말을 나누고 눈빛을 주고받
으며 서로의 마음까지 확인한 바에야 더할 나위가 없다.


## 가능성을 현실로 바꾸는 힘

백학선을 주고 간 그 사람의 이름은 유백로였다. 그는 조정에서 벼슬
을 하는 유대홍의 외동아들이었다. 나이는 조은하와 동갑이었다. 둘
은 본래 하늘의 선녀와 선관이었는데, 함께 지상으로 내려와 각각 유
씨 집안과 조씨 집안의 아들딸로 태어난 것이었다.

　하지만 이는 작품의 독자들이 아는 정보일 뿐, 조은하와 유백로는
아득히 알지 못하는 내용이다. 그들이 알고 있는 것은 우연히 길에서
만나 마음속에 들어와 앉은 상대의 모습과 음성뿐이다. 달리 말하면,
그들이 아는 것은 마음 설레는 강렬한 첫인상 정도였다.

　그들이 만난 장소가 절의의 상징인 아황과 여영의 고사가 깃들어
있는 소상강 죽림의 황릉묘皇陵廟라는 사실이 서로를 더 강한 인상으
로 각인시켰을 것이다. 같은 날 같은 시간에 하필이면 그곳에서 요조
숙녀와 군자가 마주쳤다는 것 자체가 범상치 않은 인연을 확인시키
는 요소였다. 목이 마르다면서 유자를 청하는 남자의 무모한 청을 여
자가 들어준 것도, 그리고 그 보답으로 남자가 대대로 이어지던 귀한

부채를 내어준 것도 그러한 인연을 실감한 때문이었다고 할 수 있다.

그 인연을 믿으며 상대를 찾아 길을 나섰지만, 첫 시작부터 크나큰 험로였다. 조은하가 유백로를 찾아 움직이기 시작한 것은 일이 꼬여 형세가 좋지 않은 때였다. 나라의 큰 권력을 거머쥐고 있는 최국량이 조은하를 점찍고 혼사를 청한 것에 조성노가 응했다가 딸한테 정인이 있음을 알고 퇴혼을 한 것이 큰 탈을 낳았다. 세상 어디에도 없을 것 같은 효녀였던 딸 조은하가 혼사 이야기를 듣고 식음을 전폐하고 자리에 눕는 사달을 겪은 뒤였으나, 그러한 사정을 고려할 최국량이 아니었다. 자신에게 이미 서자가 있는 것은 아무것도 아니었다. 체면이 크게 상했다고 생각한 최국량은 조은하가 사는 고을의 현령에게 모함을 하고, 조은하와 그 부모를 잡아 올리게 했다. 큰 곤욕을 면치 못할 상황이었으나 다행히 고을 현령이 가련한 사정을 듣고 세 사람으로 하여금 몰래 집을 벗어나 도주하도록 해주었다. 단란했던 조은하 일가족은 그렇게 하루아침에 집을 떠나 방황하는 신세가 되었다.

시련은 그것으로 끝이 아니었다. 집을 떠나 방랑하는 길에 부모가 병이 들어 세상을 떠나니 조은하로서는 청천벽력 같은 일이었다. 그것이 다 제 탓이었으니, 완연히 불효녀가 된 셈이었다. 하지만 그럼에도 조은하는 제 운명의 길을 포기하지 않았다. 자기 마음을 알아주고 지지해준 부모님을 위해서라도 더더욱 그 사람을 만나서 좋은 인연을 이루어야 했다. 하늘 아래 혈혈단신으로서 남자를 찾아 드넓은 땅을 헤맨다는 것은 아득하고 막막한 일이지만, 그녀에게는 백학선이 있었다. 그 사람의 굳은 마음이 부채 속에 유려한 필체로 숨을 쉬고 있었던 것이다.

부모의 장례를 마친 조은하는 몸을 바꾸어 남장을 하고서 부채를 전해준 그 사람을 찾아 다시 길을 떠났다.

그 부채는 단연 눈에 띄는 특별한 물건이었다. 그 부채를 단번에 알아본 사람이 있었으니, 기주자사로 있던 유대홍이었다. 백학선에 대한 소문을 듣고서 조은하를 불러와 살펴본즉 그 부채는 자기 집안 대대로 전해온 물건이 분명했다. 아들 유백로가 잃어버리고 왔다는 부채를 이제야 찾을 수 있다고 여긴 유대홍은 조은하에게 부채를 어디서 났는지 물었다. 그 물음을 의아하게 여긴 조은하는 혹시라도 백학선을 빼앗길세라 말을 만들어서 대답했다.

소생의 백학선은 선대부터 전하여오는 기물이로소이다.

뻔한 거짓말에 유대홍은 크게 화를 내면서 그 부채가 본래 자기 집안 물건이니 내놓으라고 했다. 그 말의 앞뒤 맥락을 찬찬히 새겨보면 좋았으련만, 조은하로서는 백학선을 지켜야 한다는 마음이 워낙 강했다. 고을 관장이 부채를 탐내서 빼앗으려 한다고 여긴 조은하는 그 부채가 자기 집안의 오랜 보물이라서 절대 내어줄 수 없다고 했다. 유대홍 또한 그 말의 앞뒤 맥락을 새겨보면 좋았으련만, 처음부터 상대를 흉한 도둑이라고 여긴 선입견이 너무 강했다. 분노한 유대홍은 백학선을 빼앗는 대신 조은하를 감옥에 가두었다. 큰 고생을 한 조은하가 감옥에서 풀려난 것은 1년이 다 되어서였다. 끝까지 버티고 부채를 내놓지 않으니 어쩔 수 없는 일로 여기고 포기한 것이었다.

앞서 눈곱만한 가능성이라 했다. 하지만 조은하가 그 가능성을 붙잡고서 찾아서 움직이니 그 가능성이 조금씩 높아지고 있는 중이다. 백학선을 아는 사람이 속속 나타났던 것이다. 조금만 더 사려 깊었어도 문득 가능성이 현실이 될 수도 있는 일이었다. 백학선이 원 임자가 있는 쪽으로 조은하를 이끌었는데, 미처 그것을 알아보지 못한 것이었다. 거꾸로 조은하가 겪은 것은 감옥생활이라는 뜻하지 않은 고난이었으나, 어떻든 그가 운명의 짝을 향해 움직이고 있다는 사실 자체는 변하지 않는다. 그는 감옥에 있는 동안에 그 부채를 준 사람의 이름과 거주지를 안 상황이었다. 그는 경성에 사는 유백로라는 사람이었다. 작품은 조은하의 꿈에 아황과 여영이 나타나 그 사실을 알려주었다고 말하고 있지만, 그것은 조은하가 저 특별한 증표를 가지고 널리 다니면서 탐문하는 과정에서 얻은 정보라고 해석해볼 수 있다. "저것은 유백로의 백학선이다!" 하고 말할 사람이 있었으리라는 말이다.

우여곡절 끝에 감옥에서 나온 조은하는 다시 백학선을 들고 길을 나섰다. 이제 그 부채의 주인을 아는 상황이다. 중국 땅이 넓고 험하다지만 정인을 만날 가능성이 훌쩍 높아졌다.


## 상대와 이루어질 확률을 높이는 법

그렇다면 조은하에게 백학선을 전해주었던 유백로는 무엇을 하고 있었을까? 소상강 황릉묘에서 조은하를 만났을 때 유백로는 글공부를 하러 내려가는 길이었다. 목적지로 가서 글공부에 전념하다가 나라에서 실시하는 과거에 당당히 장원급제를 했다. 여러 집에서 그를 사위로 맞으려 나섰으나 정혼자가 있던 유백로는 혼사를 다 물리쳤다. 그리고 조은하를 찾기 위해 움직였다.

백로 또한 상대의 거주와 성명을 모르니 바다에서 좁쌀을 찾는 식이었다. 하지만 그녀한테는 백학선이 있었다. 백학선은 하나의 신호가 되어 조은하의 종적을 그에게 전해주었다. 조은하와 그녀의 부모를 몰래 도망가도록 했던 현령은 다름 아닌 유백로의 외숙이었다. 외숙한테 그 이야기를 전해 들은 유백로는 조은하가 멀리 남쪽으로 갔음을 짐작하고 그녀를 향한 추적에 나섰다. 은하가 자기 때문에 고초를 겪고 있음을 알았으니 죽기로 힘을 써서 찾아야 할 일이었다. 때마침 남쪽에서 가달에 의해 변란이 일어나자 유백로는 출정을 자원해 도원수로 임명받고서 남방으로 길을 떠났다.

정인을 찾기 위한 탐색은 조은하 혼자만의 일이 아니었다. 상대 또한 탐색의 길에 나서고 있었다. 만약 어느 한쪽만이 일방적으로 나서는 상황이라면 만남의 가능성은 반을 넘기기 어려울 것이다. 하지만 이렇게 양쪽에서 함께 찾는 중이라면 이야기가 달라진다. 아직 서로 다른 길에 있지만, 그들이 마침내 만날 가능성이 최소한 반 이상이 되었다고 해도 좋을 것이다.

하지만 오로지 상대를 찾는 일에만 매진할 수는 없는 것이 현실이다. 유백로가 전념해야 할 일은 변란을 평정하는 일이었다. 그 일은 난국에 부딪힌다. 조정에서 권력을 휘두르고 있던 최국량이 유백로에 대한 질투심에 그의 성공을 막으려고 군량미 공급을 슬쩍 중단한 것이었다. 먹지 못한 군사들은 힘을 쓰지 못했고 명나라 군사는 크게 패했다. 그리고 유백로는 적의 진영에 갇혀 죽음을 목전에 둔 처지로 전락했다.

그때 옥에서 나와 유백로를 향한 탐색의 여정을 계속하고 있던 조은하는 유백로의 행로에 대한 정보들을 얻게 된다. 작품은 조은하가 태황선생이라는 도사의 계시에 의해 유백로가 남방에 출정해 포로가 된 사실을 알았다고 쓰고 있으나, 이 또한 세상에서 익히 들을 만한 정보였다고 할 수 있다. 변란을 진압하러 나선 젊은 대장군에 대한 이 야기가 세간에 얼마나 많았겠는가. 하지만 중요한 것은 과연 그가 그 녀를 잊지 않고 찾고 있는가 하는 점이었다. 과연 그 사람은 백학선에 쓴 그 맹서대로 그녀에 대한 군은 마음을 지키고 있을까?

마음이 지극하면 보인다고 했던가. 원정지 쪽으로 이어진 대로변 에서 조은하는 유백로가 남긴 자취를 발견한다. 바위에 새긴 글귀였다.

신유 8월에 병부상서 겸 정남대장군 유백로는 천지의 신령에게 비나니, 이제 황명을 받자와 대군을 거느려 적진으로 향하매 병가의 승패는 예 탁치 못하거니와, 다만 성남 하향현 조 낭자와 서로 만남을 원하나니 황 천후토는 살피소서.

그것은 바로 조은하가 꿈에도 그리던 그 사람이 쓴 글이었다. 그가 그녀를 찾아서 움직였음을 알려주는 명확한 증거였다. 그가 멀리 남 방으로 자청해 원정을 나온 것이 자신을 만나고자 함이었다는 사실 을 알았을 때 조은하의 심정은 어떠했을까?

돌아보면 힘든 고난의 날들이었다. 인연을 지키고자 하는 결심이 가족의 방랑과 부모의 죽음을 가져왔고, 그녀 자신도 옥중에서 1년을 보내는 고통을 자초했다. 객관적으로 보기에 가능성 없는 만남을 위 한 그 발걸음이 과연 옳은 것인지 수만 번은 고민했을 그녀는 이 순 간에 말하지 못할 감정이 북받쳐 올랐을 것이다. 작품은 조은하가 그 돌을 감싸 안으면서 방성통곡하다가 기절했다고 전한다. 과연 그럴 만한 일이다.

상대방이 지금 나를 찾아 열심히 움직이고 있다. 기대로만 가지고 있던 그 일이 사실임을 확인했으니 이제 나아갈 길은 명백해졌다. 그를 향해 달려가면 되는 일이었다. 만나서 인연을 이루면 되는 일이었다. 그와 하나가 될 가능성이 훌쩍 높아진 상황이다. 하나의 변수가 있다면 그가 적진에 포로로 잡혀 있다는 사실이었다.

## 스스로 이루어낸 행복한 결말

연약한 여자의 몸으로 어떻게 적진에 포로로 잡혀 죽음을 눈앞에 둔 연인을 만날 수 있을까? 첩첩산중의 시련으로 여겨지지만, 크게 걱정할 바가 아니었다. 긴 고난의 길을 스스로 헤쳐온 조은하는 그 과정에서 놀라운 능력자가 되어 있는 상태였다. 작품은 그녀가 태황선생한테서 신이한 병법과 검술을 배웠다고 서술하고 있다. 이는 그녀가 홀로 길을 떠나 세상을 헤치면서 얻은 남다른 문제해결 능력을 표상하는 것이라고 보아도 좋을 것이다.

이제 이어질 장면은 여성영웅 조은하의 빛나는 활약이다. 궁궐로 임금을 찾아간 조은하는 그 앞에서 신이한 검술을 선보인 뒤 변란을 진압하는 일을 맡겨주기를 청한다. 여자가 어찌 그 일을 하겠느냐는 여러 신하들의 비아냥거림 따위는 그녀를 막지 못했다.

"신첩이 비록 규중여자이오나 이러한 때를 당하여 분개하온 마음이 없지 못하오며, 하물며 지아비 생사를 생각하옵건대 어찌 슬프지 아니하오며, 국가 대사가 또한 그릇되올지라. 신첩이 비록 여자이오나 또한 폐

하의 신자이오니, 원컨대 삼천 철기를 빌리시면 가달을 멸하여 위로 황
상 근심을 덜고 아래로 지아비를 구하오리니 만일 그름이 있거든 지아
비와 한가지로 군법을 당하여지이다."
상이 좌우를 돌아보시고 말하기를, "천하에 어찌 이러한 기이한 여자가
있을 줄 알리오."

드디어 대원수로 나선 조은하의 원정길은 나라의 변란을 진압하는
길이자 자신의 정인을 되찾는 길이었다. 그사이 변란 세력은 몽고까
지 합세해 몇 배로 더 강력해졌지만, 조은하로서는 개의할 바가 아니
었다. 용자의 도움으로 용궁의 보검까지 얻은 그녀는 천하무적이었
다. 조은하는 사람으로 둔갑한 3천 년 묵은 토끼를 무난히 물리치고,
적의 장수들을 차례로 단칼에 베었다. 그녀가 탄 말이 용골대 삼형제
의 창에 찔려 거꾸러지는 위기가 있었지만 문제가 되지 않았다. 백학
선 부채에서 나와 하늘로 날아오른 학에 올라타 적진으로 향하는 조
은하는 감히 대적할 수 없는 천상의 존재였다. 조은하는 용골대 삼형
제를 베고 그 형세를 몰아 적의 괴수를 생포하고 변란을 완전히 진압
했다.
조은하는 자기 손으로 오랜 정인 유백로를 풀어주게 된다. 그때 심
정은 어떠했을까? 작품은 이 절정의 순간에 하나의 해학을 배치한다.
조은하가 자신을 알아보지 못하는 유백로를 은근히 놀리는 것이다.

"장군은 고향에 돌아가는 길에 기뻐함이 마땅한데, 무슨 연유로 수색을
머금으셨습니까?"
"소장이 이전에 소상죽림에서 한 낭자를 만나 백년가약을 정하올 때에

백학선 후면에 글을 써주었사오나 거주성명을 적지 않아, 그 후에 들으니 그 낭자가 소장을 찾아다닌다 하오니, 그 낭자의 원寃을 끼친 바요, 다른 죄는 없나이다."

"언약을 정할진대 거주성명을 쓰지 않았으니 그 여자가 천하를 정처 없이 떠돌아다니며 오죽이 원망하오리까. 소장이 들으니 어떤 여자가 유한림을 찾아다니다 노중에서 부모를 여의고 통분한 마음을 이기지 못하여 자결하여 죽었다 하더이다."

유 장군이 이 말을 듣고 두 줄 눈물이 쌍쌍히 흘러 옷깃을 적시더라.

"조 장군은 성상을 뵈온 후에, 소장의 부모를 만나 생사여부를 알지 못한다 전해주옵소서."


은하가 죽었다는 말에 유백로는 스스로를 책망하며 자기 또한 그대로 살 수 없음을 말한다. 완연한 진심이었다. 조은하로서 만감이 교차하는 순간이었다. 그동안의 모든 시련과 고통이 벅찬 환희로 바뀌는 감동의 순간이었다. 조은하는 은은히 미소를 머금으며 유백로에게 사랑의 맹서가 적혀 있는 백학선을 건넨다. 그 부채를 보고서 유백로가 어떻게 반응했을지는 상상에 맡긴다.

그 뒷이야기는 대략 예상하는 대로다. 완승을 거두고 개선한 조은하와 유백로는 임금에게 큰 상을 받고 최국량은 처형을 당한다. 임금의 주선으로 조은하와 유백로의 혼사가 이루어졌고 사랑의 밤이 펼쳐진다.


천양지례天壤之禮를 이룰새 구름 같은 차일은 반공에 덮였는데 전후의 풍악 소리는 산천을 요동하는지라. 낭자가 비로소 갑옷을 벗고 거울을 대하여 아미를 단장하니 요조한 색이며 그윽한 덕이 진실로 월궁 항아 강림한 듯하더라. 이러구러 날이 저물어 잔치를 마치고서 신랑 신부 교배에 나가 합환주를 서로 권한 후에 녹의홍상의 시비들이 옥낭자를 모시고 비단으로 장식한 방에 들어감에 장졸 등도 다 옹위하여 예를 이룰새 두 사람의 평생 소원이라 어디 다 측량하리오. 유 장군의 부부 한가지로 침금에 나가 예를 이룰새 원앙이 녹수를 만난 듯하고 그 밀밀한 정은 비할 데 없더라.

완벽하게 행복한 결말이다. 스스로 찾아낸 사랑이고 오래 꿈꾸었던 사랑이며 고난의 역정을 헤쳐낸 사랑이니 그 얼마나 갸륵하고 벅찼겠는가. 그 뒤로 두 사람이 오래오래 행복하게 잘살았다는 것은 꼭 맞는 마무리다. 두 사람이 열 명의 아들과 다섯 명의 딸을 두었다는 것도 아주 잘 어울리는 일이다. 고전소설 속의 여러 부부 가운데도 자식이 가장 많은 축에 들거니와 두 사람의 정이 얼마나 깊고 돈독했는지를 다시금 확인할 수 있다.

## 마음의 목소리를 따르라

드넓은 대륙에 이름도 주소도 모르는 상황에다가 몇년 전에 한 번 만나서 마음을 주고받은 일뿐이었다. 그 미약한 인연의 고리를 찾아 움직여 마침내 꿈같은 사랑을 이루어낸 저 일련의 사연은 말 그대로 완전한 '소설'로 여겨지기도 한다. '현실에서 어찌 저럴 수 있겠는가' 하고 생각할 만하다.

하지만 거기 '백학선'이 있다는 사실을 잊지 말 일이다. 작품에서 백학선은 단순한 사랑의 증표처럼 보이지만 실은 그 이상이다. 그것은 두 사람을 연결해주는 단단한 끈이며, 그들을 일어나 움직이게 하고 하늘 높이 비상하게 하는 동력이었다. 조은하가 백학선의 학을 타고서 하늘을 나는 장면은 백학선의 이러한 서사적인 역할을 잘 보여준다.

조은하가 품속 깊이 간직한 채로 움직이는 백학선은 어찌 보면 그녀의 마음속에 있는 그 무엇이라고 생각해볼 수 있다. 바로 믿음과 용기, 다짐과 같은 것들이다. 스스로 해낼 수 있다는 믿음이며 상대방 또한 나에게로 다가오리라는 믿음이다. 어떻게든 부딪쳐보자는 용기이며 절대 약해지거나 포기하지 말자는 다짐이다.

그러한 믿음과 다짐이 조은하로 하여금 부모가 세상을 떠났을 때도 무너지지 않고 앞으로 나아가게 했고, 억울하게 감옥에 갇힌 상태에서도 포기하지 않도록 했다. 또한 여자라는 편견에 맞서서 원정길에 나서 보란 듯이 문제를 해결할 수 있도록 했다. 조은하는 힘들 때마다 백학선을 어루만지면서, 자기 마음 안에 있는 학의 날개를 펼치면서 그 상황을 이겨냈다는 말이다. 그것이야말로 그녀가 꿈같은 사랑과 찬란한 행복을 성취해낼 수 있던 가장 큰 동력이었다고 해도 좋을 것이다.

현실에서 그 믿음과 다짐은 배반당할 수 있다. 실제 세상의 걸림돌은 소설에서보다 더 크고 많으며 강력하다. 가다가 쓰러져서 일어나지 못할 수도 있으며 내 마음과 달리 상대방은 냉정하고 무심할 수도 있다. 하지만 설령 그렇다 하더라도 사랑을 찾아 움직이는 저 걸음걸음이 허튼 것이라고 말할 수 없을 것이다. 그렇게 걸어가는 과정 자체가 곧 사랑이라 할 수 있다. '나'라는 소중한 존재에 대한 사랑 말이다.

비록 인연을 맺기에 실패하더라도 그 여정은 그 자체로 소중한 삶의 과정이 된다고 할 수 있다.

어찌 조은하와 유백로뿐이겠는가. 우리 마음 안에도 부채가 있다. 그 부채를 활짝 펼쳐서 바람을 만들 일이다.

김정은 *

---

* 건국대학교에서 설화창작에 관한 연구로 박사학위를 받았으며, 건국대 강사로 활동 중이다. 이야기 창작의 원리와 방법을 탐구해왔으며, 도서관과 초등학교에서 이야기 관련 프로그램을 진행하고 있다. 지은 책으로는 《프로이트 심청을 만나다》(공저)가 있으며, 주요 논문으로는 〈호랑이처녀의 변신과 희생에 나타난 대칭적 사고 고찰〉, 〈설화의 서사문법을 활용한 자기발견과 치유의 이야기 창작방법 연구〉 등이 있다.

# 백학선전 白鶴扇傳

● 작품 설명 ●

작자 미상의 국문소설로, 조선 후기 대표적인 애정영웅소설 가운데 하나로 평가받는
작품이다. 방각본 3종, 필사본 17종, 구활자본 1종의 이본이 있다. 필사본은 독자가 제
한적이고 구활자본은 1952년에 출간되었기에 많은 연구가 방각본을 중심으로 이루어
져 있다. 판본마다 생략된 부분도 종종 있지만 전개상 큰 차이는 없다.

● 줄거리 ●

이부상서를 지낸 조성노의 딸 조은하는 유모와 함께 외가에 다녀오던 중에 소상강 죽
림 근처에서 잠깐 쉬었다. 그때 경성에 사는 유백로라는 젊은이가 은하를 발견하고 마
음이 혹해서 은하한테 유자를 청하면서 말을 건넨다. 은하가 마음에 든 유백로가 집안
의 보물인 백학선에 자기 마음을 담은 글을 써서 주자 은하는 그것을 받아서 고이 간직
한다.

세월이 흘러 유백로는 장원급제를 한 뒤 백학선을 건네주었던 처자를 찾아서 인연을
맺으려 하지만 찾을 길이 없다. 그때 조은하는 곤경을 겪고 있었다. 조정에 큰 권력을
지니고 있었던 최국량이 조은하를 마음에 두어 조성노한테 혼사 허락을 받아냈으나,
백학선을 건네준 이를 배필로 여기고 있었던 조은하는 식음을 전폐하고 혼사를 거부했
다. 혼담이 깨지자 앙심을 품은 최국량이 음해를 하고 나서는 바람에 조은하는 부모와
함께 집을 떠나 방황하는 신세가 된다. 부모가 병으로 세상을 떠난 뒤 홀로 정인을 찾
아 나섰던 은하는 백학선을 훔친 도둑으로 몰려 옥살이를 하는 등 큰 고초를 겪는다.

한편 조은하를 찾지 못해 상사병에 걸려 있던 유백로는 외숙으로부터 백학선을 가진
여자가 남쪽으로 갔다는 말을 듣는다. 마침 남쪽에 오랑캐의 난이 발생하자, 유백로는
조은하를 찾을 마음으로 출정을 자원해 도원수로서 남쪽으로 향한다. 하지만 유백로는
자기를 시기한 최국량의 방해로 전쟁에서 패하고 사로잡혀 죽음을 앞둔다.

이때 그 사실을 안 조은하가 조정으로 나아가 도사에게 배운 검술을 내보이고서 임금

의 신임을 얻어 장수로 출정한다. 반란군의 세력이 더욱 강해져 있었으나 은하는 백학선으로부터 날아오른 학을 올라타고 용궁에서 얻은 칼을 휘둘러 적진을 유린하고 대승을 거둔다. 조은하가 유백로를 구하고 개선하자, 임금은 유백로를 연왕에 봉하고 조은하를 충렬왕비로 봉한다. 은하와 백로는 백년해로해 행복한 생애를 이루었다.

● 인용 자료 ●

방각본 〈백학선전〉 원전 자료를 현대어로 번역해 인용함.

● 권장 작품 ●

김기동 · 전규태 편저, 《백학선전 · 금우태자전 · 임진록》, 서문당, 1994.

# 좋은 이별, 사랑의 또 다른 이름

-〈만복사저포기〉의 양생과 여귀

### 기꺼이 놓아주기

삶과 죽음의 차이는 감당하기 어렵다. 만약 사랑하는 사람 사이에 이러한 결정적인 심연이 가로놓일 때 어떻게 해야 할까? 그 답은 '아름답게 헤어지기'일 것이다. 말로는 쉬우나 실제로는 어려운 일이다. 어떤 것이 아름다운 헤어짐인지, 그 헤어지는 과정은 어떻게 이루어져야 하는지, 한 편의 고전을 통해 답을 찾아보기로 한다.

## 한 남자의 간절한 바람

세상의 청춘 남녀라면 좋은 짝을 만나 행복한 삶을 이루기를 꿈꾸게 마련이다. 하지만 좋은 짝을 찾아내 인연을 이루는 것은 그리 쉬운 일이 아니다. 짝을 구하는 일은 현실적인 조건뿐 아니라 개인의 성격도 크게 작용하기 때문이다. 이때 연애에 무관심하거나 상대방에 대한 기대치가 너무 높은 사람은 성격적인 면으로 인해 자신의 짝을 찾는 데 어려움을 느낄 것이다. 하지만 마음속으로 사랑을 갈망하면서도 현실적인 조건으로 인해 사람을 기피할 정도로 위축된 사람이라면 짝을 찾는 데 더욱 어려움을 느낄 것이다.

김시습金時習의 소설집《금오신화》의 첫 작품인 〈만복사저포기〉의 주인공 양생은 강한 갈망이 있음에도 짝을 구하지 못한 인물이었다. 원인을 정확히 말하기는 어렵지만, 현실적인 조건과 성격상 문제가 함께 작용했던 것으로 보인다. 작품은 그가 일찍 부모를 여의고 홀로 만복사 골방에서 살고 있었다고 한다. 나서서 좋은 사람을 구하기가 여의치 않은 처지였을 것이다. 양생은 성격적으로도 소극적이며 '자기 세상'을 사는 데 익숙했던 인물로 다가온다. 시를 짓거나 말하는 것을 보면 꽤 똑똑하고 감각 있는 젊은이인데, 절 안팎의 사람과 교유하는 모습을 보기가 어려웠다. 혼자서 시를 지어 읊거나 또는 자문자답 식으로 만복사 부처와 대화하는 것이 그가 시간을 보내는 방식이었다.

배꽃이 하얗게 핀 봄이었다. 밤이 되자 꽃나무 위로 달이 떠올랐다. 그리고 어디서인지 통소 소리가 들려왔다. 만복사 구석진 방에 홀로 누워 있던 양생은 외로운 시름을 이기지 못하고 시를 지어 읊었다.

한 그루 배꽃나무, 쓸쓸한 사람을 벗해주누나[一樹梨花伴寂寥].
가련해라 달 밝은 이 밤을 허송하다니[可憐孤負月明宵],
봄날 홀로 누운 외로운 들창가로[青年獨臥孤窓畔]
어디선가 그이가 통소를 불어 보내나[何處玉人吹鳳簫].

물총새는 쌍을 이루지 못해 외롭게 날고[翡翠孤飛不作雙]
원앙은 짝을 잃고 맑은 물에 멱을 감는다[鴛鴦失侶浴晴江].
어느 집에 약속 있나 바둑돌을 놓는 저 사람[誰家有約敲碁子]
한밤 등불꽃으로 점치며 창 아래에 시름하네[夜卜燈花愁倚窓].

외로움과 시름이 뚝뚝 묻어나는 슬픈 시다. 달빛 아래 꽃이 화사한데 언제나 그렇듯이 양생은 혼자다. 홀로 하늘을 날고 홀로 물에서 목욕하는 원앙새는 한때 짝이 있었겠지만 양생한테는 그러한 기억조차 없다. 그는 평생 이렇게 혼자여야 하는 것인가.

그때 무언가 하늘에서 소리가 들려오는 것 같았다. "정녕 그대가 좋은 배필을 얻고자 한다면 소원을 이루지 못할까 걱정할 것이 없지!" 하는 말소리였다. 그 말을 계시처럼 마음에 담은 양생은 다음날 밤에 만복사 부처를 찾아갔다. 그날은 마침 부처에게 소원을 비는 날이었다. 양생이 도착한 때는 수많은 사람이 절을 찾아와 빌고 돌아간 뒤끝이었다. 양생은 부처님에게 좋은 짝을 맺어달라고 청하는 소원을 빌고서 부처님한테 저포놀이 시합을 걸었다. 자기가 지면 법연法筵을 차려서 갚고 이기면 부처님이 좋은 짝을 보내준다는 조건을 내걸고서 한번은 양생, 한번은 부처 순으로 시합을 벌였다.

밤중에 혼자서 열심히 저포놀이를 벌이는 모습이라니 누가 보면 꽤 우스웠겠지만, 양생으로서는 진지한 일이었다. 작품에 구체적으로 서술되어 있지는 않지만, 시합에 완전히 몰입했을 것이다. 나름대로 공정하게 시합을 벌인 결과는 양생의 승리였다. 그는 크게 기뻐하면서 부처 앞에 꿇어 앉아서 다짐을 받았다.

"업이 이미 정해졌습니다. 저를 속여서는 안 됩니다" 하고서 한옆에 숨어서 상황을 엿보는 양생이었다. 부처님이 무심치 않다면 짝을 보내줄 것이라 믿으면서 말이다. 혼자서 소원을 내걸고 일인이역으로 내기를 하는 일은 그 자체로 우스꽝스럽지만, 얼마나 외롭고 간절하면 저리할까 생각해보면 무척 슬픈 일이다. 저 양생과 비슷한 처지에 있는 사람이라면, 마음은 간절한데 사랑을 해볼 기회를 가지지 못한 사람이라면 살짝 눈물이 날 수 있는 장면이다. 왠지 저 슬픈 바람이 이루어지면 좋겠다는 마음이 드는 대목이다. 그리고 그 순간, 하나의 기적이 일어난다.

## 오랜 고독이 낳은 슬픈 집착

이미 많이 늦은 밤으로 외인이 찾아올 리 없는 시간이었다. 그런데 문득 사람의 모습이 보였다. 둘도 아닌 혼자였으며, 젊고 아름다운 처녀였다. 두 갈래로 땋은 머리에 깨끗한 옷차림을 한 처녀는 부처님 앞에 공손히 앉더니 축원문을 읽기 시작했다.

아무 고을 아무 땅에 사는 소녀 아무 씨 아무개는 아룁니다. 지난번 국경의 방비가 허물어져 왜구가 침입하였을 때, 어디를 가나 싸움은 눈앞에서 치열하였고 위급함을 알리는 봉화가 여러 해 계속되었습니다. 왜적이 집을 불살라버리고 백성을 노략질하니, 사람들은 동서로 달아나 숨고 이리저리 도망하였으며, 친척과 하인 들은 뿔뿔이 흩어졌습니다. 저는 버들잎처럼 연약한 몸이라 멀리 갈 수가 없어 깊이 규방에 들어가 끝까지 정절을 굳게 지키고, 부정한 행실을 저지르지 않으면서 난리의 화를 면하였습니다. 부모님께서는 딸자식이 정절을 그르치지 않았다고 기특하게 여기셔서, 한적한 곳으로 피신케 하고 초야에서 임시로 살게 해주셨습니다. 그것이 벌써 3년이 되었습니다. 하지만 가을에 둥근 달이 뜨고 봄에 아름다운 꽃이 피어도 상심한 탓에 제대로 감상을 하지 못하고 헛되이 보내며, 하늘에 둥실 떠 있는 구름이나 들판에 흐르는 강물과 더불어 무료하게 세월을 보낼 따름입니다. 그렇기에 저는 사람 없는 빈 골짜기에서 쓸쓸히 지내면서, 운명의 야박함을 한탄하였습니다. 또한 좋은 밤을 혼자 보내면서, 아름다운 난새가 짝을 잃고 외로이 춤을 추는 것과 같다고 이 신세를 슬퍼하였습니다. 날이 가고 달이 바뀌어 이제 혼백마저 쇠하고 상하여갑니다. 그래서 여름의 더딘 석양과 겨울의 기나긴 밤에는 더욱 간담이 찢어지고 창자마저 끊어질 듯합니다. 부디 각황께서는 연민하는 뜻을 삼가 드리워주십시오. 생애의 운명은 미리 정하여 있고, 업은 결코 피할 수 없겠지요. 하지만 제가 타고난 운명에 인연이 있다면 얼른 배필을 만나 즐길 수 있게 하여주십시오. 간절히 비옵니다.

양생은 눈과 귀를 의심할 수밖에 없었다. 부처님한테 배필을 점지해주기를 청했다지만, 그리고 시합에서 이겼다지만 진짜로 이렇게 인연이 찾아온 것은 뜻밖이었다. 더구나 그녀의 소원이 얼른 배필을 점지해달라는 내용이니 자기 바람과 완전히 맞았다.

평소 같았으면 나서서 여자에게 말을 걸지 못할 양생이었다. 하지만 자신의 소원이 부처님한테 통한 것이라고 여긴 양생은 용기를 내서 그녀 앞으로 나아가 말을 건넸다. 당신은 누구기에 홀로 여기에 왔느냐는 물음이었다. 그 처녀의 대답은 자기 역시 사람이니 의심할 일이 없다는 것이었고, 좋은 배필을 얻으면 그만이지 굳이 성명을 알 필요가 있느냐는 것이었다. 양생은 왜 '홀로'인지를 확인하고자 했으나 여인은 '누구'인지에 대해 답한 상황이었다. 양생은 처녀가 야밤에 홀로 온 것을 여전히 이상하게 여겼지만 더는 묻지 않았다.

그다음은 일사천리였다. 양생은 홀로 온 그녀에게 눈짓을 해서 자신이 거처하는 만복사의 판자방으로 이끌었고, 그녀도 이를 거절치 않았다. 그리고 두 사람은 각자 오래 꿈꾸었던 낭만적이고 환상적인 사랑의 밤을 지냈다.

그렇게 운우의 정을 이룬 뒤 처녀는 시녀를 시켜 집에서 주안상을 차려오게 한 다음, 아름다운 잔치를 베풀었다. 양생이 보니까 무늬 없는 그릇과 기이한 향내를 품은 술이 인간의 것이 아닌 듯했다. 사실은 처음 여성을 만날 때부터 의심하고 있던 터였다. 과연 그녀가 자기하고 같은 사람인지, 백년해로를 할 수 있는 상대인지 알 수 없어 불안했다. 하지만 양생은 그러한 마음을 스스로 지워 없애려 했다. 어느 명문댁 따님이 한때의 춘정을 걷잡을 길 없어 담을 넘어 나온 것이라고 생각하면서 예사로운 것처럼 행동했다.

그녀는 만강홍 곡조에 맞추어 노래를 하나 지어 시녀로 하여금 노래하게 했다. 그간의 외롭고 서러웠던 마음을 토로하며 좋은 짝을 만난 기쁨을 표현하는 노래였다. 양생으로서는 더할 바 없이 벅차고 뿌듯한 일이었다. 격조를 갖춘 아름다운 여성과 그날 밤 이러한 낭만적이고 환상적인 밤을 보낼 줄은 미처 몰랐던 터였다. 양생으로서는 단 한순간도, 단 하나의 느낌도 놓치기 싫은 시간이었다. 그는 그것이 현실이 아닐 수도 있다는 의심을 애써 떨쳤다. 그대로 오래오래 이어지기를 바랄 따름이었다.

그러한 양생의 마음을 읽기라도 한 것인지 그녀가 나서서 말했다.

낭군께서 저를 버리시지 않으신다면, 끝까지 낭군을 모시며 시중들까 하옵니다. 만일 낭군께서 제 소원을 들어주시지 않으신다면, 저와 낭군은 하늘과 땅처럼 아주 떨어질 것입니다.

만나자마자 꺼낸 이야기가 '버리는 일'이었고 하늘과 땅처럼 떨어지는 일이었다. 자기를 버리지 않겠느냐는 그 말에 대한 양생의 답은 '어찌 그럴 리가 있겠느냐'는 것이었다. 양생으로서 스스로 버릴 이유가 없는, 어떻게든 매달려 붙잡아야 할 사랑이었다.

닭이 울고 날이 밝아오자 두 사람은 서로 손을 잡고서 처녀의 집을 향해 발걸음을 옮겼다. 길을 갈 적에 사람들은 처녀가 있는 것을 알지 못하고 양생더러 이른 아침에 어디를 다녀오느냐고 물었다. 양생은 의아했지만 놀란 빛을 나타내지 않고 응대했다. 그리고 그녀를 잡은 손을 놓지 않았다. 그녀의 정체를 알 수 없지만 상관없다는 태도였다. 지금 그녀의 손을 잡고서 충만함을 느끼고 있다는 그 자체로 충분했다.

처녀의 집에 이르니 낯설고 이상한 느낌이 더 뚜렷해졌다. 밥상이나 그릇 따위가 인간세상의 것이 아니었다. 거기서 느껴지는 것은 완연한 죽음의 그림자였다. 그 순간 양생은 그녀가 산 사람이 아니라 죽은 귀신이라는 사실을 명확히 감지하고 있었다. 그녀가 곧 자기 곁을 떠나 영영 사라질 존재라는 사실을 말이다. 하지만 거기서도 양생은 내색을 하지 않았다. 비록 거품처럼 사라질 때는 사라지더라도 현재 이 순간을 놓치지 않겠다는 식이었다. 왜냐하면 지금 행복했기 때문이다. 양생에게 그녀는 손잡고 안을 수 있는 형태로 자신의 곁에 있어주어야 했다.

이는 오래 고독을 앓아온 사람의 비극을 예견케 하는 슬픈 집착이었다.

## 좋은 이별을 위한 의식

그곳에서 양생이 그녀와 지낸 시간이 사흘 낮 사흘 밤이었다. 그 상태 그대로 한없이 이어지기를 바란 양생이었으나 바람은 이루어질 수 없었다. 이제나저제나 했던 그 말이 처녀의 입에서 마침내 튀어나오고 말았다. '이별'이라는 그 말이……

사흘이 지나자 이윽고 그녀가 양생에게 말하였다.
"이곳의 사흘은 인간세상의 3년보다 적지 않습니다. 낭군께선 이제 집으로 돌아가셔서 생업을 돌보셔야지요."
양생은 서글퍼하면서 말하였다.
"어찌 이다지도 갑작스레 빨리 이별한다는 말이오!"

갑작스럽게 웬일이냐는 식으로 양생이 말하고 있지만, 실은 이미 예감하고 있던 일이었다. 그녀 또한 이를 다 알고 있는 바였다. '이곳'이 인간세상과 다르다는 것을 강조하는 그녀의 말 속에는 '당신도 내가 당신 곁에 오래 머물 수 없는 사람이라는 것을 잘 알고 있지 않느냐'는 뜻이 담겨 있다. 이제 그때가 되었으니, 계속 머물러서는 둘 다 제자리로 돌아갈 수 없으니 헤어질 수밖에 없다는 말이었다.

이 상황에서 양생은 어떻게 해야 하는 것일까? 지금 그는 중요한 '서사의 분기점'에 놓인 것이라 할 수 있다. 가지 못하게 붙잡고 매달리거나 뒤쫓아서 따라가는 쪽과, 어쩔 수 없는 현실을 인정하고서 이별을 받아들이는 쪽 사이의 갈림길이다. 이때 양생이 내린 선택은 그간의 태도에 비추어보면 좀 뜻밖일지도 모르지만, 후자 쪽이었다. 아쉬움과 슬픔을 안에 눌러 담고서, 양생은 이별을 현실로 받아들이고 그녀를 보내주기로 했다. 어찌 보면 쉬운 단념으로 보이기도 하지만, 실은 마음속으로 오래 되새긴 바였다고 할 수 있다. 보내고 싶지 않지만, 가야 한다면 보내야 하는 것이었다.

그리하여 이별의 의식이 이어진다. 짧다면 짧았으나 더없이 깊고 소중한 만남이었다. 이별의 의식 또한 거기에 걸맞도록 길고 충실하게 베풀어졌다. 작품 속에 그려진 이별의 의식은 무척 인상적이다. 그것은 둘이 만나서 사랑을 나누는 과정보다 더 길고 자세하다. 그 형상은 자못 화려하고 경이로우며, 비장하고 숭고해 보이기까지 한다.

첫 번째 이별의 의식은 처녀의 지인들을 초청해 성대한 이별 잔치를 벌이는 일이었다. 처녀가 시녀를 시켜 모은 이웃은 정씨와 오씨, 김씨, 유씨 성을 가진 처녀로서, 다들 온화하고 비범하며 총명한 여성들이었다. 그들은 차례로 칠언시를 네 구씩 지어서 읊었는데, 그 내용은 규중처자의 외로움과 서글픔, 그리고 사랑에 대한 그리움을 담은 것들이었다. 그러니까 그들은 양생이 만난 저 여성과 마찬가지로 결혼도 하지 못하고 세상을 떠난 이들로서, 마음속에 품은 한을 이렇게 펼쳐내는 것이었다.

그녀들이 지어 부른 여러 편의 시는 얼핏 양생을 위한 것처럼 보이지만, 실제로는 여성들을 위한 것이었다고 할 수 있다. 양생을 만나 한을 풀고서 제 갈 곳으로 돌아갈 수 있게 된 여성을 이렇게 애틋하게 전별하고 있는 것이었다. 유씨가 맨 마지막으로 읊은 구절에서 이를 잘 알 수 있다.

오늘 아가씨는 해맑은 도령과 짝하였으니 [娘娘今配白面郎]
하늘이 정한 인연, 남녀 사이 향기롭다 [天定因緣契闊香].

월하노인이 이미 금슬의 붉은 끈 전하였으니 [月老已傳琴瑟線]

이제부터는 서로 양홍梁鴻과 맹광孟光같이 대하구려 [從今相待似鴻光].


유씨 처녀는 이렇게 그녀가 양생과 결연해 원을 풀었음을 치하하면서 그 인연의 길이 아름답기를 기원하고 있다. 다시는 짝 없는 외로움과 서러움에 빠지지 말라는 축원이다. 이 말에 감동한 처녀가 또한 답시를 쓴다. 그간 시름 속에 눈물의 날을 보내다가 이제 원앙의 짝을 이루었으니 더는 원망을 가지지 않기를 바란다는 내용이었다. 그 끝 구절은 다음과 같았다.


이제 한마음으로 칭칭 실을 맺었나니 [好是同心雙縮結],

비단 부채처럼 가을을 원망 말게 하여주오 [莫將秋扇怨淸秋].


유씨 처녀는 양생과 그녀로 하여금 전설적인 잉꼬부부인 양홍과 맹광처럼 다정히 어울리라고 한다. 그리고 그녀 또한 양생한테 이렇게 맺은 인연이 원망으로 이어지지 않게 해달라고 말한다. 이제 생과 사의 갈림길에서 이별하려는 처지에 전해주는 시에 잘 어울리지 않는 내용이다. 저 말은 비록 몸은 떨어져 있더라도 마음으로는 자신을 잊지 말라는 당부라고 할 수 있다. 자신을 동반자로 여겨 마음으로 늘 함께함으로써 이별이 진짜 이별이 되지 않게 해달라는 말이다.

처녀의 그 바람에 양생 또한 격정의 시로써 응답한다. 그가 즉석에서 한 편의 긴 시를 써서, 이 처녀가 자신에게 얼마나 소중했는지, 이 만남이 얼마나 황홀하고 충만했는지를 구구절절 풀어낸다. 그 시의 맨 마지막은 다음과 같은 것이었다.

낭자는 어찌 경솔한 말을 하여[娘子何爲出輕言]
가을바람에 부채 버리듯 하리라 하는가[道我奄棄秋風紈].
대대로 다시 태어나 배필이 되어[世世生生爲配耦]
달 아래 꽃 앞에서 함께 노닙시다[花前月下相盤桓].

　귀한 인연을 죽어서라도 잊지 않으리라는 말이다. 다시 태어나고 또 태어나서 그 인연을 아름답게 이어나가자는 말이다. 이제 덧없이 떠나야 하는 저 여성을 위한 최선의 답이라 할 수 있다. 여성으로 하여금 미련 없이 충만한 마음으로 떠날 수 있게 하는 아름다운 축복의 말이었다. 떠나는 사람을 향한 최고의 사랑고백이었다. 작품에 따로 표현되지는 않았지만, 양생의 이 시를 들으면서 그녀의 마음이 더없이 평화롭고 따뜻해졌을 것이다.

　양생과 마음을 주고받은 처녀는 두 번째 이별 의식을 준비한다. 양생과 함께 보련사라는 절로 가서 자기 부모와 만나는 일이었다. 자기와 양생이 인연을 맺었음을 알리고 부모와 이별하기 위함이었다.

　양생이 처녀가 건네준 은주발을 들고서 보련사 가는 길에 서 있을 때, 어떤 귀족 내외가 그를 발견하고 깜짝 놀랐다. 그 은주발은 죽은 딸이 쓰던 물건이었기 때문이다. 양생으로부터 사연을 들은 귀족은 먼저 보련사로 떠난 뒤 자기 딸이 오거든 함께 그리로 오라고 했다. 처녀는 절에서 자기 존재를 드러냈다. 사람들은 그 모습을 볼 수 없었지만, 수저를 들어 식사를 하는 소리를 생생히 들을 수 있었고, 휘장 속에서 양생과 함께 누워 정담을 나누는 소리를 들을 수 있었다.

　그러니까 그것은 하나의 '영혼 결혼식'이었다고 할 수 있다. 처녀는 부모와 사람들 앞에서 자신이 양생과 짝을 이루었음을, 그리하여 이제 원을 풀고 저승에 가게 되었음을 확인시키고 있는 중이다. 그리고 양생은 처녀의 부모와 또 다른 사람들 앞에서 기꺼이 그녀의 신랑 역할을 다하고 있는 중이다. 짧은 시간이지만 자신한테 너무나 고맙고 소중했던 사랑하는 그녀가 모든 원을 풀고서 고이 떠날 수 있도록 말이다.

그 의식을 마쳤을 때, 처녀는 마지막 남았던 회포를 양생 앞에서 구구절절 털어놓는다. 자기가 어떻게 죽었고 얼마나 서러웠는지, 얼마나 한 남자의 지어미 노릇을 하고 싶었는지를 말이다.

오랫동안 쑥덤불 속에 거처하여 들판에 버려져 있다가보니, 애정이 한 번 일어나자 끝내 걷잡을 수 없었어요. 그러다가 지난번 절에서 복을 빌고 법당에서 향불을 피고는 일생의 운수가 박하다고 스스로 탄식하였는데요. 거기서 뜻밖에도 삼세의 인연을 만났지요. 그래서 몽치머리에 가시나무로 비녀를 삼은 가난한 차림이라도 좋으니 아낙으로서 낭군에게 인생 100년 동안 높은 절개를 바치고, 술 빚고 옷을 기우는 부지런한 살림살이를 하여 한평생 지어미로서의 길을 닦으려 하였던 것이에요. 하지만 한스럽게도 업보는 피할 도리가 없어, 저승길은 마땅히 가야만 하여요. ……이제 한번 이별하면 훗날의 만남은 기약하기 어렵겠지요. 작별에 임하고 보니 정말 서글프고 정신이 아득하여 무어라 말씀드려야 할지 모르겠군요.

그 말을 남긴 채 처녀는 마침내 저세상으로 향했다. 사람들은 울음으로써 그녀의 영혼을 전송했다. 그녀가 떠나면서 마지막으로 남기는 회한의 언어가 세상 사람들 모두한테 들려왔다.

저승길이 기한 있어 [冥數有限],

애처롭게도 이별한다오 [慘然將別].

바라건대 임이시여 [願我良人],

조금도 멀리 마오 [無或疎闊].

슬프고 슬퍼라, 우리 부모여 [哀哀父母]

나를 짝 지워주지 못하셨네 [不我匹兮].

아득한 저승에서 [漠漠九原]

한이 맺혀 있으리 [心糾結兮].


  그렇게 그녀가 떠나자 처녀의 부모는 양생에게 은주발과 함께 딸의 몫으로 남겨두었던 밭뙈기와 노비를 선물로 주고서 자기 딸을 잊지 말아달라고 부탁했다. 부모 또한 양생을 딸의 진정한 배필로 인정해준 것이었다. 비록 죽은 사람이지만 그녀를 귀중한 배필로 여기고 있는 양생으로서 고맙게 받아들일 바였다.

  그렇게 이별 의식은 끝이 났다. 양생은 처녀의 오롯한 배필이 되어서 그녀와 친구의 이별을 주선하고, 부모의 이별을 매개했다. 그리고 그 자신 역시 그녀와 이별했다. 숭고할 정도로 아름다운 그 이별의 의식은, 자신에게 행복한 충족감을 안겨준 갸륵한 사람을 위한 최소한이자 최대한의 배려였다. 한 명의 외롭고 슬펐던 사람이 자기보다 더 외롭고 슬펐던 사람을 향해 베풀어준 따뜻한 참사랑이었다.


## 더 나은 우리를 위한 헤어짐

그렇게 처녀는 떠나고 양생은 다시 혼자가 되었다. 마치 꿈인 듯 황홀한 사랑을 나누었던 사람을 덧없이 보내고 난 양생이었다. 또다시 그러한 사랑을 기약할 수도 없는 상황이었다. 작품은 그 뒤로 양생이 다시 결혼을 하지 않고 지리산에 들어가 약초를 캐며 살았다고 전한다. 그가 어디서 어떻게 세상을 마쳤는지 아무도 알지 못한다는 내용으로 이야기는 마무리된다.

이러한 결말은 흔히 비극으로 해석되었다. 처녀가 떠난 뒤 더는 세상에서 희망과 기대를 할 수 없었던 양생이 삶의 의욕을 잃고서 도피한 것이라고 보았다. 양생의 그 사랑이란 꿈처럼 허망하고 덧없는 사랑이었다고 말해왔다. 어찌 보면 양생은 한 귀녀鬼女의 원한을 풀어주는 과정에서 자기 삶을 잃어버린 것이라고 볼 수도 있다. 저승으로 떠나면서도 자신을 영원히 잊지 말라던 처녀의 바람은 양생의 삶을 가두는 일종의 질곡이었다고 볼 여지도 있다.

하지만 그 아름다운 이별은 단지 그녀만을 위한 것이었다고 할 바가 아니다. 그 이별은 양생 자신을 위한 것이기도 했다. 두 차례에 걸친 이별 의식은 양생으로 하여금 처녀와의 사랑이 허망한 것이 아니었음을 확인하는 과정이었고, 비록 처녀는 멀리 떠나지만 그녀를 마음속 깊이 아름답게 간직하는 과정이었다. 그녀의 진정한 배필이 되어서 대대로 이어질 삼생의 인연을 기약하는 과정이었다. 비록 그녀는 떠났지만, 양생은 그녀를 보낸 것이 아니었다. 한용운이 〈님의 침묵〉에서 "아아 님은 갔지마는 /나는 님을 보내지 아니하였습니다" 하고 읊은 것처럼, 양생은 그녀와 늘 함께할 수 있게 된 것이었다. 양생이 다시 결혼을 하지 않은 것은 자기 곁에 사랑하는 사람이 늘 함께하고 있기 때문이었다고 할 수 있다.

〈만복사저포기〉에서 처녀가 떠난 내용과 양생이 지리산으로 들어갔다는 내용 사이에는 그간 그리 주목되지 않았던, 하지만 면밀히 주목할 만한 내용이 있다. 양생이 처녀를 위해 전답과 가옥을 모두 팔아 사흘 동안 정성껏 재齋를 올려주었고, 그러자 그녀가 그에 응감해 공중으로부터 양생에게 계시를 내렸다는 내용이 그것이다. 그 계시의 내용은 다음과 같은 것이었다.

낭군이 제를 올려주신 덕택에 저는 이미 다른 나라에서 남자의 몸으로 다시 태어났습니다. 비록 저승이 이승과 격리되어 있다고 하여도 깊이 감사하고 흠모하여요. 그대는 부디 다시 깨끗한 업을 닦으시어 함께 윤회의 굴레를 벗어나도록 하세요.

다른 나라에서 남자로 태어났다니 이것은 무슨 뜻일까? 얼핏 이해가 되지 않는 그 내용 속에 심오한 이치가 깃들어 있다. 그것은 그 사람이 여성으로서의 한을 완전히 다 풀고 그로부터 자유로워졌다는 말이다. 양생 또한 그와 같이 그리움과 욕망, 또는 원한의 질곡을 벗어나 자유로워졌으면 좋겠다는 말이다. 그것은 둘의 인연이 무효가 되었다는 말이 아니다. 그 귀한 인연을 통해 더 크고 넓은 곳으로 나아갈 수 있었다는 말이다. 남녀 간에 이룰 수 있는 최고의 사랑을 이루었으므로 작은 사랑에 대한 집착을 넘어 존재의 본원으로 나아갈 수 있었다는 뜻이다.

양생이 지리산으로 들어간 것은 여성이 전해준 그 깨달음을 그 또한 체득했기 때문이라고 할 수 있다. 이제 더는 그녀에 대한 걱정을 할 필요 없이, 또한 자신에 대한 걱정을 할 필요 없이 제 존재를 살기로 한 선택이라고 할 수 있다. 비록 그녀와 이별했지만 지금 그는 그 처녀와, 아니 그 '사람'과 아무 걸릴 것 없이 온전히 함께인 존재가 된 상황이다. 사랑을 통해 자유를 얻고서 대자연 속으로 찾아 들어간 그는 신선이나 부처가 되지 않았을까?

이별은 사랑의 끝이라 할 바가 아니다. 아름답게 이별을 하면, 오히려 이별을 통해 더 가까워질 수 있다. 옆에 있지 않아도 늘 옆에 있음을 느낄 때, 그것이 진정으로 함께하는 것이 아닐까. '죽음'이라는 심연조차도 그것을 가로막을 수 없다. 같은 하늘 아래 살아 있는 사람들이야 더 말할 필요도 없을 것이다.

노영윤 *

---

• 건국대학교에서 문학치료 연구로 석사학위를 받고 박사과정을 수료했다. 사람들의 하루하루의 일상에 대한 관심이 크며, 일기와 꿈을 지속적으로 기록하고 연구하고 있다. 주요 논문으로는 〈설화를 활용한 시창작 과정과 그 문학치료적 의미〉, 〈사진 일기와 그림동화 개작을 통한 자기발견과 그 효능〉 등이 있다.

# 만복사저포기 萬福寺樗蒲記

● 작품 설명 ●

조선 전기에 김시습이 지은 한문소설로 원본은 전하지 않는다. 일본 동경東京에서 목판

본으로 간행된 작자의 소설집 《금오신화》에 실려 있다. 국내에서는 김집金集이 편찬한

한문소설집에 필사된 것이 있다. 산 남자와 죽은 처녀의 사랑을 그린 애정소설이며, 구

조 유형상 명혼소설冥婚小說 또는 시애소설屍愛小說이라고도 한다.

● 줄거리 ●

양생이 어려서 부모를 잃고 만복사 판자방에서 외롭게 살고 있었다. 양생은 하루는 만

복사 부처한테 저포놀이 시합을 제안한다. 자기가 이기면 좋은 배필을 보내주고 지면

법연을 베풀겠다고 했다. 양생이 시합에서 이긴 뒤 기다리고 있자니 정말로 한 아름다

운 처녀가 법당에 나타난다. 그녀는 자신의 외로운 신세를 한탄하며 부처한테 배필을

점지해달라고 축원했다. 양생은 이 모든 것을 부처의 뜻으로 알고 망설임 없이 그녀와

사랑을 나누고 연을 맺는다.

이후 양생은 처녀가 저승의 귀녀임을 암시받고, 둘은 이별을 맞는다. 이때 처녀가 같은

처지에 있던 처녀들을 초청해 이별 잔치를 연다. 그들은 시를 주고받으며 깊은 심회를

나눈다. 양생은 그녀의 바람대로 이별하나 마음은 잊지 않을 것이라고 화답한다.

그런 후에 처녀는 양생에게 보련사 가는 길에서 자신이 주는 은주발을 들고 서 있다가

자기 부모를 만나달라고 부탁한다. 다음날 양생은 그녀의 부탁대로 그녀를 따라 보련

사로 간다. 부모 앞에서 그녀는 양생과 밥을 먹고 정담을 나누며 양생이 자신의 배필임

을 알린다. 그런 다음에 처녀는 양생에게 자기가 왜란 때 정절을 지키려다 죽은 혼령임

을 알리며 미안함과 고마움을 표하고 멀리 저승으로 떠난다. 처녀의 부모는 양생에게

밭과 노비를 주면서 딸을 잊지 말아달라 부탁한다.

양생은 그녀의 빈장殯葬이 있는 곳으로 가 그녀를 위해 전답과 가옥을 모두 팔아 사흘

동안 정성껏 제사를 지낸다. 그러자 자신은 다른 나라에 남자로 태어났으니, 양생 또한

정업을 닦아 윤회의 굴레를 벗어나라는 처녀의 목소리가 공중으로부터 들려온다. 그 후 양생은 다시 결혼하지 않고 지리산에 들어가 약초를 캐며 살았다. 양생이 언제 어떻게 죽었는지 아는 사람은 아무도 없었다.

● 인용 자료 및 권장 작품 ●

김시습 지음, 심경호 옮김, 《매월당 김시습 금오신화》 한국고전총서 2권, 홍익출판사, 2000.

# 실현 편

## - 오롯이 함께 완성하는 사랑

흥보가 이리 고생을 하고 가난하게 지내도 자식**만큼**은 부자였다.

내외간에 금슬이 좋아 자식을 줄줄이 낳는데,

1년에 꼭 한 번씩은 낳는데 툭하면 쌍둥이요, 간혹 셋씩도 낳았다.

내외간에 서로 보고 웃음**만** 웃어도 그냥 아이가 생겨나

그럭저럭 주어섬겨 놓은 것이 아들**만** 스물아홉이었다.

－〈흥보가〉 중에서

# 스스로를 사랑하는 기술

-〈춘향전〉의 춘향과 몽룡

**자아 세우기**

가진 조건과 상관없이, 쉽지 않을 것이라는 예상을 보기 좋게 깨면서 사랑을 완성하는 사람이 있다. '가식 없이 솔직한 것'이 비결이다. 감정에 솔직한 사람, 있는 그대로의 자신을 사랑하는 사람은 상황 변화에 상관없이 사랑을 지켜낸다. 그러한 사람은 큰 매력으로 다른 사람의 마음을 끌며 진정한 자기편이 되게 한다. 그렇게 맺은 사랑은 한순간의 열정으로 그치지 않고 성숙해가면서 영원으로 이어진다.

## 몽룡은 춘향을 사랑했을까

첫눈에 반해 그날로 백년가약을 맺고 불같이 사랑하던 성춘향과 이몽룡이 오랜만에 재회한 장소는 남원 관아 옥이었다.

"다름이 아니라 내일 본관 사또 생일이라. 근읍 수령 다 모아 잔치 끝에, 나를 형장에 올려 포악관정하였다고 죽일 계획을 하고 형장을 신축한다 하니, 이 아니 원통합니까?"

그러자 이몽룡은 남의 말하듯, "그것이 참 남의 일인가 싶지 않다."

"여보 서방님, 내일 잔치 끝에 '춘향을 올리라' 하면 청령나졸 늘어서서 나를 잡아 올릴 것이오. 잔약한 이 내 몸에 한번 형장 맞고 하릴없이 죽을 테니, 나를 데리고 우리 처음 만나 연분을 맺었던 부용당으로 와주시오. 약을 써 정성으로 구완하다가 아주 영 죽거들랑, 다른 이는 손대지 말고 서방님이 거두어 눕혀주시오. 비단 수의는 필요 없으니 서방님 입고 고생하던 헌 누더기로 내 몸 둘러 감아주어 땀내라도 맡으면 죽은 혼이라도 원이 없겠소."

……"나는 그새 고생한 이야기나 하자고 왔더니 나의 빌어먹는 일은 새 발의 피로구나. 정담情談 한마디만 하마. 하늘이 무너져도 솟아날 구멍이 있다고, 죽을 때 죽고 맞을 때 맞아 죽을지라도 부디 안심하고 있거라. 장부 세상에 나서 너 하나야 못 살릴까. 내가 너에게 해줄 정담이 그것밖에 없구나. 바람이 차다. 들어가거라."


춘향이 남원 사또 변학도의 수청에 저항하며 이몽룡과의 사랑을 지켜내려 고군분투했는데, 이몽룡이 거지꼴로 나타났던 것이다. 그래도 춘향은 실망하는 기색 없이 이몽룡을 위로하더니, 곧 내일이면 자신이 죽는다고 고한다. 그리고 서방님의 손으로 장례를 치러주고 저승으로 가는 길에 서방님의 땀내 묵은 옷을 입혀달라고 청한다. 이렇게 춘향은 어떻게든 살길을 도모하려 하지 않고 오히려 죽기를 각오하며 오로지 서방님만 생각한다.

이몽룡은 사실 장원급제해 암행어사 직을 부여받고 남원 땅으로 돌아온 상황이었다. 어사또가 된 이몽룡은 남원 읍내에 들기 전부터 춘향의 고초를 알고 있었다. 그럼에도 어사또 책무를 다하고자 신분을 숨겼다. 거지꼴로 장모에게 밥을 달라 조르고, 옥에 갇혀 몸도 가누기 힘든 춘향에게 손을 달라 입술을 달라 철딱서니 없이 굴며, 춘향의 한탄에 남의 이야기하듯 굴었다. 그러더니 죽기를 마다하지 않는 춘향에게 무슨 뜻인지 알기 어려운 말을 잠깐 흘리고는 차갑게 등을 보이는 것이었다.

꿈에도 그리던 재회인데 이들의 대화는 마치 서로 다른 곳을 바라보는 듯하다. 이몽룡은 나랏일을 앞세워 눈을 감아버리고, 춘향이 홀로 안간힘을 쓰고 있는 것처럼 보인다. 춘향의 죽음을 무릅쓴 사랑, 외롭고 힘든 싸움이라고 본다면 〈춘향전〉은 일방적인 순정의 사랑 이야기다. 이렇게 보자면 그들의 사랑은 우리의 현실과 먼 판타지이자 봉건시대의 진부한 옛 이야기에 지나지 않아 보인다.

〈춘향전〉은 조선시대 최고의 애정소설이다. 작품의 이본만 100종이 넘는다. 문학이란 현실과 다른 차원으로 사람의 마음속에 살아 숨 쉬었던 진실의 세계인데, 여성의 일방적인 희생과 순정의 이야기만으로 그렇게 오랫동안 수많은 사람의 마음을 울릴 수 있었을까? 그럴 리 없다. 〈춘향전〉을 꼼꼼히 살피면 한 사람이 아니라 두 사람이 함께 피워낸 진실한 사랑의 역정과 생생하게 만날 수 있다. 지금 여기 우리의 마음속에도 살아 숨 쉴 만한 사랑의 원칙이 그 안에 깃들어 있다.


## 스스로의 감정에 솔직할 것

춘향은 어떤 여성이었을까? 많이 알려진 바와 같이 춘향은 이몽룡이 첫눈에 반하고, 변사또가 탐낼 만한 미인이었다. 또한 강렬한 의지로 절개를 지켜낸 여성이었다. 그리고 춘향은 현대의 어느 여성 못지않은 팜 파탈의 매력도 지녔다. 〈춘향전〉에 그려진 그녀는 때로는 수줍어하며, 때로는 거침이 없다. 서로 백년가약을 약속하고 서약서를 주고받은 뒤 첫날밤을 보낼 때에 춘향은 부끄러워하면서도 적극적으로 이몽룡을 이끌어 그의 마음을 사로잡는다.

> 섬섬옥수로 도련님의 옷을 부여잡고 아슬아슬 몸살 주며 "속곳 벗어라, 재미없다."
> "애고. 남부끄러워 못 벗겠어요."
> "잔말 말고 어서 벗어라."
> "간지럽소. 놓으시오."
> 도련님 손으로 옷끈을 끄를 적에 춘향이 하는 말이 "첫날밤에 신부신랑 옷 벗기다 옷끈이 떨어지면 임의 정이 그친다니, 옷 벗긴대도 장단이 있삽나니 그 이치를 들으시오. 왼쪽 속곳 끈을 오른편 엄지발가락으로 해 홱친친 둘러 감고 왼편쪽 옆구리를 꼭 질러 옆으로 눕고 나서 오른편 끈을 왼편 엄지발가락으로 해홱친친 둘러 감고 오른편 옆구리를 폭 질러 반듯하게 눕고서는 두 다리를 쪽 뻗어 발등에 닿거든 살며시 벗어놓으면 옷끈이 상하리까."

서방님의 손을 끌어 옷고름을 풀어내는 방도까지 일러주는 춘향의 모습은 한 명의 솜씨 좋은 기생의 모습을 하고 있다. 춘향은 그렇게 적극적인 듯하다가도 또다시 수줍어하며 이몽룡의 애간장을 태운다. 그러니 이몽룡이 창밖을 보아도 춘향의 얼굴이 보이고, 바람을 쐬어도 춘향의 향기가 느껴지고, 글을 읊어도 춘향의 이름을 떠올릴 수밖에 없었다.

이렇게 춘향은 단숨에 남자를 홀릴 만한 매력을 지녔으면서도, 사대부 여성 못지않은 열녀의 면모를 보이기도 한다. 학계에서는 이러한 춘향의 다채로운 모습을 두고 그녀의 신분과 결부시켜 이해하려는 시도가 많았다. 그러나 춘향의 특성은 '기생'이나 '열녀' 그 어느 것으로도 규정될 수 없다. 춘향은 그저 오롯이 춘향이었다는 말이 어울린다. 작품에서 그려내고 있는 춘향은 일관되게 당당하고 솔직한 인물이다. 선녀같이 그네를 타다가도 느닷없이 방자에게 "대가리는 북통 같고 눈구멍은 지팡이 구멍 같은 녀석"이라고 면박을 줄 만큼 거스름 없이 속내를 밝히는 시원시원한 성격이었다. 자신을 죽이겠다는 변학도 앞에서도 당당하게 나랏일 보는 관직에 있으면서 여색을 탐하지 말라고 호령을 하는 것도 그렇다. 그러고 보니 변학도의 부름에 관아에 끌려가던 춘향에게 모친이 하는 말도 심상치 않았다.

네 고집을 내가 안다. 말을 부디 잘하여라.

춘향을 낳고 키운 모친은 춘향이 모질게 변학도에게 저항할 수도 있다는 사실을 예감했던 것이다. 춘향은 자신의 감정에 솔직하고, 진심을 말과 행동으로 옮기는 여자였다. 그래서 춘향은 사랑하는 이 앞에서 다채로운 매력을 뿜어낼 수 있었다. 이몽룡이 자기를 보러 와준 반가움에 손을 잡아 이끌고, 옷을 벗고 옆에 누우니 새삼 부끄러워졌으며, 어디서 듣기를 속곳 끈이 떨어지면 정도 끊어진다 하니 조심하기도 했던 것이다. '요조숙녀같이 입을 반만 열고 실 같은 음색으로 일부종사하겠다'는 말도, 맵시 있고 능숙하게 남자를 이끄는 것도 모두 춘향의 진심이었다. 솜씨 좋은 기생의 면모도, 절개 높은 열녀의 면모도 모두 춘향의 참모습이었다. 그녀는 삶의 국면에서 자각되는 자신의 진심에 매순간 충실했을 뿐이다. 한편으로는 한 떨기 꽃과 같고 또 한편으로는 곧게 뻗은 대나무와 같은 춘향의 성격은 스스로의 감정에 늘 솔직하게 대응한 인물이 하나의 생명으로서 살아 있다는 증표였다. 변화무쌍하면서도 거부감 없는 자연스러움! 그리하여 우리는 그 동선에 자신도 모르게 이끌려서 공감하고 공명하면서 그녀를 사랑했던 것이다. 마치 이도령이 그랬던 것처럼 말이다.

여기에서 우리는 사랑의 법칙을 하나 발견할 수 있다. 사랑에 솔직할 때, 어색한 연기 없이 순간순간 살아 있는 감정에 자기 몸을 맡길 때 존재는 그만큼 빛나고 아름다워 보인다. 불쑥거리고 후끈거리는 사랑의 감정에 먼저 두려워져서 몸을 사리고 마음을 가리는 것보다 온몸으로 솔직하게 상대를 대할 때 춘향같이 솔직하고 당당한 매력으로 마음을 잡아끌 수 있다.


## 사랑을 완성하는 자존감의 법칙

때로는 춘향의 신분 때문에, 또는 매혹적인 면모 때문에 그녀의 진짜 의도가 의심되기도 한다. 과연 춘향은 정말로 한 남자와의 사랑을 지켜내기 위해 죽기를 각오했던 것일까? 그것은 정말 아무 사심이 없는, 한 남자를 향한 진실한 사랑이었을까?

기생의 딸인 춘향이 사또 자제 이몽룡을 마음에 두면서 오로지 사랑만을 원했다고 믿기 어려운 면이 있는 것이 사실이다. 작중인물들의 시선을 보면, 그녀의 마음을 믿기보다는 의심하고 조소하는 쪽이었다. 기생 주제에 수절 운운하며 잘난 척을 한다고 비아냥대는 이들도 있었다. 군노 사령들은 춘향이 양반 서방을 얻어 도도하게 군다면서 화를 돋우기도 했다.

하지만 의심하던 눈초리는 춘향이 변학도 앞에서 악행을 당하는 과정을 거치면서 어느새 사라진다. 춘향이 서른 대의 모진 태장을 맞아 온몸이 피범벅이 된 상태에서도 굴하지 않는 모습을 보면서, 사람들은 그녀를 '열녀 춘향'이라고 부르며 응원한다. 자신들이 미처 모르고 낮추어 보던 그녀의 진심을 비로소 깨달았기 때문이다. 그녀는 정말로 사랑을 위해 목숨을 거는 사람이었던 것이다.

　춘향은 어리고 여린 몸으로 철벽같은 권력자에게 저항한다. 온몸이 다 망가진 상태로 목에 큰 칼을 쓰고 손발에 쇠를 찬 채로 옥에 갇힌다. 창도 하나 없고 벽이 허물어진 틈으로 찬바람이 맨살을 파고드는 험악한 감옥이었다. 밤이면 까마귀 우는 소리가 소름 끼치게 들려오고 죽은 귀신들이 불쑥 나타나서 그녀를 놀라게 했다. 변학도한테 스스로 용서를 빌고서 수청을 자원하지 않는 한 그 또한 옥중에서 귀신이 될 상황이었다. 그렇게 죽음의 그림자를 느끼면서 그리움은 더 깊어지고 사랑은 더 간절해졌다.

　나는 아니 잊건마는 도련님은 잊었는가. 꿈에도 아니 오네. 해 다 져 황혼 되면 기다리기 몇 번이며, 눈앞에 꽃잎 지고 달이 가득 찰 때 방을 나선 것이 몇 번이고. 이리 시름 생각하고 저리 시름 생각하니, 간절한 님 생각을 어쩌하면 잊는단 말인가.

　이처럼 춘향은 죽음을 예견하다가 멀리 떠난 도련님을 생각했다. 학자들은 이러한 옥중 장면을 이몽룡에 대한 춘향의 그리움이 강화되는 장면이라고 한다. 죽음을 목전에 두고 벼랑 끝에 섰을 때 모든 것들이 걸러지고 그녀가 바라는 일 하나가 남았는데 그것이 이몽룡에 대한 그리움과 사랑이었다는 것이다.

이몽룡에 대한 춘향의 사랑은 이몽룡이 거지 모습을 한 채로 옥에 갇힌 춘향을 찾아갔을 때 더욱 빛이 난다. 그녀의 모친은 혹여나 이몽룡의 거지꼴을 보고 춘향이 충격을 받지 않을까 걱정한 것도 같은데 춘향은 서방을 보아 반가울 뿐이었다. 그녀는 이몽룡의 거지꼴을 보고도 이제라도 마음을 바꾸어 살길을 도모하려는 것이 아니라, 오히려 몰락한 이몽룡을 걱정하기까지 한다.

"들은즉 너는 나 때문에 옥중 고생한다 하는데, 나는 이 몰골로 너 보기가 부끄럽구나."

춘향의 어진 마음 낭군만 중요하여 서방님 마음 편하게 하느라고 제 속에 있는 분을 기색 없이 하느라고 얼굴을 바꾸고, "그것이 무슨 말인가요? 부함을 취하려던가요? 작은 집에 살지라도 아들딸 낳아 무릎 위에 올려놓고 둥기둥기 어르면서 아침저녁 죽만 먹어도 그것이 더 정답지요. 서방님, 저 모양을 조금도 흠을 마오. 자로고 성현군자는 한때 다 고생한다 하였으니 염려하지 마소서."

춘향은 기막힌 제 신세를 뒤로하고서 혹시라도 이 도령이 상심할까 위로했다. 그의 허름한 행색에 마음이 아팠는지 어머니에게 자기 장 속에 있는 남은 재물을 모두 팔아다가 서방님 옷을 한 벌 해드리라고 한다. 한 줄기 희망이었던 이몽룡이 퇴락한 존재가 되어 이제 속수무책으로 죽게 생겼는데도 춘향은 그의 신변을 걱정할 뿐이었다.

과연 이러한 사랑이 어떻게 가능한 것일까? 어찌 생명보다 사랑이 더 중요할 수 있을까? 어려운 질문이지만, 춘향으로서는 답이 간단했다. 변학도의 모진 위협에 온몸으로 저항하고 죽음 앞에서도 마음이 더욱 맑아질 수 있었던 것은 그의 사랑이 진심이었기 때문이다. 춘향은 늘 감정과 생각에 솔직한 사람이었다. 진심을 가려두고 거짓으로 남의 말에 굽힐 수 없는 사람이었고, 상대방이 어떤 상황이 되었든 자기 뜻이 그러하면 그만인 사람이었다. 그것은 몸이 훼손되고 죽음을 맞는다 해도 배반할 수 없는 스스로에 대한 철칙이었다. 한마디로 춘향은 스스로를 진정으로 사랑한 사람이었다. 죽음 앞에서도 저렇게 맑고 당당하며 도덕적일 수 있는 것은 바로 그 때문이었다.

춘향이 기생 출신이었음에도 양반가 규수에 어울리는 지조와 절개를 지향했던 것도 신분 상승에 대한 욕구가 아니라 자신에 대한 사랑 때문이었다고 말할 수 있다. 이데올로기에 대한 판단을 넘어 작품 속 세상에만 주목하자면, 유교적인 정절 의식은 그녀가 살던 세상에서 가장 고귀한 가치였다. 모두가 으뜸으로 꼽으며 흠모하는 가치를 자신에게 실었던 것이고 거기에 충실하게 살고자 했던 것이다. 다시 말해 춘향은 제 육신을 묶어둔 신분에 스스로를 종속시키는 대신, 자신을 가치 있게 드높이는 길을 택했던 것이라 할 수 있다. 춘향은 자신을 너무도 사랑했기 때문에 남자에 종속되어 노리개 노릇을 하는 비인간적인 삶을 용인할 수 없었던 것이다.

만약 춘향이 초라하게 나타난 이몽룡 앞에서 그간의 기다림을 후회했다면 어떠했을까? 그리했다면 옥에 갇힌 춘향의 몰골은 보기에 불편할 만큼 초라했을 것이다. 그러나 춘향은 자신을 초라하게 만들지 않고 끝까지 고결하게 지켜냈다. 그녀의 기다림이 초라해지지 않은 것은 어사또가 되어 온 이몽룡 덕분이라 할 바가 아니다. 자신을 위한 기다림이었기 때문에 어떤 상황에서라도 시들지 않고 오히려 생생하게 빛날 수 있었던 것이다.

우리가 사랑 앞에 초라해질 때는 무게중심을 자신에게 두고 있지 않을 때다. 자기는 상대를 많이 사랑했는데 상대는 그러지 않았다는 식으로 사랑의 크기와 무게를 재는 일이야말로 스스로를 초라함으로 몰아넣는 함정이다. 그것은 타인의 손길과 관심을 바라는 의존성일 뿐 진정 자신을 위한 사랑은 아니다. 춘향이 그랬던 것처럼 진정으로 나를 위해 기다리고 또한 인내할 때 이런저런 상황에 일희일비하지 않고 스스로 초라해지지 않을 수 있다. 이것이 망가진 몸으로 옥에 갇혀 목에 칼을 쓰고도 오히려 더 아름다울 수 있는 춘향에게서 배우는 사랑의 기술이다.

## 냉철함의 미덕

이몽룡은 어땠했을까. 애초에 그는 철부지 같은 모습이었다. 치맛자락과 저고리를 펄럭이고 흰 살결을 희끗희끗 보이며 그네를 타는 춘향을 보고 당장에 불러들여 청혼하지를 않나, 그날 밤 서약서를 써주면서 백년가약을 맹세하고 첫날밤을 치르지 않나, 마음에 든 여자를 어떻게든 급히 품에 안으려고 앞뒤 가리지 않고 야생마처럼 돌진한다. 그러더니만 아버지 명령 앞에 말 한마디 제대로 하지 못하고 춘향과 이별을 선택한다. 미성년 자제가 아비 따라 지방에 왔다가 첩실을 두었다고 흠이 잡힌다는 걱정에, 그러니까 제 체면이 다 깎이고 앞날이 꽉 막힐 수도 있다는 우려에 춘향의 '춘' 자도 입 밖에 꺼내지 못하고 물러난다. 그러고서는 그녀 앞에서 엉엉 울기만 하고서 무책임하게 떠나갔을 뿐이다. 〈춘향전〉 앞부분에서 이몽룡은 현실 앞에 선 나약한 소년이었다.

그러던 이몽룡은 어사가 되어 돌아온 상황에서 무척이나 냉정한 모습을 보인다. 춘향이 옥에 갇혀 있는데 월매한테 밥을 청해 얻어먹고, 옥으로 찾아와서는 슬픈 유언을 하는 춘향한테 "내가 어사가 되어 왔다. 이제 너는 살 것이다!" 하는 한마디를 끝내 해주지 않고서 뒤돌아선다. 어사또 신분을 쉽게 드러내면 안 된다지만, 죽을 고생을 하고 있는 연인 앞에서 이렇게까지 해야 하는가 싶을 정도다.

어찌 보면 그러한 속임은 뒷 장면에서의 통쾌한 반전을 위한 문학적인 장치라고 생각해볼 수 있다. 우리는 이몽룡이 어사가 되어서 왔다는 사실을 이미 알고 있는 입장에서 일이 앞으로 어떻게 진행될지 흥미진진하게 지켜보게 된다. 방자와 장모에 이어서 변학도가 이몽룡한테 속아 넘어가는 장면에서 독자의 기대치는 더욱 높아진다. 마침내 어사 출도가 이루어져 변학도와 관리들이 당황해 내빼는 장면에서 흥취와 카타르시스는 극에 달한다.

문제는 그 과정에서 이몽룡이 하는 행동이 무척 얄밉기까지 하다는 것이다. 춘향이 살아날 희망을 잃고서 슬퍼하는 장면에서 모른 척하는 것까지는 그럴 수 있다 해도, 어사로 출도해서 변학도의 죄를 물은 다음 춘향한테 행한 일은 좀 심해 보인다. 춘향을 맨 마지막으로 대령시킨 것도 모자라서 그녀에게 하는 말은 가관이었다.

네 이년 하방 천기로 관명을 거역하니 네 죄를 논하자면 마땅히 죽여야 겠으나, 내 들으니 본관은 늙어서 마다하였다면 나는 청춘인즉 네 마음은 어떠하냐?

이몽룡은 정체를 숨기고서 본관 사또 대신 젊은 자신의 수청을 들지 않겠느냐고 춘향에게 묻는다. 변학도의 부정부패가 현장에서 발각되었고 거사도 마무리되었으니 어서 빨리 그녀를 구해 몸과 마음을 치료해도 부족할 마당에 어쩌자고 다시 시험대에 올렸던 것일까. 죽음을 무릅쓰고 지켜온 춘향의 지조와 절개가 아직도 미덥지 못해 다시금 얄궂게 확인했던 것일까. 참 못나 보이는 모습이다.

춘향은 높이 앉아서 호령하는 어사가 제 서방인 줄은 꿈에도 모르고서 기운이 다 빠진 몸으로 다시 한 번 온 힘을 다해서 항변한다.

춘향이 '세상에 가릴 것 없이 모두 잡놈이라고. 초록은 동색으로 양반을 대접할 양이면 관명 거역한 죄로 쳐 죽이면 점잖기나 하지. 늙으나 젊으나 남의 마음을 탐지하니 어찌 통분치 아니리오' 하고 속으로 헤아리되,
"소녀 구관 자제 이도령과 백년언약 맺었기에 훼절은 못하겠소."

어사에게 살려 달라고 애원하기는커녕 그 또한 잡놈이라고 여기며 자신은 이도령과 백년언약을 어길 수 없다고 말한다. 자신을 사랑하는, 스스로의 존재를 부끄럽게 더럽힐 수 없는 춘향으로서는 하나밖에 없는 당연한 대답이었다. 어사또가 혹시라도 춘향을 괴롭히려 하는 것인가 걱정하면서 지켜보던 수많은 사람은 춘향의 저 모습을 보면서 "그래. 저것이 바로 춘향이지!" 하고 고개를 끄덕였을 것이다.

바로 그 시점에 이몽룡은 고개를 들어 위를 보라면서 자기 정체를 밝힌다. 그리고 깜짝 놀라는 춘향을 계단 위로 오르게 해서 그 손을 꼭 맞잡고 상한 몸을 껴안는다. 그것이 이몽룡임을 뒤늦게 깨달은 사람들은 다 같이 깜짝 놀라면서 환호작약한다. 월매가 춤추며 관가로

들어오고, 남원 관아는 최고로 행복한 잔치판으로 변한다. 그렇게 춘향의 고통은 끝이 나고 사랑은 귀한 결실을 맺는다.

얼핏 보면 이 과정 또한 두 연인의 재회에 극적인 효과를 더하기 위한 장치로 생각된다. 하지만 이 장면에는 그 이상의 의미가 깃들어 있다. 이 상황은 이몽룡이 일부러 연출한 것이라고 볼 수 있다. 그는 옥중에서 만난 춘향에게 자기가 어사임을 미리 알리는 대신, 수많은 사람이 다 지켜보는 앞에서 춘향이 어떤 사람인지, 춘향이 얼마나 큰 지조와 절개를 지닌 귀하고 아름다운 사람인지 증명하는 쪽을 선택했던 것이다. 그녀가 자신보다 더 크고 훌륭한 사람임을, 어사또와 짝을 이루고도 남을 사람임을 공개적으로 확인시킨 것이었다.

이몽룡의 그러한 선택에 의해 춘향은 이몽룡이 구원해준 것이 아니라 스스로 자신을 일으킨 사람이 될 수 있었다. 신분의 차이 때문에 자칫 한 방향으로 기울어진 의존적인 형태가 될 수 있었던 두 사람의 관계는 서로 나란한 것이 되었다. 만약 이몽룡이 먼저 나서서 그녀를 구원했다면 춘향은 어사또로 성공한 양반 도령에게 구원받은 미천한 존재가 되었을 것이다. 그것을 누구보다도 잘 아는 사람이 바로 이몽룡이었다. 그리하여 이몽룡은, 자신이 어사가 되었음을 서둘러 말하고 싶은 그 심정을 일부러 눌러 담는 냉정함을 발휘해 춘향이 스스로의 가치를 만인 앞에 드러낼 기회를 주었던 것이다.

어찌 보면 그것은 좀 위험한 선택이었다고 생각해볼 수도 있다. 춘향이 옥중에서 자결하거나 어사또의 수청 요구에 응하는 등의 상황이 생기면 일이 아주 복잡해질 수 있었다. 하지만 이몽룡은 춘향이 소중한 제 존재를 스스로 버릴 사람이 아니라고 철석같이 믿고 있었던 것이다. 그는 그녀가 어사또의 수청 요구에 응할 가능성이 전혀 없다고 확신했다. 다만 혹시라도 옥중에서 춘향이 '다른 생각'을 할 수도 있다는 걱정이 없지 않아서 "장부 세상에 나서 너 하나야 못 살릴까" 하는 말로 춘향에 대한 최소한의 위로를 전해주었던 것이다.

그렇다면 춘향에 대한 이몽룡의 이러한 믿음은 언제 어떻게 생겨났던 것일까? 따지고 보면 그것은 꽤 오래된 일이었다고 할 수 있다. 서로 사랑을 나누는 과정에 춘향의 성격과 사람됨을 자연스럽게 알았을 것이다. 그녀가 얼마나 고결하고 단단한 사람인지를, 스스로를 얼마나 사랑하는 사람인지를 말이다. 그는 춘향을 두고 서울로 떠나면서도 그녀가 끝까지 자기를 기다릴 사람이라는 사실을 알았다고 보는 것이 옳다. 편지를 보내지 않은 것은 무심한 일이지만, 춘향이 기다릴 것이라 믿었기 때문에 그리했다고 말할 수도 있다. 그리하여 그는 과거에 급제한 뒤 춘향을 다시 만날 생각에 가슴이 부풀었고, 재회에 대한 믿음을 가지고서 남원 고을로 걸음을 옮겼던 것이다. 이러한 이몽룡의 모습은 다음과 같은 장면에서 엿볼 수 있다.

어사또, 춘향을 생각하고 애탄하며 하는 말이 "춘향이는 필경 나를 생각하고 주야로 탄식하며 수심으로 지내다가 상사로 병이 들어 죽었느냐 살았느냐."

이처럼 이몽룡은 춘향이 자기를 생각하며 주야로 탄식하고 기다릴 것을 알고 있었다. 미천한 처지로서 그것이 얼마나 힘든 일인지도 잘 알고 있는 그였다. "상사로 병이 들어 죽었느냐 살았느냐" 하는 말에서 자신을 그리며 마음고생을 하고 있을 춘향의 처지에 대한 이몽룡의 이해를 엿볼 수 있다. 그러던 중에 길에서 만난 방자한테 얻은 편지에서 춘향이 변학도의 수청을 거절하고서 갖은 고초를 겪는다는 소식을 확인하고서는 얼굴이 하얘져 눈물을 흘렸던 것이다.

그럼에도 이몽룡은 아무것도 모르는 양 월매를 찾아가 너스레를 떨었다. 옥중으로 춘향을 찾아가서도 집안이 몰락해서 거지가 된 시늉을 했다. 하지만 그것은 그의 본마음이 아니었다. 그는 옥중에서 만난 그녀의 진심을 온몸으로 고스란히 느끼며 받아들이고 있었다. 춘향은 자신이 생각한 것 이상이었다. 거지꼴을 한 자신의 모습을 보고도 흔들리지 않는 춘향의 모습은 자신보다 열 배 백 배 고결했다. 그 장면에서 이몽룡은 춘향의 손을 잡고 눈물을 흘린다. 이는 회한의 눈물이자 고마움의 눈물이며 감동과 존경의 눈물이었다. 그럼에도 이몽룡은 자신이 어사라는 사실을 밝히지 않고 냉정하게 돌아선다. 속으로는 뜨겁게 타오르면서도 참고 참아서 지켜낸 냉정함이었다. 더없이 고귀한 사랑하는 사람을 위한 자세였다.

이몽룡이 어사 출도를 통해 변학도를 징치하는 일련의 과정은 공권력 집행의 원칙에 따라 어김없이 이루어진다. 옥에 갇혔던 죄인들을 다스리는 일도 마찬가지다. 춘향을 불러서 죄를 묻고 확인하는 과정도 같은 방식으로 진행된다. 그렇게 공평무사하게 일을 처리해야 뒤탈이 없는 법이다. 춘향을 살려주는 일이 개인적인 관계에 따른 것이 아니라 '정당하게 지조와 절개를 지킨 무죄한 백성에 대한 공정한 대응'이 되는 것이었다. 그가 그리한 덕에 모든 사람들은 기꺼이 박수와 환호를 보내며 그녀가 풀려남을 기뻐하고 춘향과 이도령의 사랑을 축복해줄 수 있게 된다. 그러니까 이몽룡이 취했던 냉정한 태도는 그가 춘향한테 전해주는 최고의 사랑이었다고 할 수 있다. 그러한 배려 덕분에 춘향의 지조와 절개가 조정에까지 알려지고, 춘향이 정렬

부인으로 봉해졌으며, 이몽룡의 당당한 아내가 될 수 있었다. 두 사람은 서로한테 최고의 짝이었다고 할 만하다.

이몽룡이 그랬던 것처럼 때로 사랑의 위기 앞에서 냉철해질 필요가 있다. 설사 내가 큰 힘이 있다 하더라도 먼저 나서지 않고 기다려 주는 것도 사랑이다. 위기에 빠진 연인의 모습에 애처로움으로 살이 깎이는 듯 아파도 그 사람이 자기 힘으로 극복할 수 있도록 꾹 참고서 지켜보는 것 또한 진정한 사랑의 방법이다. 상대와 내가 어깨를 나란히 하고서 멀리 힘 있게 나아갈 수 있도록 하는 속 깊은 배려다.

## 진심은 결국 통한다

춘향은 기생의 딸로 태어난 탓에 기생으로 살아가야 하는 존재였다. 사또 자제와의 혼인은 꿈도 꿀 수 없는 바였다. 사랑을 얻어서 첩으로 들어가는 것이 현실적인 방법이었으나, 그 또한 그리 만만치 않았다. 상대 남성이나 집안이 거두어주지 않으면 그만이었다. 이몽룡은 그녀를 거둘 마음이 있었지만 그 집안에서는 장가가기 전인 도령이 기생첩을 들이는 것을 허락할 의사가 전혀 없었다.

그렇게 이몽룡은 한양으로 떠나가고 춘향은 낙동강 오리알 신세가 되었다. 남자가 다시 찾아오기를 기약하기 어려운 일이었다. 새로운 사또가 부임하면 어떤 일이 생길지도 알 수 없는 노릇이었다. 그 상황에서 수절을 선언하고 구관 자제 이몽룡을 기다리는 춘향을 보는 주변 사람들의 시선은 따뜻하지 않았다. 이몽룡과의 연애 자체를 양반 첩실이 되어서 영화를 누리려는 시도로 보는 시선이 대부분이었고, 수절에 대해서는 허튼수작으로 보는 쪽이었다. 그러한 시선은 작품

속의 방자나 군노 사령, 행수기생 등의 태도를 통해 거듭 확인된다.

"그네를 뛰려거든 네 집 후원 깊은 곳에나 헛간 들보에나 매고 뛸 것이지 광한루 누각 그 묘 뚝바라지 궁둥머리에 매고 너불너불 노는 거동, 5리 안에 오는 사람 10리 밖에 가는 행인 너 안 보고 길 못 가니 그러한 행실 어데 있느냐."

"춘향이란 계집애가 양반서방 치렀다고 마음이 도도하여 우리 보면 태를 빼고 오만하여 혹시 말을 부친대도 못 들은 척하고 옷자락만 제 치마에 스치면 대야에 물 떠놓고 치맛귀 부여잡고 초물초물 빤다더니, 걸리었다, 걸리었다."

행수기생 나오며 손뼉 치며, "춘향아 말 들어라. 나라는 수절이 왜 있으며 너라는 정절이 왜 있으랴. 정절부인 아기씨 수절부인 춘향아. 신관사또 분부 내어 성화같이 부르신다. 너 하나로 육방관속이 다 죽으랴. 지체 말고 어서 가자."

위에서 보듯이 춘향의 몸가짐과 행태에 대한 사람들의 태도는 편견과 비아냥으로 가득했다. 기생 주제에 수절은 무슨 수절이냐는 것은 권력자 변학도만의 시각이 아니라 보통 사람들의 시각이기도 했다. 춘향은 이처럼 편견으로 가득한 숨 막히는 상황 속에서 한 사람을 사랑하고 기다렸던 것이니, 그 자체가 하나의 큰 싸움이었다고 할 수 있다.

편견과 비아냥으로 춘향을 바라보던 사람들의 시선은 한순간에 싹

바뀐다. 춘향이 서슬 퍼런 권력자 변학도의 압박에 온몸으로 맞서서 제 뜻을 지켜내는 모습을 보면서, 다 망가진 몸으로 옥중에 갇혀서도 마음을 바꾸지 않는 것을 보면서 사람들은 그간의 오해와 편견을 풀고 춘향의 진심을 받아들인다. 그가 얼마나 고결한 사람인지를 깨닫고서 마치 자기 일인 양 그의 사랑을 응원한다. 그렇다. 세상살이에 오해와 편견이 많고도 많지만 진심은 결국 통한다.

다음은 남원 고을에 당도한 이몽룡이 춘향에 대해 슬쩍 말을 물은 데 대해서 시골 농부들이 반응하는 대목이다.

어사 행색이 나타날까 그 말 다시 하지 않고 "본관이 호색하여 기생 춘향을 데리고 잘 논다지?"
저 농부 하는 말이 "어허, 그 걸인 눈도 없고 귀도 없다. 우리 고을 춘향이는 제 몸이 천기일 망정 도련님을 이별하고 신관 사또한테 모진 매를 맞고 거의 죽게 되었으되 종시 훼절하지 아니하고 절개를 지키는데 춘향 같은 열녀 몸에 누설을 입혀주니 그 말하는 입을 반벙어리로 만드세" 하며 달려드니…….

입에서 입으로 옮겨가는 소문은 빠르기도 빠른 법이다. 읍내에서 벌어진 그녀의 일이 남원 고을에 널리 퍼져서 시골 농부들까지 그 내막을 환히 알고 있는 상황이다. 농부들이 이몽룡한테 화를 내면서 덤벼드는 것은 두 가지 맥락에서 이해할 수 있다. 하나는 힘없는 백성을 모질게 핍박하는 권력에 대한 분노이며, 또 하나는 모진 억압 속에서 사랑을 지키고 자존을 지키기 위해 힘든 싸움을 벌이고 있는 춘향에 대한 미안함과 경애심이다. 자신을 진심으로 사랑하는 춘향을 세상

사람들 누구라도 사랑할 수밖에 없던 것이었다. 그러한 사랑의 마음으로 춘향에게 사람들이 붙여준 호칭이 바로 '열녀'였다.

이몽룡은 춘향더러 자기한테도 수청을 들지 않겠느냐고 물음으로써 춘향의 지조와 절개를 온 세상에 드러내주었다. 사랑하는 사람에 대한 깊고 아름다운 배려다. 이때 춘향이 어떤 대답을 할지 이몽룡이 미리 알고 있었다고 했지만, 그것을 알고 있는 사람은 그만이 아니었다. 남원 고을 사람들 또한 알았다고 할 수 있다. 옆에서 내내 지켜보면서 춘향이 어떤 사람인지, 그녀의 사랑이 어떤 사랑인지 이미 역력히 알고 있었다. 이몽룡이 사람들의 마음을 걱정할 때 사람들은 오히려 이몽룡의 마음을 걱정했던 것일지도 모른다.

진심은 통한다. 사랑하는 사람한테로 통하며, 온 세상한테로 통한다. 스스로를 진심으로 사랑하는 사람은 온 세상이 그를 사랑한다. 영원한 고전 〈춘향전〉이 우리에게 전해주는 이 이치야말로 사랑을 위한 최고의 기술이 아닐까?

박재인 *

---

• 건국대학교에서 문학치료 연구로 박사학위를 받았으며, 건국대 통일인문학연구단 HK연구교수로 있다. 문학치료 프로그램 및 통일교육 등 실천적 인문학 활동을 추구하고 있다. 지은 책으로는 《프로이트 심청을 만나다》(공저), 《청소년을 위한 통일인문학》(공저) 등이 있으며, 주요 논문으로는 〈한중일 조왕서사를 통해 본 가정 내 책임과 욕망의 조정 원리와 그 문학치료학적 의미〉, 〈서사적 상상력과 통일교육〉 등이 있다.

## 춘향전春香傳

● 작품 설명 ●

설화와 판소리 등 구전문학 형태로 전승되었다가, 필사나 판본으로 보급된 우리나라의 대표적인 고전소설이다. 성춘향과 이몽룡의 자유롭고 신선한 연애 이야기는 한국적인 감흥이 농후하게 배어 있으면서 사랑과 인간 해방이라는 보편적인 주제 의식을 담고 있다. 18세기 후반 〈경판 35장본〉·〈완판 별춘향전〉·〈광한루악부〉·〈남원고사〉·〈경판 30장본〉·〈광한루기〉·〈완판 열녀춘향수절가〉, 그리고 근대의 〈옥중화〉와 〈고본 춘향본〉에 이르기까지, 〈춘향전〉의 이본 생산과 활발한 향유는 지속되었다.

● 줄거리 ●

때는 춘삼월, 남원으로 부임한 아비를 따라온 열여섯 서울 도령 이몽룡이 광한루에 경치 구경을 나갔다가 널을 뛰는 성춘향을 보고 반한다. 그리고 그날 밤 그녀의 집을 찾아가 백년가약을 약속하고 첫날밤을 치른다. 밤낮 없이 행복한 시간을 보내다가, 이몽룡은 아버지의 명에 성춘향에게 이별을 고하고 평양으로 떠난다. 이몽룡을 보내고 상사병을 앓던 그녀는 새로 남원에 부임한 변학도에게서 수청을 들라는 명을 받아, 힘껏 저항하다가 매를 맞고 옥에 갇힌다.

한편 과거급제해 어사또 직을 부여받고 남원으로 돌아온 이몽룡은 성춘향이 신관 사또의 수청을 거부하다가 갖은 고초를 겪는다는 사실을 듣는다. 이몽룡은 거지꼴로 위장해 성춘향과 그의 어미를 속인다. 거지꼴을 한 이몽룡에게 성춘향은 변함없는 사랑을 고백하며, 내일 신관 사또의 생일잔치 때 자신이 죽을 것이라며 유언을 남긴다. 이몽룡은 분노에 불끈 주먹을 쥐면서도, 속내를 숨기고 후사를 도모한다.

다음날 변학도의 생일잔치에 이몽룡은 허름한 차림으로 난입해 생일상을 얻어먹는다. 모두가 의아해할 때 스스로 나서서 노래를 부른다며, "촛불 눈물 떨어질 때 백성의 눈물 떨어지고, 노랫소리 높은 곳에 원망소리 높도다. 금잔의 아름다운 술은 1천 명의 피요, 옥쟁반의 아름다운 안주는 1만 백성의 기름이라"고 시를 읊는다. 눈치 빠른 관리들은 벌벌 떨며 도망치니, 그때 "암행어사 출도야!" 하는 소리가 나며 변학도의 호화로운 생일잔치가 박살난다.

이몽룡은 본관을 파직시키고 옥에 갇힌 죄인들을 불러 하나하나 따져 물으며 방면시킨다. 이때 성춘향도 불러 앉힌다. 그리고 그녀에게 늙은 본관과 다른 젊은 어사또의 수청은 받겠느냐고 묻는다. 성춘향이 여전히 강경하게 나오며 죽더라도 훼절하지 않겠다고 하니, 이몽룡은 그녀에게 "눈을 들어 나를 보라"고 하며 제 낭군임을 밝힌다. 이몽룡은 성춘향과 그렇게 재회하고, 성춘향과 그 어미를 본댁으로 불러올린다. 임금은 춘향에게 정렬부인 칭호를 하사하고, 몽룡과 춘향은 정식 부부가 된다.


● 인용 자료 ●

신학균 소장 39장본 〈별춘향가〉 원전 자료를 현대어로 번역해 인용함.


● 권장 작품 ●

조현설 옮김, 《춘향전》, 휴머니스트, 2013.

# 서로의 든든한 기둥

## -〈옥루몽〉의 양창곡과 강남홍

🔴 기꺼이 믿어주기

자기를 진정으로 알아주는 친구 하나만 있으면 삶이 외롭지 않다고 한다. 만약 나의 연인, 또는 남편이나 아내와 그러한 친구가 될 수 있다면 어떠할까? 무엇 하나 숨길 것도 없고 긴장 속에 감정싸움을 할 필요도 없는 친구 말이다. 편안하고 속 깊은 믿음직한 관계를 만드는 것이 영원히 함께하는 사랑의 길이 아닐까?

## 진짜가 진짜를 알아보다

중국에서도 아름답기로 유명한 소주蘇州에서 최고 경치를 자랑하는 곳에 강물을 누를 듯 서 있는 압강정押江亭에서 풍성한 연회가 호기롭게 펼쳐졌다.

이때 강남홍이 한 쌍 추파秋波를 은근히 흘려 모든 선비를 살펴보매 방탕한 거동과 용렬한 말씀이 다들 만만한 자들이라. 그중 일개 수재秀才 말석에 앉았으니 초초한 의복과 수수한 모양이 비록 가난한 모양새이나 당당한 거동과 편안한 기색이 좌중을 압도하여 단산丹山의 봉황鳳凰이 닭들의 무리에 들고 창해滄海의 신룡神龍이 풍운을 지은 듯하였다.

연회는 젊은 나이에 소주자사로 부임한 황여옥이 베푼 것이었다. 이는 남다른 곧은 기개로 정조를 지키고 있던 옆 고을 항주의 이름난 기생 강남홍의 마음을 얻기 위한 초대형 특별 연회였다. 황여옥과 강남홍을 견주자면, 신분과 처지에서 가히 상대가 될 수 없었다. 한쪽은 권력의 총아이고 한쪽은 한낱 천한 기생이었다. 왕자와 같은 저 남자가 눈길을 주는 것만으로도 과분한 일이었으니 여자의 마음을 얻는 일은 손바닥 뒤집기처럼 쉬운 일 같았다.

그러나 강남홍의 마음을 얻은 남자는 황여옥이 아닌 다른 사람이었다. 권력이나 지위 따위는 안중에도 없던 황여옥은 무심히 좌중을 둘러보다 정자 구석에 앉은 초라한 젊은이를 한눈에 알아보았다. 그 사람의 이름은 양창곡이었다. 그는 과것길 산중에서 만난 도적에게 행장을 다 건네주고 허망한 신세가 된 시골 출신의 선비였다. 하지만 행색은 초라하되 그 기품과 눈빛은 바이 감출 바가 아니었다. 시회詩會에서 그가 지어 내민 작품은 단연 최고였다. 강남홍은 고운 손으로 그 시를 골라 집어 들고 청량한 목소리로 노래했다. 일류는 일류를 알아보는 법이니, 이미 양창곡 또한 그녀의 자질과 품격을 단박에 알아본 터였다.

멀리 천상 백옥루로부터 이어진 인연은 그렇게 다시 시작되었다. 아름답고 가슴 뛰는 만남으로 말이다. 하지만 그것은 그리 수월하게 성사될 인연은 아니었다. 원래 천상의 존재였다고 하지만, 다시 태어난 그들이 부딪쳐야 하는 것은 엄연한 '현실'이었으므로.

## 속마음을 알아준 첫 사람

불꽃처럼 서로를 단박에 알아보았지만, 인연을 확인하기에 때와 장소가 적합지 않았다. 소주자사 황여옥과 수많은 선비가 잡아먹기라도 할 듯 강남홍이 선택한 작품의 지은이를 찾았다. 강남홍이 기지를 발휘해 좌중을 안돈(安頓)시키고 맑은 노래 한 수로 취흥을 돋을 때, 양창곡은 슬쩍 일어나서 자리를 나섰다. 남들 모르게 서로 의사소통이 이루어진 뒤였다. 강남홍이 지어 부른 노래 속에 자기 집을 알려주면서 찾아오라는 뜻이 숨어 있었다. 그리고 그 은밀한 암호를 알아챈 사람은 양창곡 한 명뿐이었다. 그것은 상대의 능력을 판단하는 하나의 시험이었다. 알아듣지 못해 찾아오지 못한다면 불합격인 그러한 시험 말이다.

서호(西湖)를 건너 항주의 청루(靑樓)를 찾아든 양창곡이 강남홍의 집을 찾는 것은 어려운 일이 아니었다. 노래에서 말한 그대로였다. 주인이 없고 몸종만 있어 따로 객실을 잡아 기다린 지 여러 시간, 기다리는 여성은 소식이 없고 이웃집에서 웬 선비의 글 읽는 소리가 들려올 따름이었다. 창곡 또한 무심히 소리 내어 글을 읽다보니 화답이 되어 서로 말을 통하게 되었다. 하나의 기이한 만남이었다. 은은한 달빛 아래 그와 주고받은 언설들은, 그리고 시 구절들은 얼마나 놀랍고 귀한 것이었는지! 양창곡에게는 태어나서 그렇게 정서와 의기가 오롯이 통하는 상대는 처음이었다. 양창곡은 그 사내한테 완전히 반하고 말았다.

짐작했을지 모르지만, 그 선비는 사내가 아닌 여성이었다. 강남홍이 짐짓 양창곡의 재주와 의기를 시험하려고 남장을 하고 나타난 것이었다. 한번 마음을 주고 몸을 주면 평생 변하지 않을 일이었다. 그

것이 스스로와의 굳은 약속이었다. 그러니 그 사람이 자기가 마음을 줄 그 사람인지에 대한 확인이 필요했다. 그 확인을 거쳐서 확신을 가진 순간, 더는 주저할 바가 없었다. 다시 여자의 모습으로 돌아와 양창곡 앞에 선 강남홍은 마음에 품은 뜻을 명확하게 설파했다.

제가 창기娼妓의 천함으로 노류장화의 본색을 감추지 못하여 공자와 만나기를 노래로 언약하고 여관에서 변복하여 농락하니 군자가 용납하실 바 아니로되, 구구히 먹은 마음 광풍에 나는 꽃이 측간에 떨어졌으나 티끌 속에 묻힌 옥이 광채를 잃지 않아 바다에 서약하고 산에 맹세하기를 한 사람에게 의탁하여 금슬로 백년을 기약고자 함입니다. 이제 공자가 일언一言의 중重함을 아끼지 아니하신즉 제가 또한 10년 청루에 한 조각 아픈 마음을 바꾸지 아니하여 평생 숙원을 이룰까 하나이다.

비록 자신은 기생으로 뒷간에 떨어진 꽃 신세가 되었으나 스스로 티끌 속의 옥처럼 본 빛을 잃지 않고 산과 바다에 맹세하기를 자기 뜻에 맞는 한 사람에게 삶을 의탁해 평생을 기약하겠다는 말이다. 상대가 그 뜻을 받아들인다면 그 또한 마음을 평생 바꾸지 않으리라는 다짐이다. 다만 그에 대한 답은 신중한 것이라야 한다. 한번 내면 거두지 않고 바뀌지 않는 무거운 것이어야 한다. 스스로 책임질 수 있는 것이어야 한다.

말씀을 마치매 기운이 처량하고 구슬프며 낯빛이 강개慷慨하거늘 공자가 앞에 나아가 손을 잡고 말하기를, "내 비록 호탕한 남자나 옛글을 읽고 신의를 들었으니 어찌 탐화광접貪花狂蝶의 무정한 태도를 본받아 오월

비상五月飛霜의 원한을 품는 뜻을 생각지 아니하리오?"

이미 사람됨을 확인한 터, 긴 답이 필요 없었다. '신의'라는 한마디 말로 충분했다. 꽃을 찾는 나비의 무정함으로 아픔을 주지 않으리라는 말, 평생을 변치 않고 지켜주겠다는 그 말은 덤이었다. 입에서 저 말을 내었으니, 그는 그 말을 지킬 것이었다. 그만이 아니었다. 서로가 그러했다. 여자는 자기가 낸 말을 굳게 지킬 것이고 사내 또한 스스로 약속한 말을 어김없이 지킬 것이었다. 왜냐하면 둘은 본래 그러한 사람이었기 때문이다.

그것으로 충분했다. 따로 증서나 정표 같은 것도 필요치 않았다. 두 사람은 바로 그 만남을 위해 그날까지 살아왔던 것처럼 뜨거운 첫사랑의 밤을 함께했다. 오로지 스스로의 선택으로 모든 것을 활활 태워 지낸 밤이었다.

어찌 보면 우연일 수 있는 불꽃같은 한순간의 만남을 놓치지 않고 마주 달려가서 서로의 자질과 심지를 확인하는 과정을 거쳐 한마음 한 몸이 된 두 남녀. 그들의 결연에서 핵심을 이루는 화두는 바로 '지기知己'였다. 〈옥루몽〉 전체에 걸쳐 가장 뚜렷하게 강조되는 한 단어기도 하다. 자기를 진정으로 알아주는 사람과 더불어 평생을 함께한다는 것, 이것이 저 여자와 저 남자가 마음속 깊이 품은 삶의 준칙이었다. 그리하여 저 만남은 하룻밤의 풍정風情이 아니라 영원으로 이어질 금석金石의 연분이었다.

그러나 그들 앞에 준비되어 있는 것은 크나큰 시련이었다.

# 믿는 만큼 성장하는 관계

세상 제일가는 선남선녀였지만, 그리고 둘 다 어김없는 '진짜'였지만, 양창곡과 강남홍의 인연은 정식 부부의 결연으로 이어질 수 없었다. 한 사람은 초라하되 엄연한 사대부 자제이고, 다른 한 사람은 화려하되 천한 신분의 기생이었다. 둘이 인생의 동반자가 되는 현실적인 방법은 강남홍이 양창곡의 첩실로 들어가는 것이 거의 유일한 길이었다. 양창곡은 강남홍이 아닌 다른 여자, 그러니까 사대부 집안의 규중처녀와 혼인을 해야 하는 상황이었다.

확고한 믿음으로 이어진 인연이라지만 이들 사이에 또 다른 인물이 끼어든다면 질투와 갈등의 삼각관계는 필수적인 귀결이 아닐까? 새 여성이 정식 아내가 되고 옛 여자는 그 아래 첩이 되는 상황이니 문제가 더 심각해진다. 그렇다면 그러한 상황을 사전에 배제하는 것이 최선일지도 모른다. 사랑을 주제로 한 최고의 고전 〈춘향전〉만 하더라도 선남선녀 사이에 다른 여자의 개입을 배제한 터다. 〈주생전〉 같은 경우 선남선녀 사이에 새로운 여자가 등장하면서 관계가 파탄으로 나아갔다.

하지만 〈옥루몽〉에서 상황은 이와 아주 다르게 전개된다. 양창곡의 아내가 될 사람이 곧 모습을 드러낸다. 큰 시련에 빠질 강남홍을 대신해 그 여성이 양창곡의 오롯한 배필 역할을 한다. 그 여성은 항주 자사의 딸 윤소저였다. 강남홍과 비교가 되지 않는 귀한 신분의 규수다. 놀라운 것은 양창곡과 그 여성을 연결해준 사람이 다름 아닌 강남홍이었다는 사실이다.

홍랑(강남홍)이 미소로 말하기를, "제가 마음 깊은 곳에 드릴 말씀이 있으나, 공자가 그 외람함을 책망하지 아니하시리이까?"

공자가 답하기를, "내 이미 마음을 허하였으니 소회를 감추지 말라."

홍이 웃고 말하기를, "제가 공자 세 잔 술을 먹지 못한즉 세 번 뺨을 맞으려니와, 느티나무의 그늘이 두터운 후 칡넝쿨의 의탁이 번성하나니 공자가 요조숙녀를 맞으심은 저의 복입니다. 이제 본주자사 윤공에게 한 명의 여식이 있으니 나이 열여섯으로 월태화용月態花容이 정정유한貞靜幽閑하여 짐짓 군자의 짝입니다. 윤공이 사위를 구하려 하되 지금까지 정혼함이 없다 하니, 공자가 이번 길에 용문龍門에 오르사 이름을 빛내실 줄은 제가 짐작하나니 다른 데 배필을 구하지 마시고 저의 말씀을 생각하소서."

공자가 고개를 끄덕이더라.


그녀는 일생을 의탁하기로 결심하고 깊은 언약을 거쳐 몸과 마음을 나눈 남자에게 자청해 자기가 아는 최고의 규수를 추천하는 중이다. 그러자 남자는 또 그럴 수 있다는 듯 바로 고개를 끄덕인다. 오늘날 우리 상식으로 보면, 아니 인간의 일반적인 감정으로 볼 때 선뜻 이해하기 어려운 일이다. 그러한 일을 자연스럽게 행하고 받아들이는 저 모습을 어떻게 보아야 하는 것인가.

강남홍이 천거한 윤소저는 아름다운 미모와 그윽한 인품을 함께 갖춘 여성이었다. 거기다 당당한 가문의 귀한 딸이니 그야말로 최고의 신붓감이라 할 수 있었다. 그러한 여성을 사랑하는 애인에게 중매해 만나게 한다는 것은 최고의 정적을 연결해주는 것과 같다. 강남홍이 제 자신에 대한 자부심이 크다 하지만, 이는 좀 지나치지 않은가 하는 생각이 들 수 있는 대목이다. 아니, 그 여자가 어떤 사람인가를 떠나서, 제 남자에게 다른 여자를 짝으로 소개하는 모습 자체가 어색하고 우스꽝스러워 보인다. '처첩제'로 상징되는 가부장적인 봉건성을 단적으로 반영하는 장면으로 여겨질 만한 모습이다.

하지만 이 장면의 의미를 이와 좀 다르게 받아들일 수도 있다. 그 화두는 역시 '지기'다. 즉, 강남홍은 또 다른 지기의 존재에게 손을 내밀고 있다는 것이다. 윤소저는 양창곡과 더불어 지기의 짝이 될 자질이 있는 여성이었고, 동시에 강남홍 자신과 지기가 될 자질이 있는 인물이었다. 그 핵심 자질이 무엇인가 하면, 집안이나 신분도 아니고 월태화용의 미모도 아닌, 바로 '사람'이다. '정정유한'으로 표현된 윤소저의 인격이, 군자의 짝이 될 만한 자질이 곧 그것이다. 윤소저는 서로 어울려 신뢰하는 가운데 평생을 나아갈 수 있는 사람으로서 손 내밂의 대상이 되고 있는 것이다. 그러한 사실을 익히 알기 때문에 양창곡 또한 아무런 토를 달지 않고 고개를 끄덕여 강남홍의 제안을 받아들였던 것이다. 자신을 믿듯이 상대방을 굳게 믿는, 오롯한 믿음의 장면이다.

강남홍은 양창곡에 앞서 그 자신이 윤소저와 지기지우를 맺는 일에 나선다. 자청해 자사 집안의 시녀로 들어가서 윤소저와 함께 생활하는 가운데 교분을 나눈다. 비록 출신이 다르고 신분이 다르다 하되 사람됨이야 어찌 다를까. 강남홍이 윤소저라는 사람을 알아본 것처럼, 윤소저 또한 강남홍이라는 사람을 알아본다. 비록 신분은 낮지만 자기보다 더 총명하고 유능하다는 것까지도 말이다. 윤소저에게 강남홍은 제 삶을 격상시켜 빛나게 할 좋은 동반자였다. 그리하여 윤소저는 기꺼이 그녀가 내민 손을 맞잡았다.

이로부터 강남홍은 윤소저의 현숙함을 심복하고, 소저는 강남홍의 총명함을 사랑하여 정의가 날로 깊어가, 앉은즉 자리를 같이하고 누운즉 베개를 연하여 고금을 의논하며 문장을 토론하여 그 사귐이 늦음을 한하더라.

이렇게 그들은 지기의 벗이 된다. 그리고 좀 뒷날의 일이지만, 양창곡과 윤소저가 혼인을 맺음으로써 세 사람이 함께 믿음의 동반자가 된다. 그 관계는 한평생 변함없이 이어지며 큰 보람과 행복을 낳는다. 단절과 배제 대신 확장과 포용을 선택한 결과다. 스스로에 대한, 그리고 상대방에 대한 당당한 믿음을 바탕으로 했기 때문에 낳은 결과로 볼 수 있다.

나는 언젠가 우렁각시에 대한 글을 쓰면서 우렁각시 남편의 흉을 잡은 적이 있다. 아내를 딱딱한 껍질 속에 가두고 집 밖에 나오지 못하도록 한 남자. 그 남자, 자신이 없었던 것이다. 혹시라도 아내가 더 잘난 사람의 눈에 띄면 빼앗길 것 같아 숨겼던 것이다. 그래서 어떻게 되었는가 하면, 끝내 원님한테 제 각시를 들켜서 빼앗기고 말았다. 그 것은 외견상으로 원님의 잘못이라 할 수 있지만, 달리 생각해보면 제 여자를 지킬 자신조차 없어 가두려고 했던 그 남자가 자초한 일이라고 말할 수 있다. 금치 못한 의심과 불안이 사랑하는 사람을 잃는 원인이 되었다는 뜻이다.

연인한테 최고의 친구를 기꺼이 소개시켜 줄 수 있는 사람이 진정한 반려가 될 자격이 있는 법이다. 상대에 대한 믿음, 스스로에 대한 당당한 믿음 없이 어떻게 평생의 짝을 만날 수 있겠는가. 나 스스로 앞장서서 사랑하는 사람의 관계를 활짝 열어주고 그 사람 또한 나의 관계를 활짝 열어주는 것, 이것이 진정한 사랑의 길이자 자기실현의 길이다.

강남홍과 양창곡은 바로 그러한 일을 실행했다. 소중한 사람에게 최고의 친구를 연결해주고, 상대는 그것을 기꺼이 받아들였다. 지금은 강남홍이 여성을 소개시키고 있는 중이지만, 동성인가 이성인가는 중요하지 않다. 중요한 것은 인간 그 자체일 따름이다. 동성이든 이성이든, 최고의 사람들을 내 연인과 만나게 함으로써 서로의 삶은 격상하고 확장하며 실현된다. 물론 그렇게 연결되는 새 사람은, 그러니까 강남홍과 양창곡 사이에 들어오는 윤소저는, 모종의 수단이 아니라 그 자신이 엄연한 '존재'일 따름이다. 더불어 또 하나의 주체가 되는 관계다. 사람을 보는 안목과 함께 스스로에 대한 믿음을 지닌 윤소저 또한 이를 익히 알기에 저 인연 속에 흔쾌히 동참했던 것이다. 양창곡으로 보면 두 명의 이성과 인연을 맺은 것이지만, 강남홍과 윤소저 입장에서는 이성의 동반자와 동성의 동반자를 함께 얻은 셈이니 더 폭넓은 인연이라 할 수 있다.

비정상적인 관계로 보이고 교묘한 궤변처럼 여겨질 수도 있음을 안다. 하지만 그 역리적인 관계 안에 전위적인 진실이 깃들어 있다. 서로를 진심으로 알아주는 좋은 사람들끼리 크게 더불어 살아가는 것, 그것이 사랑의 한 방법이 아니겠는가 말이다. 누구와 어떻게 잠자리를 하는지, 누구를 더 사랑하고 덜 사랑하는지, 이러한 질문은 미루어두기로 하자. 지금 우리의 화두는, 그리고 〈옥루몽〉의 화두는 거기 있는 것이 아니기 때문이다.

## 그대로 받아들이고 포용하는 능력

〈옥루몽〉에 등장하는 강남홍과 양창곡, 윤소저, 그리고 또 다른 주인 공들이 펼쳐내는 굳은 믿음과 변함없는 당당함은 오늘날의 우리를 주눅 들게 만들기에 충분하다. 그들은 어떻게 움직이는가 하면, 도리에 맞으면 하고 맞지 않으면 하지 않는 식이다. 그들의 사전에 속임이나 편법 따위는 없다. 자신에 대해 그러하고, 세상에 대해 그러하며, 이성과의 관계에서 그러하다. 남녀 사이에 인연을 맺고 그것을 지켜감에 있어 저들은 언제나 당당하고 거리낌이 없다. 강남홍이 최고의 여성을 천거하고 양창곡이 기꺼이 그것을 받아들이는 것은 하나의 작은 단면일 따름이다.

양창곡과 강남홍의 만남이 부부의 연을 맺는 데는 긴 헤어짐과 시련의 기간이 필요했다. 천한 기생으로서 피할 길이 없었던 권력자 황여옥의 압박과 도발에 강남홍이 선택한 길은 스스로 깊은 물에 몸을 던지는 일이었다. 죽음을 선택할지언정 아닌 것은 끝까지 아닌 것, 그것이 강남홍 식의 삶이었다. 그 가엾은 여성을 위해 최고의 문장으로 제문을 지어주고 공개적으로 넋을 위로해주며 늘 마음 깊이 간직하는 것, 그것이 양창곡 식의 삶이었다. 그리고 강남홍의 자결 시도를 예견하고 미리 잠수 기술자를 매복시켜 그녀를 구해내는 것, 그것이 윤소저 식의 삶이었다.

윤소저의 도움으로 구사일생으로 살아난 뒤 이역만리에서 도승을 만나 무예를 닦은 강남홍은 지상 최고의 검객이자 영웅으로 거듭난다. 그녀의 춤추는 쌍검 앞에는 감히 대적할 자가 없었다. 그렇게 변신한 강남홍은 변방의 전장에서 양창곡과 극적으로 재회한다. 양창곡이 난관에 부딪혀 곤경에 처해 있던 중이었다. 풍전등화 같던 전세는 강남홍의 출현으로 단숨에 역전된다. 강남홍의 휘황한 활약에 힘입어 양창곡은 길고 긴 원정을 대승으로 마무리하고 개선 길에 오르게 된다.

한 가지 흥미로운 사실은 전쟁에서 발휘하는 능력에 있어 양창곡이 강남홍의 상대가 되지 않는다는 점이다. 무적의 능력을 갖춘 강남홍에 비하면, 양창곡이 펼치는 전법이나 검술은 범상한 쪽이었다. 만약에 둘이 맞서서 겨루었다면 양창곡은 일시에 목이 달아났을 것이다. 살펴보면 단지 전투 능력만이 아니었다. 시면 시, 음악이면 음악, 요리면 요리, 나아가 운동경기의 일종인 격구까지 강남홍은 무엇 하나 최고가 아닌 것이 없었다. 말 그대로 '완벽한 여성'이었다.

미모나 교양은 그렇다 해도 무시무시한 검술까지 갖추어 단칼에 남자들의 목을 날리는 여자가 연인이라는 것은 어떤 일일까? 그러한 무시무시한 능력자와 짝을 이룬다는 것은 왠지 기가 죽는 일이 아닐까? 무언가 꺼림칙하고 부담스러운 일이 아닐까? 하지만 양창곡은 그렇지 않았다. 강남홍의 능력 앞에 추호도 작아지지 않는다. 오히려 강남홍을 당당히 품에 안고서 든든한 기둥이 되어준다. 그리고 강남홍은 기꺼이 그의 품에 안겨 행복해한다.

원수가 촛불 아래 홍의 안색을 보매 맑은 눈썹과 아리따운 뺨이 한 점 티끌의 기상이 없어 선연하고 비상함이 전날보다 일층 더하거늘 새로이 사랑하여 갑옷을 끄르고 장막 안에 베개를 나란히 할 제, 옛정의 그윽함과 새 정의 은근함이 진중의 북과 나팔이 새벽을 재촉함을 한하더라.

양창곡이 이렇게 강남홍 앞에서 여유롭고도 당당할 수 있는 바탕은 무엇이었던가. 그가 강남홍과 달리 사대부 자손이라는 것 때문이었을까? 아니, 신분 따위야 겉치레일 뿐이다. 진짜 답은 역시 '사람됨'이었다. 양창곡은 스스로 한 명의 인간으로서 거리낄 것이 없으니 몸과 마음을 열어서 당당히 상대를 포용했던 것이다. 헤아림이나 거리낌 없이 존재 그 자체로 상대를 끌어안으니 그가 품에 들어오면 그지닌 능력이 곧 자신의 능력이 된다. 이러한 당당한 믿음과 포용력이야말로 강남홍이 처음부터 읽어낸 양창곡의 핵심 미덕이었다고 할수 있다. 그것으로 인해 그는 강남홍이 믿고 기댈 만한, 평생의 짝으로 삼을 만한 단 한 사람이 된 것이었다.

〈옥루몽〉의 남녀들이 맺어가는 지기의 관계에서 하나의 핵심 요소를 이루는 것은 정명正名의 윤리학 내지 실천론이라 할 수 있다. 이는 도리와 명분에 충실하며 당당히 움직이는 일이다. 이때 도리와 명분이란 관념적인 대의명분이 아니라 '인간'과 '소신'이라는 근원적이고 보편적인 분의分義다. 일컬어 하늘의 명분을 뜻한다. 그들은 '무엇이 나한테 유리할까'를 사고하지 않는다. '무엇이 정도正道인가'를 사고하며, 거기에 따라 행동한다. 이렇게 자기 안에 걸림돌이 없으니 언제든 거침이 없다. 걸림돌이 있다면 외적인 것들뿐이다. 그러한 것들은 헤쳐내면 그만이다. 견고한 믿음이라는 강력한 무기로써 말이다.


## 기꺼이 평생의 벗이 되어주는 관계

강남홍과 양창곡, 그 당당한 여성과 사내의 가는 길에 시련은 있되 좌절은 없었다. 일시적인 이별은 있되 균열은 없었다. 그 대신 새로운 만남과 확장이 있었다. 너른 세상에 또 다른 지기의 인연들이 없을 리 없거니와, 그 인연들이 하나 또 하나 이어지며 관계가 넓어진다.

그렇게 넓어진 인연의 핵심이 누구인가 하면 벽성선과 일지연이다. 벽성선은 양창곡이 유배지에서 만난 기생이며, 일지연은 오랑캐 왕의 딸이다. 그들과 양창곡의 만남 또한 완연한 지기의 만남이었다. 서로 국량이 맞고 마음이 맞으며 신뢰로 이어진 만남이었다. 그들은 양창곡의 또 다른 지기인 강남홍과 윤소저에게도 남일 수 없었다. 내 지기의 지기이면 곧 나의 지기가 되는 법이다. 그들은 서로 기꺼이 손 잡으며 평생의 벗이 되었다. 새로운 벗이 늘어나니 그저 행복하고 고마울 따름이었다.

〈옥루몽〉에서 지기의 인연을 맺는 여러 주인공 가운데도 서로 간에 특별히 가까운 몇 사람을 손꼽는다면, 양창곡의 세 첩인 강남홍과 벽성선, 일지연이라 할 수 있다. 작품 속에서 흔히 '삼낭자三娘'라 불리는 주인공이다. 경쟁과 갈등의 관점으로 보면 최고의 정적이 될 그녀들이지만 실제로는 한 몸처럼 어울려 움직이는 허물없는 짝이었다. 이역만리 다른 곳에서 태어나 성장했으되 서로의 사람됨을 한눈에 알아보고 최고의 지우가 된 이 여성들이 즐겁게 어울리며 삶을 빛내고 있는 모습을 보고 있노라면, 그들의 남자인 양창곡은 오히려 뒷전인 듯한 느낌조차 받는다.

연왕(양창곡)이 웃고 돌이켜 동산에 이르니, 밝은 달빛이 꽃 그림자를 옮겨 땅에 가득한 가운데 한줄기 춘풍에 옷 향기가 코를 흔들고 낭낭한 패옥 소리가 꽃수풀 속에 들리거늘, 왕이 발을 멈추고 은은히 바라보니 삼낭이 옥수를 서로 잡고 미미히 담소가 끊이지 아니하며 비단 신 비단 버선이 달빛을 밟아오다가 연왕이 꽃수풀 사이에 섰음을 보고 놀라 잡은 손을 놓고 서로 묻거늘, 연왕이 웃으며 말하기를, "금야 월색은 오직 여러 낭자를 위함이라."

저들이 맺는 이러한 관계를 두고 '한 남자를 모시는 첩들의 화합'이라는 식으로 규정한다면 그것은 아마도 명예훼손감일 것이다. 그녀들 사이에, 그리고 그녀들과 양창곡 사이에 중요한 것은 '조건'이 아니라 '존재' 그 자체일 따름이었다. 처음 만날 때부터 그러했다. 나 자신, 그리고 내가 사랑하는 사람의 존재에 대한 믿음이 저들의 삶을 움직이는 일관되는 동력이었다.

한 가지 덧붙이면, 양창곡에게 이성의 지기만 있는 것이 아니었다. 진왕 화진은 그가 영웅의 삶을 펼치며 만난 지기의 친구였다. 화진에게도 지기의 관계로 만난 여성들이 있었다. 양창곡과 화진은, 그리고 양창곡의 지기의 배필들과 화진의 지기의 배필들은 서로 한데 어울려 또 하나의 큰 인연을 이루었다. 일류들이 만들어내는, '진짜'들이 만들어내는 지기의 관계는 그렇게 확장되며 역사를 움직인다. 그들은 그렇게 세상의 주인공이 되어 존재를 실현했다. 거슬러 올라가면, 압강정에서의 양창곡과 강남홍의 운명적인 만남이 이루어냈던 큰 역사가 된다.

거듭 말하지만, 중요한 것은 남자냐 여자냐의 문제가 아니다. 남자 한 명에 여자 다섯 명 식의 셈법은 닫힌 사고일 따름이다. 지기의 인연에, 좋은 사람들의 훌륭한 인연에 성별이 무슨 상관이 있겠는가. 오늘날로 말하자면 그중 '연인'의 관계를 이루는 것은, 나아가 '부부'의 관계를 이루는 것은 당연히 한 여자와 한 남자가 되어야겠지만, 중요한 것은 그러한 1대 1의 닫힌 관계가 삶의 전부가 아니라는 사실이다. 나의 남자가 다른 좋은 여자를 만나고 나의 여자가 다른 좋은 남자를 만나는 것, 그것이 내 사랑의 행복이며 나의 행복이 되는 일이다. 그렇게 열린 관계를 이룰 때 그 사랑은 비로소 영원으로 이어지는 평화와 기쁨을 가져다줄 수 있는 법이다.

저 멋지고 당당한 남녀들을 보며 다시 한 번 상기해보는 사랑의 원칙은 다음과 같다. 내 사랑하는 사람에게 최고의 친구들을 소개해 연결하라! 그들과 더불어 맘껏 삶을 누리게 하라!


## 열등감에서 자존감으로

양창곡과 강남홍, 그리고 벽성선 등등 생각해보면 참 잘난 인물들이다. 평범한 사람들을 괜히 기죽게 할 정도다. 거미줄처럼 복잡하고 먼지처럼 가벼운 관계의 홍수 속에서 좌고우면의 삶을 사는 입장에서 보면 저들이 펼쳐내는 삶의 모습이란 너무 이상적이어서 허황해 보이기조차 한다. 소설이니까 가능한 일이지 실제로 어떻게 저런 인연이 가능할까 싶다.

질투나 갈등 같은 것과 거리가 먼 저 선남선녀들의 모습은 과연 '이상적'이라 현실감이 떨어져 보인다. 그래서일까? 〈옥루몽〉은 선남선녀가 맺는 지기의 인연 사이에 그들과 다른 부류의 인물을 한 명 끼워넣었다. 그 이름은 황소저다. 애초 양창곡이나 강남홍 등과 동급의 인연을 이룰 만한 사람이 아니었으되, 고관대작 아버지와 임금의 힘에 기대어 양창곡의 아내가 된 여자였다. 황소저는 다른 여성들과 움직이는 방식이 달랐다. 어떻게든 남자의 마음을 얻고자 하는 욕망이, 양창곡을 '자기 남자'로 만들고자 하는 욕망이 그의 동선을 이루었다. 막강한 힘을 지닌 윤소저와 강남홍을 건드릴 수 없던 그녀는 나름대로 만만한 상대였던 벽성선을 희생물로 점찍고는 그를 억눌러 파멸시키기 위한 몸짓을 계속했다. 저급한 음모와 공격을 했지만 그 결과는 참혹한 좌절과 씻을 수 없는 치욕이었다. 그녀는 '유배'라는 이름으로 세상에서 밀려난 채 혼자서 죽음과도 같은 고통의 날들을 보내야 했다.

세상 최고의 가문에서 자라났으되 자신들과 급이 다른 '일류'들 사이에서 이리저리 치이면서 열등감에 신음하던 여성이 황소저였다. 그러한 몸부림 끝에 세상에서 철저히 버려졌으니 더없이 비참하고 슬픈 처지였다. 황소저는 다 죽어가다가 겨우 살아나는 시련을 거치고 나서야 비로소 분수를 깨닫고 스스로를 낮춤으로써 겨우 저들의 인연 속에 끼어들 수 있었다. 몸과 마음을 열어서 자기 삶의 품격을 높여 나간다는 것은 그리 뼈아프도록 힘든 일이었다.

〈옥루몽〉을 읽고 마음에 와 닿는 인물을 골라보라 하면 의외로 많은 학생이 황소저를 꼽는다. 그가 제일 인간적으로 보인다는 것이다. 잘난 사람들 사이에서 소외되어 갈등하고 절망하는 모습이 꽤 안되어 보였던 것 같다. 그것이 우리 보통 사람들의 모습이니 과연 인간적으로 공감을 느낄 만한 일이다. 잘난 사람 옆에서 열등감에 신음해보지 않은 사람이 세상에 얼마나 있을까!

하지만 초라한 자신을 보면서 열등감에 신음하는 일이, 그것이 내 분수려니 하면서 현 상태에 그대로 머무는 일이 정답은 아닐 것이다. 어떻게든 밝은 쪽을 향해 나아가야 하는 것이 맞는 일이다. 그리하여 저 일류 남녀들이 펼쳐내는 당당하고 거침없는 믿음의 사랑이 곧 우리가 나아갈 곳을 비추는 하나의 빛이라고 생각한다. 이상을 향해 나아갈 수 있다는 그 자체가 곧 행복이 아닐까 하는 생각도 해본다. 나의 몸과 마음을 훌쩍 엶으로써 우리네 사랑은 더욱 크고 완전하며 영원한 것이 될 수 있다. 어쩌면 작가가 〈옥루몽〉을 써낸 과정도 그러한 나아감의 몸짓이었을지도 모른다.

작은 사족 하나. 작품은 저 남녀들이 본래 하늘의 선관 선녀라고 말하고 있다. 그렇다면 그들은 처음부터 보통 사람과는 달랐다는 말이 아닌가? 하지만 이 또한 그리 생각할 일이 아니다. 이 세상 어떤 남녀라도 하늘 모르게 태어난 사람이 어디 있을까. 선관 선녀의 본색을 찾을 수 있는가 하는 것은 오로지 저 하기 나름이다.


신동흔

### 옥루몽玉樓夢

● 작품 설명 ●

19세기에 남영로가 지은 장편소설로, 〈구운몽〉의 전통을 이은 환몽소설이다. 구조와 주제, 사상 면에서 새 경지를 이룩한 걸작으로써 큰 인기를 누렸으며 조선조 영웅소설의 최고봉으로 평가한다. 서로 다른 개성을 지닌 인물들이 펼쳐내는 사랑과 인생의 우여곡절이 섬세하고도 생생한 필치로 펼쳐진다.

● 줄거리 ●

천상에서 옥황상제가 백옥루를 중수하고 선관들을 모아 잔치를 베풀 때, 문창성이 취중에 읊은 시에 지상계를 그리워하는 뜻이 보이자 옥황상제는 그를 지상으로 내려보내기로 한다. 문창성이 제방 옥녀와 천요성, 홍란성, 제천선녀, 도화성 등의 선녀와 어울려 술을 마시며 놀다 잠이 들었을 때 부처가 법력으로 그들을 인간계로 내려보낸다. 문창성은 양창곡으로 태어나고 여러 선녀는 윤소저와 황소저, 강남홍, 벽성선, 일지연으로 태어난다.

중국 남방의 옥련봉 아래 양현이라는 처사 부부가 늦도록 자식 없이 지내다가 관음보살의 석상에 발원한 뒤 아들을 얻고 이름을 창곡이라고 짓는다. 양창곡은 과거차 상경하던 길에 항주 최고의 기녀 강남홍을 만나 평생의 인연을 맺는다. 강남홍은 양창곡에게 항주자사의 딸 윤소저를 정실부인으로 추천한다. 강남홍은 항주자사 부중으로 들어가 윤소저의 시녀가 되고, 둘 사이에는 깊은 우정이 형성된다. 그러다가 소주자사 황여옥이 강남홍의 미모를 탐해 연회를 베풀고서 겁탈하려 하자 강남홍은 강물에 투신한다. 윤소저가 이 일을 짐작하고 잠수를 잘하는 여자를 잠복시켜 강남홍을 구출하게 한다. 강남홍은 어선을 타고 표류하다가 남쪽 탈탈국에 도착한 뒤 도사를 만나 무예를 익힌다.

양창곡이 장원급제해 한림학사가 되자 황각로와 노상서가 그를 사위로 삼으려 하나 창곡은 강남홍이 추천했던 윤소저와 결혼한다. 양창곡은 황각로의 딸 황소저를 둘째 부인으로 맞으라는 천자의 명령을 거역하다 하옥되며, 상서 노균의 모함을 입어 강주로 유배된다. 창곡은 이곳에서 음률에 능한 기생 벽성선을 만나 가연을 맺는다. 이후 유배 생활에서 풀려나 복직한 양창곡은 천자의 명령을 거역하지 못하고 황소저를 부인으로 맞이한다.

이때 남쪽 오랑캐가 중국을 침공하자 창곡은 대원수로 출정한다. 창곡이 곤경에 처했을 때 강남홍이 명나라 진영에 들어와 창곡과 상봉한 뒤 부원수가 되어 전세를 역전시킨다. 이때 적국인 축융국의 공주 일지연이 강남홍과 접전하다가 생포되어 오는데, 양창곡의 인품에 감화되어 본진으로 돌아가 부왕을 움직여 명나라에 항복하도록 한다.

이때 양창곡 본가에서는 황소저가 벽성선을 투기해 암살할 음모를 꾸미나 실패한다. 벽성선은 시골 암자로 가서 숨어 살지만 거듭 모해를 입어 온갖 고초를 겪는다. 그러다가 벽성선은 간신에게 휘말리던 천자를 지성껏 설득해서 마음을 돌이키고 위기에서 구한다. 양창곡이 개선해 돌아와 간신의 반역을 제압하자 천자는 양창곡을 연왕에 봉하고 강남홍을 제후에 봉한다. 음모가 드러나 유배되었던 황소저는 죽을 고비를 겪는 과정에서 개과천선해 다른 여자들과 화해한다. 이후 양창곡은 강남홍 등 다섯 아내와 더불어 온갖 영화를 누리다가 죽어서 천상계로 돌아간다.


● 인용 자료 ●

규장각 소장 국문본 14권 14책 〈옥루몽〉 원전 자료를 현대어로 번역해 인용함.


● 권장 작품 ●

남영로 지음, 김풍기 옮김, 《완역 옥루몽》 1∼5권, 그린비, 2006.

# 고통 앞에 미소를 잃지 않다

-〈흥보가〉의 흥보와 아내

🔵 굳건해지기

모든 것이 편안하고 잘나갈 때 사랑하는 것은 누구나 잘할 수 있다. 그 사랑이 참답고 힘 있
는 것인지 알 수 있는 것은 시련에 처했을 때다. 모든 것이 힘들고 막막해 무력한 상황에서
짜증을 부리고 화를 내는 대신 좋은 표정과 따뜻한 말로써 서로를 위로할 때 고난을 이겨
낼 힘이 생긴다. 그리고 마침내 고난을 극복했을 때 그 사랑은 크고 영원한 것이 될 수 있다.
지나고 보면 어려움을 함께 감당했던 그날들이 더없이 소중하고 행복했던 사랑의 시간이었
음을 깨달을 수 있다.

## 불투명한 미래를 관통하는 법

청춘의 가난과 비극적인 사랑이라는 소재는 시대와 상관없이 많은
이들의 눈시울을 적셨다. 누구나 한번쯤 거치는 사랑과 현실의 우울
한 조우는 문학이 처음 시작되던 시기부터 많은 작가가 마음에 품던
소재이자 주제였다. 하지만 가난한 와중에도 슬프고 아름답게 맺던
사랑의 행로가 이제는 현실의 벽을 넘지 못하는 이야기가 되고 있다.
자본주의 사회가 고도화되면서 현실은 '3포세대'라는 말을 낳았다.
알다시피 현실의 벽에 막혀 연애와 결혼, 출산을 포기한 세대라는 뜻
이다. 요즈음은 상황이 더 심각해져 5포를 말하고, 무한대의 경우를

대입할 수 있는 'N포 세대'라는 말까지 생겨난 지경이다. 선진국으로 갈수록 출산율이 낮아지고 결혼의 형태도 다양해지는 것은 일반적인 추세라 할 수 있다. 하지만 연애를 포기하는 것은 이와 다른 측면이다. 연애는 사람들의 근원적인 욕망이자 꿈이다. 젊은이들이 사랑을 시작하기가 어려워졌다는 것은 가벼운 문제가 아니다.

객관적으로 보면 오늘날 젊은이의 경제적인 상황은 예전에 비해, 예컨대 전쟁 직후 같은 때에 비해 훨씬 낫다고 할 수 있다. 그럼에도 왜 오늘날의 청춘은 현실과 생계라는 화두에 사랑의 열정을 담보 잡히고 있는 것일까? 어쩌면 그것은 절대적인 빈곤보다 더 큰 상대적인 박탈감 때문이라고 설명할 수 있을 것이다. 앞날이 지금보다 나아질 수 없다는 부정적이고 절망적인 인식 때문일지도 모른다. 그리 생각하면 고개가 끄덕여지는 면도 있지만, 한편으로 뭔가 우울하고 답답한 느낌을 떨칠 수 없다.

그 장면에서 떠올리는 사람은 〈흥보가興甫歌(흥부전)〉 속의 흥보와 그 아내다. 고전 속 인물 가운데 누구보다도 가난하고 절망적이던, 그럼에도 끝내 사랑을 놓지 않았던 두 사람이다. 어쩌면 우리는 그들한테서 미래가 불투명한 이 시대를 사랑으로 관통하는 법을 배울 수 있을지도 모른다.


## 절망 앞에 도피하지 않던 부부

교훈성을 강조한 전래동화의 영향 때문인지 사람들에게 〈흥보가〉의 내용이 무엇인지 물어보면, '흥보가 착하게 산 덕분에 하늘의 복을 받아서 큰 부자가 된 이야기'라 하는 경우가 많다. 물론 그 내용이 틀린 것은 아니다. 그러나 그 행복한 결말 때문에 작품 내내 가난에 시름하며 떨고 있던 흥보 부부의 일상이 가려지는 것은 아쉬운 일이다. 우리가 흥보 부부에게서 눈여겨볼 모습은 뒷날 복을 받아서 잘되었을 때보다 오히려 가난하고 힘든 시기를 살던 때의 모습이다. 작품 원전에서는, 특히 판소리 창본들에서는 흥보 가족이 겪은 절망적인 가난의 형상을 생생하게 그리고 있다.

익히 알려진 대로 흥보는 본래 부잣집 자제로 유복하게 살고 있었다. 따로 돈 걱정을 할 필요가 없었던 흥보는 성품이 착하고 인심이 후해서 남에게 여러 가지로 베풀면서 살았다. 결혼한 아내 사이에 자식을 여럿 두었으니 무척이나 다복한 사람이었다. 한 가지 유의할 사항은 흥보가 '착한 사람'이라는 의미가 윤리 도덕을 앞세우는 성인군자를 뜻하는 것은 아니었다는 사실이다. 김연수 창본은 흥보의 선행을 다음과 같이 묘사한다.

부모님께 효도하고, 형제간에 우애하고, 일가친척 화목하며, 노인이 등짐 지면 자청하여 져다 주고, 길가에 빠진 물건 임자 찾아 전하여주고, 고단한 사람 봉변 보면 한사코 말려주고, 타향에서 병든 사람 고향집에 소식 전하고, 집을 잃고 우는 아이 저희 부모 찾아주며…….

부모한테 효도하고 형제간에 우애한다는 일반적인 사항에 이어진 내용을 보면, 흥보는 완전한 실천적인 행동파의 면모를 보인다. 고단한 사람이나 봉변을 겪는 사람을 발 벗고 나서서 도와주는 것이 흥보의 방식이었다. 이것이 틀에 박힌 묘사인가 하면 그렇지 않다. 할 일이 있으면 나서고 보는 행동파 기질은 작품 전체에서 확인할 수 있는 홍보의 일관된 성격이다.

이와 같은 홍보의 선행에 대해 '가진 것이 많아 부족함이 없고 마음도 편하니 이럴 수 있다'고 말할 수 있을 것이다. 삶에 찌들어 하루하루 먹고살기도 힘든 상황에서도 저렇게 할 수 있는지 의문을 가져볼 만하다. 만약 가진 것 없는 밑바닥 인생으로 전락한다면 홍보는 어떤 사람으로 변할까? 이러한 궁금증에 답하기 위해서인지 작품은 그를 밑바닥으로 전락시켜 시험 속으로 몰아넣는다. 부모가 세상을 떠난 뒤 형에 의해 집에서 쫓겨나 하루아침에 알거지가 된 일이 그것이다. 홍보로서는 전혀 예상하지 못한 일이고 아무 준비도 없는 상태에서 벌어진 일이라 더 황당하고 아득한 상황이었다.

가진 것은 하나도 없는데 먹여살려야 할 자식은 여럿이었다. 생계를 위해 일해본 적이 없으니 무엇을 어떻게 해야 할지 알 수가 없었다. 빈집을 하나 찾아들었지만, "뒷벽에는 외椳(벽을 치려고 댓가지나 수숫대, 싸리, 잡목 따위로 얽은 것)뿐이요 앞창은 살만 남았으며, 지붕은 다 벗겨져 추녀가 드러나고 서까래는 꾀를 벗어 밖에서 가랑비 오면 안에는 큰비 오니" 집이라고 할 수도 없었다. 그야말로 무대책인 상황이었다.

이 상황에서 홍보와 그의 아내가 보였던 반응은 무엇일까? 신재효본 같은 일부 판본은 홍보가 억하심정에 처자식한데 짜증을 부렸다고 언급하기도 하지만, 다수 자료가 전하는 것은 어떻게든 먹고살기 위해서는 닥치는 대로 일을 하는 모습이다. 김연수 창본은 그 모습을 다음과 같이 전한다.

그래도 집이라고 멍석자리 거적문에 지푸라기 이불 삼아 춘하추동 사시절을 지낼 적에, 따로 먹고살 도리가 없으니 무엇이 되든 품을 팔아서 끼니를 이었다. 흥보가 품을 팔제, 상하전답 기음 매고, 전세대동 방아 찧기, 상고무역 샀짐 지고, 초상난 집 부고 전키, 묵은 집에 토담 쌓고, 새 집에 땅 돋우고, 대장간 풀무 불기, 10리길 가마 메고, 다섯 푼 받고 마철 걸기, 두 푼 받고 똥재 치고, 닷 냥 받고 송장 치기. 생전 못하던 일로 이렇듯 벌건마는 하루 품을 팔면 너댓 새씩 앓고 나니 생계가 막막하다.

흥보 아내 품을 팔제, 오뉴월 밭매기와 구시월에 김장하기, 한 말 받고 벼 훑기와 물레질 베짜기며, 빨래질 헌옷 깁기, 혼인 장례 진일하기, 채소밭에 오줌 주기, 갖은 길쌈 베매기와 소주 곱고 장 다리기, 물방아 쌀까불기, 보리 갈 때 거름 놓기, 못자리 때 망풀 뜯기, 아기 낳고 첫 국밥을 손수 지어 먹은 후에 몸조리 대신하여 절구질로 땀을 낸다. 한시 반 때 놀지 않고 이렇듯 품을 팔아도 사는 것이 죽는 것만 못하다.

흥보는 천한 일을 해오던 사람이 아니었다. 원래 부자로서 양반 행세를 하던 사람이었다. 그런데 형한테 쫓겨난 뒤 흥보가 한 일을 보면 깜짝 놀랄 정도다. 논밭 김매기나 토목일 같은 것은 그렇다 해도 가마를 메고 똥재를 치며 시체를 치우는 일까지 했다니 예사롭지 않다. 흥보 아내가 한 일 또한 마찬가지다. 물레질과 빨래, 바느질 같은 집안일 외에 오뉴월에 밭매기와 채소밭에 오줌 주기, 보리밭에 거름 놓기까지 온갖 천하고 누추한 일이 포함되어 있다. 아기를 낳고도 몸조리할 겨를 없이 절구질에 나섰다니 기가 막힐 정도다. 그리해도 먹고살길이 막막하기만 한 것이, '사는 것이 죽는 것만 못한' 것이 그들의 현실이었다. 흥보는 하루 품을 팔면 네댓 날씩 앓았다는 말이 과장이라고 볼 수 없다. 평소 노동이 몸에 배지 않았으니 탈이 날 만하다.

한마디로 그것은 눈물겨운 분투였다. '먹고사는 일'은 힘겨운 전쟁과 같았다. 중요한 것은 흥보 부부가 그 일로부터 도피하지 않았다는 사실이다. 아무 무기도 없는 채로 그 전쟁에서 이리 뛰고 저리 뛰었다는 사실이다. 이 지점에서 우리는 다시금 한 가지 사실을 확인할 수 있다. 흥보가 추상적인 도덕군자가 아니라 행동하는 인물이라는 사실을 말이다. 그는 어떻게든 자기한테 주어진 책임을 다하려는 사람이었다. 더불어 우리는 한 가지 사실을 더 확인할 수 있다. 흥보 아내도 그러한 사람이었다는 점이다. 무력하게 무너져 포기하는 대신, 또는 히스테리를 부리는 대신, 그녀 또한 생활인의 길로 나섰다.

아직 깜깜해서 앞날이 보이지 않는 상태였지만, 흥보 부부가 이렇게 '생활'을 감당하는 길로 발 벗고 나섰다는 것은 무척이나 중요한 일이다. 비록 아직 많이 미약하더라도, '죽는 길'이 아닌 '사는 길'로 향하는 길이다.


## 고난을 함께 짊어지는 과정

소리꾼이 부르는 판소리 〈흥보가〉를 바로 앞에서 육성으로 들으면서 정말 놀랍고 감동적인 부분이 있다. 흥보 아내가 즐거워하며 더덩실 춤을 추는 대목이다.

얼씨구나 좋을시고 지화자 좋을시고. 우리 영감이 병영길을 가신 뒤로
매를 맞지 말고 오시라고 밤낮으로 빌었더니 매 아니 맞고 돌아오시니
어찌 아니 즐거운가. 얼씨구나 좋을시고. 옷을 벗어도 나는 좋고 굶어
죽어도 나는 좋네. 얼씨구나 좋을시고, 지화자 좋을시고.

남편이 매를 맞지 않고 왔다고 좋아하며 춤을 추고 있다. 대체 무
슨 일이 있었기에 이렇게 좋아하는 것일까? 흥보는 무슨 잘못을 했
기에 병영에 매를 맞으러 갔던 것일까? 알고 보면 눈물이 나는 사정
이 있다.

어느 날, 굶주림에 지친 흥보가 앉아서 굶을 일이 아니라며 관가로
가서 곡식을 빌려오겠다고 나선다. 환곡還穀을 두고 하는 말이었다. 때
는 삼정의 문란이 극에 달하던 시절이었다. 최소한의 담보조차 없는
처지로서 곡식을 구하기 어려운 상황이었다. 그 사정을 뻔히 아는 아
내가 말리지만, 흥보는 혹시나 하는 마음으로 관가를 향해 발걸음을
옮긴다. 부자로 살면서 양반 행세를 했던 처지로서 면목이 없는 일이
지만 무엇이든 해야 했다.

찾아간 관가에서 흥보는 아전들한테 뜻밖의 제안을 받게 된다. 고
을 좌수 하나가 죄를 지어 내려진 곤장 열 대를 대신 맞으면 한 대에
석 냥씩 서른 냥을 주고 병영 다녀올 마삯 닷 냥을 선금으로 따로 준
다는 것이었다. 서른 냥하고도 닷 냥이라니 흥보에게는 아주 큰돈이
었다. 흥보는 두 번 생각할 것도 없이 제안을 받아들인다. 닷 냥을 손
에 든 흥보는 신이 나서 쌀에다 고기까지 사가지고 집으로 향한다.

그렇게 온 가족이 모처럼 포식하고 나서 아내는 돈 내력을 묻는다.
뜻밖의 돈이라서 왠지 불길했으리라. 아니나 다를까, 남편이 하는 말
은 기막힌 것이었다. 흥보 아내는 기겁하면서 말리고 나선다.

흥보 아내가 이 말을 듣고 펄쩍 뛰어 일어서며, "허허, 아이고, 이것이 웬
말인가. 마오 마오, 가지 마오. 아무리 죽게 된들 매품 말이 웬 말이오.
맞을 일이 있다 해도 집을 팔아서라도 그 일 모면할 터인데 번연히 아는

일을 매 맞으러 간다 하니 당신은 어찌하여 죽으려고 야단인가. 못 갑니다, 못 갑니다. 굶으면 그냥 굶고 죽으면 좋게 죽지, 불쌍한 저 형상에 매란 말이 웬 말이오! 여보, 영감. 병영 곤장을 하나만 맞아도 평생 골병이 든답디다. 바짝 마른 저 볼기에 곤장 열 대를 맞으면 영락없이 죽을 테니 돈 닷 냥도 주고 제발 덕분 가지 마오."

말 그대로다. 남들은 어떻게든 모면하려는 곤장을 자청해서 맞겠다니 될 말이 아니었다. 요즘으로 치자면 피를 뽑아서 팔고 장기를 꺼내서 파는 일과 마찬가지다. 아무리 돈이 아쉽지만 어찌 몸보다 중하겠는가. 더구나 먹지 못해 바짝 마른 연약한 몸으로 곤장을 많이 맞으면 뼈가 남아나지 않을 테니 차마 못할 일이었다. 아전이 말 타고 다녀올 값으로 닷 냥을 준 것도 다 이유가 있었다. 갈 때야 그렇다 하더라도 매를 맞아 망가진 몸으로는 제대로 걸을 수 없으니 말이 필요한 것이었다. 그런데 흥보는 그 돈 닷 냥도 탐이 나서 병영길을 자기 정강이를 말 삼아 다녀오겠다고 하고 있는 것이다.

울면서 말리는 아내를 뿌리치고 흥보는 다음날 매를 맞으러 나선다. 병영에 이르자 매를 맞는 소리가 진동했다. 흥보는 겁이 잔뜩 난 상태로 눈을 질끈 감고서 매를 맞을 준비를 하지만 그한테는 매 차례가 오지 않았다. 흥보 이웃집에 사는 건장한 꾀수아비가 이 일을 알고서 먼저 와서 곤장 열 대를 맞고 서른 냥을 받아간 뒤였다. 눈앞에서 서른 냥을 놓친 흥보는 낙담으로 맥이 빠져서 터덜터덜 집으로 향한다. 그를 발견하고 달려 나온 아내가 매가 얼마나 아팠느냐며 울 때에 흥보는 골을 내면서 '당신 때문에 매를 못 맞았다'고 타박한다. 그러자 아내는 남편이 매를 맞지 않았다는 말에 얼굴을 환히 피면서, 저렇게 덩실덩실 춤을 추는 것이었다.

따져보면 돈 서른 냥이 더 아쉬운 것은 살림을 맡은 그의 아내였을 것이다. 당장 손에 잡힐 수도 있는 거금이 눈앞에 아슴아슴 아른거렸을 것이다. 그러나 그녀한테는 그 돈보다 남편의 안전과 건강이 더 중요했다. 남편이 몸 성히 옆에서 움직이는 것이 더 소중한 일이었다. 지금 흥보의 아내는 돈에 대한 미련을 떨치고서 덩실덩실 춤추고 있는 중이다. 판소리로 이 대목을 들으면 눈물 날 정도로 감동이 밀려오는 것은 바로 이 때문이다. 이것이 진짜 사랑이 아니겠는가.

하지만 이어지는 대목에서 흥보는 매를 맞는다. 바로 자기 형 놀보한테서. 그리고 그 매를 맞게 만든 사람은 바로 흥보의 아내였다. 가기 싫어하는 흥보를 형 집에 보내서 양식을 빌려오도록 재촉했던 것이다. 흥보 아내로서는 동생이 처자식과 함께 굶주리는데 설마 모른 척하겠느냐고 생각한 바였다. 일반적인 기준으로 보면 당연히 맞는 일이었다. 하지만 상대는 놀보였다.

"내가 생각을 안 한 것이 아니지만 건너갔다가 돈이나 곡식을 주시면 좋지마는 어려운 그 성품에 만일 보리나 타고 오면 말 많은 이 세상에 그 부끄러움을 어찌한단 말이오."

……"보리는 다 좋지요. 쌀보리 늘보리 동보리 양찰보리, 심지어 귀보리도 갈아놓으면 죽은 쑤어 먹지요."

"그러한 보리라면 오죽이나 좋을까만, 몽둥이 맞는 일을 보리 탄다고 하는 걸 모르는구면."

"여보 영감, 형제간에 그러한 일은 없는 법입니다. 빌어보고 아니 주시면 돌아오면 그만이고 요행히 사정 듣고 다소간 주시면 한때 굶주림은

면할 테니 헛일 삼아 가보아요."

"그래볼까."

자기 형을 아내보다 더 잘 아는 홍보는 거기 가면 양식은커녕 매만 맞을 것을 예감하고 있었다. 하지만 그럴 리 없다고 생각하는 아내의 거듭된 권유에 홍보는 긴말 없이 길을 나선다. 그 말을 물리치는 것은 차마 할 수 없는 일이었다. 자기를 바라보는 아내와 자식들을 위해 어떤 일이든 해보는 데까지 해보아야 한다는 쪽이었다. 매품을 팔려고 병영으로 갔던 것과 같은 맥락의 행동이다. 뒷일이야 자신이 감당하면 그만이라는 식이다. 그것이 홍보가 살아가는 방식이었다. 가슴 아플 정도의 착함이다.

홍보는 놀보 집에서 형한테 몽둥이찜질을 당하고 그것도 모자라 형수한테 뺨까지 맞고서 몸과 마음이 망가진 상태로 집으로 돌아간다. 양식을 얼마나 얻어올지 기대감에 고개를 빼고 기다리던 아내한테 비친 남편은 매를 맞아 망가진 모습이었다. 인간으로서 그럴 수는 없는 일이었다. 이것이 웬일이냐고 울부짖는 아내한테 홍보는 그러한 것이 아니라고, 형한테 양식을 많이 얻어가지고 오다가 산적을 만나서 다 뺏기고 매까지 맞은 것이라고 둘러댄다. 하지만 그러한 사정조차 짐작하지 못할 아내가 아니었다.

"허허 이것이 웬일인가. 그런대도 내가 알고 저런대도 내가 아오. 시숙님 속도 알고 동서 속도 내가 아오. 동냥은 못 줄망정 쪽박조차 깬다더니 여러 날 굶은 동생 안 주면 그만인걸 이 모양이 웬일인가. ……내가 얼마나 얌전하면 불쌍한 우리 가장 못 먹이고 못 입힐까. 가장은 처복 없어 내 죄로 굶거니와 철모르는 자식 모습 목이 메어 못 보겠네. 차라리 내가 죽어 이 꼴 저 꼴 안 볼란다."

치마끈으로 목을 매어 죽기로 작정하니 흥보가 기가 막혀 아내의 손을 잡고, "아이고 여보, 이것이 웬일이요. 부인의 평생 신세 가장에게 매였는데 박복한 나를 만나 이 고생을 당하게 하니 내가 먼저 죽을라네."

허릿띠를 끌러내어 서까래에다 목을 매니 흥보 아내 깜짝 놀라 우루루 루루루 달려들어 흥보를 부여잡고, "아이고 영감, 내 다시는 안 울터이니 이리 말아요."

눈물이 날 정도로 가슴 아픈 장면이다. 가난이란 얼마나 서럽고 억울한 것인지! 하지만, 저 모습이 우리한테 눈물을 안기는 것은 단지 슬픔 때문만은 아니다. 상대를 원망하는 대신 스스로를 책망하고 곁의 사람의 아픔을 걱정하는 저 모습은 감동적이다. 더할 나위 없이 아름답다. 그것은 부부의 정이란 어떤 것인지를, 참사랑이란 어떤 것인지를 실감케 한다. 저런 식으로 고난을 함께 짐 지는 저 사람들은 가히 천복을 받을 만하다. 저들이 제비를 살리고서 받은 그 복은 이와 같은 삶의 과정을 통해 스스로 만들어낸 것이라 할 수 있다.

## 삶에 깃든 여유로움

흥보 부부는 부유한 집에서 별다른 걱정 없이 편안히 살던 사람들이었다. 그러다가 하루아침에 나락으로 떨어져 알거지가 된 상태에서 저들은 어떻게 따뜻한 인간미를 지킬 수 있었던 것일까? 그리고 어떻게 서로 미워하는 대신 아끼고 사랑할 수 있었던 것일까? 본래 천성이 착했기 때문이라고 생각할 수도 있겠으나, 그렇게만 볼 일은 아니다. 작품에는 저 부부가 고난을 이겨낼 수 있었던 구체적인 요인들이 곳곳에 암시되어 있다. 우리가 먼저 주목할 것은 부부 사이의 금실이다.

홍보가 이리 고생을 하고 가난하게 지내도 자식만큼은 부자였다. 내외 간에 금슬이 좋아 자식을 풀풀이 낳는데, 1년에 꼭 한 번씩은 낳는데 툭하면 쌍둥이요, 간혹 셋씩도 낳았다. 내외간에 서로 보고 웃음만 웃어도 그냥 아이가 생겨나 그럭저럭 주어섬겨 놓은 것이 아들만 스물아홉이었다.

가난하게 살면서도 금실이 좋아서 자식을 많이 낳았다는 것인데, 그것은 갑자기 생겨난 것이 아니다. 놀보한테 쫓겨나기 전부터 홍보 부부한테는 이미 많은 자식이 있었다. 부부간에 정이 깊다보니 자연스럽게 생겨난 자식들이었다. "내외간에 서로 보고 웃음만 웃어도" 아이가 생겼다고 하거니와, 달리 말하면 이 부부는 늘 서로 정답게 마주보고 웃는 사이였다고 할 수 있다. 늘 마주보고 웃는 일, 이것이야말로 사랑의 기본이 아닐까. 이 부부가 무일푼으로 쫓겨나는 일을 감수했던 것은 이와 같은 서로간의 깊은 정을 믿었기 때문이라고 볼 수도 있을 것이다.

인용에서 보듯이, 집에서 쫓겨나 가난 속에서 고생하면서도 부부간의 금실은 변하지 않는다. 끼니를 때우지 못하는 가난은 사람을 찌들게 할 만도 한데, 작품을 보면 이 부부는 최소한의 여유와 웃음을 잃지 않는다. 관가로 곡식을 빌러 나가는 다음 장면만 해도 그렇다.

"가장이 나서는데 그것이 무슨 소리던가. 어찌 될지 모르는 일이니 여러 말 말고 내 도포나 내주오."

"도포를 어디 두었소?"

"아니 가장의 도포가 어디 있는지도 모르나? 장 안에 보오, 장 안에."

"아이고, 우리 집에 무슨 장이 있단 말입니까?"

"거 닭장은 장이 아니란 말이오? 내 갓도 챙겨 내와요."

"갓은 어디 두었소?"

"뒤안 굴뚝 속에 가보오."

"아이고, 어찌 갓을 굴뚝 속에 두었단 말입니까?"

"그러한 것이 아니라 지난번 국상國喪 뒤에 어느 친구가 칠해 쓰라고 백립白笠 하나를 줍디다. 내 형편에 칠해 쓸 수 없고 연기에 그을려 쓸 양으로 굴뚝 속에 넣어놓은 지 벌써 오래요."


집안에 장이 없어 도포를 닭장에 넣어놓고 흰 갓을 자연 염색할 양으로 굴뚝 속에 넣어두었다니 기가 찰 노릇이다. 하지만 이 대목이 전해주는 것은 조소보다는 해학이다. "닭장도 장은 장이잖아?" 하는 허튼 익살이 실소를 자아내거니와, 그 말을 직접 듣는 아내 또한 웃을 수밖에 없었을 것이다. 갓을 굴뚝에 넣어두어서 염색한다는 발상도 그렇다. 황당한 일이지만, 없이 사는 사람의 '생활의 지혜'일 수 있다. 가난해서 쫄쫄 굶고 있는 처지라지만 이렇듯 최소한의 여유와 웃음을 잃지 않고 있는 모습이 갸륵하면서도 미더워 보인다. 이러한 여유 덕분에 이 부부가 인간미를 지킬 수 있었던 것이라고 보아도 좋을 것이다.

이러한 여유는 자식들한테도 전해진 것으로 보인다. 옷이 없어 명석 하나에 구멍을 뚫고 얼굴만 내놓고 함께 움직이면서도 흥부의 자식들은 웃음을 잃지 않는다. 그 안에서 장난을 치면서 시시덕거리고는 했다. 홍보가 매를 맞으러 간다고 할 때 자식들이 보인 반응도 아버지를 붙잡고서 울거나 매달리는 쪽이 아니었다. 원하는 물건을 하나씩 주문하는 것이었다. 안경을 사다달라, 투전을 사다달라는 식이었다. 큰아들은 각시를 하나 데려다달라고도 말한다. 결혼해 주막이라도 차려서 돈을 벌어야 하지 않겠느냐는 것이다. 아버지가 매를 맞으러 가는 판에 물색 모르는 철없는 행동이라 할 수 있지만, 아이들이 나름대로 제 살아갈 깜냥을 차리고 있는 것이라고 볼 수도 있다. 어찌 보면 부모에게 매달리면서 맥없이 울고불고하는 것보다 이쪽이 더 현명한 일일 수 있다.

홍보 일가족이 잃지 않은 여유와 웃음은 그들의 복으로 이어진다. 제비는 그 하나의 상징이다. 제비가 집에 들어와 둥지를 짓자 홍보 가족은 기뻐 즐기면서 제비들을 가족처럼 대한다. 다리 다친 새끼 제비를 홍보가 정성껏 고쳐준 것은 그러한 맥락에서 행한 일이었다. 그 제비가 물어다준 박씨를 정성껏 심어서 키웠던 일도 마찬가지다. 한가위가 되어서 다른 집은 떡을 하느라 방아질을 하고 있을 때, 홍보 가족은 박을 따서 타는데 그 장면이 인상적이다.

박 한 통을 따다놓고 톱을 빌려다 박을 탈 제 홍보 내외와 자식들 스물아홉과 모두 서른한 명 식구가 양쪽으로 늘어서서 슬근슬근 박을 탄다. "시르렁 실근 톱질이야. 에이여루 톱질이로구나. 어떤 사람은 팔자 좋아 부귀영화로 즐기는데 우리 팔자는 어찌하여 박을 타서 먹고사나. 에이여루 당겨주소. 이 박을 타거들랑 아무것도 나오지를 말고 밥 한 통만

나오너라. 시르렁 시르렁 당겨주소, 톱질이야. 시르렁 실근 당겨주소, 톱질이야. 여보, 마누라. 톱 소리를 맞아주어야지."

"톱 소리를 매가 맞으려 해도 배가 고파 못하겠어요."

"배가 정 고프거든 허리띠를 졸라매고, 에이여루 당겨주소. 시르르르르르르 르르르르르르르 시르렁 시르렁 실근 시르렁 실근 당겨주소 톱질이야. 큰 자식은 저리 가고 작은 자식은 이리 오너라. 우리가 이 박을 어서 타서 박속일랑 끓여먹고 바가지는 부잣집에 팔아다가 목숨 보명 해 볼까나. 에이여루 톱질이야."

"시르렁 실근 톱질이야."


별것도 아닌 박을 일가족이 다 함께 모여서 타는 모습이 정겹다. 그저 박을 타는 것이 아니라 '노래'로 흥을 내고 있었다는 사실을 주목할 만하다. 흥보는 "여보, 마누라. 톱 소리를 맞아주어야지" 하고 재촉해서 아내로 하여금 함께 장단을 맞추어 노래하게 한다. 흥보의 수많은 자식이 다 함께 뒷소리를 따라하면서 어울렸을 것이다. 가난해서 슬픈 모습이지만, 따뜻하고 아름다우며 신명나는 모습이기도 하다.

바로 이것이 사랑이 아닐까? 고난 속에서 큰 복을 빚어내는 사랑. 그 상태 그대로 충만해 영원히 이어지는 그러한 사랑이다.


## 현실을 이기는 사랑

신경림의 시 〈가난한 사랑 노래〉는 곧 '가난해서 슬픈 사랑 노래'다. 이에 대해 흥보 부부가 부르는 저 박타령 노래는 '가난하지만 슬프지 않은 사랑 노래'라 할 수 있다. 아니, '가난하므로 슬프지 않은 사랑 노래'라고 해도 좋을 것이다. 저 가난이 저들을 더 정겹고 아름답게 하고 있으니 말이다. '이혼보다 실직이 더 두렵다'고 말하는, 또는 '사랑보다 취업이 우선'이라고 말하는 현대인들이 한번쯤 새겨볼 모습일 것이다. 도덕 교과서가 아닌 현실 차원에서 말이다.

여기서 흥보의 형인 놀보의 모습을 보기로 한다. 다음은 그간 별로 주목한 적이 없었던 놀보의 부부관을 보여주는 장면들이다.

"여봐라, 흥보야! 내가 남의 집 초상 마당에서도 권주가勸酒歌 없이는 술 안 먹는 것 잘 알지? 네 아내 곱게 꾸민 길에 어디 권주가 한 곡조 시켜 보아라."

……놀보가 공연한 짓 저질러놓고 무안하여 하는 말이, "요망스런 일이로고. 여봐라 흥보야, 네 계집 버려라. 내가 새장가 들여주마. 여자가 자기주장을 하면 그 집은 망하는 법이니라. 버려라, 버려!"

부자가 된 흥보 집을 찾아온 놀부는 좋은 옷을 예쁘게 입고 있는 흥보 아내를 발견하고 동생을 통해 제수에게 권주가를 부르도록 시킨다. 이는 제수에게 모욕적인 처사였다. 이에 흥보 아내가 크게 화를 내고 나가버리자 놀보는 동생한테 저런 계집 버리고 새장가를 들라고 말한다. 짧은 장면이지만 여자 또는 아내에 대한 놀보의 관점을 단적으로 엿볼 수 있는 대목이다. 그에게 여자란 자기 욕심을 채우는 데 봉사하는 존재였다. 마음에 들지 않으면 아내를 아무 때라도 바꿀 수 있다는 것이 그의 관점이었다. 여자 또는 아내를 동반자가 아닌 소모품처럼 여기는 시각이다.

놀보가 욕심 많고 못된 사람이라서 그러한 것이라고 말할 수도 있을 것이다. 하지만 이혼보다 실직을 두려워하고 사랑보다 취업을 앞세우는 현대인의 마음속에 어쩌면 저 놀보의 서사가 작동하고 있는지도 모른다. 돈이 많고 능력만 있으면 무엇이든지 할 수 있다는 생각에, 좋은 짝을 마음껏 골라서 가질 수 있다는 생각에 너도나도 이른바 '자기계발'에 매달리고 성공을 위해 발버둥대고 있는 것은 아닌지, 그리고 그 길이 뜻대로 되지 않을 때 스스로 열패감에 빠져 사랑조차 포기하는 것은 아닌지 돌아볼 일이다.

만약 그러한 생각을 하고 있다면, 계획대로 성공한들 그 앞을 기다리는 것은 놀보의 삶일 것이다. 아내한테 '누구 덕에 사는데 이러느냐'고 하면서, '너보다 나은 여자 쌔고 쌨다'고 하면서 스스로 식식대는 삶 말이다. 그러한 사랑은 사랑일 수 없다. '능력'이 사랑의 바탕이 아니라 적(敵)이 되는 상황이다. 기껏 능력에 매달린 결과가 이러한 것이라면 그것은 얼마나 허망한가.

현실의 벽 앞에서 사랑의 열정조차 힘을 잃고서 잦아들려고 한다면, 흥보 부부의 사랑 노래를 떠올려볼 일이다. 가난하지만 슬프지 않았던, 가난하므로 오히려 아름다웠던 사랑 노래를 말이다.

김명수 •

---

• 건국대학교에서 판소리문학 연구로 석사학위를 받았으며, 박사과정에 재학 중이다. 현재 화성문화원 학예연구원으로 일하고 있다. 문학에 나타난 소시민의 애환을 연구해왔으며, 전통을 현재화하는 작업에 관심이 있다. 지은 책으로는《시집살이 이야기 집성》(공저),《새로 풀어쓴 해동명장전》(공저) 등이 있으며, 주요 논문으로는〈소시민적 영웅서사로 본 흥보가의 문학적 의미 고찰〉등이 있다.

# 흥보가 興甫歌

● 작품 설명 ●

조선후기 판소리 다섯 마당 가운데 한 작품이다. 여러 판소리 가운데도 서민적인 체취가 짙으며 발랄하고 해학적이다. 소설과 판소리 창본으로 각기 많은 자료가 전승되었다. 소설본은 보통 〈흥부전〉이라 부르고 창본은 〈흥보가〉로 일컫는다. 흥보의 성은 연燕씨로 많이 알려져 있는데 판소리 창본을 비롯한 다수 이본에는 박朴씨로 되어 있다.

● 줄거리 ●

경상·전라·충청 3도 놀보 형제가 살았는데 놀보는 형이요 흥보는 아우였다. 욕심 많은 놀보는 아버지가 죽자 아이만 많아서 밥을 축낸다며 흥보 가족을 쫓아낸다. 심성은 착하지만 세상 물정을 모르는 흥보 부부는 극심한 가난에 시달린다. 갖은 품팔이 노동을 해보지만 먹고살 길은 막연하기만 하다. 결국 흥보는 놀보 집에 양식을 얻으러 찾아가는데 매만 잔뜩 맞고서 돌아온다. 그 모습을 본 흥보 아내가 자기 탓이라며 목을 매어 죽으려고 할 적에 한 도승이 나타나 집터를 잡아주며 앞으로 좋아질 것이라 말해준다.

집터를 옮긴 뒤 조금씩 생활이 나아지던 어느 날 흥보 집에 제비가 날아와 둥지를 튼다. 흥보가 제비를 가족처럼 여기던 중에 둥지에서 태어난 새끼 제비 한 마리가 땅으로 떨어져서 다리를 크게 다친다. 흥보가 정성껏 치료한 덕분에 살아난 제비는 이듬해 봄에 흥보 집으로 돌아와 박씨 하나를 떨어뜨린다. 그 씨를 심자 박이 세 통 열린다. 첫 번째 박에서 쌀과 돈이 쏟아지고, 두 번째 박에서 비단 옷이 나오며, 세 번째 박에서 목수들이 나와 좋은 집을 지어준다.

흥보가 큰 부자가 되어 잘산다는 말을 듣고 흥보를 찾아온 놀보는 동생이 박씨 덕분에 부자가 되었다는 말을 듣는다. 놀보는 제비 한 마리를 부러 마당에 떨어뜨려 다리를 부러뜨린 다음 상처를 동여매준다. 그 제비가 물어온 박씨에 큰 박들이 여러 개 열렸지만 박에서 나온 것은 금은보화가 아니었다. 옛 상전이 나와서 재산을 갈취하고, 상여 행렬이 나와서 집안을 뒤집어놓으며, 사당패와 각설이패 등 각종 놀이패들이 나와서 재물을 빼앗아간다. 그리고 장비가 나와서 놀보를 죽이려 한다. 소식을 들은 흥보가 찾아와 빌어서 형을 구하고는 자기 재산 절반을 나누어준다. 이후 놀보는 잘못을 뉘우치고 동생과 함께 우애롭게 산다.

● 인용 자료●

김연수 창본 〈흥보가〉 원전 자료를 현대어로 번역해 인용함.

●권장 작품 ●

신동흔 지음, 《흥부전》, 휴머니스트, 2013.

# 뜨거운 열정을 지나 긴 평화로

-〈구운몽〉의 성진과 팔선녀

### 🟤 같은 곳을 바라보기

뜨거운 열정이 변함없이 이어지기는 힘들다. 때가 오면 잦아들게 마련이다. 그러나 그와 함께 사랑도 그치는 것이라 생각하면 오산이다. 열정이 지나간 자리에 또 다른 속 깊은 사랑이 깃들 수 있다. 나란히 같은 곳을 바라보면서 행복하게 나아가는 사랑 말이다. 나란히 함께함으로써 서로의 존재가 빛날 수 있다면 그제야 영원으로 이어지는 참사랑이 시작하는 것이 아닐까?

## 꿈으로 표현된 성진의 욕망

가부좌를 틀고 조용한 방에서 불도를 닦는 젊은 승려가 있다. 남악南嶽(지리산) 형산 연화도량 육관대사의 수많은 제자 가운데 단연 돋보이는 그 승려의 이름은 성진이다. 그가 바로 한국의 영원한 고전 〈구운몽〉의 주인공이다.

　성진은 무엇을 위해 그토록 불도에 정진하는 것일까? 그러한 정진의 결과는 성진에게 어떤 이로움을 가져다준 것일까? 〈구운몽〉은 작품 첫머리에서 성진이 불도에 정진하면서 탁월한 자질과 성취를 보였다고 말하지만, 무엇 때문에 이렇게 불도에 정진하는지는 이야기해주지 않는다. 그 정진을 통해 무엇을 이루어낼지도 알려주지 않는다. 다만 그가 스승의 가르침 아래 오롯이 한길만 걸어왔으며 앞으로도 그리하리라는 사실만을 보여줄 따름이다.

그렇게 도를 닦는 일에 일심으로 정진하던 성진은 어느 날 뜻밖의 상황에 빠져든다. 동정호 용왕을 만나고 오는 길에 석교상에서 팔선녀를 만나 잠깐 길을 빌리노라 수작했다가 연화도량에서 내쳐져 속세로 환생하며, 거기서 속인으로 태어난 여덟 여성과 인연을 맺는다. 오로지 한길만 있는 줄 알았던 신성한 수도의 길에서 한순간에 그와 완전히 다른 세속의 길로 갈아탄 상황이다. 그 분기점에 바로 '욕망'이 있었다. 화려하고 충만한 사랑에 대한 욕망 말이다.

양소유로 다시 태어난 성진은 여덟 여성과 차례로 만나 짝을 맺는 데 성공한다. 더할 바 없이 성공적인 사랑이었다. 그런데 그 사랑을 다 이루고 거의 완벽하게 갖춘 것처럼 보이는 지점에서 성진은 모든 것을 잃고서 연화도량 골방으로 되돌아온다. 깊은 밤 꺼져가는 촛불 아래서 머리카락 없는 머리를 만지며 놀라는 성진의 모습을 보자면 말 그대로 허무한 느낌을 받게 된다. 그 모든 것이 하룻밤 꿈이었다는 사실을 믿기 싫을 정도다.

작품은 모든 것을 다 갖춘 시점에서 전부 사라지는 반전을 배치한다. 그러한 반전을 그린 이유는 무엇일까? 사랑이란 허무한 것임을 깨닫고 허튼 욕망 따위를 다 버리도록 하기 위함일까? 얼핏 보면 '반反 사랑'으로 보이고 '탈脫 사랑'으로 보이는 그러한 전개에는 그러나 오묘한 사랑의 이치가 담겨 있다.

## 문득 찾아온 회의와 갈등

서두에 말했듯이 성진은 연화도량 육관대사의 수많은 제자 가운데 으뜸으로 꼽히는 훌륭한 수도승이었다. 육관대사 제자 수백 명 가운데 "계행이 높고 신통을 얻은 자가 300여 명"인데 성진은 "얼굴이 백설 같고 정신이 추수 같고 나이 스무 살에 삼장 경문을 통치 못할 것이 없고 총명과 지혜 무리 중에 초출<sup>超出</sup>"해서 대사가 도를 전할 그릇으로 기대했다고 한다. 젊은 수도승으로서 모든 것을 완벽히 갖춘 인물이라 할 만하다. 그대로 나아가면 스승의 뒤를 이어 연화도량의 큰스님이 될 테니 앞날이 탄탄대로였다고 할 만하다.

하지만 그것은 아무 탈 없이 나아갈 수 있는 순탄한 길은 아니었다. 문제는 성진 안에 있었다. 아직 한창 나이인데다가 용모와 재주까지 모두 뛰어났던 탓일지도 모른다. 어느 날 그는 그와 같은 자신을 적막한 산중에서 썩히는 일에 대해 깊은 회의를 느낀다.

'남아가 세상에 나 어려서 공맹의 글을 읽고 자라 요순<sup>堯舜</sup> 같은 임금을 만나, 나면 장수 되고 들면 정승이 되어 비단 옷을 입고 옥대를 띠고 옥궐에 조회하고, 눈에 고운 빛을 보고 귀에 좋은 소리를 듣고 은택이 백성에게 미치고 공명이 후세에 드리움이 또한 대장부의 일이라. 우리 부처의 법문은 한 바리 밥과 한 병 물과 두어 권 경문과 일백팔 낱 염주뿐이라. 도덕이 비록 높고 아름다우나 적막하기 심하도다.'
생각을 이리하고 저리하여 밤이 이미 깊었더니 문득 눈앞에 팔선녀가 섰거늘 놀라 고쳐보니 이미 간 곳이 없더라.

'세상에 났으니 공명으로 널리 이름을 떨쳐보기도 하고 고운 빛과 좋은 소리를 즐기면서 살아보아야 하지 않겠는가' 하는 말이다. 깊은 산사에서 염주만 손에 들고 경문을 읽으면서 청춘의 세월을 보내는 일이란 적막하기 그지없는 일이었을 테니, 대부분이 깊이 동감할 만한 내용일 것이다. 특히나 성진과 비슷한 나이의 젊은 청춘이라면 말이다.

위의 인용 끝부분을 보면 '팔선녀'가 언급되고 있다. 성진의 눈앞에 팔선녀가 환영으로 나타났다고 한다. 여기서 우리는 성진의 존재를 감싼 회의의 시발점이 '여자'라는 사실을 알 수 있다. 한 명도 아니고 여덟 명의 여자가, 그것도 아름다운 선녀들이 원인이 되어 성진은 세속적인 욕망의 삶에 대한 충동에 빠져들었던 것이다.

성진이 팔선녀를 만난 것은 스승의 심부름으로 동정호 용궁을 다녀오던 길에서였다. 그 만남은 시각이 아닌 후각으로부터 시작한다. 선녀들의 모습을 미처 보기 전에 낯선 향[異香]이 성진의 마음을 잡아 끌었다. 정신을 아찔하게 하는 짙은 향기였다. 성진은 그 향기를 피하는 대신 향이 풍겨오는 방향으로 찾아 나아간다. 그리고 돌다리 위에서 아름다운 여성 여럿이 노닐고 있는 모습을 발견한다. 성진은 걸음을 옮겨 석교 쪽으로 나아가 여성들과 대면한다. 그 과정은 다음과 같이 진행된다.

홀연 기이한 내 코를 거슬러 향로 기운도 아니요, 화초 향내도 아니로되 사람의 골속에 사무쳐 정신이 진탕하여 가히 형언치 못할러라. 성진이 생각하되 '이 물 상류에 무슨 꽃이 피었기에 이러한 이향이 풍겼는고?' 다시 의복을 정제히 하고 물을 좇아 내려오더니, 이때에 팔선녀가 아직도 석교 위에서 말하는지라. 정히 성진으로 더불어 서로 만나니 성진이

석장을 놓고 예하여 가로되, "여보살아, 빈승은 연화도량 육관대사의
제자로서 스승의 명을 받아 산하에 나갔다가 장차 절로 돌아가더니, 석
교가 심히 좁고 여보살이 교상에 앉았으니 사나이와 계집이 길을 분변
치 못하니, 잠깐 연보蓮步를 움직여 길을 빌리고자 하나이다."

팔선녀는 남악의 여선女仙 위부인의 명으로 육관대사를 예방하고
돌아가는 길에 다리에 머물러 봄경치를 즐기는 중이었다. 그녀들은
젊고 잘생긴 스님이 뜻하지 않게 말을 걸어오자 깜짝 놀라 길을 비켜
주는 대신 장난기가 발동해 성진을 놀린다. 다리가 심히 좁으니 다른
길로 가라는 것이었다. 그러자 성진은 길 값이 필요한 것이냐며 복숭
아꽃 한 가지를 꺾어 던져 여덟 개의 맑은 구슬로 바꾸는 조화를 부
린 뒤 구슬을 선녀들한테 건넨다. 선녀들은 구슬을 하나씩 가진 뒤 성
진을 바라보며 웃고는 바람을 타고 공중으로 사라진다.

선녀들의 그 눈빛과 미소 속에는 작은 감탄 같은 것이 깃들어 있었
으리라. 성진은 바로 그와 같은 관심을 이끌어내고자 복숭아꽃을 구
슬로 바꾸는 재주를 선보였던 것이다. 그렇게 해서 받은 야릇한 시선
은 성진으로서 잊을 수 없는 것이었다. 선녀들은 떠났어도 그들의 그
고운 모습과 맑은 미소는, 그리고 코끝을 찌르는 짙은 향내는 오롯이
성진에게 남아 있다. 그리하여 그들은 연화도량의 골방에 들어와 앉
은 성진 앞에 생생한 환영으로 나타나고 있었던 것이다.

성진은 머리를 흔들어 그 환영을 떨치며 마음을 다잡으려 한다.

성진이 마음에 뉘우쳐 생각하되, '부처 공부에서 특히 뜻을 바르게 함이
으뜸 행실이라. 내 출가한 지 10년에 일찍 반점 어기고 구차한 마음을

먹지 않았더니, 이제 이렇듯이 염려를 그릇하면 어찌 나의 전정에 해롭지 아니하리오?'

향로에 전단을 다시 피우고 포단에 앉아 정신을 가다듬어 염주를 고르며 일천 부처를 염하더니…….

하지만 그것은 그대로 '없던 일'이 될 수 있는 바가 아니었다. 청춘의 틈을 홀쩍 파고든 회의가 의식적인 억누름으로 사라질 리 없었다. 이미 균열이 시작된 상황이었다. 사랑에 대한 욕망이란 한번 불붙고 나면 점점 타오르는 법이다. 그 균열은 '수도승'이라는 정체성을 더는 유지할 수 없을 정도로 급격히 퍼질 운명이었다.

그것을 한눈에 알아챈 사람은 스승 육관대사였다. 그가 성진을 연화도량에서 속세로 내쫓은 것은 당연한 처사였다고 할 수 있다. "연화도량이 곧 성진의 집이니 나를 어디로 가라 하시나이까?" 하고 항변하지만, 그것은 의식상의 일일 따름이었다. 무의식 깊은 곳은 이미 저 아리따운 여성들을 향해 달려가고 있는 터였다. 아래는 이에 대해 스승이 한 말이다.

네 스스로 가고자 하기에 가라 함이니 네 만일 있고자 하면 뉘 능히 가라 하리오?

이렇게 성진은 양소유라는 이름으로 속세에 다시 태어난다. 이제 그가 갈 길은 정해져 있는 바였다. 그가 있는 곳은 이제 산사가 아니며, 그는 더는 승려가 아니다. 오래 눌러두었던 욕망을 향해, 아름다운 여성들을 향해 달려가서 그들을 품에 안으면 되는 것이었다. 양소유가 소년 서생이 되어 서울을 향해 과것길을 나서면서 여성을 향한 그의 발걸음은 본격적으로 시작한다.

## 마주보고 달려간 남자와 여자

양소유가 여덟 여성을 향해 나아가고 인연을 맺은 과정을 다 풀어내기는 어렵다. 한 개도 아니고 여덟 개의 인연이니 길고도 복잡하다. 〈구운몽〉은 그 일련의 과정을 여러 권의 이야기로 구구절절 풀어내고 있는 터다. 때로는 안타깝게 어긋나기도 하고 때로는 거짓말처럼 쉽게 맺어지기도 하는 그 여덟 개의 인연은, 서로 다른 향기를 가진 여덟 가지 꽃처럼 형형색색이었다. 하나같이 기이하고 놀라우며, 인연에 따라서 애틋하고, 아슬아슬하고, 즐겁고, 낭만적이었다.

여러 인연 가운데 특히 애틋하고 낭만적이기로는 첫 번째 여성인 진채봉과의 인연일 것이다. 때는 수양버들에 푸른 물이 오르는 이른 봄이었다. 과것길에 객사에 머물던 가운데 봄빛을 따라 거닐며 시를 읊던 양소유는 수양버들 가지 너머로 우연히 한 여성과 눈이 마주쳤다. 그 정경을 작품은 다음과 같이 묘사하고 있다.

봄바람이 시 읊는 소리를 거두어 누상에 올라가니, 누각 가운데 옥 같은 사람이 바야흐로 봄잠을 들었다가 글소리에 깨 창을 열고 난간을 의지해 두루 바라보더니, 정히 양생으로 더불어 두 눈 맞추니, 구름 같은 머리털이 귀밑에 드리고 옥차玉釵가 반쯤 기울었는데, 봄잠이 족치 못하여 하는 양이 천연히 수려해 말로 형용하기 어렵고 그림을 그려도 방불치 못할러라. 두 사람이 서로 보기만 하고 아무 말도 못하고 있었더니…….

양소유는 여자와 눈이 마주친 순간부터 마음속에 그 사람으로 가득 찼다. 하지만 그 여성이 이내 모습을 감추니 대책 없이 마음만 달아오를 따름이었다. 그런데 이는 양소유만 그러한 것이 아니었다. 그 여성 또한 눈이 마주친 도령이 마음속에 가득 들어찼던 것이다. 그녀 역시 이미 그 도령이 읊는 멋진 시에 마음이 이끌려 들어간 터였다. 그녀는 곧바로 움직인다. 몸종을 객사로 보내 그 도령을 찾게 하고, 자기 마음을 담은 시를 보낸다. 도령한테서 마음에 꼭 맞는 답신을 받은 다음 다시 몸종을 보내 서로 만날 약속을 정한다. 그렇게 일사천리로 일이 진행되어 양소유와 진채봉은 꿈같은 만남을 눈앞에 두게 된다. 그야말로 가슴 설레는 기다림의 시간이었다.

하지만 밤중에 뜻밖의 사달이 난다. 세상이 시끌벅적 요란하더니 변란이 일어났다는 소식이 들려왔다. 젊은이를 마구 병사로 끌고 간다는 말에 양소유는 급히 몸을 피할 수밖에 없었다. 낯선 산골짜기에 은신했다가 변란이 잦아들 무렵에 마을로 돌아온 양소유가 먼저 찾은 것은 진채봉의 집이었다. 하지만 집은 불타서 무너지고 인적을 찾아볼 수 없었다. 주변에 알아보니 집주인 진어사가 변란에 연루되어 잡혀가고 가족들은 다 노비가 되었다고 했다. 기가 막힌 일이었다.

결연을 코앞에 두고 헤어진 양소유와 진채봉이 다시 만나기까지는 무척 많은 세월이 필요했다. 둘이 재회한 것은 양소유가 다른 일곱 여성과 차례로 인연을 맺은 뒤였다. 둘이 다시 만났을 때, 진채봉은 궁녀 숙인으로서 양소유의 둘째 부인인 난양공주 이소화의 수발을 들고 있었다. 어느 날 양소유는 그 여성이 자신이 꿈에도 잊지 못하던 첫사랑 상대였음을 알아차리고 깜짝 놀란다.

금장을 내리고 은촉을 내오려 하니 숙인이 문득 눈물을 흘리거늘, 승상이 놀라 물어 말하기를, "숙인이 즐거운 날 슬퍼하니, 아니, 숨은 회포가 있느냐?"

"승상이 첩을 몰라보시니 첩을 잊으심을 알리로소이다."

승상이 홀연 깨달아 손을 잡고 가로되, "경卿이, 아니, 화주의 진낭자인가?"

채봉이 오열하여 소리 나는 줄 깨닫지 못하거늘, 승상이 낭중으로서 양류사를 내어놓으니 채봉이 또한 양생의 글을 내어 두 사람이 슬픔을 이기지 못하여 오래 서로 바라보더니…….

오랜 이별 뒤에 다다른 애틋한 재회였다. 비록 오래 떨어져 있었으나 그들은 늘 서로를 향해 나아가고 있었으니, 각자 가슴에 품고 있던 상대방의 시詩가 이를 잘 말해준다. 실은 버드나무 너머로 만났을 때가 처음이 아니었다. 그들이 서로를 향해 달려온 것은 그보다 아득히 먼 과거, 복숭아꽃 화사하게 핀 석교상에서부터였다. 그 아득한 무의식 속에서부터 저 남녀는 서로를 갈망하며 마주 달려왔던 것이다.

그것은 단지 진채봉만이 아니었다. 양소유가 인연을 맺은 다른 여덟 여성, 곧 정경패와 이소화, 계섬월, 적경홍, 가춘운, 심요연, 백능파 또한 석교상에서 서로 만난 그 시점부터 양소유를 향해 마주 걸어온 것이었다. 전생으로부터 서로를 향해 마주 움직여온 끝에 맺은 깊고도 아름다운 인연이었다. 그것이 양소유와 여덟 낭자의 사랑이었다.

양소유는 그렇게 여덟 여성과 화려하고도 충만한 사랑을 이루어내는 데 성공한다. 잠깐 스쳐가는 사랑이 아니라 백년가약으로 부부를 맺은 제대로 된 결합이었다. 나라에 큰 공을 세우고 연왕燕王의 지위에까지 오른 양소유는 여덟 아내와 두루 좋은 금실로 화목을 이룬 가운데 좋은 음식과 술, 좋은 시와 노래와 춤으로 평안한 세월을 보내게 된다. 그 삶은 거의 완벽할 정도로 성공한 인생이었다.

하지만 모든 것을 이룬 것 같은 그 삶은, 완전한 성공을 이룬 것 같았던 그의 사랑은 한순간 허망하게 사그라든다. 그 또한 그의 마음 안에서 시작한 일이었다.


## 완전한 성취 뒤에 밀려오는 허무

그 마음이 어느 날부터 피어오르기 시작했는지 작품은 정확히 말하고 있지 않다. 아마도 모든 인연, 모든 사랑을 다 이루고 난 뒤 어느 때부터가 아닐까 싶다. 무언가 허무한 느낌을 은연중에 간직한 채로 세월을 보내던 어느 가을날, 여덟 여성과 함께 높은 대臺에 올라 멀리 아랫녘을 바라보던 양소유는 깊은 우울함에 빠져들고 만다. 〈구운 몽〉은 이 장면을 다음과 같이 묘사하고 있다.

춘운으로 하여금 과합果盒을 붙들고 섬월로 옥호玉壺를 이끌며 국화주를 가득 부어 처첩이 차례로 헌수하더니, 이윽고 비낀 날이 곤명지에 돌아지고 구름 그림자가 진천秦川에 떨어지니 눈을 들어 한 번 보니 가을빛이 창망하더라. 승상이 스스로 옥소玉簫를 잡아두어 소리를 부니 오오열열 鳴鳴咽咽하여 원恕하는 듯하고 우는 듯하고 고할 듯하고, 형경荊卿이 역수를 건널 적에 점리漸離를 이별하는 듯, 패왕이 장중에서 우희虞姬를 돌아보는 듯하니, 모든 미인이 처연하여 슬픈 빛이 많더라.

때가 가을이고 해가 저물 무렵이지만, 아내들과 함께하고 있는 좋은 경치구경 자리에서 분 피리 소리가 원망하는 듯하고 오열하는 듯했다는 것은 뜻밖의 일이다. 형경과 점리의 이별이나 초패왕과 우미인의 이별은 슬프기로 유명하거니와, 양소유는 그러한 이별은커녕 여덟 미인과 더불어 즐거움을 나누고 있는 중이었다. 그런데 왜 양소유는 이렇게 깊은 우울함에 빠져들었던 것일까? 놀라서 묻는 아내들에게 양소유가 전해준 답은 다음과 같은 것이었다.

북으로 바라보니 평평한 들과 무너진 언덕에 석양이 시든 풀에 비친 곳은 진시황秦始皇의 아방궁이요, 서로 바라보니 슬픈 바람이 찬 수풀에 불고 저문 구름이 빈산에 덮은 데는 한무제漢武帝의 무릉이요, 동으로 바라보니 분칠한 성이 청산을 둘렀고 붉은 박공이 반공에 숨었는데 명월은 오락가락하되 옥난간을 의지할 사람이 없으니 이는 현종玄宗황제 태진비로 더불어 노시던 화청궁이라. 이 세 임금은 천고 영웅이라. 사해로 집을 삼고 억조로 신첩을 삼아 호화 부귀 100년을 짧게 여기더니 이제 다 어디 있느뇨? ……100년 후 높은 대 무너지고 굽은 못이 이미 메이고 가무하던 땅이 이미 변하여 거친 산과 시든 풀이 되었는데 초부와 목동이 오르내리며 탄식하여 가로되, "이것이 양승상 여러 낭자로 더불어 놀던 곳이라. 승상의 부귀 풍류와 여러 낭자의 옥용화태玉容花態는 이제 어디 갔느뇨?" 하리니, 어이 인생이 덧없지 않으리오?

옛사람들이 한때 열심히 몰두해서 누리던 모든 것이, 그리고 지금 자기가 누리고 있는 모든 것이 무상하다는 말이다. 지금 서로 마주보고 웃으며 사랑을 나누는 이 인연도 오래지 않아 다 허무한 옛일이 되리라는 말이다. 어찌 보면 엉뚱하고 과장된 말처럼 보이지만, 맥락을 따져보면 그 심경을 나름대로 이해할 만하다. 제 마음속 욕망에 충실해, 좋은 인연과 뜨거운 사랑을 이루고자 마주 달려온 삶이었다. 이루기만 하면 더 바랄 것이 없을 것 같았지만, 다 이루고 나서 보니 그 다음이 문제였다. 이제 더는 마주보고 달려갈 바가 없으니 허망하고 무미해진 것이었다. 결국은 사그라질 그 열정과 쾌락을 왜 그리 죽어라 좇았는지.

'양소유'의 삶은 오롯한 욕망의 삶이었다. 원하는 바를 채우기 위해 이리저리 동분서주한 날들이었다. 서로가 원하는 상대를 향해 눈을 마주치며 열심히 다가간 날들의 총합이었다. 그렇게 달려가 만나서 끌어안고 보니 더는 나아갈 공간이 없다. 끌어안고 있어서 황홀한 것도 한때일 따름이었다. 그 감정, 그 열정이란 그 상태 그대로 한없이 지속할 수 없으며, 점차 무미건조해질 일이었다. 그러다가 문득 언제 그러한 일이 있었는가 싶은 일이었다. 그것이 상대를 가지려는 욕망의 사랑, 즉 '양소유식 사랑'의 정해진 행로였다.

지금 양소유는 이와 같은 존재의 진실에 직면해 있는 중이다. 그것은 그가 '양소유'로 남아 있어서는 해결할 수 없는 문제였다. 그렇다. 이제 그는 '소유逍遙'를 마치고 '성진性眞'으로 돌아갈 시점에 서 있었다.


## 같은 곳을 향해 함께 나아가다

그 인연과 욕망의 허무함을 마음 깊이 깨달은 순간 성진은 불현듯 꿈에서 깨어난다. 양소유는 사라지고 연화도량 골방 속의 성진으로 돌아간다. 가칠가칠한 맨머리에 백팔염주를 손목에 걸은 수도승의 자리로 말이다.

어찌 보면 이는 그동안 이루었던 모든 성취를 한꺼번에 상실하는 허무한 장면처럼 보인다. 깨지 않았다면 더 좋을 꿈처럼 생각되기도 한다. 만약 그렇게 느낀다면 그것이 '욕망의 사랑'을 꿈꾸고 있다는 징표가 될 것이다. 작품은 '그 사랑은 궁극적인 것이 아니며, 거기서 벗어나야 한다'고 말한다. 그 너머 다른 길, 존재의 본원과 더 깊이 맞닿은 길로 가야 한다고 말한다.

만약 연화도량으로 돌아온 성진이 팔선녀 또는 팔낭자의 일을 잊은 채 초탈한 수도승으로 살아가다가 깨달음을 얻는 것으로 작품이 끝났다면 좀 허망할 수 있었을 것이다. 그리했다면 이 작품은 정말로 인간의 욕망이나 사랑의 덧없음을 강조한 '불교문학'이 되었을 것이다. 그런데 작품은 이 지점에 하나의 뜻깊은 만남을 배치하고 있다. 전날에 석교상에서 만났던 그 팔선녀가 연화도량으로 육관대사를 찾아오는 장면이다.

> 팔선녀가 대사의 앞에 나아와 합장 고두叩頭하고 가로되, "제자 등이 비록 위부인을 모셨으나 실로 배운 일이 없어 세속 정욕을 잊지 못하더니, 대사의 자비하심을 입어 하룻밤 꿈에 크게 깨달았으니 제자 등이 이미 위부인께 하직하고 불문佛門에 돌아왔으니 사부는 끝내 가르침을 바라나이다."

선녀들 또한 성진과 마찬가지로 속세의 삶으로 들어가 욕망과 사랑을 펼치다가 그것이 다 무상하다는 사실을 깨닫고 본래의 자리로 돌아온 것이었다. 흥미로운 사실은 그들이 성진과 마찬가지로 육관대사의 제자가 되어 불도를 닦고자 청했다는 점이다. 대사한테 허락을 받은 여덟 여성은 머리를 깎고 여덟 명의 여승이 되어 수도를 시작한다. 성진과 같은 불제자가 되는 것이다. 그들의 인연은 그렇게 다시 이어진다.

어찌 보면 무심히 지나치기 쉬우나, 이들의 관계에서 이 장면은 매우 의미심장하다. 지금 성진과 여덟 여성은 함께 있지만, 이제 그들은 더는 서로를 향하던 관계에 있지 않다. 그들은 다 함께 나란히 서서 같은 곳을 바라보는 위치에 있다. 같은 곳을 향해 함께 나아가는 관계다. 마주 향하던 삶의 뒤끝에서 시작된 새로운 삶이다. 지금 그들은 서로를 욕망하거나 소유하려는 관계에 있지 않다. 존재와 존재로서 함께 움직이고 있을 따름이다.

요컨대 성진과 팔선녀는 전날 석교상에 만난 그 자리로 돌아간 것이 아니었다. 그들은 타자를 소유하고자 하는 욕망의 포로가 아니다. 사랑에 대한 갈망에 방황하는 청춘도 아니다. 말하자면 그들은 이제 "그립고 아쉬움에 가슴 조이던 /머언 먼 젊음의 뒤안길에서 /이제는 돌아와 거울 앞에 선" 국화꽃 같은 존재가 된 것이라 할 수 있다.

이렇게 사랑이 끝난 것인가 하면 그렇지 않다. 그들은 지금 이전과 다른 새로운 사랑을 시작하고 있는 것이라 할 수 있다. 서로를 향해 다가가는 사랑이 아니라 나란히 같은 곳을 바라보며 나아가는 사랑을 말이다. 소유의 사랑, 욕망의 사랑을 넘어선 '존재의 사랑', '동반의 사랑'이다.

새로운 사랑으로 나아가는 그 길에는 끝이 없다. 왜냐하면 그들 앞에는 나아갈 공간이 늘 펼쳐져 있기 때문이다. 조급하거나 번민할 일도 없다. 함께 향해 나아가야 할 큰 빛이 저 앞에 있기 때문이다. 그렇게 동반자가 되어 함께 나아가는 길은 외롭지 않다. 존재 깊은 곳으로부터 솟아오르는 기쁨으로 충만하다. 불교에서 말하는 '법열法悅'이 그것이다.

이렇게 함께 나아가는 길이야말로 영원으로 이어지는 참사랑의 길이 아닐까. 작품은 끝에서 저 아홉 사람이 일시에 깨달음을 얻어 불생불멸 과업을 이룬 가운데 함께 극락세계로 나아갔다고 말하고 있다. 그들은 그렇게 함께 근원적이면서 영원한 사랑을 이루어냈던 것이라고 할 수 있다.

사람은 늘 청춘일 수 없다. 늘 열정으로 가득할 수도 없다. 서로를 가지고 싶은 욕망과 열정의 사랑은 한도가 있게 마련이다. 하지만 좋은 벗, 좋은 동반자로서 함께 사랑하는 데는 한도가 없다. 청춘의 산맥을 넘어선 어느 때가 되면 우리는 이러한 사랑으로 나아가야 한다. 그렇게 참다운 행복을 찾아야 한다. 산전수전을 다 겪은 초로初老의 작가 김만중金萬重이 영원한 고전 〈구운몽〉으로 말하고 싶었던 바는 바로 이것이 아닐까?

김정애 *

• 건국대학교에서 문학치료 연구로 박사학위를 받았으며, 건국대 국문과 강사로 학생들을 가르치고 있다. 고전서사를 분석하고 이를 문학치료 프로그램으로 개발 및 적용하는 방안을 연구하고 있다. 주요 논문으로는 〈30~40대 미혼 여성의 남녀관계에 대한 자기서사 연구〉, 〈'옥단춘전'에 나타난 옥단춘의 지감능력과 그 문학치료적 의미〉, 〈대학생들의 감상 사례를 통해 본 '신립장군과 원귀'의 공감적 이해의 방법과 실제〉 등이 있다.

### 구운몽九雲夢

● 작품 설명 ●

조선 숙종 때 김만중이 지은 고전소설이다. 영조 1년(1725)에 간행된 금성판錦城板 한문 목판본을 비롯해 국문방각본·국문필사본·국문활자본·한문필사본·한문현토본 등 50여 종이 넘는 많은 이본이 전한다. 불교의 철학과 유교적인 욕망을 넘나드는 가운데 인간의 욕망과 사랑을 유려한 필치로 펼쳐낸다.

● 줄거리 ●

당唐나라 때 육관대사라는 고승高僧이 중국에 와서 큰 절을 세우고 제자를 모아 불도를 강론한다. 그중에서 가장 뛰어난 제자가 성진이었다. 어느 날 성진은 스승의 심부름으로 용궁에 간다. 용왕의 융숭한 대접에 술을 몇 잔 마시고 돌아오는 길에 석교에서 팔선녀를 만난다. 잠시 팔선녀와 희롱한 뒤 절에 돌아온 성진은 선녀들을 그리워하며 속세의 부귀영화를 욕망한다. 끝내 그는 죄를 얻어 지옥에 떨어지고 다시 인간세상에 환생해 양소유가 된다. 한편 팔선녀도 같은 죄로 지옥에 떨어졌다가 각각 다시 세상에 환생한다. 양소유는 차례로 그 여덟 여성과 인연을 맺는다. 벼슬은 승상에 이르고 두 부인과 여섯 낭자를 거느린 양소유의 화려한 인생이 펼쳐진 것이다.

회남 수주현 양처사의 아들로 태어난 양소유는 열다섯 살에 과거를 보러 가다가 어사의 딸 진채봉을 만나 혼약하고, 난을 피해 있다가 과거를 보러 올라가는 길에 낙양의 기생 계섬월과 인연을 맺고, 경사에 이르러 거문고를 타는 여자로 가장해 정사도의 딸 정경패를 만난다. 과거에 급제한 양소유는 정경패의 시비인 가춘운과도 인연을 맺는다. 하북의 왕이 역모하려 해 양소유가 이를 다스리고 돌아오는 길에 하북의 명기 적경홍을 만나고, 상경해 예부상서가 된 양소유는 황제의 누이인 난양공주의 퉁소 소리에 화답한 인연으로 부마로 간택된다. 토번왕이 쳐들어오자 대원수가 되어 출전한 양소유는 토번왕이 보낸 여자 자객 심요연과 인연을 맺고, 백룡담에서는 용왕의 딸인 백릉파를 도와주어 인연을 맺는다. 토번왕을 물리치고 돌아온 양소유는 위국공의 벼슬에 오르고,

영양공주·난양공주 두 처와 진채봉·계섬월·가춘운·적경홍·심요연·백릉파 여섯 첩을 부인으로 삼는다.

그러나 세월은 흘러 한가히 그의 여생을 즐기던 양소유는 어느 가을날 두 부인과 여섯 낭자를 거느리고 뒷동산에 올라갔다가 문득 인생의 허무함을 느낀다. 이에 양소유는 여덟 아내에게 출가하기로 결심한 사실을 알린다. 여덟 아내는 양소유의 출가를 기꺼이 받아들이고 이별주를 나누어 마신다.

이때 때마침 찾아온 어느 고승에게 불도에 귀의할 것을 말하자 그 도승은 흔쾌히 승낙하고 짚고 온 지팡이로 난간을 두드린다. 그러자 모든 것이 온데간데없이 사라지고 다시 젊은 승려 성진의 모습으로 돌아온다. 당황한 그가 곰곰이 생각하다가 부귀영화는 하룻밤 꿈이었음을 깨닫는다. 꿈을 깬 성진은 스승 앞에 뛰어가 엎드린다. 이어 팔선녀도 들어와 스승의 제자가 되기를 청한다. 후에 대사는 도道를 성진에게 물려준 뒤 천축으로 돌아가고 팔선녀는 성진 옆에서 계속 도를 닦아서 아홉 명이 다 함께 깨달음을 얻고서 극락세계로 간다.


● 인용 자료 및 권장 작품 ●

김만중 지음, 김병국 교주·역, 《구운몽》, 서울대학교출판문화원, 2009.

# 참고문헌

〈최치원〉

김현양, 〈최치원의 장르 성격 논의에 대한 비판적 검토〉, 《민족문학사연구》 제10
　　호, 민족문학사학회, 1997.

김현양, 〈고전소설의 주인공: 최치원, 버림 혹은 떠남의 서사〉, 《고소설연구》 제32
　　집, 한국고소설학회, 2011.

박일용, 〈최치원의 형상화 방식과 남·녀 주인공의 성적·사회적 욕망〉, 《한국고전
　　연구》 제23집, 한국고전연구학회, 2011.

박희병, 《한국 전기소설의 미학》, 돌베개, 1997.

신동흔, 〈설화와 소설의 장르적 본질 및 문학사적 위상〉, 《국어국문학》 138, 국어
　　국문학회, 2004.

엄태식, 〈최치원의 창작 배경과 서사적 특징〉, 《고소설연구》 제30집, 한국고소설
　　학회, 2010.

이상구, 〈나말여초 전기의 특징과 소설적 성취〉, 《배달말》 30, 배달말학회, 2002.

황혜진, 〈최치원의 남녀 대화의 양상과 특성〉, 《고소설연구》 제26집, 한국고소설
　　학회, 2008.


〈최척전〉

강진옥, 〈최척전에 나타난 고난과 구원의 문제〉, 《이화어문논집》 8, 이화어문학
　　회, 1986.

권혁래, 〈최척전에 그려진 '유랑'의 의미〉, 《국어국문학》 150, 국어국문학회,
　　2008.

민영대, 〈최척전 연구〉, 경남대학교 박사학위논문, 1991.

서지영, 《역사에 사랑을 묻다》, 이숲, 2011.

이상구, 〈옥영: 어질고 지혜로운 이 땅의 아내, 그리고 어머니〉, 《우리 고전캐릭터

의 모든 것》4권, 휴머니스트, 2006.

정규식, 〈최척전의 작품 구성 방식과 가문 지향적 성격〉,《한국문학논총》제65집,
한국문학회, 2013.

황혜진 글, 박명숙 그림,《어지러운 세상 인연의 배를 띄워: 최척전》, 나라말,
2012.


〈위경천전〉

김수용, 〈자아의 절대화와 파멸의 필연성: 슈투름 운트 드랑에 대한 이념사적 접
근의 시도〉,《독일문학》16, 한국독어독문학회, 1996.

김헌식,《의외의 선택, 뜻밖의 심리학》, 위즈덤하우스, 2010.

박희병·정길수 편역,《사랑의 죽음》, 돌베개, 2007.

이상구, 〈17세기 애정전기소설의 성격과 그 의의〉,《어학연구》제11집, 순천대학
교 어학연구소, 2000.

이철우,《심리학이 연애를 말하다》, 북로드, 2008.

임형택, 〈전기소설의 연애주제와 위경천전〉,《동양학》22, 단국대학교 동양학연
구소, 1992.

정민, 〈위경천전의 낭만적 비극성〉,《한국학논집》제24집, 한양대학교 한국학연
구소, 1994.


〈숙향전〉

경일남, 〈숙향전의 고난양상과 결연의미〉,《인문학연구》제24집, 충남대학교 인
문과학연구소, 1997.

김수연, 〈소통과 치유를 꿈꾸는 상상력, 숙향전〉,《한국고전연구》제23집, 한국고
전연구학회, 2011.

성현경, 〈숙향전 연구〉,《동아연구》제2집, 서강대학교 동아연구소, 1994.

이상구, 〈숙향전의 문헌적 계보와 현실적 성격〉, 고려대학교 박사학위논문, 1994.

임성래, 〈숙향전의 대중소설적 연구〉,《배달말》18, 배달말학회, 1993

차충환, 〈숙향전의 구조와 세계관〉, 《고전문학연구》 제15집, 한국고전문학회, 1999.

〈주생전〉

김수연, 〈주생전의 사랑과 치유적 독법〉, 《문학치료연구》 제26집, 한국문학치료 학회, 2013.

김현양, 〈주생전의 사랑, 그 상대적 인식의 서사〉, 《열상고전연구》 제28집, 열상고 전연구회, 2008.

박은정, 〈인물분석을 통해서 본 주생전의 욕망 연구〉, 《시학과언어학》 제31집, 시 학과언어학회, 2015.

박일용, 〈주생전의 환상성과 남녀 주인공의 욕망〉, 《고전문학과교육》 제25집, 한 국고전문학교육학회, 2013.

백지민, 〈주생전의 비극성 재고〉, 《국학연구논총》 제15집, 택민국학연구원, 2015.

서은아, 〈주생전의 애정삼각관계와 문학치료적 의미〉, 《고전문학과교육》 제18집, 한국고전문학교육학회, 2009.

정규식, 〈주생전의 인물 연구: 상호적 관계성을 중심으로〉, 《고소설연구》 제28집, 한국고소설학회, 2009.

〈심생전〉

김경미, 〈서울의 유교적 공간 해체와 섹슈얼리티의 공간화: 19세기 소설을 중심 으로〉, 《고전문학연구》 제35집, 한국고전문학회, 2009.

김균태, 〈이옥의 문학이론과 작품세계의 연구〉, 서울대학교 박사학위논문, 1985.

이대형, 〈전기(소설)의 여성 형상, 기이한 대상에서 응시의 주체로〉, 《민족문학사연 구》 제53호, 민족문학사학회, 2013.

이지영, 〈상사동기 · 옥소선 · 심생전의 '열정적 사랑'에 대하여〉, 《고소설연구》 제36집, 한국고소설학회, 2013.

정병호, 〈심생전에서의 신분의 문제〉, 《동방한문학》 제8집, 동방한문학회, 1992.

정하영, 〈심생전의 제재적 맥락과 서사방식〉, 《고전문학연구》 제18집, 한국고전
문학회, 2000.

정환국, 〈이옥에게 있어서 '여성': 여성 소재 글쓰기의 성격에 대하여〉, 《한국고전
여성문학연구》 제27집, 한국고전여성문학회, 2013.

〈포의교집〉

김대숙, 〈초옥: 한 상민 여성의 슬픈 착각〉, 《우리 고전 캐릭터의 모든 것》 1권, 휴
머니스트, 2008.

김문희, 〈절화기담과 포의교집에 재현된 한양과 사랑의 의미〉, 《서강인문논총》
제26호, 서강대학교 인문과학연구소 2009.

김수연, 〈포의교집 주인공 초옥의 반열녀적 성격〉, 《고소설연구》 제31집, 한국고
소설학회, 2011

박일용, 〈포의교집에 설정된 연애 형식의 전복성과 역설〉, 《고소설연구》 제37집,
한국고소설학회, 2014.

장파, 유중하 등 옮김, 《동양과 서양, 그리고 미학》, 푸른숲, 1999.

조혜란, 〈포의교집 여주인공에 대한 연구〉, 《한국고전여성문학연구》 제3집, 한국
고전여성문학회, 2001.

〈숙영낭자전〉

김선현 외, 《숙영낭자전의 작품세계》 1~3권, 보고사, 2014.

김균태 외, 《한국 고전소설의 이해》, 박이정, 2012.

김미령, 〈숙영낭자전 서사에 나타나는 대중성〉, 《남도문화연구》 제25집, 순천대
학교 남도문화연구소, 2013.

김미령, 〈결혼서사로 읽어보는 숙영낭자전의 의미〉, 《온지논총》 제47집, 온지학
회 2016.

류호열, 〈숙영낭자전 서사연구: 설화·소설·판소리·서사민요의 장르적 변모를 중
심으로〉, 건국대학교 박사학위논문, 2010.

이유경, 〈'낭만적 사랑 이야기'로서 숙영낭자전 연구〉,《고전문학과교육》제28집, 한국고전문학교육학회, 2014.

임치균,《고전소설 오디세이》, 글항아리, 2015.


〈운영전〉

권순긍, 〈금지된 사랑 그 황홀한 고통: 운영전〉,《월간 논》, 초암C&C, 2008. 01.

김수연, 〈운영의 자살심리와 운영전의 치유적 텍스트로서의 가능성에 대한 시론〉,《한국고전연구》제21집, 한국고전연구학회, 2010.

박기석, 〈운영전 재평가를 위한 예비적 고찰〉,《국어교육》37, 한국국어교육연구회, 1980.

박일용, 〈운영전과 상사동기의 비극적 성격과 그 사회적 의미〉,《국어국문학》98, 국어국문학회, 1987.

신동흔, 〈운영전에 대한 문학적 반론으로서의 영영전〉,《국문학연구》제5집, 국문학회, 2001.

신재홍, 〈운영전의 삼각관계와 숨김의 미학〉,《고전문학과교육》제8집, 한국고전문학교육학회, 2004.

정길수, 〈운영전의 메시지: 캐릭터 설정에 관한 몇 가지 문제〉,《고소설연구》제28집, 한국고소설학회, 2009.

조용호, 〈운영전 서사론〉,《한국고전연구》제3집, 한국고전연구학회, 1997.

황혜진, 〈고전소설 소재 인물의 역사적 삶에 대한 연구〉,《고소설연구》제29집, 한국고소설학회, 2010.


〈영영전〉

김미령, 〈영영전의 글쓰기 전략과 '치유'적 의미〉,《어문논총》제64집, 한국문학언어학회, 2015.

김낙효, 〈영영전 연구〉,《고전소설과 문학교육》, 박이정, 1996.

박일용, 〈운영전과 상사동기의 비극적 성격과 그 사회적 의미〉,《국어국문학》98,

국어국문학회, 1987.

배원룡, 〈운영전과 영영전의 비교고찰〉, 《국제어문》 2, 국제어문학회, 1981.

서은아, 〈영영전의 인간관계 분석과 문학치료 텍스트로서의 가치〉, 《국학연구》
　　제15집, 한국국학진흥원, 2009.

신동흔, 〈운영전에 대한 문학적 반론으로서의 영영전〉, 《국문학연구》 제5집, 국문
　　학회, 2001.


〈소설〉

김준형, 〈옥소선 이야기의 변이양상과 의미〉, 《한국민속학》 30, 한국민속학회,
　　1998.

김준형, 〈근대 전환기 옥소선 이야기의 개작 양상과 그 의미〉, 《한국고전여성문학
　　연구》 제13집, 한국고전여성문학회, 2006.

이신성, 〈천예록 소재 여성인물 야담의 성격 연구〉, 《동양한문학연구》 15, 동양한
　　문학회, 2001.

이우성·임형택, 《이조한문단편집》 상권, 일조각, 1973.

이원영, 〈옥소선 이야기 속 소시민적 욕망의 성취와 한계〉, 《고전문학과교육》 제
　　32집, 한국고전문학교육학회, 2016.

이지영, 〈상사동기·옥소선·심생전의 '열정적 사랑'에 대하여〉, 《고소설연구》 제
　　36집, 한국고소설학회, 2013.

장진숙, 〈옥소선 이야기의 전변양상과 그 서사적 의미〉, 《고전문학과교육》 제16
　　집, 한국고전문학교육학회, 2008.


〈백학선전〉

《백학선전》(영인본), 김진태 주해, 한국고전문학선집 18, 연문사, 2000.

〈백학션전 권지단〉, 이화여자대학교 한국문화연구원, 《한국고대소설총서》 2권,
　　통문관, 1959.

권인숙, 〈백학선전 연구〉, 이화여자대학교 석사학위논문, 1988.

강민화, 〈여성영웅소설에 나타난 여성의식 연구: 박씨전·백학선전·홍계월전 중
　　심으로〉, 경희대학교 교육대학원 석사학위논문, 2004.

김명한, 〈백학선전 연구〉, 한국교원대학교 교육대학원 석사학위논문, 2003.

김진영, 〈백학선전의 소재적 특성과 이합구조: 백학선을 중심으로〉, 《국어국문
　　학》120, 국어국문학회, 1997.

박병완, 〈혼사장애소설에 나타난 결혼관 연구: 숙향전·백학선전·정을선전을 중
　　심으로〉, 《고전문학연구》제11집, 한국고전문학회, 1996.

조은희, 〈고전여성영웅소설의 여성주의적 연구〉, 대구대학교 박사학위논문,
　　2004.


〈만복사저포기〉

강진옥, 〈금오신화와 만남의 문제〉, 《고전문학연구의 방향》, 한국고전문학회,
　　1985.

노영윤, 〈만복사저포기에 나타난 이별 과정과 그 의미〉, 《한국학연구》제50집, 고
　　려대학교 한국학연구소, 2014.

박일용, 〈만복사저포기의 형상화 방식과 그 현실적 의미〉, 《고소설연구》제18집,
　　한국고소설연구회, 2004.

성정희, 〈영혼을 갉아먹는 악성 인플루엔자: 만복사저포기가 그려낸 우울증〉, 《프
　　로이트, 심청을 만나다》, 웅진지식하우스, 2010.

신재홍, 〈금오신화의 환상성에 대한 주제론적 접근〉, 《고전문학과교육》제1집, 한
　　국고전문학교육학회, 1999.

정운채, 〈만복사저포기의 문학치료적 독해〉, 《고전문학과교육》제2집, 한국고전
　　문학교육학회, 2000.

최귀묵, 《김시습의 사상과 글쓰기》, 소명출판, 2001.


〈춘향전〉

강석주, 〈로미오와 줄리엣과 춘향전의 사랑에 관한 소고〉, 《서강영문학》9, 서강

영문학회, 2000.

김진영 외,《춘향전 전집》13권, 박이정, 2004.

김현희,〈춘향의 캐릭터 특성과 현대적 재해석에 관한 연구: 행위의 기본 동기로
　　서의 '자기존중감'을 중심으로〉, 건국대학교 석사학위논문, 2014.

박일용,《조선시대의 애정소설》, 집문당, 1993.

신동흔,〈평민 독자의 입장에서 본 춘향전의 주제〉,《판소리연구》제6집, 판소리
　　학회, 1995.

신동흔,〈춘향전 주제의식의 역사적 변모양상〉,《판소리연구》제8집, 판소리학회,
　　1997.

이상일,〈춘향의 신분 정체성을 통해 본 이몽룡의 인물 형상〉,《고전문학과교육》
　　제22집, 한국고전문학교육학회, 2011.

정출헌,〈춘향전의 인물형상과 작중역할의 현실주의적 성격〉,《판소리연구》제4
　　집, 판소리학회, 1993.

정충권,〈옥중 춘향의 내면〉,《판소리연구》제27집, 판소리학회, 2009.


〈옥루몽〉

김정애,〈구운몽에 나타난 계섬월의 연애방식과 그 문학치료적 의미〉,《통일인문
　　학논총》제56집, 건국대학교 인문학연구원, 2013.

김종철,〈옥루몽의 대중성과 진지성〉,《한국학보》제16권 4호, 일지사, 1990.

김지혜,〈인물의 말하기 방식을 통해 본 옥루몽의 소설미학〉, 건국대학교 석사학
　　위논문, 2013.

김지혜,〈옥루몽을 통해 본 한국 전통 대화의 원리 및 교육적 함의〉,《고전문학과
　　교육》제31집, 한국고전문학교육학회, 2016.

서대석,〈강남홍: 조선의 로망, 21세기의 로망〉,《우리 고전 캐릭터의 모든 것》1
　　권, 휴머니스트, 2008.

심치열,〈옥루몽 연구〉, 성신여자대학교 박사학위논문, 1994.

이승수,〈옥루몽 소고 1: 남녀지기론의 허실과 여성의 발견〉,《한국고전여성문학

연구》제1집, 한국고전여성문학회, 2000.

조혜란, 〈옥루몽의 서사미학과 그 소설사적 의의〉,《고전문학연구》제22집, 한국
　　고전문학회, 2002.


〈흥부전〉

강미정, 〈흥보가에 나타난 관계 지속의 문제와 그 문학치료적 효용〉,《판소리연
　　구》제30집, 판소리학회, 2010.

김명수, 〈소시민적 영웅서사로 본 흥보가의 문학적 의미 고찰〉, 건국대학교 석사
　　학위논문, 2013.

김진영 외 편저,《흥부전 전집》1권, 박이정, 1997.

박재삼,《춘향이 마음》, 신구문화사, 1962.

신동흔, 〈판소리문학의 결말부에 담긴 현실의식 재론: 심청전과 흥부전을 중심으
　　로〉,《판소리연구》제19집, 판소리학회, 2005.

인권환 편저,《흥부전 연구》, 집문당, 1991.

임형택, 〈흥부전의 역사적 현실성〉,《한국문학사의 시각》, 창작과비평사, 1984.

정충권,《흥부전 연구》, 월인, 2003.


〈구운몽〉

김병국,《한국 고전문학의 비평적 이해》, 서울대학교출판부, 1995.

김정애, 〈구운몽에 나타난 계섬월의 연애방식과 그 문학치료적 의미〉,《통일인문
　　학논총》제56집, 건국대학교 인문학연구원, 2013.

신동흔, 〈문학치료학 서사이론의 보완·확장 방안 연구〉,《문학치료연구》제39집,
　　한국문학치료학회, 2016.

신재홍,〈구운몽의 서술원리와 이념성〉,《고전문학연구》제5집, 한국고전문학회,
　　1990.

유광수, 〈구운몽: 두 욕망의 순환과 진정한 깨달음의 서사〉,《열상고전연구》제26
　　집, 열상고전연구회, 2007.

이강옥,《구운몽의 불교적 해석과 문학치료 교육》, 소명출판, 2010.

이주영, 〈구운몽에 나타난 욕망의 문제〉,《고소설연구》제13집, 한국고소설학회, 2002.

정운채, 〈인간관계의 발달 과정에 따른 기초서사의 네 영역과 구운몽 분석 시론〉, 《문학치료연구》제3집, 한국문학치료학회, 2005.

정운채, 〈영화 '멋진 하루'에 나타난 구운몽의 영향과 희수의 인식 변화〉,《영화와 원작의 서사적 거리》, 문학과치료, 2010.

고전문학에서 찾은 사랑의 기술

# 신新 로맨스의 탄생

초판 1쇄 인쇄 2016년 8월 25일 초판 1쇄 발행 2016년 9월 1일

**지은이** 신동흔, 서사와치료연구모임 **펴낸이** 연준혁

**출판 4분사 편집장** 김남철
**편집** 이지은
**디자인** 이재호

**펴낸곳** ㈜위즈덤하우스 **출판등록** 2000년 5월 23일 제13-1071호
**주소** (10402) 경기도 고양시 일산동구 정발산로 43-20 센트럴프라자 6층
**전화** 031-936-4000 **팩스** 031) 903-3891
**전자우편** yedam1@wisdomhouse.co.kr
**홈페이지** www.wisdomhouse.co.kr

값 16,000원 ⓒ 신동흔, 서사와치료연구모임, 2016
ISBN 979-11-87493-01-3 03810

국립중앙도서관 출판시도서목록(CIP)

신 로맨스의 탄생 : 고전문학에서 찾은 사랑의 기술 / 지은이: 신동
흔, 서사와치료연구모임. ─ 고양 : 위즈덤하우스,
2016
    p. ;    cm

ISBN 979-11-87493-01-3 03810 : ₩16000

소설 평론[小說評論]

813.509─KDC6
895.732─DDC23                          CIP2016018959